Liebe Hilde,

ich wünsche, daß Dir
dieses Buch genauso viel
Vergnügen bereitet wie es
mir gemacht hat!
Lies es einfach, ohne
Hintergedanken, wie ein
Märchen !

Deine Freundin Hedi

Die Legende vom Papst Gregorius ist Thomas Mann früher, als er selbst erinnerte, bekannt geworden: Im Wintersemester 1894/1895 als Hospitant in den Vorlesungen des Münchner Germanisten Wilhelm Hertz über Hartmann von Aue. Auf diesen im Inzest gezeugten »christlichen Ödipus« mit der »Kraft der Reue zur Vergebung jeglicher Sünde« stieß er dann wieder, auf der Suche nach einem Stoff »zur Verarbeitung als groteske Puppenspiele« für seinen Helden Adrian Leverkühn, »in dem alten Buch ›Gesta Romanorum‹«; erst da, im Oktober 1945, wurde er sich, den Legendenstoff im entstehenden *Doktor Faustus* zusammenfassend, des Reizes der Eigengestaltung bewußt; der Faust-Tragödie sollte nach antikem Beispiel das Satyrspiel – »dieses in Gott vergnügte Büchlein« – folgen.

Unter Nutzung aller Mittel, »die der Psychologie und Erzählkunst in sieben Jahrhunderten zugewachsen sind«, formte, ja stilisierte er »ein zeitlich ziemlich unbestimmtes übernationalabendländisches Mittelalter mit einem Sprachraum, wo das Archaische und das Moderne, Altdeutsche, Altfranzösische, gelegentlich englische Elemente sich humoristisch mischen«.

Thomas Mann wurde 1875 in Lübeck geboren und wohnte seit 1894 in München. 1933 verließ er Deutschland und lebte zuerst in der Schweiz am Zürichsee, dann in den Vereinigten Staaten, wo er 1938 eine Professur an der Universität Princeton annahm. Später hatte er seinen Wohnsitz in Kalifornien, danach wieder in der Schweiz. Er starb in Zürich am 12. August 1955.

Thomas Mann
Der Erwählte

Roman

Fischer
Taschenbuch
Verlag

Der Text wurde anhand der Erstausgabe,
S. Fischer Verlag, Frankfurt am Main 1951,
neu durchgesehen

117.–119. Tausend: November 1996

Ungekürzte Ausgabe
Veröffentlicht im Fischer Taschenbuch Verlag GmbH,
Frankfurt am Main, Dezember 1974

Lizenzausgabe mit freundlicher Genehmigung
des S. Fischer Verlages GmbH, Frankfurt am Main
Copyright 1951 by S. Fischer Verlag GmbH, Frankfurt am Main
© 1957 by Katia Mann
Umschlaggestaltung: Manfred Walch unter Verwendung
eines Gemäldes von Alexej von Jawlensky
›Ohne Titel / Variation mit schwarzer Figur‹, 1916
© 1988, Copyright by COSMOPRESS, Genf
Gesamtherstellung: Clausen & Bosse, Leck
Printed in Germany
ISBN 3-596-29426-6

Gedruckt auf chlor- und säurefreiem Papier

Inhalt

Wer läutet?

Glockenschall, Glockenschwall supra urbem, über der ganzen Stadt, in ihren von Klang überfüllten Lüften! Glocken, Glocken, sie schwingen und schaukeln, wogen und wiegen ausholend an ihren Balken, in ihren Stühlen, hundertstimmig, in babylonischem Durcheinander. Schwer und geschwind, brummend und bimmelnd, – da ist nicht Zeitmaß noch Einklang, sie reden auf einmal und alle einander ins Wort, ins Wort auch sich selber: an dröhnen die Klöppel und lassen nicht Zeit dem erregten Metall, daß es ausdröhne, da dröhnen sie pendelnd an am anderen Rande, ins eigene Gedröhne, also daß, wenn's noch hallt »In te Domine speravi«, so hallt es auch schon »Beati, quorum tecta sunt peccata«, hinein aber klingelt es hell von kleineren Stätten, als rühre der Meßbub das Wandlungsglöcklein.

Von den Höhen läutet es und aus der Tiefe, von den sieben erzheiligen Orten der Wallfahrt und allen Pfarrkirchen der sieben Sprengel zu seiten des zweimal gebogenen Tibers. Vom Aventin läutet's, von den Heiligtümern des Palatin und von Sankt Johannes im Lateran, es läutet über dem Grabe dessen, der die Schlüssel führt, im Vatikanischen Hügel, von Santa Maria Maggiore, in Foro, in Domnica, in Cosmedin und in Trastevere, von Ara Celi, Sankt Paulus außer der Mauer, Sankt Peter in Banden und vom Haus zum Hochheiligen Kreuz in Jerusalem. Aber von den Kapellen der Friedhöfe, den Dächern der Saalkirchen und Oratorien in den Gassen läutet es auch. Wer nennt die Namen und weiß die Titel? Wie es tönt, wenn der Wind, wenn der Sturm gar wühlt in den Saiten der Äolsharfe und gänzlich die Klangwelt aufgeweckt ist, was weit voneinander und nahe beisammen, in schwirrender Allharmonie: so, doch ins Erzene übersetzt, geht es zu in den berstenden Lüften, da alles läutet zu großem Fest und erhabenem Einzug.

Wer läutet die Glocken? Die Glöckner nicht. Die sind auf die Straße gelaufen wie alles Volk, da es so ungeheuerlich läutet.

Überzeugt euch: die Glockenstuben sind leer. Schlaff hängen die Seile, und dennoch wogen die Glocken, dröhnen die Klöppel. Wird man sagen, daß *niemand* sie läutet? – Nein, nur ein ungrammatischer Kopf ohne Logik wäre der Aussage fähig. »Es läuten die Glocken«, das meint: sie werden geläutet, und seien die Stuben auch noch so leer. – Wer also läutet die Glocken Roms? – *Der Geist der Erzählung.* – Kann denn der überall sein, hic et ubique, zum Beispiel zugleich auf dem Turme von Sankt Georg in Velabro und droben in Santa Sabina, die Säulen hütet vom greulichen Tempel der Diana? An hundert weihlichen Orten auf einmal? – Allerdings, das vermag er. Er ist luftig, körperlos, allgegenwärtig, nicht unterworfen dem Unterschiede von Hier und Dort. Er ist es, der spricht: »Alle Glocken läuteten«, und folglich ist er's, der sie läutet. So geistig ist dieser Geist und so abstrakt, daß grammatisch nur in der dritten Person von ihm die Rede sein und es lediglich heißen kann: »Er ist's.« Und doch kann er sich auch zusammenziehen zur Person, nämlich zur ersten, und sich verkörpern in jemandem, der in dieser spricht und spricht: »Ich bin es. Ich bin der Geist der Erzählung, der, sitzend an seinem derzeitigen Ort, nämlich in der Bibliothek des Klosters Sankt Gallen im Alamannenlande, wo einst Notker der Stammler saß, zur Unterhaltung und außerordentlichen Erbauung diese Geschichte erzählt, indem ich mit ihrem gnadenvollen Ende beginne und die Glocken Roms läute, id est: berichte, daß sie an jenem Tage des Einzugs sämtlich von selber zu läuten begannen.«

Damit aber auch die zweite grammatische Person zu ihrem Recht komme, so lautet die Frage: Wer bist du denn, der Ich sagend an Notkers Pult sitzt und den Geist der Erzählung verkörpert? – Ich bin Clemens der Ire, ordinis divi Benedicti, zu Besuch hier als brüderlich aufgenommener Gast und Sendbote meines Abtes Kilian vom Kloster Clonmacnois, meinem Hause in Irland, damit ich die alten Beziehungen pflege, welche seit Columbanus' und Gallus' Tagen fortwalten zwischen meiner Heimat und dieser festen Burg Christi. Ich habe auf meiner Reise eine große Anzahl von Stätten frommer Gelehrsamkeit und Musensitzen besucht, wie Fulda, Reichenau und Gandersheim, Sankt Emmeram zu Regensburg, Lorsch, Echternach und Corvey. Hier aber, wo das Auge sich in Evangeliaren und Psalterien an so köstlicher Buchmalerei in Gold und Silber auf Purpur mit Zutaten von Zinnober, Grün und Blau erlabt, die Brüder unter ihrem Sangesmeister so lieblich im Chor litaneien, wie ich es nirgends vernommen, die Refektur des Leibes vorzüglich ist, des herzigen Weinchens nicht zu vergessen, das dazu geschenkt wird, und man sich im Klosterhofe nach Tische so zuträglich um den Sprudelbrunnen ergeht: hier habe ich für etwas geraumere Zeit Station gemacht, von den immer bereiten Gastzellen eine bewohnend, in welche der hochehrwürdige Abt, Gozbert seines Namens, mir ein irisches Kreuz zu stellen die Aufmerksamkeit hatte, worauf man ein Lamm, von Schlangen umwunden, den Arbor vitae, einen Drachenkopf mit dem Kreuz im Rachen und Ecclesia abgebildet sieht, wie sie Christi Blut in einem Kelche auffängt, während der Teufel einen Schluck und Bissen davon zu erschnappen sucht. Das Stück zeugt vom frühen Hochstande unseres irischen Kunstgewerbes.

Ich bin meiner Heimat sehr anhänglich, Sankt Patricks buchtenreichem Eiland, seinen Weiden, Hecken und Mooren. Dort gehen die Lüfte feucht und mild, und milde auch ist die Lebensluft unseres Klosters Clonmacnois, will sagen: zugetan einer von mäßiger Askese gezügelten Bildung. Mit unserem Abte Kilian bin ich der wohlgeprüften Ansicht, daß die Religion Jesu und die Pflege antiker Studien Hand in Hand gehen müssen in Bekämpfung der Roheit, daß es die gleiche Unwissenheit ist, die von dem einen und dem andern nichts weiß, und daß, wo jene Wurzel schlug, immer auch diese sich ausbreitete. Tatsächlich ist die Bildungshöhe unserer Brüderschaft sehr beträchtlich und meiner Erfahrung nach derjenigen des römischen Klerus selbst überlegen, welcher von der Weisheit des Altertums oft allzuwenig berührt ist, und unter dessen Mitgliedern bisweilen ein wahrhaft beklagenswertes Latein geschrieben wird, – wenn auch kein so schlechtes wie unter deutschen Mönchen, von denen einer, allerdings ein Augustiner, mir neulich schrieb: »Habeo tibi aliqua secreta dicere. Robustissimus in corpore sum et saepe propterea temptationibus Diaboli succumbo.« Das ist ja schwer erträglich, stilistisch sowohl wie auch im übrigen, und niemals wohl könnte so bäurisches Zeug aus einer römischen Feder fließen. Überhaupt wäre es fehlerhaft, zu glauben, ich wollte Unrede führen gegen Rom und seine Suprematie, als deren getreuer Anhänger ich mich vielmehr bekenne. Mag es so sein, daß wir irischen Mönche stets auf Unabhängigkeit des Handelns gehalten und in vielen Gegenden des Festlandes zuerst die kristliche Lehre gepredigt, uns auch außerordentliche Verdienste erworben haben, indem wir überall, in Burgund und Friesland, Thüringen und Alamannien Klöster als Bastionen des Glaubens und der Mission errichteten. Das hindert nicht, daß wir seit alters den Bischof im Lateran als Haupt der kristlichen Kirche anerkannt und ein Wesen fast göttlicher Art in ihm gesehen haben, indem wir höchstens nur die Stätte der göttlichen Auferstehung für heiliger als Sankt Peter erachteten. Man kann sagen, ohne zu lügen, daß die Kirchen von Jerusalem, Ephesus und Antiochia älter sind als die römische, und wenn Petrus, bei dessen unerschütterlichem Namen man nicht gern an gewisse Hahnenschreie denkt, das Bistum Rom gestiftet hat (er hat es gestiftet), so trifft unstreitig für die Gemeinde Antiochia das gleiche zu. Aber diese Dinge können nur die Rolle flüchtiger Bemerkungen spielen am Rande der Wahrheit, daß, erstens, unser Herr und Heiland, wie es bei Matthäus, allerdings nur bei diesem, zu lesen steht, den Petrus zu seinem Lehensträger hienieden berufen, dieser aber dem römischen Bischof das Vikariat übertragen und ihm den Vorrang über alle Episkopate der Welt verliehen hat. Lesen wir ja in Dekretalen und Protokollen der Urzeit sogar die Rede, die der Apostel noch selbst bei der Ordination seines ersten Nachfolgers, des Papstes Linus, gehalten hat, was ich als eine rechte Glaubensprobe und als eine Herausforderung an den Geist erachte, seine Kraft zu erweisen und zu zeigen, was alles zu glauben er fertigbringt.

In meiner so viel bescheideneren Eigenschaft als Inkarnation des Geistes der Erzählung habe ich alles Interesse daran, daß man mit mir die Berufung zur Sella gestatoria als der Erwählungen höchste und gnadenvollste betrachte. Und ein Zeichen meiner Ergebenheit für Rom ist es denn auch schon gleich, daß ich den Namen Clemens führe. Von Hause aus nämlich heiße ich Morhold. Aber ich habe diesen Namen nie geliebt, da er mich wild und heidnisch anmutete, und mit der Kutte habe ich denjenigen des dritten Nachfolgers Petri angezogen, also daß in der gegürteten Tunika und dem Skapulier nicht mehr der gemeine Morhold, sondern ein verfeinerter Clemens wandelt und sich vollzogen hat, was der heilige Paul ad Ephesios mit so glücklichem Wort das ›Anziehen eines neuen Menschen‹ nennt. Ja, es ist der Fleischesleib gar nicht mehr, der im Wams jenes Morhold herumlief, sondern ein geistlicher Leib ist es, den das Cingulum umwindet, – ein Körper demnach nicht in dem Grade, daß mein früheres Wort, es ›verkörpere‹ sich etwas in mir, nämlich der Geist der Erzählung, ganz billigenswert gewesen wäre. Ich liebe dies Wort ›Verkörperung‹ gar nicht sehr, da es sich ja vom Körper und vom Fleischesleibe herleitet, den ich zusammen mit dem Namen Morhold ausgezogen habe, und der allerwegen eine Domäne des Satans ist, durch ihn zu Greueln befähigt und erbötig, von denen man kaum begreift, daß er sich ihrer nicht weigert. Andererseits ist er der Träger der Seele und Gottesvernunft, ohne den diese der Basis entbehrten, und so muß man den Körper ein notwendiges Übel nennen. Das ist die Anerkennung, die ihm zukommt, eine jubelndere gebührt ihm nicht in seiner Notdurft und Anstößigkeit. Und wie sollte man wohl, im Begriffe stehend, eine Geschichte zu erzählen oder zu erneuen (denn sie ist schon erzählt worden, sogar mehrmals, wenn auch unzulänglich), welche von Körpergreueln überbordet und entsetzlichen Beweis dafür bietet, wozu alles der Körper ohne Zagen und Versagen sich hergibt, – wie sollte man da geneigt sein, viel Rühmens davon zu machen, daß man eine Verkörperung ist!

Nein, indem der Geist der Erzählung sich zu meiner mönchischen Person, genannt Clemens der Ire, zusammenzog, hat er sich viel von jener Abstraktheit bewahrt, die ihn befähigt, von allen Titular-Basiliken der Stadt zugleich zu läuten, und ich werde dafür sogleich zwei Merkmale anführen. Erstens nämlich mag es dem Leser dieser Handschrift wohl entgangen sein, ist jedoch der Bemerkung wert, daß ich ihn zwar mit der Angabe des Ortes versehen habe, wo ich sitze, nämlich zu Sankt Gallen, an Notkers Pult, daß ich aber nicht gesagt habe, zu welcher Zeitenstunde, in dem wievielten Jahre und Jahrhundert nach unseres Retters Geburt ich hier sitze und das Pergament mit meiner kleinen und feinen, gelehrten und schmuckhaften Schrift bedecke. Dafür gibt es keinen festen Anhaltspunkt, und auch der Name Gozbert unseres Abtes hier ist kein solcher. Er wiederholt sich allzu oft in der Zeit und verwandelt sich, wenn man nach ihm greift, auch gar leicht in Fridolin oder Hartmut. Fragt man mich neckend oder boshaft, ob ich selbst etwa zwar wisse, *wo* ich bin, aber nicht *wann*, so antworte ich freundlich: Da gibt es überhaupt nichts zu wissen, denn als Personifizierung des Geists der Erzählung erfreue ich mich jener Abstraktheit, für die ich nunmehr das zweite Merkmal gebe.

Denn da schreibe ich und schicke mich an, eine zugleich entsetzliche und hocherbauliche Geschichte zu erzählen. Aber es ist ganz ungewiß, in welcher Sprache ich schreibe, ob lateinisch, französisch, deutsch oder angelsächsisch, und es ist auch das gleiche, denn schreibe ich etwa auf thiudisc, wie die Helvetien bewohnenden Alamannen reden, so steht morgen Britisch auf dem Papier, und es ist ein britunsches Buch, das ich geschrieben habe. Keineswegs behaupte ich, daß ich die Sprachen alle beherrsche, aber sie rinnen mir ineinander in meinem Schreiben und werden eins, nämlich Sprache. Denn so verhält es sich, daß der Geist der Erzählung ein bis zur Abstraktheit ungebundener Geist ist, dessen Mittel die Sprache an sich und als solche, die Sprache selbst ist, welche sich als absolut setzt und nicht viel nach Idiomen und sprachlichen Landesgöttern fragt. Das wäre ja auch polytheistisch und heidnisch. Gott ist Geist, und über den Sprachen ist die Sprache.

Eines ist gewiß, nämlich, daß ich Prosa schreibe und nicht Verselein, für die ich im ganzen keine übertriebene Achtung hege. Vielmehr stehe ich diesbezüglich in der Überlieferung Kaisers Caroli, der nicht nur ein großer Gesetzgeber und Richter der Völker, sondern auch der Schutzherr der Grammatik und der beflissene Gönner richtiger und reiner Prosa war. Ich höre zwar sagen, daß erst Metrum und Reim eine strenge Form abgeben, aber ich möchte wohl wissen, warum das Gehüpf auf drei, vier jambischen Füßen, wobei es obendrein alle Augenblicke zu allerlei daktylischem und anapästischem Gestolper kommt, und ein bißchen spaßige Assonanz der Endwörter die strengere Form darstellen sollten gegen eine wohlgefügte Prosa mit ihren so viel feineren und geheimeren rhythmischen Verpflichtungen, und wenn ich anheben wollte:

> Es war ein Fürst, nommé Grimald,
> Der Tannewetzel macht' ihn kalt.
> Der ließ zurück zween Kinder klar,
> Ahî, war das ein Sünderpaar!

oder in dieser Art, – ob das eine strengere Form wäre als die grammatisch gediegene Prosa, in der ich jetzt sogleich meine Gnadenmär vortragen und sie so musterhaft ausgestalten und gültig darstellen werde, daß viele Spätere noch, Franzosen, Angeln und Deutsche, daraus schöpfen und ihre Rimelein darauf machen mögen.

Soviel vorausgesandt, beginne ich wie folgt.

Grimald und Baduhenna

Vor Zeiten war ein Herzog in Flandern und Artois, Grimald mit Namen. Sein Schwert hieß Eckesachs. Sein kastilianisch Leibroß war Guverjorß genannt. Geborgener schien kein Fürst in Gottes Gunst als dieser, und kühnlich ging hin sein Blick über die ihm erblich angestorbenen Lande mit fetten Städten und starken Burgen, ruhte, von Selbstachtung streng, auf seiner maisnie und Knappenschaft nebst Läufern, Köchen, Küchenjungen, Posaunern, Tambours, Fiedlern und Flutisten, auf seinem Leibgesinde, bestehend aus zwölf Knaben erlauchten Stammes und süßer Sitten, darunter auch zwei Sarazensöhne, die wegen ihres Götzen Mohammed zu hänseln er ihren kristlichen Kumpanen nicht erlaubte. Wenn er mit seinem Weibe Baduhenna, der hohen Dame, zur Kirche oder zu festlicher Tafel schritt, so sprangen diese Pagen, zu zweien sich an den Händen haltend, in bunten Strümpfen vor ihnen her, indem sie die Füße kreuzweis setzten.

Seine Stammburg, wo Herzog Grimald meistens Hof hielt, war Chastel Belrapeire und lag auf den Höhen des Schafe nährenden Artois, von ferne anzusehen wie auf der Drechselbank gedreht mit ihren Dächern, Söllern, Vorfesten und turmverstärkten Mauerringen, eine wehrhafte Zuflucht, wie wohl ein Fürst sie braucht: gegen wilde Feinde von auswärts sowohl wie gegen böse Launen der eigenen Untertanen; doch höchst wohnlich und den Sinnen angenehm zugleich. Ihr Kernwerk war ein ragender Donjon, rechteckig, mit Innenräumen von hoher Pracht, derengleichen aber nicht nur der Wohnturm, sondern noch manch Sonderbau und Innenflügel im Zuge der Mauer barg, und von des Donjons Saal ging außen eine gerade Stiege nieder in den Burghof und Rasengarten, wo wohlummauert eine breit schattende Linde stand. Auf ihrer Rundbank saß gern das Herzogspaar an Sommernachmittagen auf Kissen von Pfellelseide aus Halap und Damaskus, während rings zu ihren Füßen auf Teppichen, von Knappen in das geschonte Gras gespreitet, die Burggesellschaft sich in gefälligen Gruppen geordnet hielt, und man lauschte viel wahren und trüglichen Mären der Spielleute, welche die Saiten kneipend von Artus kündeten, dem Herrscher aller Britanneisen, vom Gutwetterkönig Orendel, wie er im Spätherbst bitteren Schiffbruch leidet und dem Eisriesen zum Knechte wird, von den Kämpfen kristlicher Ritter mit abscheulich fremden Völkern in so entlegenen Ländern wie Ethnise, Gylstram oder Rankulat: Kranichköpfen, Stirnäuglern, Plattfüßlern, Pygmäen und Giganten; von den außerordentlichen Gefahren des Magnetbergs und der Überlistung der Greifen um ihr rotes Gold; vom Glaubensstreit des heiligen Silvester vor Kaiser Konstantin mit einem Juden: der raunte einem Stier den Namen seines Gottes ins Ohr, und tot fiel der Stier zu Boden. Silvester aber rief Christum an: Da stieg der Bulle wieder auf seine Beine und verkündete mit Donnergebrüll die Überlegenheit des wahren Glaubens.

Dies alles nur beispielsweise. Sonst gab man einander spitzfindige Rätsel auf oder trieb auch lose Conversation voll Corteisie und Fug, so daß manch Frohgelächter, aus Herren- und Damenstimmen gemischt, die Luft erfüllte.

Für mein Teil muß ich lachen, weil einige denken könnten, im Saale droben hätten abends qualmende Fackeln von Stroh und Kienspäne zur Leuchte gebrannt. Ach nein! Da hingen Kronen von der Decke, mit flimmernden Kerzen dicht besteckt, und Wandarme hielten Kerzenbündel, zehnfachen Scheines, in den Raum. Es gab da zwei marmorne Feuerherde, auf denen Aloe und Sandelholz verbrannte, und den Estrich deckten breite Teppiche, auf denen, wenn es galt und etwa der Fürst von Kanvoleis oder der König von Anschauwe – bien soi venu, beau Sire! – des Herzogs Gäste waren, auch noch Reiser und Binsen grün und Blumen verstreut lagen. Zu Tafel saßen Herr Grimald und Frau Baduhenna auf Stühlen mit Polstern von arabischem Achmardi, ihnen gegenüber ihr Kaplan. Die Spielleute saßen ganz unten am Tische, oder es saß auch dies Volk an gesondertem Katzentisch und die Gesellschaft an Vierertischen, von der Wand gelassen und weiß gedeckt, und je vier Knappen reichten goldne Becken und seidenbunte Trockentücher und schnitten kniend vor. Hofgerecht war die Speise: Reiher und Fisch und Schafskotelett und Vögel, im Sprenkelholz gefangen, und fette Krapfen. Zu jedem Gerichte gab es Brühe, Pfeffer und Agraß (womit ich Obstsauce meine), und emsig, das Antlitz hoch gerötet (denn sie tranken selbst hinter den Türen), füllten die Knappen die Becher mit Wein und Maulbeerwein und rotem Sinopel und würzigem Lautertrank, will sagen: Klaret, womit vorzüglich gern und häufig Herr Grimald die Gurgel netzte.

Ich will nun weiter kein Rühmens machen von dem guten

Leben auf Belrapeire, wär es auch untreu zu verschweigen, daß da die Truhen barsten von Linnen und Damast, Seiden- und Sammetstoffen seltener Art, Fischotterbälgen auch und duftigem Zobel, daß die Gestelle und Kredenzen prangten im Schein von Assagauker Prachtgerät, als: Schalen, aus Edelsteinen gehöhlt, und Goldpokalen, die Schübe den Vorrat kaum bargen an Spezereien, mit denen man die Lüfte würzte, die Teppiche bestreute und die Ruhebetten bestäubte: Kräutern und Hölzern, Ambra, Theriak, Nelke, Muskat und Kardamom, daß in geheimen Tresors an Golde ruhte so manche Mark, vom Kaukasus, aus Greifenklauen gerissen, dazu Geschmeide und wundertätiges Gestein in losen Stücken: Karfunkel, Onyx, Kalzidon, Koralle und wie sie heißen, Achat, Sardonyx, Perlen, Malachit und Diamanten, daß die Magazine und Rüstkammern strotzten von edlen Waffen, Ringpanzerhemden, Härsenieren und Schilden von Toled im Spanierland, Rüstungen für Mann und Roß, Covertiuren, Sielzeug, Sätteln und Schellenzäumen, die Ställe, Pferche, Zwinger und Käfige zum Überfluß bestellt waren mit Pferden und Hunden, Federspielen, Mausersperbern und des Redens kundigen Vögeln.

Damit des Rühmens genug! Es war ohnehin kein Kleines, soviel Rühmens gehörig anzuordnen und grammatisch im Zaum zu halten. Höchst höfisch, wie man sieht, verbrachten Herr Grimald und Frau Baduhenna ihre Tage, bewundert rings in der Kristenheit, mit allen Gütern der Erde reich gesegnet. So heißt es wohl in den Geschichten und heißt dann weiter: »Nur eines fehlte zu ihrem Glücke.« Das Menschenleben verläuft nach abgebrauchten Mustern, ist aber nur in Worten alt und hergebracht, an und für sich ist's immer neu und jung, möge auch dem Erzähler nichts übrig bleiben, als ihm die alten Worte zu geben. Nur eines, spricht er notgedrungen, fehlte, ihr Glück vollkommen zu machen: das waren Kinder, und wie oft sah man die Gatten auf Sammetkissen nebeneinander knien, die Hände zum Himmel ringend um das Vorenthaltene! Nicht genug damit, so ward auch in allen Kirchen von Flandern und Artois allsonntäglich von den Kanzeln zu Gott darum gebetet, und doch schien dieser den Bitten auf immer sein Ohr verweigern zu wollen, denn es waren beide schon vierzig, und noch immer verzog die Hoffnung auf Nachkommenschaft und geraden Erbgang, so daß einst wohl gar die Herrschaft im Streite eifernder Anwärter zerrissen werden würde.

Wár es, weil der Erzbischof von Köln, Utrecht, Maastricht und Lüttich sich selbst mit feierlichen Messen und Bittprozessionen ins Mittel legte? Ich glaube es, denn nach langem Zögern der Allmacht ward endlich der Bann gelöst, und die Fürstin sah Mutterfreuden entgegen, – Freuden, nur leider bestimmt, sich zu erschöpfen in den Qualen einer Niederkunft, deren Schwere noch immer von den Bedenken der Allweisheit gegen die Gewährung des Wunsches Zeugnis gab. O weh! Es sollte die Frau des Kinderpaares nicht genesen, das sie unter fremdartigen Schreien zum Lichte gebar. Ihr schwand das Licht, und Herzog Grimald war nur Vater geworden, um sich zugleich als Witwer auch zu finden.

Wie seltsam mischt die Vorsehung uns Sterblichen Freude und Leid in *einem* Becher! Der Erzbischof, peinlich berührt von dem zwiespältigen Erfolg, den seine auf die Allmacht ausgeübte Pression gezeitigt, überließ es dem Bischof von Cambrey, die Exequien abzuhalten im Dom zu Ypern drunten. Als nun der Stein die Gruft bedeckte, darin Frau Baduhenna ihr kühles Wochenbett abhielt, kehrte Herzog Grimald nach Belrapeire zurück, um sich dessen zu freuen, was ihm gegeben, nachdem er in aller Form betrauert, was ihm genommen. Die Wickelkinder, des Todes allerliebste Sprossen, Knabe und Mägdlein, sein Fleisch und Blut, die Erben seines Hauses, sie waren seine Wonne im Leid und waren die Wonne der ganzen Burg, weshalb sie zusammen auch Schoydelakurt, das ist: des Hofes Freude genannt wurden, denn reizendere Wickelkinder sah wahrlich die Welt noch nicht, und kein Maler von Köln und Maastricht hätte schönere mit Farbe malen können: so rein geformt, von Niedlichkeit umflossen, mit Härchen wie Kükenflaum und Augen vorerst voll Himmelslicht, nur selten greinend, zum Engelslächeln, daß einem das Herz schmolz, immer bereit, nicht nur für andere, sondern auch, wenn sie am Wickelspind sich ansahen, nach einander patschten und sprachen: »Da, da! Du, du!« Schoydelakurt, versteht sich, hießen sie nur gemeinsam und in schmeichelndem Scherz. In der heiligen Taufe, vom Burgkaplan gespendet, erhielten sie die Namen Wiligis und Sibylla; und war auch Junker Willo, der beim ›Da, da‹ viel derber patschte als Sibylla, des Landes Erbe und die Hauptperson, so fiel auf diese doch, wie auf ihr ganzes Geschlecht, ein Strahl und Abglanz von der Glorie der Himmelskönigin, und viel zärtlicheren Auges noch betrachtete Herzog Grimald sein Töchterchen als den so wichtigen und ebenso schönen Sohn. Der würde ein Ritter sein wie er, tapfer und stark, nun ja, den Weibern recht, wenn er sich nach dem Tjostieren seiner verschwitzten Waffen Rost vom Leib gewaschen, dem Klaret auch wohl hold, nun ja, das kannte man. Die süße, von oben beschienene Fremdheit zarten Weibtums aber, die greift ganz anders ans rauhe Herz, ans väterliche auch, und darum nannte Herr Grimald das Söhnchen nur Löli und Lümmelein, das Weiblein aber ›ma charmante‹ und küßte diese, während er den Buben nur tätschelte und ihm seinen Finger zu halten gab.

Die Kinder

Wie sorglich wurde das edle Pärchen nun aufgezogen von kundigen Frauen, denen die Hauben Stirn und Kinn umhüllten, und die sie päppelten mit süßem Seim und Brei, sie badeten in Kleiewasser und ihnen mit Wein die baren Kiefer wuschen, damit dort desto bälder und leichter die Milchzähnchen durchbrächen und ihr Lächeln schmückten. Sie taten's leicht und ohne viel Gegreine und waren wie Perlen, dabei sehr scharf. Da aber die beiden nun keine Wickelkinder mehr waren und nicht mehr zarteste Neuankömmlinge hienieden, verlor sich das süße Licht, das sie von drüben mitgebracht, und gleichwie Wolkenschatten ging es darüber, so daß sie sich verdunkelten und begannen, Erdengestalt anzunehmen, die allerzierlichste, darum möcht' ich

18

gebeten haben. Der Kükenflaum auf ihren Häuptchen wandelte sich in braunes, glattes Haar: das stand gar reizend gegen die wälisch elfenbeinfarbene Blässe, die ihre fein-feinen Gesichtchen und die Haut ihrer sich streckenden Körper nun wiesen, offenbar als Erbe fernerer Ahnen, nicht ihrer Eltern, denn Frau Baduhenna war weiß und apfelrot gewesen, und Herr Grimald war zinnoberfarben von Antlitz. Der Kinder Augen, die anfänglich Azur gestrahlt, dämmerten tief und tiefer ins Schwarze mit blauem Unterschein, selten gesehen und fast geheimnisvoll, wenn auch nicht länger himmlisch, obgleich nicht zu sagen ist, warum nicht einige Englein sollten solche nachtblaue Augen haben. Auch hatten sie beide eine Art, seitlich damit aus dem Winkel zu blicken, als lauschten und warteten sie auf etwas. Ob auf Gutes oder Böses, kann ich nicht wissen.

Mit sieben, um die Zeit der Zahnmauser, flogen Windblattern sie an, und da sie sich kratzten, blieb ihnen beiden davon an der Stirne ein Mal zurück, eine Narbe und flache Caverne, ganz an der gleichen Stelle und ganz gleich gestaltet bei beiden, nämlich sichelförmig. Es fiel ihr braunseidenes Haar darüber, aber Herr Grimald strich es zuweilen neckend und sich zum Scheine wundernd davon zurück, wenn die Haubenfrauen, wie einmal täglich zu bestimmter Stunde, die Kinder vor seinen Schemelstuhl führten, wo er saß, einen Pokal mit Klaret greifbar zu seiner Rechten. Lächelnd mit gesenkten Häuptern traten die Pflegerinnen dann mehrere Schritt in den Saal zurück, um nicht durch ihre niedere Nähe das hohe Familienglück zu stören. Oder sie blieben auch gleich an der Türe stehen und ließen die Kleinen, Sibylla in ihrem gevitzten Kleidchen (oder wie man für künstlich mit Goldfäden eingewebte Muster sagt), Wiligis in seinem mit Biber verbrämten Sammetkittel, und beide auf den Schultern ihr Haar, allein zum Vater gehen, vor welchem Wiligis bereits nach Ziem und Zucht das Knie zu beugen wußte. »Deu vus sal, lieb Herre wert«, sprachen sie mit Stimmchen vor Zagen etwas heiser. Und dann plauderte und scherzte der Vater mit ihnen, nannte sie »gent mignote de soris« und »Trutgesindlin«, fragte nach ihrem Tage und empfahl sie endlich dem Saint Esperit, indem er den Willo klapste, Sibylla aber küßte. Er sprach: »Gehabt euch baß!« Sie aber sprachen gemeinsam mit heiseren Stimmchen: »Nu lohn Euch Gott!« und gingen rückwärts von ihm hinweg nach sittiger Gebühr, indes die Frauen von der Tür her sie ereilten und sie beiderseits an den Händen nahmen, den äußeren, an denen sie sich nicht hielten.

Sie hielten sich aber an ihren Händen auf Schritt und Tritt, mit achten noch und zehnen, und waren wie ein Paar Zwergsittiche und Gesellschaftspapeganen, zusammen Tag und Nacht, denn von jeher teilten sie das Schlafgemach, oben im käuzchenum-schrienen Turm, wo ihre Spannbetten standen, mit Gurten aus Salamanderfell, auf denen die Kissen lagen, und Stollen von Vi-perschlangen. Das Polster unter den Kissen war Palmat. Die Haubenfrau, die noch zur Gesellschaft und Wartung bei ihnen auf schlichter Bettstatt schlief, fragten sie öfters: »Nicht wahr, wir sind noch klein?« – »Klein, zwei Turteltürtel, lieb und edel.« – »Und werden noch lange klein sein, gilt's, n'est-ce voir?« – »Ja doch, seurement, ihr Süßen, noch eine ganze Spann und Weile!« – »Wir wollen aber immer klein bleiben auf Erden«, sprachen sie. »So haben wir es abgeredet im Kosen. Wir werden leichter Englein werden im Himele alsdann. Es muß recht schwer sein, mit Bauch und Bart und Busen sich in ein Englein zu wandeln, wenn man stirbt.« – »Ach, Närrchen, que Deus dispose! Und Er will nicht, daß man immer ein Kind bleibt, was ihr auch mögt abgeredet haben. Deus ne volt.« – »Wenn wir uns aber kastigie-ren und drei Nächte lang nicht schlafen, sondern nur beten, daß Gott uns klein erhält?« – »Man höre die liebe Einfalt! Meiner Treu, ihr werdet schon schlafen und im Schlafe euch lieblich auferbauen.«

So geschah es auch. Ich weiß nicht, ob sie es wirklich mit der Kastigierung im Ernst versuchten, meinen möchte ich, es hatte die Rede der Amme sie wohl entmutigt. Doch so wie so, da über Burg und Land die Jahre hingingen, bekränzt und falb und eis-grau und wieder lenzend, wurden sie neun und zehn und elf, zwei Knospen, die sich erschließen wollten, oder, wenn sie's nicht wollten, doch dazu im Begriffe waren, nicht länger klein,

sondern jung-junge Dinger, bildhübsch im blassen Antlitz, mit
seidenen Brauen, regen Augen, dünnen Nüstern, die spürsam
witterten, und langen, etwas gewölbten Oberlippen hinab zum
feinen und ernsten Mund, am Leibe zart sich bildend nach ihrer
Bestimmung, doch so recht noch nach der Proportion nicht fertig, etwas gleich jungen Hunden, die zu schwere Pfoten haben,
alsus, wenn Wiligis am Morgen, vom Schlafe übermütig, nackt
wie ein Heidengott, im wirren Stirnhaar sein Sichelzeichen, um
den vor sein Bett gestellten Badezuber sprang, auf welchem
Rosenblätter schwammen, dasjenige, wodurch er sich von der
Schwester unterschied, sein Mannesteil, zu groß und ausge-
wachsen sich ansah im Verhältnis zu seinem schmalen, elfenbeinfarbenen Körper. Mich stimmt der Anblick auf eine Weise
trüb. So kindlich fein und klug das Häuptchen droben auf den
dünnen Schultern und dann im Niederen ein solcher Michel! Die
Ammen aber schnalzten wohl andächtig dazu, machten einander Augen und sprachen: »L'espoirs des dames!« Das Fräulein,
was sie betraf, so saß sie, eine Knospe, kaum halb erschlossen, an
Bettes Bord, auf der Stirn, ganz offen, da sie für die Nacht das
Haar davon zurückgetan, ihr Zeichen ebenfalls, und blickte fast
finster aus dem Augenwinkel auf ihn und die Bewundernden.
Ich weiß, was sie dachte. Sie dachte: »Ich werd' euch, – l'espoirs!
Mein ist der Trutgespiel. Der Dame, die ihm Gedinge trägt,
kratz ich die Augen aus und nehme nicht Pön dafür, ich, des
Herzogs Töchterlein!«

Ihr war nun eine edle Witwe zugeteilt, von Cleve eine Gräfin,
mit der sie in der Fensternische den Psalter sang, und die sie das
Wirken von Stoffen lehrte aus kostbarem Garn. Der Junker dagegen hatte einen Gurvenal, mit Namen Herr Eisengrein, Cons
du chatel, will sagen einer festen Wasserburg mit Gräben breit
und tief und einem Berchfrit, der weit ausschaute übers Meer,
denn die Burg lag in der Ebene drunten, wo es Rousselaere und
Thorhout heißt, dem Meere ganz nah. (Gebt acht, und merkt
euch diese Wasserburg, dem knatternden Meere nah! Es wird
noch seine Bewandtnis damit haben in der Geschichte.) Von
dorther war Herr Eisengrein, ein Bester von dem Lande und

21

getreuer Lehnsmann, eigens heraufgekommen nach Belrapeire, trotz Weib und Kind, des Junkers Ehrenherr und maistre de corteisie zu sein. Es war diesem auch noch, fürs Gröbere, der Meisterknappe Patafrid zur Seite gegeben. Denn wenn auch Herzog Grimald das Fräulein, wegen des Scheines von oben, dem Sohne immer vorgezogen hatte und, je mehr die Knospe sich entfaltete, nur desto galanter und zärtlicher zu ihr wurde, je mehr aber der Junker heranwuchs, nur desto barscher zu ihm, so war er doch auf die gute Zucht des Erben recht väterlich bedacht und gebot, daß er un om de gentilesce werde, afeitié, bien parlant et anseignié. So lernte er von jenen beiden die Ritterschaft und feine Moralität. Er lernte von Patafrid, ob er's nun sonderlich gern tat oder nicht, aufs Roß zu springen ohne Bügel, und von Herrn Eisengrein, wie man beim Lustritt in weicher Tracht ein Bein légèrement vor sich aufs Pferd legt. Mit dem Oberknappen mußte er eine Tjoste kämpfen in Eisenschienen von Soissons und lernen, wie man mit dem Speer zielt auf die vier Nägel am Schild des Gegenhelden, wobei denn Patafrid ihm zu Gefallen wohl vom Pferde fiel und Sicherheit anbot. Er lernte sowohl, wie man den kurzen Gabylot schleudert, als wie man zum Anrennen einlegt die lange Lanze. Mit seinem Gurvenal und Falknern ritt er zur Beize in den grünen Wald, lernte den abgerichteten Schellenvogel von der Hand werfen und so künstlich blatten, daß alles Wild den Schrei der eigenen Art zu hören meinte.

Was weiß ich von Ritterschaft und Weidwerk! Ich bin ein Mönch, im Grunde unkund all dessen und etwas ängstlich davor. Ich habe nie eine Sau bestanden, noch mir das Hürnen zum Gefälle des Hirsches in die Ohren schmettern lassen, noch das Wild zerwirkt und mir als des Gejägtes Herr die leckeren Teile auf Kohlen braten lassen. Ich tue nur so, als wüßt' ich recht zu erzählen, wie Junker Wiligis gezogen wurde, und wende Worte vor. Nie hab ich einen Gabylot in der Hand geschwungen, noch eine lange Lanze unter den Arm geworfen; auch habe ich nie auf einem Blatte blasend das Waldgetier betrogen und habe das Wort ›blatten‹, das ich mit solcher Scheingeläufigkeit gebrauche, eben nur aufgeschnappt. Aber so ist es die Art des Geistes der

Erzählung, den ich verkörpere, daß er sich anstellt, als sei er in allem, wovon er kündet, gar wohlerfahren und zu Hause. Auch der Buhurd, das lustige Reiterspiel, das Jung Wiligis auf dem weichen Talgrund zu Füßen der Burg mit Herren und Knappen übte, wobei in Carrière Schar auf Schar stößt und einander vom Plan zu sprengen sucht (die Damen aber saßen Spott spendend oder verliebten Beifall auf hölzernen Balkonen um den Kampfplatz), – auch diese Hurterei ist mir im Grunde ganz fremd und eher widersam; aber ich erzähle doch geläufig davon, wie Willo mit seiner Schar daherpreschte, daß die Krume stob, der schönste Fünfzehnjährige, den man sich denken kann, auf seinem Schecken, ohne Rüstung, nur in Hals- und Schulterberge aus leichten Stahlringen, die sein bleiches und feines Knabengesicht umrahmte, in Wappenrock und Korsett aus roter alexandrinischer Seide, – und wie man ihm höflich auswich, ihn zum Schein durchstoßen ließ durch die ganze Gegenschar, weil er des Herzogs Sohn, und wie die Damen Sibylla, seine holde Schwester, die rasch und lachend atmete, beglückwünschten zu seinem Siege.

Daß es ein Scheinsieg war, tröstet mich etwas darüber, daß ich mit solcher Scheingeläufigkeit von Dingen rede, die mir nicht angehören. Heiß aber wird man auch von trügerischem Siege, und heiß und stolz, weil man so höflich gegen ihn gewesen, kam Wiligis zurück auf die Burg und trat vor seine Schwester, die auch ganz gut wußte, daß abgesprochene Rücksicht gewaltet hatte, und trotzdem, oder grade deshalb, ebenso heiß und stolz war wie er. Wollt ihr wissen, wie das Fräulein zur Feier des Tages gekleidet war, so war sie angetan mit einem Kleide, so grün wie Gras, aus Assagauker Sammet, schön weit und lang und luxuriös gerafft, und wo es vorn in breiten Falten gerafft war, sah man, daß das Futter aus roter und das Unterkleid aus weißer Seide war. An ihrem elfenbeinfarbenen Halse schloß es rund und war, wie an den Handgelenken, mit Perlen und Steinen gesäumt, die tiefer auf der Brust zu einem breiten Geschmeide zusammentraten. Dicht besetzt mit Edelsteinen war auch ihr Gürtel, und der Jungfrauenkranz in ihrem offenen Haar, er ebenfalls, bestand aus kleinen Rubinen und Granatstein grün und rot. Da mag wohl Neid ankommen manche Maid, wie ich das Herzogskind beschreibe, auch wegen der Länge ihrer Wimpern, zwischen denen die blauschwarzen Augen spielten, ferner weil ich, die eigenen Augen mönchisch niederschlagend, berichte, daß unter Sammet und Steinen ihre Brust schon blühend wogte, nicht zu schweigen von der ganz außerordentlichen Schönheit ihrer Hände, – kaum kleiner waren sie als die des Bruders, aber überaus fein von Knöcheln, mit zugespitzten Fingern, und an einigen von diesen funkelten Ringe, je einer am oberen und unteren Gliede. Schlank war sie, von lieblicher Hüftlinie, und wie bei ihm setzte die Oberlippe weit vorn am Näschen an und war gewölbt. Die dünnen Nüstern dazu flatterten ganz wie seine.

»Ach, Herr und Bruder«, sprach sie, indem sie ihn von der Kettenhaube befreite und ihm glättend über sein dunkles Haar strich, »du warst herrlich, als sie dich durchstoßen lassen mußten durch die ganze Schar! Wie deine Beine in den Bügeln standen beim Ansturm, das sah ich mit Freuden. Dein sind die jugendschönsten Beine von allen hier. Nur meine, in ihrer andren Art, sind ebenso schön. Insonders ergreifen mich deine Knie, wenn du jambelierst und deinem Tiere die Schenkel gibst.«

»Herrlich«, antwortete er ihr, »bist du, Sibylla, ganz von selbst und ohne Buhurd! Mein Geschlecht, das muß sich regen und etwas tun, um herrlich zu sein. Mit deinem darf man nur sein und blühen und ist schon herrlich. Das ist der allgemeinste Unterschied zwischen Mann und Weib, von genaueren abgesehen.«

»Wir neiden euch«, sagte sie, »euere Unterschiede, bewundern sie und sind in Scham gehüllt, weil wir in den Hüften breiter sind statt in den Schultern und folglich eine zu große Bauchfläche haben, auch einen zu umfangreichen derrière. Aber das darf ich sagen, daß gleichwohl meine Beine so hoch und schlank sind, daß nichts zu wünschen bleibt in dieser Beziehung.«

»Das darfst du«, erwiderte er, »und darfst nicht vergessen, daß wir wiederum, wenn nicht mit Neid, so doch mit süßem Gefallen auf euere Unterschiede blicken. Sogar von Neid kann die Rede sein ebenfalls, denn wo ist unsere Blüte? Wir haben hier nichts und da nichts, nur etwas Kraft allenfalls, um uns herauszuhauen aus unserem Nachteil.«

»Sage das nicht, daß du nichts hast! – Aber laß uns niedersitzen im Fensterbogen und etwas kosen über den Buhurd von heute, wie komisch Graf Kynewulf von Niederlahngau, ›Kurzibold‹ geheißen ob seiner Kleinheit, auf seiner riesigen Rappenstute sich ausnahm, und wie Herr Klamidê, fils du comte Ulterlec, im Strauchelsturz unter sein Roß zu liegen kam, worüber Frau Garschiloye von der Beafontane fast den Verstand verlor.«

Sie taten nach ihrem Vorschlag, saßen, die Arme in Sammet und Seide einander um die Schulter gelegt, auf der Bank im Bogen und lehnten manchmal die hübschen Köpfe aneinander. Zu ihren Füßen hatte sich, Kopf auf den Pfoten, ihr angelländscher Hund gelagert, ein Scenter, Hanegiff mit Namen, eine sehr liebe Creatur, weiß, schwarz nur um das eine Auge einschließlich des Ohrgehänges. Er teilte auch ihr Schlafgemach und schlief dort immer zwischen ihren Betten auf einem mit Roßhaar gefüllten materas. Der Blick durchs Fenster ging über die Dächer und Zinnen der Burg hinab auf eine Straße im Tal, von Wiesen und gelb blühendem Gebüsch gesäumt, auf der eine Herde dickwolliger Schafe langsam dahinzog. Sibylla fragte:

»Hast du wohl Augen gehabt für Alisse von Poitou in dem Narrenkleide, worin sie sich spreizte, zur Hälfte aus golddurchwirkter Seide, zur Hälfte aus Pfellel von Ninive, mit bunt gestücktem Rock? Es fanden sie viele so wätlich.«

Er sagte darauf:

»Ich habe keine Augen gehabt für ihre prätendierte Wätlichkeit. Ich habe nur Augen für dich, die du mein weiblich Gegenstück auf Erden. Die anderen sind fremde Stücke, mir nicht ebenbürtig wie du, die mit mir geboren. Die von Poitou, so weiß ich, macht sich nur so bunt für Männer, die gleich dem Riesen Hugebold, und für solche Trümmer wie Herrn Rassalig von Lothringen, zweimal so hoch wie ich, der nicht viel feister als eine Gerte. Aber seitdem ein Schatten von Bart auf meiner Lippe dunkelt, läßt manche Dame ihre Augen schmelzen, wenn sie mich anblickt. Ich dagegen weise ihr die kalte Schulter, que plus n'i quiers veoir als dich.«

Sie sprach:

»Es hat der König von Escavalon einen Brief gerichtet an Grimald, unsern Herrn, und ihn um meine Hand ersucht zur Ehe, dieweil ich mannbar und jener noch unbeweibt. Ich weiß es von meiner maistresse, der von Cleve. Du brauchst nicht aufzufahren, denn der Herzog hat es ihm glimpflich abgeschlagen und ihn bedeutet, ich sei, wenn auch mannbar, doch zu jung noch, unreif zur Königin selbst für ein so weniges Königreich wie Askalon, und er sollte sich sonst umsehen unter den Fürstentöchtern der Kristenheit. Zwar nicht um deinetwillen und damit wir noch zusammenbleiben, hat der Herr den König abgewiesen. Sondern ›Ich will noch eine Weile‹, schrieb er, ›zu Tafel sitzen mit meinen Kindern beiden, meiner Tochter zur Rechten und meinem Sohn zur Linken, nicht mit dem Buben allein und dann meinem Pfaffen nur noch, mir gegenüber.‹ Das war der Grund von seinem refus.«

»Laß es«, sprach er, indem er mit ihrer Hand sich spielend abgab und deren Ringe betrachtete, »sein, welcher Grund es will, wenn man uns nur nicht trennt in unsrer süßen Jugend, vor der Zeit, von der ich nicht wissen will, wann sie gekommen sein wird. Denn unser beider ist niemand wert, weder deiner noch meiner, sondern wert ist eines nur des anderen, da wir völlig exceptionelle Kinder sind, von Gebürte hoch, daß alle Welt sich lieblich dévotement gegen uns benehmen muß, und zusammen aus dem Tode geboren mit unseren vertieften Zeichen ein jedes auf seiner Stirn, die kommen zwar nur von den Windpocken, die nicht besser sind als Bürzel, Ganser, Ziegenpeter und Mumps, aber nicht auf die Herkunft der Zeichen kommt's an, bezeichnend sind sie tout de même in ihrer vertieften Blässe. Wenn Gott das Leben unsres Herrn Vaters lieb und wert bis aufs äußerste Menschenmaß verlängert haben wird, wie es ihm zu tun gefallen möge, so werde ich Herzog sein über das Artois und Flandern, ein segensreiches Gebiet, denn hier wogt das Korn auf fetten Äckern, während auf den Hügeln zehntausend und mehr rupfende Schafe ihre Wolle herumtragen zu guten Tuchen, drunten aber, gegen das Meer hin, wächst auf den Feldern der Flachs so reichlich, daß die Bauern, wie ich höre, vor plumper Freude in den Schenken tanzen, und es ist das Land besteckt mit kostbaren Städten, wie deine Hand mit Ringen: Ypern ist fröhlich, Gent, Löwen und das mit Waren vollgestopfte Anvers und Bruges-la-vive am tiefen Haff, wo mit Schätzen überladene Schiffe vom Süd- und Nord- und Ostmeer unaufhörlich ein- und ausfahren. Die Bürger gehen in Sammet und Pelz, aber sie haben nicht gelernt, freihändig aufs Pferd zu springen, noch mit der Lanze auf die vier Nägel des Schildes zu zielen, noch auf einen Buhurd zu reiten, darum brauchen sie einen Herzog, der sie schützt, und der bin ich. Dich aber, aller Magde beste, die allein zu mir paßt, will ich, während sie ihre Mützen in die Luft werfen, an meiner Hand durch sie hindurchführen als Schwester-Herzogin.«

Und er küßte sie.

»Ich habe es lieber«, sagte sie, »wenn du mich küssest, als wenn unser lieb Herre wert mir Hals und Wange mit seinem rostfarbenen Schnauz zerkratzt. Wie sehr von Herzen müßten wir nicht erfreut sein, wenn er uns visitieren käme, was jeden Augenblick geschehen mag.«

Oft nämlich, wenn sie so saßen und über allerlei Dinge kosten, trat Herzog Grimald wohl zu ihnen, nicht um sich ihnen zu gesellen, vielmehr um den Junker mit starken Worten zu vertreiben und allein mit dem Jungfräulein zu kosen.

»Fils du duc Grimald«, sprach er, »find ich dich, du Fanz, bei diesem schönen Kinde, deiner Schwester? Daß du ihrer pflegst, ist löblich, und ich lobe es, daß du dich nach besten Kräften ihrer annimmst, ihr beistehst und sie unterhältst, so gut du Spatz es eben verstehst. Aber solange ich lebe, bin ich, traun, ihr Schützer allen zuvor, auch Manns noch immer genug, mich ihrer anzunehmen, und wenn du dir schmeichelst, daß so ein holdes Kind dem Bruder trauter angehört als ihrem rüstigen Vater, so magst du ein paar Datteln gewärtigen von meiner Hand. Allez avant und mache dich von dannen! Schieß nach der Scheibe mit

Meister Patafrid! Der Herzog will einen Schwatz haben mit seinem Töchterlein.«

Und dann setzte er sich zu ihr in der Nische und corteisierte sie, der alte Ritter, wie sich's ein Mönch nur mühsam einzubilden vermag.

»Beau corps ist dein«, so sprach er, »und was der Franze florie nennt, der blühende Glanz, der ruht auf dir, du hast ihn letzthin allerliebst entwickelt. Hélas, die Zeit ist hold der Jugend, sie läßt sie täglich süßer erblühn, indes sie uns Alte mehr und mehr vergarstigt, uns das Haar nimmt von der Schwarte des Haupts und Grau streut in den Schnauz. Ja, ja, das Greise muß sich schämen vor dem Jungen, denn es ist widersam! Währenddessen, pourtant, kommt Würde wohl auf für Schönheit, und du darfst, Allerliebste, nicht vergessen, daß Grimald dein Vater ist, dem du Rührung schuldest und großen Dank, daß er dich in die Welt gesetzt, und der so früh sein Trutgemahl verlor. Soviel wie dich angeht, müssen wir sehen, daß du bald Brautlauf hältst, denn viele süße Zeichen sprechen für deine Mannbarkeit. Ich sinne nur auf dein Glück. Aber freilich, der erste ist mir für dich der Beste nicht, und nicht nur dir muß er gefallen, sondern ich muß dich ihm gönnen, und, in Treuen, ich gönne dich keinem so leicht, ich alter Ritter.«

So ungefähr Herr Grimald, wenn er mit ihr im Bogen saß, ich geb es wieder, so gut ein Mönch sich's einzubilden versteht. Im nächsten Jahre, als die Kinder sechzehn waren, kam für Jung Wiligis das Fest der Schwertleite, – was weiß ich davon, doch in der Sprache der Welt bedeutet's für den Junker das Recht, das Ritterschwert sich umzugürten. Das tat Herzog Grimald dem Sohne und schlug ihn zum Ritter unter Vivats und Trara, nach feierlichem Hochamt in Sankt Vaast, zu Arras auf der Burg, in Gegenwart von vielen Magen und Mannen, und danach stieg er zwischen seinen Kindern, den Sohn mit seiner Rechten und mit der Linken das Jungfräulein führend, vor den Augen der jubilierenden quemune vom hohen Bau den Ehren-Perron hinab, wobei der neuschaffene Schevelier, nur gewohnt, das kurze Jagdmesser an der Hüfte zu tragen, wohl achtzugeben hatte, daß ihm das übergroße Schwert, welches ihm vorn vom Gürtel hing, nicht zwischen die Beine gerate. Beide Kinder aber kam der Gedanke an, wie es doch so viel schöner wäre, wenn sie zu zweit nur, Hand in Hand, die Rampe hinunterschritten und der Vater nicht zwischen ihnen wäre.

Da aber der Wiligis nun feierlich Schwertleite gehalten, war in den Augen aller zugleich mit ihm Sibylla auch mündig und heirätig geworden, und es mehrten sich die Werbungen um ihre Hand von stolzen Fürsten der Kristenheit, die sich des Antrags wohl getrauen durften. Teils schrieben sie, teils schickten sie edle Freiwerber nach Belrapeire, teils kamen sie auch selbst zur Freite dorthin: Der alte König von Anschouwe brachte seinen Sohn Schafillor, der freilich ein Depp war. Graf Schiolarß von Ipotente, der Gaskonen Herzog Obilot, Plihopliheri, Fürst von Waleis, sowie die Herren von Hennegau und Haspengau, sie alle kamen und machten sich niedlich mit zobelgesäumten Kleidern und Hermelin und erlesenem Gefolge und geschmückten Antragreden, die sie zum Teil vom Blatte lasen. Herr Grimald aber schlug alle aus, denn keinem gönnte er Sibyllen, ja kaum vermocht er zornlichen Haß zu verbergen, den er gegen die Werber hegte, und mit seinem Nein-Wort ließ er alle, so fein sie waren, wieder abreiten in ihre Reiche. Das schuf viel bösen Mut rings an den Höfen der Kristenheit.

Jung Wiligis aber hatte um die Zeit einen Schreckenstraum, von dem er am ganzen Leibe naß von Schweiß erwachte. Ihm träumte, sein Vater schwebe über ihm mit hinten aufgeschlagenen Beinen in den Lüften, kupferrot angelaufen vor Wut das Antlitz, mit gesträubtem Schnauz, und bedrohe ihn stumm mit beiden Fäusten, so als wolle er ihm stracks damit an die Kehle fahren. Das war noch ungleich schrecklicher, als es sich ausnimmt in Worten, und vor lauter Angst, es möchte ihm wieder träumen, träumte es ihm wirklich genau so wieder zum zweiten Mal, höchstens noch schrecklicher, schon gleich die nächste Nacht.

Um siebzehn Jahre überlebte Herr Grimald sein Weib Badu-henna, um mehr nicht und nicht weniger; dann kam er zu ihr unter den Stein, im Dom zu Ypern, aber auf dem Steine lagen sie beide starr gemetzt noch einmal, als kristliche Gesponsen, ihre Hände vor Gott auf der Brust gekreuzt. Es war nämlich dieser Fürst seit seiner Frauen Scheiden dem Klaret in immer wachsen-dem Übermaß ergeben gewesen, und eines Tages ward er wirk-lich so dunkel kupferrot im Gesicht, wie Wiligis ihn im Traum gesehen, dann aber gel: da hatte der Tannewetzel ihn an die Schläfe getroffen, und er war tot, vorläufig nur an seiner rechten Seite, so daß er dort kein Glied mehr rühren konnte, auch der Sprache zum Teil verlustig war: nur aus dem linken Mundwin-kel konnte er noch Worte wie Blasen blubbern lassen. Sein Arzt von Löwen aber, wie auch der Grieche Klias, den er rufen ließ, sie beide verhehlten ihm nicht, daß leicht und bald der Tanne-wetzel ihn nochmals treffen könne, und dann werde er unver-meidlich tot sein auch links.

Dies sagten sie aber, damit er noch beizeiten sein Reich be-stelle, sie brachten ihn durch ihre Warnung auf den Gedanken, und so beschickte er die Besten von dem Lande, Mage, Mann und Dienstmann, um ihnen seine Seele und seine Kinder zu empfehlen und sie zur Eidestreue zu vermahnen, wenn nun der Tod sein Weggenosse werden sollte. Als sie nun alle, Vettern und Lehnsherrn nebst den Kindern, sich um sein Bett versam-melt hatten, worauf er lag, recht sehr entstellt, da eines seiner Augen geschlossen war und ihm die Wange gelähmt herunter-hing, sprach er zu ihnen, so gut er konnte:

»Seignurs barons, nehmt meine Worte, als ob ich sie mit vol-len Lippen spräche, da ich sie leider nur aus einem Mundwinkel schütten kann, das wollt vergeben. Mich hat der Tod gepackt und bläst schon über mir die cornure de prise, um im Grabe den edlen Hirschen zu entbästen. Mittelst des Tannewetzels hat er mich halbseits lahmgelegt und kann mich vollends fällen jeden Augenblick, des verjehen mich meine Ärzte unumwunden und erweisen so ihre Heilkunst. Also soll ich aus diesem Wurmgarten scheiden, diesem üblen Wolfstal, da wir hineingeworfen durch Adams Missetat, und das ich noch recht beschimpfen will, da ich es lassen muß und durch Willen von Gottes marterlichen Wunden einzugehen hoffe durch die porta Paradyses, wo mein die Engel pflegen werden, beides, Tag und Nacht, während ihr noch ein lützel in diesem Wurmgarten verharren müßt. Darum um mich kein Ungehabe! Gedenket aber, Seignurs barons, der Stunde, da ihr euere zusammengelegten Hände zwischen meine tatet zum Lehenseid! Das tut nun meinem Sohne, wenn ich ganz tot bin, und legt euere Hände zwischen seine, ob es auch ridikül anmuten mag, daß er euch schützen soll, da der Fanz doch eher eures Schutzes bedarf. Den gewährt ihm, Vettern und Herren, als gewaere Männer und tragt meinem Hause Treu, beides in Urlag' und Frieden!«

Als er so die Herren von den Landen beschieden, wandte er sich an Wiligis und sprach:

»Du, Sohn, hast am allerwenigsten Ursach zur Ungehabe, denn Krone, Szepter, Land, die mir als Erbe angestorben, die sterb ich dir nun an, wenn auch höchst ungern, und wirst michel Ehren genießen in diesem Wolfstal, aus dem ich nun scheide. Wenig Sorge mach ich mir deinethalben, aber desto mehr um dieses schöne Kind, die Schwester dein. Zu spät erkenn ich, daß ich mich ihrer Zukunft übel angenommen, und überhäufe mich mit Vorwürfen deswegen. Vere, vere, so sollte ein Vater sich nicht verhalten! Auch gegen dich, ich weiß es, hab ich mich in gewissem Grade schuldig gemacht, indem ich durch übergroße Heiklichkeit bei der Wahl eines Gatten für dieses süße Kind viel Unmut an den Höfen gegen unser Haus geschaffen. Nicht anders kann ich's sühnen, als daß ich dir zuletzt noch im Beisein meiner Landbarone die besten väterlichen Lehren gebe, solange ich links noch sprechen kann.«

Und er sagte ihm alles, was schon sein eigener Vater zu ihm gesagt, was geng und gäbe ist, und wovon er meinte, daß es in solcher Stunde sich zu sagen zieme.

»Sei gewaere und treu«, so sprach er, »schatzgierig nicht,

doch auch nicht von allzu freier Hand, demütig im Stolz, leutselig, doch exklusiv und streng auf adelige Moralität bedacht, gegen die Vornehmen stark und milde gegen die, welche um Brot am Fenster bitten! Die Deinen ehre, aber auch die Fremden sollst du dir anhänglich und verbindlich machen. Ziehe die Gesellschaft betagter Weisheit derjenigen junger Narren vor! Vor allem liebe Gott und richte nach seiner Gerechtigkeit. Soviel im allgemeinen. Wie meine Seele aber befehle ich dir diese, deine schöne Schwester, daß du dich gegen sie als ritterlicher Bruder bewährst und ihr nicht von der Seite gehst, bis du ihr, und zwar so bald wie möglich, einen ebenbürtigen Gemahl gefunden, was ich dir leider durch meine sündliche Heikligkeit erschwert. Die Fürsten, die schon um sie ersucht, die werden nicht wiederkommen, weder Graf Schiolarß noch Fürst Plihopliheri, noch all die andern, denn gar zu unwirsch war ich zu ihnen. Aber noch viele kristliche Reiche sind, deren Häupter bis jetzt nicht um sie geworben, und ihre schönen Augen, schwarz mit blauem Unterschein, ihre reizenden Nüstern und blühender Leib, nicht zu vergessen das reiche Heiratsgut, das ich ihr ausgeschrieben, werden schon manche edlen Freier noch heranziehen, des getröst ich mich. Sorge aber auch du, daß du dich bald vermählst und dir den Sohn erzeugst, dem du einst die Herrschaft ansterben kannst von Artois und Flandern. Hier steht so mancher Vetter, dem ich's mit einem Aug ansehe, daß all sein Hoffen der Knickung des geraden Erbgangs gilt. So sprech ich, weil man dem Sterbenden ein wahres Wort nicht wehren darf. Bei den Höfen, die ich sündlich gekränkt, kannst du nicht anfragen. Aber es gibt ja so viele noch, in Britanje, Parmenien, Equitanien, Brabant und deutschen Landen. Nun aber tut die linke Mundtasche mir weh vom Reden, und ich muß ruhen. Gott spar euch Leid. Ade.«

Nachdem Herr Grimald dies gesprochen, lebte er nur einige Tage noch, dann traf der Tannewetzel ihn zum zweiten Mal, und er war völlig tot: Starr und gelb, den Wachskerzen gleich, welche seiner hohen Bahre zu seiten brannten, lag er im Herzogsstaat, wenn auch dagegen ganz gleichgültig, wie gegen das Erdenleben überhaupt, dem ewigen angehörig, in der Burgkapelle, bis daß man ihn nach Ypern in den Dom zu seinem Weibe brächte, und Mönche sprachen Flehgesänge für seine Seele bei ihm die ganze Nacht. Nun aber ruf ich Ach und Wehe über diese Nacht, da Herzog Grimald kaum abgestorben und als Leichnam noch gegenwärtig, aber befriedet, ausgeschieden und als Vater nicht länger zwischen den Geschwistern war. Denn nach Valandes argem Ratschlag und zu seiner greulichen Lust, die sie trüglich für ihre hielten, wohnte in dieser selbigen Nacht der Bruder der Schwester bei, als Mann dem Weibe, und ihre Kemenate droben im Donjon, um den die Eulen kreisten, war so voll von Zärtlichkeit, Befleckung, Wut, Blut und Meintat, daß sich mir vor Erbarmen, Scham und Kummer das Herz umdreht und ich es alles kaum sagen mag.

Sie lagen beide nackend unter ihren Decken von weichem Zobel, im matten Schein der Ampel und im Duft des Amber, womit man ihre Betten bestäubt, – die standen nach züchtiger Sitte weit voneinander, und zwischen ihnen schlummerte, schnekkenförmig gelagert, Hanegiff, ihr guter Hund. Sie aber konnten nicht schlafen, sondern lagen mit offenen Augen oder drückten diese nur manchmal gewaltsam zu. Wie es um das Fräulein stand, will ich nicht wissen, aber Wiligis, erregt von seines Vaters Tode und dem eigenen Leben, stöhnte unter dem Pfahl im Fleisch und unter Valandes Stachel, also daß er's schließlich nicht länger aushielt und aus seinem Bette schlüpfte, auf bloßen Sohlen um Hanegiff herumging, sachte Sibyllas Decke lüpfte und sich, der Gottverlassene, unter tausend unstatthaften Küssen zu der Schwester tat.

Sie sprach scherzend mit unscherzhaft erstickter Stimme:

»Sieh da, Herr Herzog, michel Ehre erweist Ihr mir mit Eurem unverhofften Besuch! Was verschafft mir den Vorzug, Eure liebe Haut an meiner zu spüren? Eine Freude wäre mir das, wenn nur nicht um den Turm die Käuzlein so ängstlich schreien wollten.«

»Die schreien immer.«

»Aber nicht so ängstlich. Wahrscheinlich kommt es daher, daß Ihr Eure Hände nicht ruhen lassen könnt und gar so seltsam

33

mit mir ringt. Was bedeutet, Bruder, dieses Ringen? Nun habe ich deine süße Schulter an meinen Lippen. Warum nicht? Es ist mir lieb. Nur solltest du es nicht darauf absehen, meine Knie voneinander zu trennen, die durchaus und unbedingt beisammenbleiben wollen.«

Auf einmal setzte da Hund Hanegiff sich auf die Schenkel und gab kläglich Laut, indem er anfing, zum Gebälk empor zu heulen, ganz wie wenn ein Hund zum Monde jammert, langgezogen, herzbrechend und aus tiefster Seele.

»Hanegiff, sei still!« rief Wiligis. »Er weckt die Leute! Untier, sei still und leg dich! O, Teufelsbestie, wenn du nicht aufhörst, mach ich dich stumm!«

Aber Hanegiff, sonst so gehorsam, heulte weiter.

Da sprang der Junker, wie er war, vom Bette wild und irre nach seinem Seitenmesser, packte den Hund und schnitt ihm die Kehle durch, daß er röchelnd verreckte, warf das Messer auf ihn, dessen Blut der Sand des Estrichs trank, und kehrte trunken zurück zum Ort der andern Schande.

O weh, der schöne, gute Hund! Nach meiner Meinung war es das Schlimmste, was diese Nacht geschah, und eher noch verzeih ich das andere, so unstatthaft es war. Aber es gehörte wohl alles zusammen und war nicht hier mehr, dort weniger zu schelten, ein Gewöll von Liebe, Mord und Fleischesnot, daß Gott erbarm. Mich jedenfalls erbarmt es.

Sibylla flüsterte:

»Was hast du gemacht? Ich habe nicht aufgesehen, sondern mir die Decke über den Kopf gezogen. Es ist so still auf einmal, und du bist etwas naß.«

Er sprach atemlos:

»Schon gut so weit. Anaclet, mein Leibknappe, ist mir hold und treu. Er wird früh Ordnung schaffen, ihn verscharren und alle Spur vertilgen. Uns darf niemand fragen. Seit Grimald tot ist, niemand, Schwester-Herzogin, mein süßes Neben-Ich, Geliebte.«

»Bedenke«, hauchte sie, »daß er erst heute starb und drunten starr liegt in Parade. Laß, die Nacht gehört dem Tode!«

»Aus dem Tode«, stammelte er, »sind wir geboren und sind seine Kinder. In ihm, du süße Braut, ergib dich dem Todesbruder und gewähre, was Minne als Minneziel begehrt!«

Dann murmelten sie, was man nicht mehr verstand und gar nicht verstehen soll:

»Nen frais pas. J'en duit.«

»Fai le! Manjue, ne sez que est. Pernum ço bien que nus est prest!«

»Est il tant bon?«

»Tu le saveras. Nel poez saver sin gusteras.«

»O Willo, welch Gewaffen! Ouwê, mais tu me tues! O, schäme dich! Ganz wie ein Hengst, ein Bock, ein Hahn! O fort! O, fort und fort! O Engelsbub! O himmlischer Gesell!«

Die armen Kinder! Bin ich froh, daß ich mit der Liebe nichts zu schaffen habe, dem tanzenden Irrlicht überm Moor, der süßen Teufelsmarter. So trieben sie's zu Ende und büßten Satans Lust. Der wischte sich das Maul und sprach: »Nun ist es schon geschehen. Könnt's ebenso gut noch einmal und öfters treiben.« Das pflegt so seine Rede zu sein.

Am Morgen brachte der junge Anaclet, blind seinem Herrn ergeben, das Schlafgemach in Ordnung und beseitigte, von niemandem gesehen, den Leichnam des treuen Hanegiff. Aber wie äußerlich war diese Ordnung, und wie so unordentlich stand es um das verirrte Paar, die hübschen Leute, denen ich wohlwill, ohne sie entschuldigen zu können, und die freilich durch die Lust viel fester nun noch aneinander geschmiedet waren als jemals, – aus der Maßen liebten sie einander, und das ist es, weshalb ich mich des Wohlwollens für sie, helf Gott, nicht ganz entschlagen kann.

Es heißt wohl: »Ist das Bett beschritten, ist das Recht erstritten«, aber was war hier erstritten als Unrecht und schwindelnde Verkehrtheit! Nach der Ordnung geht das Beilager vor der Trauung und Hochzeit, aber hier an Trauung und Hochzeitsfest zu denken, nach der Beschreitung, wäre irrer Wahn gewesen, und Sibylla, nicht Jungfrau länger, durfte doch am Morgen nicht ihr Haar aufbinden und das Gebände der Frauen anlegen, sondern mußte in Lüge weiter den Kranz, der doch vom eigenen Bruder zerrissen war, im offenen Haar tragen, wenn sie vorm Landgesinde an seiner Hand dahinschritt bei Herrn Grimalds Bestattung und beim Fest des Lehenseides. Da waren vor Arras auf dem Anger viel üppige Zelte aufgeschlagen, mit dreifarbigen Sammetdächern (wenn man die Lederhülle abzog, die sie bei Regenwetter bedeckte), und Stangen, mehr, als der Spessart Bäume hat, waren rings in den Plan gepflanzt, behängt mit Wappenschilden und reichen Bannern. Manch alter Ritter tat da seine Hände zwischen die jungen, sündigen Herzogs Wiligis und neigte sich vor der Jungfrau-Herzogin, die rechtens in Staub und Asche sich hätte bergen müssen. Sie aber war der seltsamen Meinung und sprach auch zu dem Irr-Gatten in diesem Sinn, daß eine, die nur dem eigenen Bruder angehört habe, nicht im gemeinen Sinn Frau geworden, sondern immer noch Jungfrau sei und zu Recht das Kränzlein trage.

Und dabei lebten sie fort und fort in ungebärer Ehe, Mond für Mond, und war nicht die Rede, daß eines hätte Miene gemacht, zu ehelichen, wie es der Vater vorgeschrieben. Zu brünstig hingen sie aneinander, schritten zu Tafel Hand in Hand als Herzogspaar, und die Pagen hüpften vor ihnen her. Die aber blinzelten schon, sogar die Sarazenen, und da auch Hanegiffs trüber Tod nicht unbemerkt geblieben, war ein Gemunkel um sie am Hofe, das zuweilen aufsprang in losen Reden. Denn Herr Wittich, ein Ritter mit schiefer Schulter und einem Schandmaul, sagte bei Tische, Herzog Wiligis werde sich gewiß einmal Ruhm erwerben dadurch, daß er das Einhorn fange, wenn es entschlummert sei in seiner keuschen Schwester Schoß. Da wurde die wälsche Blässe der Jungherrin um einen Schatten bleicher, und ihr Bruder vergaß, die Faust rechtzeitig unterm Tisch zu bergen: Alle sahen, wie sie sich auf dem Damast, die Knöchel ganz entfärbend, peinlich zusammenballte.

Herr Eisengrein

Als nun aber einige Monate ins Land gegangen waren, bemerkte der Herzog eine große Verwirrung und Bestürzung sowie Vergrämung an der Trauten, und ihre Gewohnheit, die sie mit ihm teilte, manchmal wie horchend seitlich aus dem Augenwinkel zu blicken, wurde stehend und ständig, also daß sie gar nicht mehr anders blicken zu können schien, wobei noch ihre feinen Lippen schreckhaft offen waren.

»Was ist dir, Vriedel traut, du Einzige, Geliebte, was erschreckt dich?«

»Nichts, geh.«

Da fand er sie über einen Tisch geworfen, das Antlitz in den Armen vergraben, in Tränen ganz aufgelöst.

»Sibylla, jetzt mußt du mir alles sagen! Deinen Kummer steh ich nicht länger aus und zermartre mir den Sinn nach seinem Grunde, den ich nicht finde, und auf den ich beim besten Willen nicht kommen kann. Nun flehe ich dich an, bekenne ihn mir!«

»Ach, Tor!« sprach sie mit Schluchzen, das Gesicht kaum von den Armen lüftend. »Ach, Dummkopf, süß zur Nacht, doch völlig dumm bei Tage! Was fragst du? Da gibt es doch nur eines, was mich so in Verzweiflung und Höllenschrecken stürzen kann, du aber kommst nicht drauf. O Willo, wie konntest du mir verhehlen, daß man vom eigenen Bruder wirklich zur Frau gemacht und Mutter werden kann? Ich habe das nicht gewußt und gar nicht für möglich gehalten. Nun aber ist's am Tage, oder, wenn am Tage noch nicht, muß es doch allernächstens ruchbar werden, bei noch so weiten und faltig gerafften Kleidern, und wir sind beide, wir sind alle drei verloren!«

»Wie, wärst du gar –?«

»Natürlich bin ich gar! Was frägst du? Schon lange bin ich das und trage in Nöten mein Geheimnis und deine Frucht. E! Deus, si forz pechiez m'appresset! Willo, Willo, wenn du gewußt hast, daß eine Magd gesegneten Leibes werden kann ohne Gatten und Trauung, nur von dem Bruder, so hast du sehr übel an mir getan, nebstbei auch an dir selbst und an unserm Kinde, für das ja gar kein Platz ist in Gottes weiter Welt, außer in meiner Liebe. Denn ich liebe es schon, in seiner Verworfenheit und Unschuld, über alles, obgleich es, das arme, unsere Strafe ist. Wie ich aber nicht wußte, daß man vom Bruder gesegneten, will sagen: verfluchten Leibes werden kann, so habe ich auch nicht gewußt, daß man seine Strafe so lieben kann. Nichts will ich fortan tun als beten, daß Gott unserm Kinde gnade, mögen wir auch beide dem Höllenrost verfallen sein!«

Bleich und zitternd stand da der junge Schächer, sank bei ihr hin in seine Knie und vermischte seine Tränen mit den ihren. Ihre Hände bedeckte er, Verzeihung suchend, mit Küssen, drückte ihre nasse Wange an seine, und da seine Stimme noch spröd von Jugend war, so klang sein Sprechen gar jämmerlich im Weinen.

»Ach, Ärmste, Liebste, Trauteste«, so weinte er, »wie ist mir das Herz zerrissen um deinetwillen, ob deiner Not und meiner großen Schuld! Vergib, vergib mir! Aber, wenn du mir auch vergibst, was ist und wem, damit geholfen? Wären wir nie geboren, so wäre auch dies unstatthafte und stättenlose Kind nicht, das uns selbst die Stätte unter den Füßen wegzieht und uns beide in der Welt unmöglich macht! Um deinetwillen, Geliebte, zerreißt das mir das Herz, wiewohl du es in der Verzweiflung gewissermaßen besser hast als ich. Denn du kannst unsere Strafe lieben mit Mutterliebe, während ich sie gar nicht lieben, sondern nur verwünschen kann. Welch Mißgeschick! Zwanzig Jahre und länger mußte Baduhenna in gerechter Ehe mit Grimald auf uns warten, wir aber sind gleich so grausamlich gesegnet! Hat es die Sünde so eilig, fruchtbar zu sein? Ich habe es nicht gewußt, daß Sünde so furchtbar fruchtbar ist, ich auch nicht! Und nun gar die Sünde des Hochmuts, daß sie gleich Frucht tragen werde, wahrlich, ich habe nicht angenommen, das liege in ihrer Art! Hochmut aber, du Ärmste, Liebste, war unsre Sünde, und daß wir in aller Welt von niemand andrem wissen wollten als von uns besonderen Kindern. Aber etwas Schuld, mit aller Ehrerbietung sei es gesagt, trägt auch Herr Grimald, der Beigesetzte, nicht nur, weil er uns erzeugte, sondern auch, weil er gar zu ritterlich zu dir war, du Süße, und mich eifernd oft von deiner Seite trieb, – das trieb mich zu dir ins Bette. – Ach, was hilft das alles? Verfallen, wie auch die Schuld verteilt sei, sind wir beide, hier der Schande und dort dem Höllenrost!«

Und er weinte aufs neue, ohne Worte.

Da hörte sie zu weinen auf und sagte:

»Herzog Wiligis, ich sehe Euch so nicht gerne. Könnt Ihr zur Nacht ein Mann sein, nur zu gut, so seid es auch am Tage! Dies weiblich Flennen hilft uns nicht aus unserer Lage, die so entsetzlich ist, daß uns freilich nichts daraus helfen kann, aber irgend etwas muß mit dieser Lage geschehen, sei es auch nur in Ansehung unseres unschuldig verdammten Kindes, dieser armen Frucht des Hochmuts, für das eine Stätte gefunden werden muß auf Erden und im Himmel, wenn schon wir verloren sind hier und dort. Darum ermanne dich und denke nach!«

Der so Ermahnte trocknete sich Augen und Wangen mit dem Sacktuch und entgegnete:

»Ich bin bereit dazu und lege Wert darauf, ein Mann zu sein, am Tage auch. Ich habe mit dir geweint und dabei allerlei geredet über verteilte Schuld und schlecht verteilte Fruchtbarkeit. Aber man kann sehr wohl zugleich weinen und nachdenken, und unter meinen Reden habe ich in der Stille auf einen Ausweg gesonnen, oder, da es einen solchen für uns schwerlich gibt, welche Folgerungen aus unsrer grausamen und ausweglosen Lage gezogen werden müssen. Sie können nur hart sein, aber gezogen werden müssen sie, und zwar können wir sie nicht allein ziehen, außer auf die Weise, daß wir uns vom höchsten Auslug unseres Donjons zu dritt geradeswegs in die Hölle stürzen. Ist es deine Meinung, daß wir so selbständig handeln sollen?«

»Keineswegs. Ich habe dir gesagt, daß für das Kleine, das ich hier nähre, eine Stätte gefunden werden muß auf Erden und im Himmel, nicht in der Hölle.«

»So müssen wir uns eröffnen und, wenn auch die Worte nicht über unsre Lippen wollen, die im Bette so unheilvoll aneinander gehangen, sie doch darüber zwingen und es alles gestehen. Ich habe daran gedacht, daß wir es im Stuhle unsrem Pfaffen stokkend und stöhnend sollten ins Ohr raunen, damit er uns Weisung vom Himmel gebe. Das jedoch mag an zweiter Stelle kommen, denn mich dünkt, weltliche Weisung ist hier dringlicher als pfäffische. Nun weiß ich in meinem Lande einen festen, weisen Mann, Herrn Eisengrein, Cons du chatel, mein Gurvenal und maistre de corteisie, von dem ich das Weidwerk lernte und das legere Reiten und alle ritterliche Moralität. Aber auch sonst gab er mir manche gute, redliche Lehre, und ich mochte ihn nicht besonders, weil er so stämmig und redlich war, auch weil ich wußte, daß unser Vater, Herr Grimald, ihn oft zu Rate rief. Aber ungeachtet, daß seine große Redlichkeit mir etwas aufs Gemüt fiel, war mein Vertrauen zu ihm stets ebenso fest wie seine eigene Person. Er hat eisgraue Augen, die unter dicken Büschen voll Klugheit und Güte blicken, und einen kurzen grauen Bart und tritt stämmig daher in seinem Wappenrock, darauf die Löwin gestickt ist, die er im Schilde führt, und die an ihren Zitzen ein Lamm säugt, das Inbild von Kraft und Kristentum. Ihm wollen wir uns bekennen in unsrer Not. Er soll die harten Folgerungen ziehen aus unsrer Lage und uns Rat und Richter sein, was mit uns Unseligen zu geschehen hat in dieser Welt. Schicke ich meinen Anaclet zu ihm auf seine Wasserburg mit dringendem Ruf, so kommt er gewiß.«

Es ist unglaublich, wie getröstet Sibylla für den Augenblick durch diesen Vorschlag war. Es hatte sich durch ihn an der verzweifelten Lage der Geschwister vorderhand ja nicht das mindeste geändert noch gebessert, aber der ungeheuerlich gesegneten Jungfrau schien es doch, als sei durch die bloße Sendung des Knappen ein Ausweg aus ihrem Elend bereits gefunden, und so kam es auch ihrem allzu trauten Bruder vor, also, daß sie erhobenen Hauptes Hand in Hand hinter den voranspringenden Pagen zu Tische gingen. Auch hatten sie sich in Herrn Eisengreins Lehnstreue nicht getäuscht, denn nicht vierzehn Tage waren vorüber, während deren das schlimme Früchtchen in des Fräuleins Schoß sich größer nährte, da ritt der Ritter mit Anaclet über die Brücke von Belrapeire, ließ sich im Hof entwaffnen und stieg zu der Kemenate empor, wo die Sünder in Hoffen und Zagen seiner warteten.

Er sah genau so aus, wie Wiligis ihn der Geliebten zur Erinnerung beschrieben hatte, und trug die Löwin, die das Lamm säugt, auf dem Wappenrock. Gedrungen trat er daher, grüßte mit väterlicher Ehrerbietung und fragte nach des Herzogs Befehlen. Der aber sprach mit kleiner, stotternder Stimme:

»Teuerster Baron und Gurvenal, ich habe nichts zu befehlen, sondern ich und diese, meine schöne Schwester, wir haben nur zu bitten, ja zu flehen, und zwar um Rat und weise Weisung, daß Ihr aus der Lage und äußersten Bredouille, in der wir uns befinden, mit fester Hand die Folgerungen zieht, die unsere bange Jugend nicht zu ziehen weiß. Denn die Bredouille ist derart, daß unsere Ehre so gut wie verloren ist, außer, Gott erleuchte Euere Treue mit gutem Rat und lehre Euch, über uns zu unserer Rettung zu beschließen. Seht uns hier!«

Und damit warfen beide sich, wie sie's vorher verabredet, vor ihm auf die Knie und streckten unter Tränen die Hände zu ihm empor.

»Liebe hohe Kinder«, sprach der Ritter, »um Gott, was tut ihr! Diese Art von Begrüßung brächte mich in Verlegenheit, selbst wenn ich euresgleichen wäre. Ich bitte euch, setzt dieser Szene ein Ziel! Du aber, Herzog, gib deinen Willen kund, gegen den ich nie handeln werde! Geht er dahin, mir eueren Kummer zu eröffnen, – nun wohl, ich bin dein Dienstmann, und worüber ich an Rat verfüge, darüber sollst du verfügen, sei gewiß! So rede!«

»Wir stehen aber nicht auf«, erwiderte der Jüngling, »bevor wir uns eröffnet, denn im Stehen kann man das gar nicht sagen.«

Und recht ritterlich nahm er die Rede über sich für beide, so daß Sibylla nichts zu sagen und nur tief gesenkten Hauptes neben ihm zu knien brauchte, – sagte es alles aus, wie es war, und wie es, selbst im Knien, nur schwer zu sagen war: stockend und den Ton zuweilen ganz verlierend kamen die Worte über seine widerstrebenden Lippen, und Herr Eisengrein mußte öfters geneigt sein Ohr, aus dem ein großer grauer Büschel wuchs, hinhalten, um den Knaben zu verstehen. Als der dann schwieg, benahm der alte Held sich ganz vorzüglich. Nicht genug kann ich ihn loben und muß ihm hier danken für sein Verhalten ausdrücklich. Das war ein ganzer Mann! Weder Zeter schrie er noch Mordio, erhob kein Fluchen und fiel nicht in einen Stuhl, sondern:

»Wie arg, wie arg!« so sprach er. »O, liebe hohe Kinder, wie arg ist das! Da habt ihr nun ganz richtig miteinander geschlafen, also, daß der Schwester die Frucht des Bruders im Wämpchen wächst, und habt eueren seligen Vater euch beiderseits zum Schwiegerherrn gemacht sowie zum Großvater auf ganz unordentliche Art. Denn was du Fräulein da hegst, das ist sein Enkelkind in allzu gerader Linie, und so sehr ihm immer an ungebrochener Erbfolge gelegen war, so ist denn doch diese dermaßen ungebrochen, daß von Erbfolge ganz und gar nicht die Rede mehr sein kann. Weil ihr die Schande fürchtet, die euch droht, seh ich euch weinen. Aber ob ihr so recht begreift, was ihr angestellt habt in der Welt, das wundert mich zu wissen. Größte Unordnung habt ihr angerichtet und eine Stockung der Natur, daß sie so wenig aus und ein weiß wie ihr selber. Fortpflanzen, nach Gottes Willen, will sich das Leben, ihr aber habt gemacht, daß es auf der Stelle tritt, und habt miteinander ein drittes Geschwister gepflanzt, oder wie man dies stockende Leben nennen soll. Denn da der Vater der Mutter Bruder ist, ist er des Kindes Oheim, und die Mutter, da sie des Vaters Schwester, ist seine Base und trägt ihr Nefflein oder Nichtlein unsinnig im Schoß herum. Eine solche Unordnung und Konfusion habt ihr Unbedachten in die Gotteswelt gebracht!«

Wiligis, der unterdessen aufgestanden und auch seiner Schwester behilflich gewesen war, sich zu erheben, sagte darauf:

»Gurvenal, wir sehen es ein. Wir sehen es alles schon von selbst, noch besser aber mit Hilfe Euerer Worte, nach seiner ganzen schlimmen Artung ein. Nun aber, Herr, um Gottes willen, finde uns einen Rat, denn der ist unsäglich dringend! Bald kommt die Zeit, da meine Schwester daniederliegt, und wo soll sie des Kindes genesen, ohne daß aufkommt, daß wir auf der Stelle getreten? Was mich betrifft, so überlege ich, ohne Euch vorgreifen zu wollen, ob ich nicht inzwischen, der Zurückhaltung halber, fern von ihr außer Landes wohnen soll.«

»Außer Landes?« fragte Herr Eisengrein. »Das ist, Herr Herzog, sehr mild gesagt, denn in den umliegenden Reichen der Kristenheit wird unter so beschaffenen Umständen keine Stätte für Euch sein. Laßt mich den Fall bedenken!«

Und er bedachte sich eine Weile mit sehr zusammengenommener Miene.

»Was ich zu raten habe, weiß ich«, sprach er sodann. »Doch sage ich den Rat nur unter der Bedingung, daß ihr im voraus versprecht, ihn ohne Fackeln und Feilschen zu befolgen.«

Sie sagten:

»Wir werden es bestimmt.«

»Ihr sollt, Herzog«, sprach da der Ritter, »gleich alle, die Euer Land verwalten, Jung und Alt, so Mage, Mann wie Dienstmann, und die Eueren Vater berieten, kurz, uns Besten alle, zu Hof entbieten und uns zu wissen tun, daß Ihr um Gottes und Euerer Sünden willen (ich sage ›Sünden‹ und nicht ›Sünde‹) beschlossen habt, das Kreuz auf Euch zu nehmen und zum Heiligen Grabe zu fahren. Dann verlangt von uns mit Bitten, daß wir alle Eurer Schwester den Lehenseid ablegen, damit sie das Land verwese, solang Ihr immer fort seid, sei es selbst für immer. Denn Fahrt und Fahr sind nah verwandt, und möglich ist ja, daß Ihr nicht wiederkehrt, sondern auf der Fahrt den Leib darangebt, der wider Gott gesündigt, damit Eure Seele desto eher zu Gnaden komme. In diesem Falle, den ich halb begrüßen und halb beklagen (tatsächlich etwas mehr beklagen) würde, wäre der Eidschwur nur desto nötiger, damit diese unsere Herrin sei. Vor den Baronen allen sollt Ihr sie meiner Treu und Obhut anempfehlen, was ihnen wird wohlgefallen müssen; denn unter ihnen bin ich der Angesehenste und Reichste, da mir alle Flachsfelder rund um Rousselaere und Thorhout gehören, wofür Gott allein der Ruhm gebührt. Heim zu mir und meiner Frauen will ich die Jungfrau nehmen und, das versprech ich, ihr alle solche Facilitäten bieten, daß sie ohn jedes Aufsehen ihr Nefflein oder Nichtchen gebäre. Bemerkt, ich rate nicht, daß sie um ihrer Sünde willen der Welt entsage, sich ihres Guts entschlage und in einem Kloster sich verschließe. Das keineswegs. Buße nämlich zu tun für ihre Sünd und Schande, dafür werden ihr weit bessere Facilitäten gewährt sein, wenn ihre Güte und ihr Gut beisammenbleiben und sie mit beiden die Armen begrüßen kann. Hat sie kein Gut mehr, so bleibt ihr nur die Güte, und was frommt Güte ohne Gut? Beinah so wenig wie Gut ohne Güte. Gut scheint mir viel eher, daß sie Güte und Gut bewahre, denn so vermag sie mit dem Gut die Güte zu vollbringen. – Ist Euch mein Rat genehm?«

»Er ist es«, antwortete der Jüngling. »Ihr habt aus unsrer Lage die Folgerungen, so hart, wie sie sein mußten, und so milde, wie sie sein konnten, mit starker Hand gezogen. Ewigen Dank!«

»Was wird aber«, fragte Sibylla, »aus meiner lieben Strafe, meines Bruders Kind, wenn ich es in Euerem Schutz geboren habe?«

»Das ist eine spätere Frage«, entgegnete Herr Eisengrein, »und über die Brücke wollen wir gehen, wenn wir zu ihr gelangt sind. Eine Menge Rats hab ich euch aus dem Stegreif schon gegeben. Ihr dürft nicht verlangen, daß ich alles Vorgelegte auf einmal löse.«

»Wir tun's gewiß nicht«, beteuerten sie beide. »So viel schon, guter Herr, habt Ihr gelöst und seid wahrlich wie die Löwin, an deren Zitzen wir Lämmlein trinken.«

»Ja, ihr seid mir die rechten Lämmlein!« sprach er nicht ohne Bitterkeit. »Aber gleichviel nun! Und gehandelt! Herzog, sendet Boten aus! In aller Bälde muß Euer Wille und Gesuch den Herren kund sein. Ihr habt, wir haben alle drei oder vier keine Zeit zu verlieren!«

Frau Eisengrein

Wie oft doch habe ich beim Erzählen von diesen schlimmen Kindern an ein ander Geschwisterpaar denken müssen: an unseren Meister divum Benedictum, des Euprobus Sohn, und seine liebe Scholastica, wie sie so hold und heilig bei Sublacus im Tale miteinander lebten, bis Satan sie durch gemeine List von dort vertrieb. Denn er brachte sieben ausgesucht schöne Hetären zu ihnen ins Kloster, wodurch einige seiner Schüler (nicht alle, aber eine ganze Anzahl) der Sinnenlust erlagen. Da flohen die Geschwister natürlich und machten sich, begleitet von drei Raben, auf harte Wanderung, standen in Liebe alles miteinander aus, bekehrten alle Heiden, die sie noch fanden, stürzten die Altäre der Götzen um, und der Heilige zerstörte unter den Beifallsrufen Scholasticas den letzten Tempel des leiernden Apoll. Das nenne ich mir kristliche Geschwisterliebe, unzertrennlich und engelsgleich! Und ich mußte von einer so sündlichen erzählen! Sollte ich nicht lieber in aller frommen Ausführlichkeit die Geschichte Benedikts und Scholasticas aufzeichnen? Nein, aus freien Stücken wählte ich die gegenwärtige, weil jene nur von Heiligkeit, diese aber von Gottes unermeßlicher und unberechenbarer Gnade zeugt. Und ich bekenne mich einer Schwäche schuldig – nicht für die Sünde (verhüte der Himmel das!), aber für die Sünder, ja, ich wage es, zu glauben, daß auch unser Meister, wenn er auch natürlich das Tal Sublacus der Besudlung wegen floh, ihnen doch einiges Erbarmen nicht vorenthalten hätte. Denn er durfte zusammen mit der lieben Schwester auf harte Wanderung gehen, aber mein Sünder mußte (wie ich wohl einsehe, daß es unumgänglich war) von seiner Sünderin scheiden, – wo sie doch von kleinauf gar so innig aneinander gehangen hatten und die böse Lust sie nur noch fester zusammengekittet hatte, was mein Erbarmen nicht erhöhen sollte, es aber dennoch tut, – und mußte ganz allein mit seinem Knappen Anaclet sich auf die Fahrt ins Heilig-Ungewisse und von Fahr so sehr Umlauerte begeben, daß es mit seiner Wiederkehr eine recht heilig-ungewisse Sache war.

Sie waren totenbleich und zitterten am Leibe, als sie voneinander Abschied nahmen. »Ade, fahr wohl!« so sagten sie und wagten nicht, noch einmal sich zu küssen. Hätten sie zuvor nicht Sünde miteinander getrieben, so hätten sie sich küssen mögen, aber dann hätte ja auch Wiligis nicht zu fahren brauchen. Er sagte:

»Das Kleine, unser drittes Geschwister, das hätte ich wohl gern mit Augen noch gesehen. Ich kann nicht umhin, es mir bezaubernd vorzustellen. «

»Gott weiß«, erwiderte sie ihm, »was unser Engel, Herr Eisengrein, darüber beschließen wird, wenn wir an die Brücke kommen. – Das Eine, Willo, versprech ich dir: Ich werde niemals einem andern Manne angehören als dir. Vermutlich darf ich's gar nicht, aber vor allen Dingen will ich es nicht.«

Vorher, versteht sich, kam das Treffen der Landbarone auf Burg Belrapeire und kam des Herzogs vorgeschriebene Rede an diese Herren: Es habe, so jung er sei, sich doch schon so viel Sünde bei ihm angesammelt, daß eine Fahrt zum Heiligen Grabe seiner Seele höchlich not sei, und sie sollten für die Frist seines Fernseins, kurz oder lang, seiner Schwester den Lehnseid leisten, daß sie ihre Herrin sei. Er befehle sie aber seinem Gurvenal, Herrn Eisengrein, zur Hand, der Treue dieses Besten befehle er sie, daß er ihr Beistand sei und sie von seiner Wasserburg des Landes walte.

Nun war es mit dem Lehenseid so glatt und einfach nicht, weil ja manch Munkeln und Zwinkern gewesen war, wie es mit dem Jungfräulein und ihrem Bruder stand, und manche Herren waren nicht lustig, dem Antrag stattzugeben und das Fräulein zur Herrin zu nehmen. Aber Herr Eisengrein ließ unter der Hand verbreiten, daß er jeden, der sich dem Wunsch des Herzogs weigere, zum Tjost auf lange Lanzen und kurze Schwerter herausfordern und nicht Sicherheit von irgendeinem annehmen werde. Und da er eisernen Leibes und noch nie vom Pferd gestochen worden war, so überlegten sie sich's und schwuren allesamt. Er aber führte sein Schutzkind durchs Land hinab ans Meer auf seine Burg, Reisige vorn und hinten, wobei Sibylla, bleich, verwitwet und verwaist, zwischen zwei Pferden in einem sanften Tragstuhl schwebte, während Herr Eisengrein in Waffen neben ihr ritt, recht drohend um sich blickend und die Ritterfaust auf seinem Schenkel kühn gestemmt.

Daß Gott ihr diesen stämmigen und klugen Schutzherrn gesandt, dafür muß man danken, so viel Leides ihr noch bevorstand und so elend sie jetzt schon war. Das arme Ding! Ich bin ein Mönch und habe auf dieser Erde mein Herz an nichts gehängt; ich bin, so zu sprechen, fest gegen Glück und Leid und biete, vom Cingulum umgürtet, dem Schicksal keine Blöße.

Eben darum hat mich der Geist der Erzählung zum Gefäß erwählt, daß ich mich des Jammers solchen armen Dinges annehme und ihr blasses Leid durch die Erzählung zu Ehren bringe, möge es auch der Ehre von sich aus noch so sehr ermangeln. Der Abschied ward den Geschwistern gar zu schwer. Sie waren, mit ihrem Sichelzeichen auf der Stirn und eins das Kind des anderen tragend, nun einmal zur Trennung nicht geschaffen. Bleich war die Jungfrau teils vom Kinde, teils aber, und besonders, weil sie entherzt war, denn ihr Herz war bei dem Fahrenden. Das seine wiederum war bei ihr, so dringend er es selber brauchte, um mit Anaclet zwischen Räubern, wildem Ungetier, schlürfenden Sümpfen, verrufenen Wäldern, rollendem Fels und reißenden Wassern sich durch die Welt zu schlagen, daß sie den Hafen Massilia erreichten, wo sie ein Schiff zu heuern gedachten ins Heilige Land. Dem Jüngling und der Maid, ihnen beiden war elender zumute, als es mir, dem Umgürteten, je beschieden sein kann. Aber ein wenig besser, das muß ich gestehen, war doch meine Maid daran; denn sie sollte gebären, und so blickte sie in einem Sinne doch dem Leben in das Antlitz, er aber nur dem Tod.

Auf Herrn Eisengreins Wasserburg nun, im Flachen, nahe dem knatternden Meer, war Sibylla so gut und gütig und angenehm, mit so viel Diskretion und, wenn ich so sagen darf, fachkundigem Anteil an ihren Umständen aufgenommen, wie man es sich nur erdenken kann. Herr Eisengrein nämlich hatte wohl gewußt, zu wem er die schöne Sünderin brachte, will sagen: zu seinem Weibe, Dame Eisengrein, einer Matrone, die ich in ihrer Art ebenso preisen muß wie ihren Herrn. Denn etwas ganz Besondres und dabei Exemplarisches war es mit ihr: gab er ein so ausnehmend festes und stämmiges Mannsbild ab, so war sie weiblich durch und durch, von Wesen und Gesinnung, geschäftig mit ganzer Seele dem Weiblichen zugewandt, – ja, außer für Gott (sie war sehr fromm und trug ein großes Kreuz von schwarzem Bernstein auf ihrem berghohen Busen) interessierte sie sich für nichts als alles, was Weibesleben betrifft, im blutig-frömmsten Sinn, besonders also für Weibes Last und Not und heilig schmerzensreiche Ergiebigkeit, für stockende Regel, schwangeren Leib und Würgenot und wunderlich Gelüst, pochende Regung im Ranzen, Wehen, Niederkunft, festliches Wehgeschrei, Geburt und Nachgeburt und selig Seufzen und heiße Tücher und Baden der beschleimten Frucht, die sie rüstig mit Ruten strich und an den Füßen kopfunten hielt, wenn sie nicht gleich schreien und leben wollte.

Dieses alles also war Dame Eisengreins Passion, nicht genug davon konnte für sie sich auf der Burg ereignen unterm Ingesinde, aber selbst zu den Flachsbäuerinnen in den Dörfern ging die Burgfrau hinaus, um ihnen kundig beizustehen zu ihren Stunden. Sechsmal war sie selbst in Tüchten Mutter geworden. Vier der Kinder waren in aller Frühe wieder abgestorben, worüber (und das wundert mich) ihr Gram um vieles geringer gewesen war als ihre Freude, sie hervorzubringen. Auf die Hervorbringung, so scheint mir, kam ihr alles an. Ihrer herangewachsenen Söhne einer war im Streit und Strauß gefallen, ein andrer lebte vermählt in eigenen Mauern. So war die nicht länger Empfängliche mit Herrn Eisengrein allein, wehen Mutes der Zeiten gedenkend, da sie in Weibes schwerem Ehrenstand, die weiße Hand andächtig auf dem Bauchgewölbe, hatte wandeln dürfen. Hoch war ihr Busen, nicht mehr ihr Leib, und desto angelegener ließ die Wackere sich nun fremde Fruchtbarkeit sein, die, sobald sie ihr kund ward, ihre wasserblauen Augen (sie war ein Fräulein aus Schwabenland) mit warmem Schein erfüllte und ein Rosenrot auf ihrem guten, beflaumten Wangenpaar entzündete. Schon lange war das Vergnügen ihr spärlich worden, ja ihr vorenthalten geblieben seit Monden schon, und so war sie von Sibyllas Ankunft und den geheimen Eröffnungen, die ihr Eheherr ihr über die Jungfrau machte, nicht wenig aufgekratzt. Wie ihre Frömmigkeit sich mit dem ungehörigen und ganz unsinnigen Zustand ihres Gastes abfand, das weiß ich nicht. Wahrscheinlich war ihr jede Mutterschaft, auf wie irre Weise sie auch zustande gekommen, ein heiliger Segen und ein Gottesfaktum, das ein Kartell bedeutete an ihr Zusammenhalten mit allem Weiblichen und an ihre fast gierige Beistandsfreudigkeit.

Gleich einer Mutter, nur eifervoller und inniger noch, nahm Dame Eisengrein sich der Gramvollen an, schloß sie von der ganzen Burg sogleich und allen ihren Leuten in einer entlegenen Kemenate ab, wo es ihr an nichts gebrach, und wo sie sie zu ihrer teueren Gefangenen machte, sie ganz allein besuchte, sie atzte und versah, behorchte und befühlte und die Bleiche, höher und höher Tragende zu trösten suchte, wenn sie um den Verlorenen, den Fahrenden, den ganz allein Geliebten weinte.

»Ach, Mutter Eisengrein, wohin kam mein Traut, mein Einziger, mein Bruder? Wie soll ich's fassen, daß wir getrennt sind in der Welt? Ich steh's nicht aus und kann mich unmöglich daran gewöhnen! Verdopple ich meine Sünde und bekräftige ich meine Verdammnis dadurch, daß ich nach ihm weine? Ach, seines Leibes und Lebens Samen trage ich doch und trage unterm Herzen, was sein Umarmen mir gegeben! Die Käuzchen schrien, Hanegiff lag in seinem Blute, und blutig war's auch im Bette. Aber wie übersüß war's doch, als er bei mir war, als ich seine holde Schulter an meinen Lippen hatte und er mich, wenn nicht zur Frau, so doch zum Weibe machte!«

»Laß gut sein«, sagte dann die Dame Wärterin, »und laß ihn ziehen! Wenn sie uns zum Weibe gemacht und uns das Ihre dahingegeben haben, mögen sie ebensowohl dahinziehen, sie sind dann zu nichts mehr nütze, und das Ganze ist nur noch Weibessache. Seien wir froh, daß wir jetzt unter uns sind, wir Weiber! Wir werden eine prächtige Niederkunft haben und sind gar nicht mehr weit davon, daß ich dich in ein heißes Bad stecke, – es löst und fördert. Von der frühesten Wehe an, und sei sie erst noch so leise, geh ich dir nicht mehr von der Seite, sondern schlafe, wenn's sein muß, im steilen Stuhl hier wachsam neben deinem Bette, bis daß du recht ins Kreißen kommst. Paß auf, das wird sehr schön, und ist im Grunde viel schöner als das lützel Umarmen.«

Sibylla aber hatte auch einen schweren Traum, den sie der Burgfrau wohl erzählen mußte. Ihr träumte, sie gebäre einen Drachen, der ihr dabei gar grausam den Mutterschoß zerriß. Danach flog er davon, was ihr sehr großen Seelenschmerz bereitete, kehrte aber wieder und drängte sich zu ihrem noch größeren Schmerze in den zerrissenen Mutterschoß zurück.

»Da sieht man, daß du Angst hast, Kind, und gar nichts weiter. Was Drache! Prächtig werden wir mit einem rechtschaffenen Menschenkinde niederkommen, und ich wollte, daß es ein Weiblein wäre. Keine Sorge! Ich heb es schon und mach es los, und wenn es nicht gleich greinen will, will ich es bamsen.«

Die Aussetzung

Des ward gar keine Not, denn das Kindlein, das die Mutter-Jungfrau in ihren Nöten zu Tag gebar, das greinte gleich ganz nach Wunsch und war ein Knabe, so rein gebildet und wohlgetan, daß es ein Wundern war, mit langen Wimpern, länglichem Schädel, braunem Haar und lieblichen Zügen, der Mutter ähnlich und also auch dem Onkel, kurz, so hübsch, daß Dame Eisengrein bekannte: »Zwar und wahr, ich hätte mir ein Maidlein wohl gewünscht, doch der hier soll mir auch recht sein.«

Sechs Monate hatte ihre teuere Gefangene in der Kemenate gesessen wie die Gans im Nudelkasten, da kam sie in Nöte und kam nieder, mit der Burgfrau als Beistand ganz allein, denn ohne alles Aufsehen mußte es vollbracht sein, und die Wehmutter ließ niemanden herzu. Es war ein hitzig Werken, denn obwohl es Sommer war, hatte Frau Eisengrein ein loderndes Feuer im Kamin angefacht (was sie für gut hielt), und beide hatten hochrot geschwollene, triefende Gesichter bei ihrer Arbeit unterm Bettgebäude. Aber alles ging so naturgetreu und günstig und nach der Schnur, als wäre das Kind gar nicht in solchen Sünden, mit dem eigenen Fleisch und Blut erzeugt gewesen, sondern, wie es sich gehört, mit einem fremden Mann. Die Frauen vergaßen der Sünde denn auch ganz, und daß auf Erden kein Platz war für dies genehme und wonnigliche Kind, das kam ihnen gänzlich aus dem Sinn, beide brannten, als es gewaschen und gewickelt war, nur darauf, es Herrn Eisengrein zu zeigen, damit er ihre Freude teile. So kam er denn, gerufen von der Wirtin, besah das Neugeborene und sprach:

»Ja, es ist ein wätliches Kind und keiserlicher, das muß ich gestehen, als es erlaubt sein sollte, in Anbetracht, daß es mit so großen Sünden geboren. Kurz, es ist schade drum, ich habe auch Augen und ein Herz und leugn' es nicht. Nur frage ich: Was machen wir jetzt damit?«

»Machen?« rief da die junge Mutter voller Schrecken.

»Willst du es gar totmachen, du Herodes?« fragte Frau Eisengrein.

»Ich, tot?« So er. »Weib, willst du mir den Mord zuschieben an diesem schönen Kinde? Tot«, sprach er, »kam es zur Welt, obgleich es lebt, das ist der Zwiespalt, und hat keine Stätte, obgleich es da ist. Das ist der Widersinn, den ihr mir zu lösen gebt und gebt mir allerlei Namen noch obendrein. Soll der Knabe aufwachsen hier in der Kammer? Denn draußen darf nicht eines Menschen Auge ihn sehen. Ich habe nicht des Landes Herren dieser Jungfrau schwören lassen, daß sie unsere Herrin sei, damit nun ihre Meintat und Schande offenkundig werde und meine Ehre hin sei mit der ihren. Ihr Weiber aber habt Spatzenhirne mit Sinn nur für das Fleischliche und schöne Kinder, aber keinen für Ehre und Politik.«

Es weinten da die beiden Frauen: Sibylla tat es in ihre blassen Hände unterm Bettgebäude, und Frau Eisengrein, die das Kind im Arme hielt, begoß es mit ihren Tränen.

»Ich will's besinnen«, sprach er, »und mich darüber legen mit Bedacht, wie wir's am besten machen. Nur solche Namen, wie ihr mich nanntet, verbitt ich mir.« Dann kraute er das Kindlein mit seinem Finger etwas am Kinn. »Hei, du Schmucker, hei, Schmunzibutz, arm Sünderlein, sei nicht ganz ungetrost, es wird schon halben Weg für dich noch Rat geschaffen sein!«

Zu seinem Weibe aber sprach er andern Tags im Saale:

»Eisengreinin, am besten, wir machen selber so wenig als nur möglich mit diesem schönen Kind und geben es ganz in Gottes Hand. Er muß wissen, was Er mit dem Unbehausten zu tun gedenkt, und ob es leben oder sterben soll, das sei Ihm von uns in

Demut anheimgegeben. Ich bestimme, daß wir gerade nur tun, was nötig ist, um ganz den Knaben in Gottes Hand zu geben, nicht mehr und auch nicht weniger. Darum habe ich beschlossen, ihn auf das Meer auszusetzen, aber durch die Vorsicht, mit der ich's tue, Gott zu bedeuten, daß wir, was an uns liegt, uns freuen würden, wenn Er das Kind errettete. Ich will es in ein Fäßlein legen, das ich bereits im Auge habe, ein sehr festes und gutes, und dieses in einen Kahn, den lassen wir den Wellen. Verschlingen sie es, – um so viel schlimmer, dann war es Gottes Rat, nicht unsrer, die wir alle Sorgfalt aufgeboten. Führt aber Seine Hand Schiff und Fäßlein irgendwohin an ein Land, wo Leute wohnen, so mag das Kleine dort aufgezogen werden als ein Fundkind und sich des Lebens freuen nach des Landes und seines Standes Art. Was dünkt dich?«

»Mich dünkt, Gott gab Euch, Herr, eine harte Gutmütigkeit«, sprach die Frau und sagte Sibyllen, auf ihrem Bette sitzend, alles wieder, was ihr Eheherr ihr eröffnet. Die hielt das Kind an ihrer Mutterbrust und jammerte laut auf, so daß das Kleine erschrak, die Brust verlor und auch das Gesicht verzog zu bitterem Greinen.

»O wehe, wehe, meine süße Strafe, die ich so liebe, seit sie sich zuerst in mir geregt! Das einzige, was mir von meinem Traut geblieben, seines Leibes Gabe, die ich in Leide gehegt und in so großer Hitze zur Welt gebracht! O, Ritter Eisengrein, du Unhold, ist das deine Lehenstreue? O, tu es mult de pute foi! Hast du ihn dazu ›Schmunzibutz‹ geheißen und ihm Rats versprochen, daß du ihn nun aufs wilde Meer verstoßen willst in einem Faß, ich aber, ob er sterbe oder als Fundkind lebe, seh ihn keinesfalls mit Augen mehr? Nein, nein, ich duld es nicht! Eher soll er mich auch in das Faß stecken, mich mit dazu, daß uns beide die wilden Ünden verschlingen, mich und mein Kind, mein holdes Unterpfand! Ach, Wehmutter Eisengrein, die du mir halfst in Nöten, hilf mir auch jetzt, denn ich verzweifle!«

»Nun, höre Frau, mußt schließlich auch Vernunft annehmen«, riet ihr da begütigend die Alte. »Was müßte das für ein Faß sein, wo ihr beide hineingeht zur Ündenfahrt? Das, welches er im Auge hat, das gute feste, ist viel zu klein für euch beide. Außerdem sollst du des Landes als Herrin pflegen an deines Bruders Statt, so ist es ausgemacht, und was würde aus ihm, wenn er wiederkehrte und fände, daß mit dem Kinde auch du dahingefahren? Sieh mich an, mir sind vier Kinder, die ich geboren, bald wieder abgestorben, und einer fiel im Zwist, hab ich darum gleich den Verstand verloren? Wir haben eine feine Schwangerschaft und eine prachtvolle Niederkunft gehabt, daß aber das Kind auf Erden keine Stätte haben werde, das war uns, leider! nicht unbekannt. Es kann nur höchstens eine finden vom Meere aus, soweit hat Eisengrein ganz recht. Doch wie wir's beginnen müssen, das hat er nur ganz im Groben erst entworfen. Das Feinere müssen wir hinzudenken, wir Weiber. Er will das Schmunzibützlein einfach bloß so ins Fäßlein stecken, aber also nicht, behüte! Sondern das beste Seidenzeug zu Kleidern, von der reichsten Sorte, legen wir ihm unter und breiten ebensolches auch reichlich über es. Was fügen wir noch hinzu? Von rotem Golde eine Summe, nicht weniger als fürstlich, daß es davon aufs beste auferzogen werde, wenn Gott es gnädiglich zu Lande sendet. Was sagst du? Hat Frau Eisengrein den Rat Herrn Eisengreins auf solche Weise schon ein lützel verfeinert? Aber wenn du denkst, ich bin mit meinem Rate schon zu Rande, so denkst du fehl. Denn das Folgende legen wir ihm noch bei. Wir legen ihm eine Tafel bei, zum Brief beschrieben, darauf schreiben wir mit Schonung, und ohne eines Menschen noch eines Landes zu gedenken, die Bewandtnisse des Kindes. Hoch von Gebürte sei es, schreiben wir, nur leider! habe es sich so gefügt, daß es seiner Eltern Geschwister sei und zur Mutter seine Base, demgemäß seinen Vater zum Oheim habe. Dessentwegen und um dies zu verbergen, habe man es aufs Meer gesetzt und verhalte den Finder bei seinem Kristentum (denn hoffentlich ist er ein Krist), dem Knaben die heilige Taufe angedeihen zu lassen und für seine Aufzucht an dem Golde sich schadlos zu halten. Kristlich mehren solle er ihm nebstbei sein Gut und selbes hecken lassen. Auch solle er ihm die Tafel treu bewahren und ihn vor allen Dingen der Schriftkunst mächtig machen, damit er einst, wenn er zum

Mann geworden, diese ganze Geschichte von seiner Tafel lesen könne. So wird er erfahren, daß er von Gebürte zwar hoch, doch sehr, sehr sündig, und wird sich nicht überheben, sondern seinen Sinn dem Himmel zuwenden und in einem frommen Leben seiner Eltern Missetat also abbüßen, daß ihr alle drei zu Gott gelangt. Nun sage, ob nicht früh und spat Mutter Eisengrein gibt gefügen Rat!«

Die in den Wochen drückte das Kind an sich und schluchzte nur, sprach aber nichts mehr und bezeigte so ein leidig Einverständnis. Auch konnte sie nicht ganz umhin, sich an dem kostbaren Seidenzeug zu freuen, das die Burgfrau dem Kinde unter- und überbreiten wollte, dazu an dem Schatz, den sie ihr wies, von Golde zwanzig Mark: die buk jene in zwei Brote, daß sie sie dem Kind zu den Füßen lege. Das allerbeste aber war die Tafel, die sie ihr brachte, – wollte Gott, mir käme je eine so schöne Schreibtafel zu! Ich habe eine Lust am Schreiben und an gutem Schreibgerät, bin aber ein armer Mönch, und solche Tafel, aus feinstem Helfenbein, in Gold gerahmt und mit allerlei Edelsteinen rings besetzt, wird nie mein eigen sein. Nur erzählen kann ich davon und mich für meine Armut schadlos halten durch Lob und Preis. Auf diesen edlen Grund denn schrieb die Mutter mit Gallustinte die Bewandtnisse des Kindes, ganz wie die Wirtin ihr vorgesagt, und schrieb unter Tränen: »Gedenke, den ich bei Namen nicht nennen kann, solltest du leben, deiner Eltern nicht mit Haß und Herbigkeit! Gar so sehr liebten sie einander, sich selbst das Eine in dem Andern, das war ihre Sünde und deine Zeugung. Vergib es ihnen und mach es gut bei Gott, indem du all dein Lieben wendest auf ander Blut und als ein Ritter dafür streitest, wenn es in Not –« Sie wollte mehr noch an den Rand schreiben und jedes Eckchen füllen, aber Dame Eisengrein nahm ihr die Tafel fort.

Die Stunde kam, wo sie ihr auch das Kind fortnahm, mild und tröstlich. Nur siebzehn Tage war es alt, da befand der Burgherr, man könne ihm nicht länger Herberge gewähren, sondern müsse es mit aller Sorgfalt legen in Gottes Hand. Es hatte sich noch einmal an der Mutterbrust recht satt getrunken und war rot geschwollen vor Sattheit. So nahm die Wirtin es hinweg, und unter ihren und ihres Herren Händen ward heimlich das dralle Fäßlein ihm zur Wohnung, ein neuer Mutterschoß, aus dessen Dunkel, wenn Gott es wollte, es wiedergeboren werden sollte nebst seiner Mitgift an Seidenzeug, goldgefüllten Broten und geschriebener Auskunft. Rasch und heimlich geschah es, und als des Fäßleins Boden wieder eingepicht war, da gab es eine seltsame Fuhre bei Nacht und Nebel von der Burg hinab zum Meere: Herr Eisengrein, vermummt als Fuhrmann, trieb selbst das Rößlein durch Sand und Dünengras, hinter sich, im Schutze eines schweigsamen Knechts, das bauchige Särglein mit bemalten Reifen, einem Spundloch und eisernen Ösen an den Seiten: die waren not, denn auch der Kahn, der drunten am öden Strande bereit lag, hatte im Innern solche Öhre, und mit Stricken ward strack das Fäßlein darin eingebunden, in stiller Arbeit, bei der eilende Wolken den Mond bald deckten, bald erscheinen ließen. Dann schoben Herr und Knecht das Schiff mit seinem zarten Schiffer in das Wasser, und der liebe Krist gab einen Wunschwind und rechte Strömung, – sachte schaukelnd trieb ab der Kahn, glitt hin das Kind und war in Gottes Hand.

Von des Bergfrieds Zinne aber, wohin sie, vor der Zeit ihr Wochenbett verlassend, mit Hilfe der Burgfrau sich emporgewendelt, lugte Sibylla aus im übereilten Monde nach der Fuhre, die durch die Dünen schwankte. Ja, noch am Strande draußen wollte sie die Männer mit dem Fäßlein hantieren, den Kahn wegschwimmen sehen. Als aber auch sie sich nicht mehr bereden konnte, etwas zu sehen, barg sie das Antlitz an dem Busen der Helferin und klagte: »Da fliegt er hin, mein Drache, weh, ach weh!«

»Laß fliegen!« tröstete sie Frau Eisengrein. »Die fliegen immer so, und wir Schmerzensreichen haben das Nachsehn. Komm, ich will dich hinunterstützen vom Turm ins heilige Wochenbett, denn das ist deine Stätte!«

Der Geist der Erzählung, den ich verkörpere, ist ein schalkhafter und kluger Geist, der wohl das Seine zu verwalten weiß und nicht gleich jede Neugier so geradhin befriedigt, sondern, indem er mehrere erregt, die eine stillt und während dessen die andere sozusagen auf Eis legt, daß sie dauere und sich dabei sogar noch schärfe. Will einer unverzüglich wissen, was aus dem Kinde ward auf Gottes wildem Meer, so wird er abgelenkt und ernstlich unterhalten mit andrer Mär, von der zu wissen ihm ebenso not tut, möge sie ihm auch traurig zu Herzen gehen. Daß sie aber so traurig ist, mag seine Hoffnung stärken, daß es auf den Ünden draußen mit glücklicheren Dingen zugehen wird, denn so unklug ist der Geist der Erzählung nicht, nur lauter Trauriges zu künden.

Die nächste Kunde ist von der sündigen Mutter und wie übel es ihr noch immerfort erging. Die Frau, die hatte wahrlich Leid zu tragen alsus viel, daß ich nicht weiß, ob auch mein Mund geschickt ist, solchem Leid gerecht zu werden und es mit Worten zu erreichen. Ich fühle wohl, es fehlt mir an Erfahrung. Weder rechtes Glück noch rechtes Unglück ward mir je zuteil. Ich lebe so mitten inne, durch mein Mönchtum geschieden vom einen wie vom andern. Das mag es sein, weshalb ich die Allegorie zu Hilfe rufe, um meiner Frauen Leid zu schildern, und sage, daß fünf Schwerter ihr Herz durchbohrten, nicht weniger als so viele. Und ich werde meine Metapher sogleich erklären und jedes der fünf Schwerter bei Namen nennen.

Das erste war der geistliche Kummer, der sie beängstigte ob der Sünde, die sie mit ihrem Bruder getrieben, wenn ihr Fleisch und Blut auch wieder wonnig ihrer gedachte und der Hoffnung auf des Gatten Wiederkehr inbrünstig anhing. – Das zweite war ihre Kindskrankheit und Wochensieche, denn sie genas des Knaben, ungeachtet der treuen Pflege der Hebemutter, nur sehr langsam und schwer. Die Milch trat ihr zurück und schuf ihr Fieberglut, und nach sechs Wochen, welches, wie man mir sagt, für die Frauen die rechte Frist ist, um zu erstehen vom Wochenbett und den ersten Kirchgang zu tun, war sie noch so schwach, daß sie sich kaum auf den Füßen halten konnte. – Kam das wohl vom Milchfieber nur? Ach nein, denn jetzo nenne ich das dritte Schwert: das waren Angst, Gram und Jammer um den kleinen Schiffsmann draußen im wilden Wind, den ganz in Gottes Hand Gegebenen, der ihr nicht mehr die Milch abtrank, und von dem sie nicht wußte, ob er vielleicht gerettet oder von dem Meere verschlungen sei. – Wie schmerzte dieses Schwert! Aber das vierte, das war ein zweischneidiges, ihr ins Herz gestoßen so grausamer Hand, daß ich mich wundere, wie sie's überlebte und noch ihre Tage mehrte, – nicht zu ihrem Heil, oder erst ganz zuletzt zu ihrem Heil, wie ich zu künden mir vorbehalte. Zwar sank sie zweimal in Amacht von diesem Schwert: einmal, als sie's ins Herz empfing, und beim Erwachen dann, als sie gewahrte, daß es noch da war, gleich wieder. Dann aber lebte sie damit und trug es – wie? Das müßt ihr die zarte und zähe Weibsnatur fragen, ich kann's euch nicht sagen.

Gerade drei Tage nämlich vor dem Tage, an dem die Bleiche zur Kirche gehen sollte, geschah es, daß Anaclet, der Knappe, mit verkehrtem Schilde auf der Burg erschien, zum Zeichen böser Botschaft. Was konnte das wohl für Botschaft sein? Kaum brauchte er ihr Worte zu verleihen, ja hätte kaum mit umgekehrtem Schilde kommen müssen, damit man ihn verstände. Daß er allein zurückkam, war genug. Sein holder Herr war tot.

Ach, ich bin ganz untröstlich über diesen Verlust! Da gewährt das Schreiben mir einen rechten Kummer, wie er meinem Mönchtum in Wirklichkeit so wenig wie rechtes Glück vergönnt ist. Wohl möglich, daß ich nur schreibe, um mir von beidem, menschlichem Glück und Leide, etwas anzueignen. Kaum kann ich mich der Tränen erwehren beim Anblick von Anaclets verkehrtem Schild, und wäre nicht draußen auf den Ünden noch einige Hoffnung auf Ersatz und freundlich Wiederleben, – ich brächte es nicht übers Herz, den armen Wiligis zu töten. Denn wie es der Geist der Erzählung ist, der die Glocken läutet, wenn sie von selber läuten, so ist er es auch, der tötet, die da im Liede sterben.

Tot, Jung Wiligis, so schlank und fein! Es ist wahr, er hatte niemanden seiner wert erachtet, als seine mitgeborene und ebenso feine Schwester, und hatte unverzeihlich mit ihr gesündigt. Nur schwer vergebe ich ihm auch das Morden Hanegiffs, eines so guten Hundes. Zur Buße aber war er ritterlich bereit gewesen, da sich doch zeigte, daß er ihr nicht gewachsen war. Ich weiß nicht, dieser Jüngling, obgleich zur Sünde begabt und schnell dazu aufgeregt, war auf dem Herzen wohl nie recht fest gewesen. Gar zu leicht erbleichte er, zitterte leicht und war tapfer, aber gebrechlich. Das Scheiden von seiner süßen Schwester, seinem Weibe, hatte ihm hart und zehrend ans Leben gegriffen, und zur strengen Fahrt auf Kreuzritterschaft war er in der Seele nicht wohl gewappnet. Von Räubern, Untieren, Sümpfen, Wäldern, Fels und Wassern hatte er mit Anacleten mehreres bestanden, doch bis zum Hafen Massilia sollte er gar nicht gelangen: Bevor er hinkam, griff er sich an die Brust, kehrte das verzerrte Antlitz gen Himmel und sank ins Moos, wo ihn mitleidig sein Roß beschnupperte. Wie rasch kam da auch Anaclet aus dem Sattel! In seinen Armen brachte er ihn zu einer Burg, nicht fern von da, deren Herr sie gastlich aufnahm und den Wegkranken pfleglich bettete. Dem aber war das Herz gebrochen; den zweiten Tag gab er den Geist auf, und da man ihm das Leilach übers Haupt zog, sollte die Erde dies ganz besondere Geschwisterantlitz, diese zum ernsten Mund gewölbte Lippe, diese Augen, blau in der Schwärze, dieses witternde Näschen, die Stirne mit dem Zeichen im dunklen Haar, die schönen Brauen, so alt sie wurde, genau so niemals wiedersehen.

Bei dem Gedanken zerdrück ich eine Träne, und ich lobe den fremden Burgherrn, weil er mit Ehren die Verbringung der Leiche des fürstlichen Pilgers in sein Heimatland befahl. Dem Kondukt ritt Anaclet um einen Tag voran und trat vor Sibylla, den Schild verkehrt, gesenkten Angesichts. Der Amacht war sie schon nah gewesen, als ihr nur sein Name, der seine nur, genannt ward. Als sie ihn sah, verging sie und sank in seinen Arm. Der eigenen Träne muß ich mich schämen, denn ich vergoß sie nur aus sanfter Wehmut, ihrer aber war ein Schmerz, den keine

Träne lindert, und als sie zum zweitenmal erwachte, war ihr Auge trocken und ihre Miene starr. Berichten ließ sie sich von dem Knappen, wie es mit seinem Herrn geschehen, und sprach dann: »Gut.« Dies ›Gut‹ war gar nicht gut. Ergebung in Gottes Beschluß ist so ein ›Gut‹ mitnichten, vielmehr ist es ein Wort der Starre und der ewigen Verneinung von Gottes Rat, und es will sagen: »Wie dir's beliebt, Herrgott, ich ziehe meine Folgen aus deiner mir nicht annehmbaren Verfügung. Du hattest ein Weib an mir, ein sündiges, gewiß. Jetzt wirst du überhaupt kein Weib mehr an mir haben, sondern für immer eine starre Braut des Schmerzes, verschlossen und vertrotzt, du wirst dich wundern.« – Bewahr mich Gott vor solchem Schwert und solcher Starre! Ich biete dem auch gar keine Blöße. Aber froh bin ich doch, daß das Erzählen mich davon kosten läßt und ich's in einem Sinn erfahre.

Herr Eisengrein sprach zu ihr:

»Das Leichkar Eures Bruders ist angekommen und steht in der Kirche meiner Burg. Er hat Gott den Leib gegeben für seine Seele, und Ihr seid nun unsere Herrin. Nehmt hiermit die Beugung meines Knies! Zugleich seid ehrerbietig um Eurer Ehre und meiner willen vermahnt, daß Ihr, wenn wir ihn nun zu Grabe bringen, einen Schmerz zutage legt, wie man ihn einem Bruder zollt, und keinem anderen. Jeder Schmerz, der heißer, als einer Schwester recht und gemäß ist, muß streng verborgen bleiben.«

»Für Weisung und zarte Anspielung, Herr Ritter, meinen Dank. Ich denke, ich habe die Miene nicht, als würde ich Euere, meines Beschützers, Ehre bloßstellen mit Äußerungen eines Schmerzes, der zu weit geht. Ihr seid recht unerfahren im Schmerze, wenn Ihr meint, der tiefste wäre lärmend. Ich gedenke jetzt, drei Stunden überm Sarge meines holden Bruders zu beten. Es dürfte das die Grenze des Sittsamen nicht überschreiten. Dann mögt Ihr ihn mit abgemessener Trauer an seine Stätte bringen. Die meine ist hier nicht länger, auf Euerer Wasserburg, und nicht von hier aus will ich des Landes walten. Ich hoffe, auch ferner einen getreuen Dienstmann an Euch zu haben, Cons du chatel, doch liebe ich Euch nicht, und ob Ihr mich auch zu Euerer Herrin machtet, steht Ihr doch nicht bei mir in Gnaden, des sollt Ihr zur Stunde von mir beschieden sein. Ihr habt mir mein süßes Geschwisterkind genommen, habt es aufs wilde Meer verschifft und seinen Vater, meinen trauten Bruder, in den Tod gesandt, – das muß wohl alles um der Ehre und Staatskunst willen so sein, aber dennoch trag ich's Euch nach und bin Eurer harten Gutmütigkeit bis zur Erbitterung müde. Ich will Euch weder zum Seneschalk noch zum Truchseß, noch will ich Euch überhaupt um mich haben, wenn ich nun in meiner Hauptstadt Wohnung nehme, im hohen Schloß zu Bruges am tiefen Haff. Ihr möchtet, wärt Ihr um mich, staatskluge Pläne schmieden, gerader Nachfolge wegen, und mich durchaus mit einem ebenbürtigen Fürsten der Kristenheit vermählen wollen, wo doch nur Einer mir ebenbürtig war, dem trag ich ewig Trauer. Von Vermählung will ich nichts wissen, sondern celui je tiendrai ad espous qui nos redemst de son sanc precious. Almosen, Fasten, Wachen und Gebet auf bloßen Steinen, nebst allem, was dem Fleische unbequem und zuwider, das sei mein Leben als Herrin dieses Landes, damit Gott sehe, er habe nicht länger ein sündig Weib an mir, vielmehr gar keines mehr, sondern eine Nonnenfürstin erstorbenen Herzens. Dies mein Beschluß.«

Er war's und blieb's und war, weiß Krist, der rechte nicht. Denn ach, er brachte das fünfte Schwert über die Frau und über das ganze Land, wovon sogleich. Sibylla kehrte nicht zurück nach Belrapeire, der Stätte ihrer Jugend und Sünde, die lag verlassen, nur von einem Kastellan und einem kleinen Trupp Serjanten behütet. Die Fürstin hielt Hof im Schloß zu Bruges am Meeresbusen, einen starren Hof, an dem es kein Lachen gab, außer, die Herrin ließ sich nicht sehen, sondern lag einsam oder zwischen zwei Mönchen im Gebet auf bloßen Steinen. In weißem Kleide stieg sie hinab, begleitet nur von zwei Frauen mit Körben, und spendete den Armen, die sie heilig priesen. Freude und Bequemlichkeit ließ sie ihr Teil nicht sein, sondern nur Nachtmetten, Kastigierung und kurze Kost, dies aber alles nicht

Gott zuliebe, sondern ihm zum Trotz, daß es ihm durch und durch gehe und er erschrecke.

So lebte sie manches Jahr, büßte aber von der Buße ihre Schönheit nicht ein, wie sie's Gott wohl gegönnt hätte, sondern, wenn auch oft blaue Ringe vom Wachen um ihre Augen lagen, so reifte sie doch, auf Erden die Züge ihres toten Bruders bewahrend, von Jahr zu Jahr zur schönsten Frau, was, glaube ich zu wissen, auch nach ihrem Willen war, daß Gott sich gräme, weil sie einen so schönen Leib keinem Gatten gönnte, sondern ihres Bruders büßende Witwe blieb. Und doch schaute, wie schon in ihrer Kindheit, so mancher kristliche Fürst nach ihr aus und trug ihr seine Hand an durch Brief und Botschaft und manchmal auch in Person. Aber ein jeder ward abgewiesen. Das betrübte Hof, Stadt und Land, wie es auch Gott betrübte, den es betrüben sollte, ob er gleich gegen so viel büßende Enthaltung auch wieder nichts einzuwenden haben konnte. Den Zwiespalt gönnte sie ihm.

Im sechsten Jahre begann ein gar adeliger Fürst, Roger-Philippus, König vom Arelat, ihr anzuliegen für seinen mannbaren Sohn, Roger mit Namen, ohne Philipp. Das war ein Prinz, wie ich ihn auf den Tod nicht leiden kann, ein unverschämter. Schon mit fünfzehn hatte er einen Spitzbart, schwarz, wie seine Augen, die glühenden Kohlen glichen, mit Brauen, geschwungen wie sein Schnurrbart, und war lang, haarig, streitbar und galant, ein Gockel, Herzensbrecher, Duellant und Teufelskerl, mir ganz unleidlich. Daß sein Vater ihm Gutes gönnte, will ich begreifen, auch daß er für ratsam hielt, ihn baldigst ehelich zu befrieden. Herrn Grimalds edle und fromme Tochter schien dafür die rechte Wahl, und staatskluge Erwägung spielte mit in den Plan hinein, denn nicht nur gönnte der König seinem Erben das schöne Weib, auch daß er Artois und Flandern erheuere zum Arelat und Hochburgund noch obendrein, das gönnte er ihm vor allem.

Darum denn gingen Botschaften und Bitten, zarte Vorschläge und werbende Geschenke von Land zu Land, und König Roger-Philippus visitierte auch selbst mit seinem Sohn und einem stattlichen Gefolge burgundischer Ritter den Hof von Bruges, wo Roger sogleich drei Ehrendamen verführte, von der Herrin aber kalt angesehen ward. Die hatte eine Art, seine höchst ritterliche Gestalt der Länge nach mit moquanten Augen zu messen, hinunter und wieder hinauf, die den Gockel aufs Blut erbitterte und ihn für immer gegen sie erhitzte, also daß er meinte, sein Ehr sei hin, wenn er sie nicht besäße. Auch war der ganze Hof, einschließlich der drei in wenig Tagen gefallenen Damen, der Werbung hold, denn alle wünschten, daß Sibylla dem Land einen Herzog gäbe, und daß ihrer Keuschheit endlich ein Ziel gesetzt sei. Sie aber wich dem Anliegen des Königs höfisch aus, sagte nicht nein, doch auch beileibe nicht ja und hatte sich unbestimmte Bedenkzeit ausbedungen, als die Burgunder wieder nach Hause zogen. Von da erneuerten sie ihre Botschaften, Mahnungen und Bitten, wurden aber vertröstet und abgespeist mit Gegenworten, die sich bald mehr dem Nein näherten, bald, nur der Höflichkeit zur Steuer, mehr dem Ja und alles stets in der Schwebe ließen, zu dem Behuf, daß Vater und Sohn der Sache endlich müde würden.

Vier Jahre vergingen so, da reichte König Roger-Philippus dem Tode seine Hand und mußte mit ihm gehen, Roger, der Spitzbart, aber ward König vom Arelat. Der hatte zwar alle Damen seines Hofs, die unter fünfzig waren, und dazu eine Menge Bürgerstöchter sich pflichtig gemacht, aber nie die Gier vergessen nach der Spröden im weißen Kleid, die ihn so schnöd betrachtet, und seit er zum Thron gelangt war, einte sich der Sucht, sie zu besitzen, das Verlangen, sein Reich zu mehren durch das ihre, wie es seines Vaters staatskluges Vermächtnis war. Da floß denn dreiste Drohe mit ein in süße Werbung, wenn er ihr schrieb und sie mit Botschaften beschickte, des Sinnes, eher wolle er sie mit Waffen sich erstreiten, als auf sie, aller Magde beste, verzichten und eine andre nehmen. Ihrer sei die Schuld, daß sein Reich ohne Königin bleibe, wie sie schuld sei, daß ihr eigenes des Herrn entbehre, und gegen so viel Übel werde Gott ihn schließlich heißen, zum Schwert zu greifen. So oder ähnlich dieser Hahn und Hengist. Da aber Sibylla, um ihn

im Zaum zu halten, ihre Gegenworte wieder mehr dem Ja annä-
herte, so vergingen noch drei Jahre, ehe ihm die Geduld riß.
Dann aber riß sie ihm, und mit zweitausend Rittern und zehntausend Serjanten fiel er Sibyllen ins Land und überzog es mit
Krieg und Brand.

»Zu Hilfe, Herr Eisengrein! Vergeßt, daß wir im Kummer
Euch unsres Hofs verwiesen! Gedenkt der Dienste, die Ihr unserem in Gott verklärten Herrn Vater geleistet! Ruft meine Ritter
auf, versammelt mein Fußvolk, öffnet die Arsenale, wackerer
Feldzeugmeister, und werft Euch dem frechen Räuber entgegen, der uns mit blutiger Hand in sein Bett reißen will! Schützt
Euere Herzogin, die Gott Geweihte.«

Also begann der ›Minnekrieg‹ zwischen Burgund und Flandern-Artois, wie er heißt im Mund der Sänger, und der, bei
wechselndem Glücke, von Hartnäckigkeit stets erneuert, ver-
derblich hin und wider wogte fünf Jahre lang.

»Gebt, Fraue, doch den Frieden dem Land nach so viel Lîden
und reichet dem die Hand, der so nach Euch entbrannt, dem
Werber kühn und viel zäh!« Sie aber sprach: »Jamais!«

Die Fischer von Sankt Dunstan

Ich, Clemens, lobe die Werke der Weisheit Gottes. Wie vorzüglich und zur Bewunderung auffordernd erscheint nicht dem, der
von Erdkunde einigen Unterricht besitzt, die Tatsache, daß eine
Verbindung bestellt ist zwischen dem oceanus und der Nordsee:
durch einen Meereszug nämlich, der, hingehend zwischen Ka-
rolingen und Engelland, seiner Schmalheit wegen im Scherze
›der Ärmel‹ genannt wird, sonst auch wohl ›der Kanal‹, obgleich
man, genau genommen, nur eine von Menschenhand gegrabene
Rinne als Kanal bezeichnen sollte, nicht aber Gottes salziges Ele-
ment, welches von der stehenden Ruhe eines Kanales nichts auf-
weist, vielmehr nur zu oft, von Stürmen gepeitscht und zu wildem Ündenschlag aufgeregt, den Schiffer das Beten lehrt. Dies
gilt selbst für größere und seetüchtige Schiffe, wie das, auf dem

ich selbst vor kurzem dieses Wasser durchschnitt. Aber wenn ich bedenke, welchem Ungefähr darauf ein schwacher Kahn, ein offen Boot anheimgegeben ist, das, ein bloßes Spielzeug der Wellen, vielleicht nicht einmal bemannt oder doch nur auf die sonderbar zarteste und hilfloseste Weise bemannt ist, – so schaudert mir vor der Knappheit der Hoffnung, die für solches Schifflein besteht, jemals glücklich zu landen, und ich bestaune die Geschicklichkeit Gottes, mit der Er es, wenn Er will, durch Gefahren zu steuern weiß, welche Er selbst ihm auftürmt, ja es drängt sich einem aus diesem Anlaß das Wort auf die Lippen: »Nemo contra Deum nisi Deus ipse.«

Inseln sind bereitet in diesem Wasser, nämlich dort, wo es sich schon gegen das Weltmeer öffnen will: größere, kleine und ganz kleine, genannt ›die Normannischen‹, wohl weil sie näher gegen Francia und das Land der Normannen gelegen sind als gegen Cornwall und Sussex, und auf eine der kleinsten davon, abgelegen von den anderen tiefer ins Meer hinein gegen Engelland, bin ich im Begriffe mich mit dem Leser im Geist zu versetzen. Das war ein flutumgürtetes Stückchen Gotteserde, dessen Bewohner zwar zu ihrem Heil vom Kristentum waren erreicht worden, sonst aber ein recht ursprüngliches, im Weltgeschehen wenig erfahrenes Leben führten. Ihrer Mehrzahl nach waren sie in einer zerstreut gebauten, mit Viehweiden und Nutzgärten durchsetzten Ortschaft ansässig, die, soviel sie wußten, wie die ganze Insel, Sankt Dunstan hieß, und nährten sich von Rinderzucht, Butterbereitung, Gemüsebau und Fischfang. Ich begebe mich dorthin nicht zuletzt, sondern geradezu vor allem, um eines frommen und trefflichen Mannes willen, dem meine ganze Sympathie gehört, und dem ich schon hier meinen Dank entrichten möchte für die hervorragenden Dienste, die er in seiner Güte der Geschichte leistete, mit deren Auffrischung ich mich gottgefällig unterhalte. Es ist Seine Ehren Gregorius, Abt des Klosters ›Agonia Dei‹, welches, hervorgegangen aus einer uralten Laura und Koinobiten-Siedelung und der Regel von Cistercium gehorchend, nahe dem gen Abend gekehrten Strande des Eilands gelegen war und seine geistliche Zierde bildete – übrigens, wie ich hoffe, auch heute noch bildet. Von Konventualen, die die Gelübde abgelegt hatten, barg es in seinen Mauern nicht viel mehr, als unser Herr und Heiland Jünger hatte, vielleicht vierzehn, dazu eine Anzahl dienender Laienbrüder, welche das Klostervieh besorgten, außerdem immer auch einige Kinder, die, zu Mönchen bestimmt, den Brüdern von ›Not Gottes‹ zur geistlichen Schulung übergeben waren und zum Teil auch von anderen Inseln stammten. Sie alle aber, Groß und Klein, Greise, Männer und Knaben, blickten, seiner Güte, Milde, Gerechtigkeit und Fürsorge wegen, mit einmütiger und zutraulicher Ehrfurcht zu ihrem Abte Gregorius auf, wie zu einem Vater; und so ist es, wie der Gelehrte weiß, ja auch nach dem Sinn der Sprache.

Abt Gregorius ist als ein einnehmender Mann von mäßiger Statur zu schildern, dessen volles, sorgfältig geschabtes Gesicht mit kleinem Mund und gerundet vorstehender Unterlippe von einem schön polierten Glitz- und Glatzschädel überwölbt war. Krauses Grauhaar stand an den Schläfen davon ab. Sein Ordenskleid, gegürtet mit einem sauber gedrehten Strick, durch den der Rosenkranz gezogen war, wurde von einem anständigen Bauchränzlein gehoben, das eher als Ausdruck guten Gewissens denn als Beschwernis wirkte, nichts nahm es der Tournure des Abtes an gefälliger Beweglichkeit, bemerkenswert für seine Jahre, deren es fünfzig waren. Daß Trägheit und weichliche Selbstschonung nicht seine Sache waren, erweist sich dadurch sogleich, daß wir ihn eines sehr frühen Morgens bei mehr als unfreundlichem Wetter (denn die Wolken hingen tief und triefend, und es stürmte häßlich aus Nord-Nord-West) ganz allein unterwegs finden hinab zum Strande, die hufeisenförmige Bucht umwandelnd, welche auf dieser Seite in die Insel einschneidet, und in die das Meer seine an vorgelagerten Steinbänken sich brechenden Wogen rollt. Im Rücken sein Kloster, dessen Baulichkeiten sich, von Regen verschleiert, gegen einen Streifen dunklen Gehölzes abzeichneten, schritt der Abt, seinen langen Stab voransetzend, mit geschürzter Kutte im nassen Sande dahin, oft zwischen allerlei Felsgerümpel hindurch, das dort brockig und klotzig, wenn nicht zu Schutt zerkleinert, herumlag. Um die Schultern trug er zum Schutz gegen die Nässe eine Filzdecke, die er vorn mit der Hand zusammenhielt, und hatte auf den Kopf einen ganz ungeistlichen Wetterhut mit hängender Krempe gestülpt, wie wohl die Fischer der Insel ihn bei ihrem Gewerbe trugen. Blinzelnd hielt er den Kopf schräg gegen den Wind gestemmt, wandte aber öfters sein benetztes Gesicht zur Seite, um mit sorgender Miene aufs offene Meer hinauszuspähen.

Seine Gedanken waren die folgenden.

»Garstig, garstig. Wir haben viel schlechtes Wetter auf unserem Eiland, aber dies ist doch ausnehmend widersam in Anbetracht der Jahreszeit. Ich murre nicht, aber ich bin beunruhigt. Wie die Brecher, die in der Bucht hier oben schon leidlich gezähmt sind, an den Bänken hochspritzen, sie von Zeit zu Zeit gänzlich überfluten und sich wild in die brackigen Vorseen zu meiner Rechten ergießen, so daß ich mit fast unziemlicher Hurtigkeit vor den Fluten beiseite zu springen gezwungen bin! Wie muß es da erst draußen im Offenen zugehen, wo sich auf mein Geheiß die Fischersleute Gebrüder Wiglaf und Ethelwulf befinden! Wer mich hier sähe, würde sagen, daß ich *trotz* diesem bitteren Wetter mich an den Strand begebe. Ich begebe mich aber gerade *wegen* des Wetters so früh schon hierher, getrieben von Unruhe. Es ist auch die Unruhe, welche einem so müßige und nebensächliche Betrachtungen eingibt wie diese über ›trotz‹ und ›wegen‹, die ein und dasselbe werden in meiner Unruhe. Gott will nicht, daß der Mensch zu ruhig sei, sondern versieht ihn zu seiner Züchtigung mit Unruhe, indem er ihm eingibt, sich selbst damit zu versehen, wie ich es getan habe, dadurch daß ich die fischenden Männer hinaussandte bei diesem Wetter, das man allerdings gestern nachmittag nicht voraussehen konnte. Wie ruhig könnte ich sonst doch sein, ohne diese selbstbereitete Sorge! Denn es steht ja im übrigen alles zum Besten oder doch zum recht Guten auf diesem Eiland, das nach der Versicherung seiner bejahrtesten Einwohner ›Sankt Dunstan‹ heißt, und mit meinem Kloster dort hinten, das ohne Frage ›Not Gottes‹ genannt, und auch auf den nächsten, immerhin auch schon weit entfernten

Inseln unter diesem Namen bekannt ist. Nur in Demut kann seiner gedacht werden, und keine ernstliche Versuchung zum Stolze will es bedeuten, sein Abt zu sein. Denn unter den Klöstern der Kristenheit ist es ein geringes und hat nicht einmal ein eigenes Kapitel, sondern das Zönakel muß auch den Konventsaal vorstellen, obgleich dort immer ein abgestandener Geruch nach irdischer Speise herrscht. Auch hat nur die Hälfte der Brüder eigene Zellen, die anderen müssen in gemeinsamem Schlafsaal nächtigen, und nur ich natürlich habe eine geräumige Stube für mich, woran ich nicht mit Selbstgefälligkeit denken, sondern mich nur dankend erinnern sollte, wie smoothlich alles in unserer kleinen Gotteswirtschaft seinen frommen und wohleingefahrenen Gang geht, und wie angenehm es ist, ein von langer Hand her gemachtes Bett vorzufinden, so daß man nicht mehr Grundwerk zu tun und die Wildnis zu roden braucht, sondern nur zu bewahren und alles im Rechten zu halten hat. Das Pionieren und Roden haben vor hundert Jahren und noch viel mehr die Brüder vom einsam-gemeinsamen Leben besorgt, die zuerst hierher kamen, Spaten, Hacke und Kelle handhabten, Steine karrten und, indem sie sowohl ihr Claustrum bauten wie auch den sandigen Grund zum Gemüseland schufen, zugleich die finsteren Köpfe der Inselbewohner aufklärten und sie mit der Wahrheit Jesu erleuchteten. Sie wußten wohl, daß der Müßiggang die Pfütze aller Versuchungen ist, darum widmeten sie sich nicht nur der Betrachtung, von der sie auch nicht hätten leben können, sondern werkten und rodeten fleißig, wie auch ich darauf halte, daß meine Schäflein neben der Gottesversenkung immer auch einige derbe Hand- und Gartenarbeit versehen, zu ihrer redlichen Ermüdung. Ich selbst natürlich bin zu alt und würdig dazu. Zu alt, nicht zu würdig. Das Wort ›würdig‹ flüstert nur der Teufel mir ein, um meine Demut zuschanden zu machen, welche ohnedies stets gewissen Gefahren preisgegeben ist, weil ich erfreulicherweise als infulierter Abbot der erste Mann auf der Insel bin, über dessen Hand sich jeder neigt, der ihm begegnet. Ob diese Leute wirklich vorzeiten dadurch zum Kristentum bekehrt wurden, daß eine schon aufgeklärte Jungfrau, die sie einem Drachen opfern wollten, welcher die Insel verheerte, diesem das Kruzifix entgegenhielt, so daß er, nachdem er noch einmal Feuer und Dampf aus seinem Rachen gestoßen, sich auf die Seite legte und starb? Es heißt, davon seien alle so beeindruckt gewesen, daß sie sich sogleich allesamt zu Jesum bekannt hätten. Ich kann die Geschichte kaum glauben, denn wie sollte ein Drache auf diese Insel kommen, und aus welchem Ei sollte er gekrochen sein? Ich vermag mir einfach einen Drachen, der Jungfrauen zum Opfer nimmt, dahier nicht vorzustellen. Aber das ist vielleicht nur ein sündlicher Mangel an Einfalt, wenn mir auch, auf die Gefahr hin, daß ich damit in des Hochmutsteufels Küche komme, ein gewisser Unterschied zwischen dem, was ein gelehrter Mann glauben soll, und dem Glauben des vulgus vor Gott gerechtfertigt scheint. Nebenbei gedacht, und zwar mit Sorge gedacht, steht das Kristentum der Leute hier nicht einmal auf den festesten Füßen, ob nun ein Drache war oder nicht, und gerade darum ist es ein so großer Segen, daß wir Brüder hier auf der Glaubenswacht stehen in ›Agonia Dei‹. Denn ein Erworbenes kann wieder verlorengehen, wie ich ja gehört habe, daß im sogenannten Alamannenlande, fern von hier, das Kristentum schon zur Römerzeit Fuß gefaßt hatte, daß aber jenes Land in Finsternis zurücksank bis zum Erscheinen gewisser irischer Sendboten, welche das Licht wieder entzündeten. Abgeschiedenheit von der Welt durch viel Wasser hat wohl seine Vorteile, indem sie einfältig erhält und vor mancher Verwirrung bewahrt. An der anderen Hand gerechnet aber, ist es auch wieder nicht gut, wenn große Völkerbewegungen, Wandlungen und Wanderungen, wie sie meines Wissens vorzeiten geschahen, an dem einsam in sich selbst Versponnenen fern vorübergehen, also daß, wenn ich mich in Gedanken so ausdrücken darf, das Weltgeschehen ihn nicht mitnimmt, sondern ihn auf altertümlicher Stufe unerfahren zurück und beiseite läßt. Ich weiß recht wohl, daß hier in den Gemütern und in stillen Bräuchen allerlei rückständig ist, das kaum einen besseren Namen verdient als den des Druidengreuels, und gegen dessen Überhandnehmen unsere kleine Gottesburg das einzige Bollwerk bildet. Allezeit sind diese Leute, weil niemand sich um sie kümmerte, unter sich an Ort und Stelle gesessen, wo doch sonst, wie ich glaube, kein Land der Erde von seinen Ursassen bewohnt ist, sondern sind alle auf den Schub gebracht worden und haben andere vor sich her gestoßen, die sich auch neue Stätten suchen mußten, sei es, daß sie sie schon verlassen vorfanden, oder daß sie sie an sich rissen mit grober Hand. So habe ich von den Burgunden vernommen, die vom hohen Thule hinabzogen bis an den römischen Grenzwall und nicht ohne Selbstgefälligkeit am Strome Rhenus saßen, wo sie indessen von den Hunnen gemetzelt wurden bis auf wenige. Damit nicht genug, weiß ich auch von Vortigern, dem Britenfürsten, daß er seefahrende Germanen zur Hilfe holte gegen die wilden Pikten, mit denen doch jene Gerufenen im Nu gemeine Sache machten gegen den Rufer. Unversehens schufen Haugen, Angeln, Jüten und Sachsen ein britisch Reich, darauf setzte der Normann den Fuß und ergriff es mit beiden Händen. Ja, meine Kenntnisse, die sind erstaunlich! Aber, mein Gott, statt mich mit ihnen zu blähen vor mir selbst, sollte ich mich erinnern, warum ich bei Wind und Wasser an meinem Stabe hierher walle, und daß all die abwegigen und völlig unnützen Gedanken, die ich spinne, nur der Unruhe entspringen wegen des Mangels an Fürsorge, dessen ich mich schuldig gemacht, wenn auch eben aus Fürsorge nur. Denn für meine Schäflein habe ich gesorgt wie ein Vater, indem ich ihnen auf den heutigen Fasttag ein gutes Gericht Fische bestellen wollte, reichlich für alle. Darum habe ich Wiglaf und Ethelwulf, die fischenden Männer, angestiftet, schon vor Tagesgrauen hinauszufahren, und ihnen extra gute Bezahlung verheißen, wenn sie mir recht viele und leckere Fische fingen. Aber indem er ein Wetter veranstaltete, wie es sonst erst zur Fallzeit sich einstellt, hat der Teufel meine Fürsorge in den gröblichsten Mangel daran verkehrt. Denn gelockt vom Mammon, haben die zwei sich hinausgetraut, wer weiß wie weit, und wenn sie zur Stunde bereits die Freise verschlungen hat, so bin ich, Gott sei davor, ihr Mörder. Zwar sind es seefeste, gesalzene Kerle, zäh wie ungrisch Leder, die nichts gegen ein Tänzchen mit den wilden Ünden haben. Aber was mach ich, wenn es sie doch erwischt, und wie steh ich vor ihren Witwen und Waisen? Es hat wohl Ethelwulf, der Ältere, nur eine Tochter, die ist vermählt mit einem Manne auf der nächsten Insel gen Osten, Sankt Aldhelm geheißen, wie die meisten glauben. Aber Wiglaf, sein Bruder, nährt mit Mühe sechs Kinder, und sein Weib hat das Jüngste noch an der Brust. Meine Unruhe um ihrer aller willen ist stetig im Wachsen. Halt! Jetzt bleibe ich wie angewurzelt stehen und spähe hinaus zum Eingang der Bucht, wo ich mit meinen immer noch dankenswert scharfen Augen ein Segel zu gewahren glaube. Der Ausblick wird mir erleichtert dadurch, daß es zu regnen, wenn auch nicht zu stürmen aufgehört hat. Ja, Gott sei gelobt, es ist ein Segel, es ist Wiglafs und Ethelwulfs Boot! Da sie die schützende Bucht wieder erreicht haben, kann man sie als gerettet betrachten, und vielleicht bringen sie mir sogar die erwünschten Fische herein. Es ist wirklich stark: kaum schöpfe ich einige Hoffnung auf der Männer Überleben, da denke ich schon wieder an die Fische, deren Bedeutung doch durch die Gefahr längst zu nichts herabgesunken war! Welch ein Spielball ist doch des Menschen Herz zwischen Zagnis und Übermut! Nur gut, daß es die Tugend der Fürsorge ist, die mir so bald den Gedanken an die Fische wieder erweckt. – Aber wie ist mir denn? Ich glaube dort hinten *zwei* Boote, dicht beieinander, sich auf den Wellen wiegen zu sehen? Ist das eine Täuschung meiner Augen, auf die doch im ganzen guter Verlaß ist? Nein, weiß es Krist! ich sehe ein Segel und zwei Boote. Oder sah es doch einen Augenblick so, denn nun scheint das andere sich in Dunst aufzulösen, oder vom Dunst verschlungen zu werden, und nur das besegelte, auf das es ja einzig auch ankommt, ist noch vorhanden und steuert mit raumem Winde flott in die Bucht herein. Die Steinbänke zu meiden hat das gesalzene Brüderpaar eine so große Übung und Kunst, daß deswegen meine Sorge gleich Null ist. Sie kommen, sie kommen, sie schießen nur so, das Segel voll Wind schräg von hinten! Stark wäre ich versucht, ihnen Ho-he, Hoi-ho zuzurufen durch die hohlen Hände, wenn das nicht ein ungeistlich Benehmen wäre. Bei der Landzunge drüben kommen sie herein, wie ich sehe, und wollen ihre Einfahrt halten, wo die See schmal und seicht einschneidet zwischen Felsbank und Küste. Dorthin muß ich zurückgehen, das Herz voller Dank, um sie abzufangen. Kaum würde ich mich noch wundern, wenn sie auch eine reichliche Fischlast führten!«

Also kam das Boot herein, unter dem Winken des Abtes, ließ das Segel fallen, und die Männer stakten es vollends heran, stiegen auch aus zum Schluß in das Wasser und zogen mit Armeskraft den Kahn auf den Sand, indes der Abt sie frohen Wortes begrüßte:

»Hallo, hoihe, ihr Wackeren, Wiglaf und Ethelwulf, willkommen am Lande, im sicheren Port! Daß ihr nur wieder zurück seid aus diesem Wetter, dafür sei Gott gepriesen! Wir täten am besten, alle drei auf der Stelle niederzuknien und Ihm Lob zu singen. Ihr seht wohl, euer Abbot hat sich bitter um euch gesorgt, daß er zum Strande gewallt ist durch Sturm und Regen. Wie geht es euch? Habt ihr denn Fische?«

»Heho, hallo, Herr, is noch mal gutgegangen«, erwiderten sie. »Fische? Nee, dat's nu'n littel bit tau veel verlangt. Wi könn von Lucke seggen, dat uns de Fisch nich hebben, denn dat was Euch 'ne Freise, Herr, un weren Euch coups de vent, da macht Ihr Euch, Herr, gar keen Einbildung von. Da mußt immer een Mann die Seen drawen aus dem Boot un de annere mit all sin Macht den Timon holden, un sonst was an keen Ding ein Denken an.«

»Wie sie reden«, dachte der Abt. »Höchst ordinär.« Denn er meinte, daß er sich über ihre Sprechweise ärgerte, da er doch nur enttäuscht war, daß sie keine Fische brachten. »So froh und erleichtert ich bin«, dachte er, »daß sie zurück sind, so ist es doch ein großer Tiefstand mit ihnen.«

»Da Gott euch errettet hat«, sagte er, »nehme ich an, daß ihr Männer recht inbrünstig zu Ihm gebetet habt in euerer Not?«

»Ja, ja, Herr, dat ook.«

»Und habt nichts hineingemischt von anderer Art, an schlechten Sprüchen und allerlei Krimskrams von früher her?«

»Nee, nee, Herr, wie wern wi denn.«

»Wahrscheinlich doch«, dachte er. »Bei dem Tiefstand. Was sie für rote Bärte haben, und rot und gesalzen sind ihre sehnigen, muskelknolligen Leiber, bis zum Gürtel nackt. Warum sind sie so nackt und haben sich ihrer Wämser und Juppen entledigt bei solchem Wetter?«

Seine Augen gingen über das Boot hin, das außen grün bemalt war, von dem aber überall die Farbe schon absprang, so daß die weiße Grundtünche darunter zum Vorschein kam. Es lagen Netze darin, zwei Ruder, ein Staken. Am Hinterteil war etwas verstaut, darüber hatten sie ihre Kleider geworfen.

»Was habt ihr denn da, und was für eine Erhöhung ist das?« fragte er und wies mit dem Stabe darauf.

»Puhr Pipels Stoff«, murmelten jene. »Da kehrt ein Herr gar nich vor.«

»Sollten sie doch Fische haben«, dachte er, »und sie nur selber essen wollen? Oder was sonst verbergen sie vor mir mit ihren Kleidern? Sichtlich sind sie verlegen. Der Sache muß man auf den Grund gehen.« Und indem er sprach: »Ei, laßt doch mal sehen«, langte er mit seinem Stabe hinüber und schob ihr schwitzig Zeug beiseite von dem, was es bedeckte. Es war ein Fäßchen, handlich und prall, mit bemalten Dauben.

»Nun aber!« sagte er. »Wie habt ihr Männer das schmucke Fäßlein im Boot? Was ist darin?«

»Wat schell da in sin!« antworteten sie mit abgewandten Gesichtern. »Puhr Pipels Durft. Da is fresch Water in, Teer is da in, is Dram in zum Tippeln.« Und widersprachen sich lächerlich.

»Ihr lügt ja«, sprach tadelnd der Abt. »Richtig reden, das muß man nicht. Aber die Wahrheit sagen, das muß man.« Und er trat näher herzu, betastete das Fäßlein und beugte sich darüber zu besserem Augenschein. Da fuhr er zurück und schlug die Hände zusammen. Durchs Spundloch war aus dem Innern ein Greinen zu ihm gedrungen.

»Du Herre Gott!« rief er. »Still! Keine Regung, keinen Laut, damit ich lausche!« Und beugte sich nochmals darüber. Es greinte wieder.

»Ihr seligen Geister und Boten des Glanzes«, sprach der Abt

schon gar nicht mehr laut, denn es verschlug ihm die Stimme, und er bekreuzte sich mehrfach. »Männer, ihr, einer Mutter Söhne, Wiglaf und Ethelwulf, woher habt ihr dies Faß? Denn ob ihr's wißt oder nicht, ich schwöre euch, es ist ein Menschenkind darin verborgen.«

Ein Menschenkind bloß? fragten sie. Da wüßten sie gar nichts von und wären enttäuscht, wenn es nichts weiter wäre. Sie hätten das Faß am Eingang zur Bucht mit frostiger Hand von der Freise gefischt, denn da habe ein Kahn ohne Marner sich herumgetrieben, den hätten sie angesteuert und ihn herangestakt und hätten übernommen das Fäßlein in ihr Boot, vermeinend, es möge was fassen, was für puhr Pipel von Nutzen sein könne, und ginge niemand was an, wenn sie Hand darauf legten.

»Kein Wort mehr!« unterbrach sie Gregorjus. »Denn jedes ist müßig und kostbar ein jeder Augenblick. Heraus mit dem Faß im Fluge und herauf damit auf den Strand, hierher, wohin ich die Decke breite von meinen eigenen Schultern. Kein Plappern und Säumen! Dies wunderbare und tief ergreifende Fäßlein geöffnet sofort, auf der Stelle. Ich sage euch: es ist ein lebend Kindlein darin. Brecht gleich den Boden aus, so flink wie behutsam! Nehmt euer Beil, eure Messer! Kratzt weg den Teer rundum, womit es vermacht! O öffnet, öffnet!«

So taten sie. Befeuert von seinem Eifer, hoben sie's flink zu Lande und waren geschickt, wie handliche Männer, die mit Dingen umzugehen verstehen, des Fäßleins Flanke zu lösen, zu spalten und aufzutun. Er kniete dabei, und da die Behausung offen, zog er andachtsvoll und unter leisen Gebeten hervor, was sie barg: ein Wickelkind, auf Lagen von alexandrinischer Seide gebettet und zugedeckt auch damit, zu seinen Füßen zwei Brote und eine Tafel, sehr kostbar, zum Brief beschrieben. Das Kind aber blinzelte und nieste vor dem Tageslicht, so trübe auch dieses war.

Dem Abt war es recht, daß er schon auf den Knien lag und nicht erst darauf zu fallen brauchte. »Deus dedit, Deus dedit!« sprach er, die Hände gefaltet. »Diese Geburt aus dem wilden

Meer ist das Heilig-Seltsamste, was mir all meiner Lebtage vorgekommen. Was lehrt uns diese Tafel?« Und er griff nach derselben, nahm sie vor seine Augen und überflog die Schrift. Nur ungefähr vorerst drang, was er las, in sein Verständnis, doch soviel begriff er gleich, daß es mit dem Ursprung des Kindes eine zwar edle, aber entsetzliche Bewandtnis habe.

»Was habe ich erwartet?« dachte er. »Daß es ein Baby in geordneten Verhältnissen wäre, das sich in einem Faß auf der Freise herumtreibt?« Erbarmungsvoll beugte er sich über den zarten, sündigen Fund. Und siehe, da es sein mildes Gesicht so nahe über sich wahrnahm, lächelte das Kleine ihn an mit süßem Munde.

Dem Guten wurden die Augen feucht. Auf einmal war seine Seele voller Geschäftigkeit, und er erhob sich, bereit zu den entschiedensten Verfügungen.

»Männer«, sprach er, »dies Fundkind, ein Knabe, wie man mir schreibt, es ist so seliglich getan, dazu von Gott bewahrt so wundersam in diesem wenigen Faß, daß klar hervorgeht: wir müssen uns seiner unterwinden, discrete und klug, um Gottes willen und nach seinem unmißverständlich geoffenbarten Plan. Versteht sich, das Kindlein, noch ungetauft, gehört dem Kloster. Vorläufig aber und sofort sollst du, Wiglaf, es mit dir in deine nahe Hütte nehmen, wo es ohnehin wimmelt von Brut und Ehesegen, und sollst es deinem Weibe Mahaute übergeben, die hat eben wieder die Brust voller Milch und soll es wärmen und atzen, denn hat Gott es auch gnädig am Leben erhalten auf seiner Reise, so muß es doch vor Mangel an Wartung in der Gefahr des Sterbens schweben. Credite mi! Was ihr an dem Würmchen tut, das soll euer Schade nicht sein. Seine Verhältnisse sind, versteht sich, zwar ungeordnet, doch ärmlich sind sie nicht, wie ihr bereits an diesen raren Gewirken sehet, die es mitgebracht.«

Wieder zog er die Tafel zu Rate, die er schon in seinem Kleide geborgen hatte, und las in der Schrift. Dann griff er nach einem der Brote, brach es und schaute hinein.

»Wenn ich dir«, wandte er sich wieder an Wiglaf, »zwei Mark

Goldes gebe als Kostgeld, ein für allemal, willst du dich dafür
des Kindes unterwinden und es aufziehen mit den deinen, als
wär's dein eigenes, nur mit noch etwas mehr Sorgfalt, weil es
nämlich, sobald es bei einigen Jahren ist, dem Kloster angehören
soll?«

Da zwei Mark Goldes mehr war, als Wiglaf je zusammen gesehen, so versprach er's.

»Fort denn nach Hause!« rief der Abt. »Wir stehen und beraten schon viel zu lange in Anbetracht von dieses Kindes dringen-
der Bedürftigkeit. Wiglaf, hülle das Kleine in seine unteren
Stoffe – sie sind von Alisaundre, im Morgenland, verstehst du? –
nimm es in deinen Arm und trag es, so sanft du kannst! Ich
nehme die Oberlage an mich wie auch die zwei Brote, denn das
Kind kann sie nicht essen. Und höre, wenn irgend Leute dich
fragen und dein Weib, woher es kommt, daß ihr auf einmal sieben Kinder habt statt sechs – aber wer wird den Unterschied
denn merken! –, so sagt ihr, ihr hättet dieses von euerer Bruderstochter auf Sankt Aldhelm, oder wie ihre Insel heißt, – die habe
es geboren, sei aber dämpfig auf der Brust und könne es nicht
warten, darum hättet ihr es geholt und wolltet aus verwandt-
schaftlicher Liebe euch seiner unterwinden.«

»Dat's aber Lug und Fiddel-Faddel«, mischte jetzt Ethelwulf
sich widersetzlich ein. »Min Dochter is gar nich dämpfig, sun-
dern hälpig und halig rundum wie'n Appel und könnt twelf
Kiddens upbringen, wenn sie bloß welche hätt. Dat's Hoax.
Ihr, Herr, hewt uns allwegs geseggt, dat wi schellen die Wahrheit tellen, wenn ook mit slechtem Muhl.«

»Mußt du widerbellen, Ethelwulf«, fragte der Abt, »gegen
eine so fein gesponnene Ausrede, und mit häßlichen Namen
nennen, was der Wahrheit so nahekommt? Denn wie ihr mit
dem Kinde im Boot hereinkamt, da hättet ihr, nach Bild und
Anschein wenigstens, recht wohl von der Insel Sankt Aldhelm
und deiner Tochter kommen können, die ich nicht kenne, die du
aber gewiß mit Absicht als übertrieben robust beschreibst. Ich
will dir etwas sagen. Wenn ich dir eine Goldmark gebe, einmal
für allemal, willst du dann diese fromme Lüge, die ich deinem

Bruder auftrug, gelten lassen und heilig deinen Mund halten darüber, wie wir das Kind gefunden?«

Für eine Mark war Ethelwulf es sofort zufrieden.

»Wiglaf«, mahnte der Abt, »stolpere nicht mit dem Kinde vor Freude über deinen Reichtum. Aber auch Ethelwulf ist nun recht vermögend. Er hat nichts dagegen, daß ihr, du und Mahaute, gleich, wenn ihr gegessen habt, nach der Mittagshora, das Knäbchen zu mir ins Kloster bringt und mir berichtet, es sei euerer Bruderstochter Kind, und ihr wolltet Elternstatt an ihm vertreten, weil seine Mutter zumeist das Siechbett hütet, ich aber, so bätet ihr alle, möge sein geistlicher Vater sein und ihm sogleich die Taufe angedeihen lassen, deren es noch ermangle. Sprecht ordentlich und fein! Ich will euch im Kreis der Brüder empfangen, und dies ist keine Sache, daß ihr euer Maul nach täglicher Bequemlichkeit dürft laufen lassen. Die Brüder würden euch verlachen. Sagt nicht: ›Ji schellt den Suckling dopen oder bappen‹! Nicht so ungeziemend. Nehmt euch zusammen, spitzt die Münder und sprecht: ›Ehren, Herr Abbot, dies kürzlich geborene Kindlein senden Euch unsere frommen parentes, die es uns anvertraut, und bitten Euch, ihm eigenhändig die heilige Kristenung zu spenden, damit ihm ein seliges Leben erkauft sein möge, insonders, wenn Ihr geruhet, ihm Eueren eigenen Namen, Gregorius, zu geben.‹ Wiglaf, sprich es nach!«

Und dreimal mußte Wiglaf mit großer Mühe die Bitte gespitzten Mundes nachsprechen, ehe der Abt von ihm schied und er zu seiner Hütte kam. Da gab er das Kindlein seinem Weibe Mahaute, indem er ihr bei harter Prügelstrafe gebot, nach dessen Herkunft nie nicht zu fragen, den Leuten aber, wenn nötig, dies und das zu sagen und es zu pflegen, als wär's ihr eigenes, nur noch etwas besser. Sie aber dachte: »Mit seinen Prügeln! Da muß man ein Mann sein, zu glauben, man könne ein solches Geheimnis lange hüten vor der Frau. Ich will es schon lüften!«

Nun seht, wie Gott es fertigbrachte und gegen sich selbst mit
größter Gewandtheit durchsetzte, daß Herrn Grimalds Enkel,
das Kind der schlimmen Kinder, in dem Fäßlein glücklich zu
Lande kam. Eine starke Strömung hatte seine steuerlose Barke,
dies Spiel der wilden Winde, hintreiben lassen durch die Enge,
wo es nur ein Schritt ist zwischen den Ländern, und den Meeres-
ärmel hinab bis in die Nähe des abgeschiedenen Eilands, das die
Weisheit dem Unstatthaften als Stätte zugedacht. Zwei Nächte
und einen Tag nur hatte seine Reise gewährt, und eine längere
hätte, des bin ich gewiß, auch ein kräftiges, bis dahin wohlge-
nährtes Kind, wie dieses, nicht überstanden. Ich glaube, meistens schlief es, gewiegt vom Ündenschlage und geborgen vor
diesem im Mutterdunkel seines Fasses, denn wenn es bei seiner
Ankunft nicht ganz trocken war, so nicht vom Meere. Große
Gefahr drohte seinem sündigen Leben noch in letzter Stunde
durch die umschäumten Klippen der Bucht, an deren Eingang
sein Schifflein trieb. Da aber fanden es die fischenden Männer
und konnten ihren Fund dem Abte nicht verhehlen. Also ging
es, wie ich erzählte.

Mahaute, Wiglafs Weib, sonst dürr und zänkisch, wurde stets
mild und üppig, wenn sie eben Mutter war, weshalb der Mann
sie auch, trotz seiner Hütte Armut, so oft wie möglich mit
Tracht und Segen versah. Sie hatte Milch, mehr als genug für ihr
eigenes Brustkind, reichlich auch noch für das Zugetragene und
stillte und wärmte es mit der Sanftmut, die wieder für kurze Zeit
ihr Teil war. So lag es, rot und gefriedet in schlechten Wickeln
und auf Stroh gebettet, neben dem Fischerknaben Flann, der
nun sein Milchbruder war. Als aber die Eheleute gegessen hatten, nahmen sie das Kind und trugen es hinüber zum Kloster
nach des Abtes Weisung. Dieser hatte die Brüder im Zönakel
festgehalten und dem Vorleser, Bruder Fiakrius, einem Mönch
mit samtener Baßstimme, befohlen, ihnen noch ein vorzüg-
liches Kapitel aus dem Buche ›Summa Astesana‹ zu lesen. Sie
lauschten mit Genuß, als jene um Vorlaß bitten ließen, und mein

Freund, der Abt, zeigte sich etwas unwirsch der Unterbrechung wegen. »Was müssen sie uns stören«, sagte er, »in diesem geistreichen Kapitel!« War aber dann voller Milde gegen die Armen, wenn auch erstaunt.

»Ihr guten Menschen«, sprach er, »was führt euch zu uns zu dritt mit diesem auffallend schönen Kinde?«

Nun war es an Wiglaf, den Mund zu spitzen und seinen Starenspruch zu liefern von den frommen parentes, der siechen Bruderstochter und der Kristenung, und wie er es tat, verbreitete große Erheiterung sich unter den Mönchen. Denn wohl hatte der Abt gemeint, sie würden lachen, wenn der Fischer schlechten Mundes spräche, nun aber lachten sie gerade, weil er so fein sprach, zumal da er's nicht ganz vermochte und zwischenein doch ›Suckling‹ und ›bappen‹ sagte, wider das Verbot.

»Hört den Kötner!« riefen sie. »Die Zunge, die der im Kopf hat, und seine eloquentiam!«

Aber der Abt verwies ihnen, selbst etwas lächelnd, den Spott und nahm mit Zartheit und Bewunderung das Knäblein in seine Arme.

»Hat man je«, sprach er, »auf dieser Insel Sankt Dunstan ein so wohlgetanes, zur Liebe reizendes Kind gesehen? Bemerkt diese Augen, mit Bläue in der Schwärze, und dieses feine Oberlippchen! Dazu die Händchen in ihrer sonderlichen Zierlichkeit! Und wenn ich mit meines Fingers Rücken dieses Wänglein berühre, so fühlt sich's wie Schaum und Duft, – es ist fast keine Substantia, oder eine vom Himmel. Mir tut es weh, zu hören, daß es eine Art von Waise ist, durch das Siechtum seiner fernen Mutter, und ich kann die Eheleute Wiglaf und Mahaute nur loben dafür, daß sie sich seiner unterwinden wollen und es halten wie ihr eigenes. Besonders aber bekümmert es mich, credite mi, daß dieses so liebliche Kind noch nicht in den Kristenstand aufgenommen ist. Es ist höchste Zeit dazu. Wir wollen uns sogleich allesamt mit ihm zum Taufstein in die Kirche begeben, da will ich es kristen mit eigener Hand und will auf Wunsch sein geistlicher Vater sein, indem ich es auf meinen Namen Gregorius taufe.«

So geschah es, mein Freund tat, was er sagte, und das Knäblein hieß nun mit seinem feierlichen Namen: Gregorius, wurde aber gewöhnlich und für den Alltag Grigorß genannt. Mit diesem Namen gedieh es unter den Kötnerskindern und hatte es recht gut unter Mahautes Händen, auch als sie aus dem Zustand üppiger Milde schon längst zurückgefallen war in Dürre und Zänkischkeit. Denn Abt Gregorius hatte ein genaues Auge darauf, wie sie ihre Mutterpflichten erfüllte, und ließ fast keinen Tag verstreichen, ohne daß er herübergekommen wäre zu Wiglafs Hütte, um sich des Wohlbefindens seines geistlichen Söhnchens zu versichern. Es hatten aber alle Kinder der Fischersleute, und diese beiden selbst, es besser als bisher, denn die zwei Mark, die Wiglaf vom Abt empfangen, halfen ihm weit über den geringen Aufwand für den Unterhalt seines Siebenten, und hatte bittere Armut ihn bis dahin in ihren Krallen gehalten, so war er des Griffes nun ledig und vermochte, seine Menage nach und nach auf einen behäbigeren Fuß zu bringen. Im Salzigen, da hatten so lange seine Äcker gelegen, in harter Mühsal hatte er die bestellt und mit der Fischjagd knapp dem Hunger der Seinen gewehrt: das ward nun anders. Er kaufte drei Kühe und zwei Schweine, dazu Weiderecht für die Rinder auf einem Anger, zimmerte seiner Hütte Stall und Koben und eine Stube an und saß dort mit den Seinen bei Milchsuppe, Wurst und Wirsingkraut. Denn etwas Gartenland und Rübenacker erwarb er auch von der Gemeinde, zog, indem er den Boden mit Stallmist düngte, Möhren, Kohl und Ackerbohnen, teils zur eigenen Zehrung, teils für den Markt, und betrieb die bittere Fischerei bald nur noch nebensächlich – alles durch den Segen des Kindes.

Als sein Weib Mahaute ihn zuerst am Stalle zimmern sah, warf sie die Arme empor und wunderte sich des Todes, was er in seiner Armut da treibe und wozu. Aber er sagte es nicht. Als dann zwei Kühe kamen, etwas später noch eine, danach der Koben und die Schweine, sodann die Stube, ferner das Rübenland, da wunderte sie sich bei jeder Neuerung entsetzlich und überlaut: »Mann, bist du unklug? Mann, um Himmels willen, was ist dir in die Krone gefahren, und wo soll es noch hinaus mit uns aus unserm Armutsstande? Helf Gott, Mann, woher nimmst du das Goldgeld für all die Luxurei? Wir hatten nichts als kranke Speise, und nun haben wir Wurst und Buttermilch und werden gelfe Leute! Mann, das geht nicht mit rechten Dingen zu, nun baust du schon Möhren! Sagst du mir nicht, woher du das Geld nimmst, so glaube ich fest, du hast's mit dem Dewwel.«

»Hab ich dir nicht«, drohte der Mann, »bei meinem Leibgurt das Fragen verboten?«

»Nach dem Kind hast du mir zu fragen verboten, nicht nach dem Gelde!«

»Ich habe dir überhaupt zu fragen verboten«, sagte der Mann.

»Nach nichts soll ich mehr fragen dürfen? Du sammelst Schätze und zauberst Hornvieh und Schweine herbei, und ich soll nicht fragen: mit wessen Hilfe?«

»Weib«, sagte der Mann, »noch ein Wort und ich zieh den Gurt und mach dich zetern aus anderm Grund.«

Da schwieg sie. Aber bei einer Nacht, als ihn nach ihrem dürren Leib ehelich verlangte, da ließ sie ihn nicht heran, ehe er ihr vertraut hatte, wie es mit dem Kinde gewesen, daß er und sein Bruder es mit frostiger Hand von der Freise gefischt und der Abt es entdeckt hätte, der hätte ihm zwei Goldmark gegeben, damit sie es aufzögen fürs Kloster. Aber wes Kind es sei, und wer es im Fäßlein aufs Meer gesetzt, das wisse niemand. Nachher, als er sein Genüge gehabt, da sprach er:

»Uff, es war das Geheimnis nicht wert! Hältst du es nicht und twaddelst es aus, daß Grigorß ein Fundkind ist von der See, so schlag ich dich blau und lahm.« Und sie hielt es auch und twaddelte nicht, so manches Jahr, weil sie fürchtete, es möchte geschehen sein um Wurst und Buttermilch, wenn sie nicht schwiege. Den Findling hielt sie nicht schlechter als Flann, den eigenen Jüngsten, und wies dem Abte, sooft er vorsprach, um nach dem Rechten zu sehen, ein gedeihend Milchbrüderpaar. Er tat auch, als ob ihm beider Gedeihen gleichmäßig angelegen sei, und lobte ihr den grobschlächtigen Flann nicht weniger als das Fremde, das doch offenkundig aus feinerem Holz geschnitzt war, und dem im stillen all sein Augenmerk galt: nicht nur, weil es fein und schön war vor den Fischerskindern, sondern vor allem, weil er wußte, daß es in großen Sünden geboren war, denn das geht einem Kristen nahe und bewegt sein Herz zu einer Art Verehrung.

Wie dem Fischer das Kostgeld anschlug, das sah er mit Schmunzeln. Aber es mahnte ihn auch, daß er selbst durch die Tafel verhalten war, dem Kinde seine Mitgift zu mehren und sie hecken zu lassen. Viel, vom ersten Tag an, las er in der Tafel – alles in allem ist wohl nie eine Tafel so oft gelesen worden wie diese. Abt Gregorjus schloß sich ein in seiner Stube, wenn er darin studierte, und nicht wenig Zeit nahm es ihm anfangs, aus den scheuen Umschreibungen von des Kindes Verwandtschaft (daß es nämlich seiner Eltern Geschwister und Nefflein sei) die sündenvolle und ein Kristenherz ergreifende Wahrheit zu er-rechnen. Bruder und Schwester, welche Not! Gott hatte unsere Sünde zu Seiner Not gemacht. Sünde und Kreuz, sie waren eines in Ihm, und vornehmlich war Er ein Gott der Sünder. Darum hatte Er dem stättelosen Früchtchen Seine Burg ›Not Gottes‹ hier zur Stätte angewiesen. Der Abt fühlte es tief, und teuer war ihm sein Auftrag. Die erste Mahnung der Tafel hatte er schon erfüllt und hatte das wilde Kindlein getauft. Der anderen, daß er es solle die Schrift lehren, damit es einst seine Tafel möchte lesen können, der wollte er nachkommen, sobald das Kind bei den Fischern zum lehrbaren Knaben aufgebracht wäre. Die dritte forderte auch Befolgung: nämlich dem Ausgesetzten sein Gut zu mehren, die siebzehn Goldmark, die von den zwanzig in den Broten gefundenen noch übrig waren, nachdem er dreie den Fi-schern gegeben. Das schuf ihm manchen Skrupel, denn ist nicht ohnehin ein solcher Hauptschatz Brennstoff des höllischen Feu-ers, geschweige, daß man Heckgeld dafür nehmen und sich für Gottes Zeit bezahlen lassen soll? Er wollte es aber doch für sein geistliches Söhnchen nach der Weisung der Tafel so gerne tun.

Darum rief er den Säckelmeister des Klosters, Bruder Chry-sogonus zu sich in seine Stube, verschloß die Tür und sprach:

»Bruder, ich, dein Abt, habe hier ein mäßig reiches Capitale und Waisengeld in Goldmark, siebzehn an der Zahl, die hat man mir übergeben zu treuen Händen, – nicht bloß, daß ich sie eintruhe als toten Wert, sondern zu Profit soll ich sie machen. Nun heißt es ja, nicht vergraben solle ein frommer Knecht das Pfund, das Gott ihm anvertraut, sondern solle es wuchern lassen. Und doch ist, wenn man's zweimal bedenkt, der Wucher auch wieder des Kristen Sache nicht und ist eine Sünde. In diesem Zwiespalt, was rätst du mir zu tun?«

»Das ist ganz einfach«, antwortete Chrysogonus. »Ihr gebt die Summe dem Juden Timon von Damaskus, im Bart und spitzen Hut, einem genauen und zuverlässigen, im Wuchern wohlerfahrenen Mann. Der handelt mit nichts als Geld auf seiner Wechselbank und hat einen Umblick in der Welt des Geldes, das glaubt Ihr nicht. Er schickt Euere Summe womöglich bis Londinium in Essex, daß sie da werkt und abwirft, schlägt Zins und Zinseszins zum Grundgeld, und laßt Ihr ihm das Capitale lang genug, so macht er Euch aus siebzehn Goldmark hundertfünfzig.«

»Ist das so«, fragte der Abt, »und weiß er dermaßen die Zeit zu melken? Ist er auch getreu?«

»Es gibt keinen frömmeren Wucherer«, erwiderte der Bruder, »als den Juden von Sankt Dunstan.«

»Gut, Chrysogon, so bitt ich dich, geh, nimm den Waisenschatz und gib ihn dem Timon im gelben Hut auf seine Bank! Geh gleich, damit das Geld alsbald zu hecken anfängt, und bring mir das Recepisse!«

So beschied der Abt den Bruder, rief ihn aber an der Tür noch einmal zurück.

»Chrysogone«, sprach er, »ich, dein Abbot, habe ein umfangreiches Wissen, das zu tragen nicht immer leicht ist, credemi! Es geht mir so manche Synode und so manches Konzil im Kopf herum, die das Zinsgeschäft so Geistlichen wie Laien, oder wenn diesen nicht, so immer doch uns Geistlichen untersagte. Darum, wenn du das Geld dem Juden gegeben hast, so wirst du gut tun, dich in die Geißelkammer hinabzuverfügen und zur Sühne eine mäßige Bestrafung an dir vorzunehmen.«

»Nicht doch«, erwiderte der Bruder. »Ich bin schon sechzig und vertrage Geißelhiebe sehr schlecht, auch wenn ich sie mir schonend selbst versetze. Ihr aber seid um zehn Jahr jünger, und das Geld ist Euer. Darum, wenn es Euch um Buße zu tun ist, müßt Ihr Euch schon selbst in die Kammer hinabbegeben und Euch das Angemessene versetzen.«

»Geh mit Gott!« sagte der Abt und las wieder in der Tafel.

Der Trauerer

Von solchen Sorgen und Geschäften wußte der Knabe Grigorß nichts und wußte von sich selbst und seinen Bewandtnissen nichts, als was der Tag ihm zeigte. Unter des Fischers Kindern, die ihn für ihr Geschwister hielten, wie er sie für die seinen ansah, wuchs er auf, und auch den Leuten der Insel, wenn sie überall sich darum kümmerten, galt er als Wiglafs und Mahautes Jüngster, denn für des Abtes Notgespinst, daß er von Sankt Aldhelm und von Ethelwulfs siecher Tochter sei, war keine Not gewesen, oder wenn doch einmal, so hatte der Bescheid sich gleich wieder im Gedächtnis der Leute verloren. Er trug die gemeine Kleidung seiner Brüder, und als er drei war, fing er zu reden an wie sie und ihre Eltern, sagte auch: »Wat schell da in sin?« und »Da kehr ich nich vor«; nur hatte er dem Abte, seinem Paten, der sie so oft besuchte, abgelernt, das Wort ›Credemi!‹ einzufügen in seine Rede, so daß er sagte: »Flann, credemi, hew dir keen Marbels stohlen«, weshalb die Geschwister, und schließlich auch die Eltern, zuerst im Scherz, dann aber ohne solchen, sich gewöhnten, ihn ›Credemi‹ zu rufen. Und er hörte auf den Namen.

Credemi-Grigorß war lieblich zu sehen. Seine Lippen schienen für das Hütten-Messingsch, worin sie sich übten, nicht gemacht, sein weiches braunes Haar glich dem verwalkten Kopfstroh der Fischerbälger nicht und sein Lächeln nicht ihrem Feixen, noch hatten mit ihrem Plärren seine stillen Tränen zu schaffen, wenn er sich weh getan. Mit fünfen streckte er sich und wurde schlank von Gliedern, abartend von den Bälgern immer mehr nach seiner Bildung, nach Hand und Fuß und Stand und

Gang, das Köpfchen länglich, das Antlitz ernsthaft und angenehm mit herbem Mund: schon damals hielt er es gern schräg neben der Schulter geneigt und blickte, den Arm zur anderen Schulter hingebogen, die Augen unter dunklen Wimpern verborgen, abseits hinab in einen Traum.

Mit sechsen kam er ins Kloster; der Abt befand, die Zeit sei da; denn diesem Guten eilte es sehr, daß Grigorß die Schrift erlerne, – fern davon, daß er ihn etwa seine Tafel schon lesen lassen wollte, war er doch ungeduldig, ihn schon bald dazu imstande zu wissen. Von den Seinen der Abschied, der schien kein großes Ding, für sie nicht noch für den Knaben. Er zog ja von der elterlichen Hütte nur ein Stückchen Weges weit hinüber zu den Mönchen, ganz nahebei. Und dennoch war die Trennung tiefer, der Einschnitt in sein Leben bedeutender, als beide Teile bei seinem leichten Weggang wohl dachten, und sah er sie gleich, sooft er wollte, tat doch von Mond zu Mond die Kluft sich weiter auf zwischen ihnen, so daß jene meistens verstummten, wenn er mit ihnen saß.

Ein Klosterschüler war er nun, vertauschte den Flickenkittel mit einer Art von Chorkleid, trug das Haar dick um die Ohren, im Nacken scharf geschoren, und war sauber an Händen und Füßen. Lesen und Schreiben lernte er mit großer Schnelle vom Pater Petrus-et-Paulus, einem sanften Bruder, der als Gelehrter und Dichter Galfried von Monmouth hieß und die fünf, sechs Zöglinge von ›Agonia Dei‹ überwachte und unterwies, mit denen Grigorß in einer gewölbten Alkube schlief. Sie waren älter als er, und kannten die Schrift schon, als er zu ihnen kam; doch holte er sie bald mit Griffel und Feder ein und war ihnen nach Jahr und Tag zu Petri-et-Pauli Freude entschieden voran in den kleinen Scientien und Künsten von Wort, Zahl und Gesang, denn die Knaben sangen auch lateinische Loblieder, die der Bruder gedichtet, und zu denen er die Theorbe schlug. Diese zu schlagen lernte Gregorjus auch, sowie Lateinisch.

Seine Rede ward rein, wie seine Füße und Hände, und er konnte bald das Messingsch der Hütte nicht mehr, beim besten Willen nicht und nicht von Hochmuts wegen. Wenn er mit achten und zehnen zu Besuch saß bei den Kätnern, gab er sich Mühe aus Höflichkeit, ihre Worte zu brauchen, doch waren sie falsch nun in seinem Munde und standen ihm unnatürlich, so daß die Gesichter sich verzerrten: das seine vor Scham, die ihren vor Ärger, weil ihnen war, als wollte er sie verhöhnen. Besonders sein Brustbruder Flann, ein Bursche mit Kugelkopf und kurzem Hals, dazu mit Augen, ebenfalls rund und ähnlich geschälten Castanen, betrachtete ihn mit Widerwillen, indem er den dicken Mund verschob und sogar Fäuste machte.

Den Grigorß schmerzte das, denn sein Wille war freundlich, und nicht gern überhob er sich, nur ganz unwillkürlich. Seine Fortschritte waren beflügelt, sie waren die Wonne Peter-und-Pauls sowie der anderen Brüder, die ihn belehrten, und wenn der Abt ihn prüfte, so war er erstaunt. Mit elfen war er ein firmer Grammaticus, und in den folgenden Jahren kam sein Verstand so zu Kräften, daß Divinitas ihm völlig klar wurde. Das ist die Wissenschaft von der Gottheit. Er wälzte viele Bücher, und was man ihm vorlegte, darin drang er behende ein, erfaßte das Wesen und wurde der Sache Meister. Mit fünfzehn und sechzehn hörte er de legibus, eine Wissenschaft, die vom Gesetze handelt, und zu der ein sehr offener Kopf gehört. Jung Credemi aber erfaßte sie spielend und war bald ein Legiste, wie man ihn suchen kann. Dabei will ich sagen und weiß, wie wahr es ist, daß in all der Wissenserwerbung seine Seele nur halb bei der Sache war. Und ich will hinzufügen, was hier rätselhaft klingen mag, daß, wenn die feine Gelehrsamkeit es war, die ihn der Hütte seiner Herkunft entfremdete, es noch andere Dinge, Gefühle und Denkbilder gab, die ihm nun wieder zuweilen sogar auch die Lust am Klosterwissen und an den Büchern verdarben, indem ihm war, als sei er nicht nur von den Seinen verschieden nach Stoff und Art, sondern passe auch zu den Mönchen und Mitscholaren im Grunde nicht, passe nicht in sein Kleid, in seinen Stand, in seines Lebens Umlauf nicht, worin das Knien mit dem Sitzen über Büchern wechselte, und sei ein heimlich Fremder so hier wie dort.

War das Hochmut und sündlicher Dünkel? Aber wenn er auf den Erfolg seiner Studien nicht stolz war, ihn eigentlich gering und nicht für seine wahre Sache und Ehre achtete, was blieb ihm dann, sich etwas darauf zugut zu halten? Kann man stolz sein ganz einfach auf sich selbst, wie man da geht und steht, Talente gar nicht angesehen, und somit die Gelehrsamkeit als ein Ding für Leute betrachten, die sie brauchen, um auch was zu sein? Er war jedoch bescheiden und artig gegen jedermann, nicht schmeichlerischer Weise, sondern von wegen in ihn gelegter guter Sitte. Mit fünfzehn, sechzehn war er zum besten Jüngling erwachsen, rank von Gliedern, das Antlitz schmal, mit geradem Näschen, anmutigem Munde, schönen Brauen, von Schwermut sanft beseelt. Die Leute der Insel waren ihm hold. Wenn er im Klosterauftrag unter sie ging, nach Sankt Dunstan ins Dorf, so sprachen sie lächelnd ihm ins Gesicht und mit Bedeutung in seinem Rücken, – darauf gab er wohl acht, nicht gern, und doch mit sonderbarer Begier. Etwa stand er, mit einem Manne eine Sache beredend, und lauschte gleichzeitig hinter sich, wo zweie sich über ihn ergingen, nicht gerade bedacht darauf, daß er's nicht höre.

»Das ist«, so ging es, »Gregorius, der Scholar, des Abtes Taufkind, ein Jungster, grad wundersam, obgleich ganz einfach des Wiglaf und der Mahaute Sohn, man sollt es nicht vermuten. Grammatica und Divinitas sind dem durchsichtig wie Glas, und gibt sich nicht mal das Ansehn davon, sondern ist leutlieblich auch noch bei solchem Kopf, ein Lad zum Gaffen. Der wird noch selber Abt, Ihr wettet, und wir alle küssen ihm bald zum Gruß die Hand. Man tät es ja beinah heut schon ohne Kränkung, denn (ob er meine Worte nun hören kann oder nicht) er hat, was unsereinem das Bücken leicht und fast zur Lust macht, – weiß Krist, woher er's nimmt! Wenn ich nicht wüßte, daß ihn die Hütte gebar, so glaubt' ich's nicht, und wahrlich, ich weiß es ungern. Gradwegs schade ist es, daß man ihm nicht eine edle Abkunft nachreden kann, denn wär's an dem, er möchte, sag ich, irgendwo einem reichen Lande gar wohl zum Herrn anstehn –« und weiter in dieser Art.

Klopfenden Herzens horchte Grigorß auf das Gerede. Daß es ihm süß war, wäre nicht recht gesagt; es peinigte ihn sogar, so durstig er darauf horchte, und traf ihn wie eine Nachrede, daß es mit ihm nicht richtig sei. Wie die Bekräftigung traf es ihn eigener Sorgen um seine Richtigkeit und schärfte den Zwiespalt, worin er je länger je mehr lag mit sich selber. Wenn er so stand, wie ich ihn euch beschrieb, neben der Schulter den Kopf geneigt und unter den Wimpern hinabblickend in einen Traum, – denkt euch, so träumte er von Ritterschaft. Dies Wesen, Schildesamt, Vassellage und stolze Höflichkeit, war ihm erschienen in Büchern, die das Kloster auch barg, beiseite von den gelehrten: Büchern der Mären und Aventuren, von Roland und Artus, dem Bretonen, einem König, der festlich Hof hielt zu Dianasdrun. Las er darin, so schwoll ihm, wie Dichter zu sagen pflegen, die linke Brust. Von Artus' Gentlevolk träumte er einer zu sein, und wenn er einsam am Strande lag, in seinem Chorkleid, den Kopf auf einem Stein, so sah er sich in anderem Kleide, einem Scharlachmantel, Halsberg und Hersenier, – darin kam er zu einer Quelle im dichten Wald, wo an einem mächtigen Baum ein goldenes Becken hing. Nahm man dieses, schöpfte Wasser damit aus dem Quell und goß es auf die smaragdne Platte gleich daneben, so entstand im Walde ein ungeheurer Gewittersturm, der unweigerlich noch jeden Waghals zerschmettert hatte. Ihn aber ließen Blitze und stürzende Stämme heil, und mit Fassung sah er der Ankunft des geharnischten Herrn der Quelle entgegen, der, ganz wie erwartet, Rechenschaft von ihm forderte. Der zornige Herr der Quelle war zweimal so groß und stark wie er, aber er wußte sich im Kampf nicht jeden Augenblick so zusammenzunehmen wie Grigorß, und darum erschlug ihn dieser, nicht ohne sich danach die holdselige Witwe des Gefällten günstig zu stimmen.

Dieser Art waren seine Träume; aber wenn die Prüfungen, denen er sich im Geiste unterwarf, ihn auch erregten, so waren doch nicht sie selbst es, die ihn eigentlich beschäftigten und ihm den Sinn beschwerten. Er war so geartet, daß er nicht nur träumte, sondern zugleich Rechenschaft von sich forderte für seine Träume, so, wie der Herr der Quelle Rechenschaft von ihm forderte für seine Keckheit. *Daß* es ihm träumte, *daß* er Ritterschaft begehrte, daß seine Gedanken immerfort gegen einen Schild spielten, daß er so gern den eigenen Schild zum Hals erhoben, den Speerschaft unter den Arm geschlagen und das Roß gespornt hätte, damit es ihn im Sprung davontrüge, – das fiel ihm auf und ließ ihn sinnen über sich und die Bewandtnis, die es mit ihm hatte. Es ist lächerlich, wenn einer eine fremde Sprache nicht kann, jedoch behauptet, innerlich kenne und könne er sie vorzüglich und spreche sie mit natürlicher Fertigkeit. So aber war's ihm mit dem Reiten. Wer immer in der Welt am besten zu Pferde sitzen, die Volte schwenken, leisieren und jambelieren mochte, – innerlich war ihm, als könnt er's gerad so gut, wenn nicht gar besser. Er sagte es niemandem, eben weil er es aus der Seele der anderen heraus für lächerlich erachtete. In der seinen aber war es das nicht, sondern die Wahrheit, und zusammen mit dem, was er in seinem Rücken sagen hörte: daß man kaum glauben könne und möge, er sei der Hütte Sohn, beschwerte es ihm das Herz und gab ihm Zweifel ein an seiner Richtigkeit.

Das mochte der Grund sein, weshalb Traurigkeit wie ein Schleier über seinem Wesen lag, die ihn übrigens gut kleidete und seinem Jugendreiz eher zustatten kam, als daß sie ihn vermindert hätte. Oder soll ich weitergehen und den Wagesatz aufstellen: es habe ihm tief in der Seele, ja wahrlich in seinem Fleisch und Blut geahnt, daß, wenn es nicht richtig war mit seinem Leben, es nun wieder gar mit seiner Richtigkeit höchst unrichtig stehe? Wie sollte ich den Beweis erbringen können für solchen Wagesatz! Aber von Schwermut beschattet war der Knabe, und die Brüder von ›Gottes Not‹, wie seine Gesellen in der Gelehrsamkeit, nannten ihn gern den ›Trauerer‹, oder wenn sie vom normannischen Festlande waren, so nannten sie ihn ›Tristanz, der Sorgsame, qui onques ne rist‹. So hatte er noch einen Necknamen, außer ›Credemi‹, und wahrlich, er trug ihn ohne Schande, denn hieß er ›Der Trauerer‹, so meinte doch niemand damit, daß er ein schlaffer Jüngling und Duckmäuser ohne Mannheit gewesen wäre. Wie hätte auch das zu seinen geheimen Träumen von Ritterschaft gestimmt? Sein Körper war eher schmal, mit wuchtigen Kräften nicht versehen, von leichten Armen, die Beine schlank. Aber beim Wettspiel mit den Scholaren auf dem mit Kies bestreuten Spielhof des Klosters und auf dem Anger, wenn die Jugend der Insel sich dort im Disport erhitzte, im Ball-stoß, Ringen, Springen, Stockfechten, Speerwurf und Strecken-lauf, gewann er seiner Zartheit mehr ab als andere ihrer Wucht, – auf dieselbe Weise nämlich, wie er in Gedanken den Herrn der Quelle überwand, will sagen: weil er es, anders als jene, ver-stand, beim Kampfspiel jeden Augenblick sein Alles zusammen-zunehmen und nicht nur, wie sie, aus Leibeskräften kämpfte, sondern aus andren noch.

War Grigorß, der Trauerer, stets angenehm zu sehen, so wurde er beim Wettkampf geradezu schön, aus obigem Grunde nämlich, und es konnte auch niemand umhin, das zu gewah-ren. In eine gespannte Stirn fiel sein braunes Haar, das weicher war als das der anderen, und in dem schmalen Gesicht mit der allzu gewölbten Oberlippe, die fest auf der unteren lag, und den dünn fliegenden Nüstern, – in diesem Gesicht, das nicht, wie bei den Gesellen, in der Anstrengung rot-puterig auf-schwoll, vielmehr noch in mattere Bleichheit fiel, brannten die bläulichen Augen mit sonderlicher Kraft und waren überall: sie ersahen jede Regung und Finte des Gegners, und im blitz-schnellen Nu, mit federnden Gliedern, begegnete er jeder, hob sie auf, schlug sie und riß an sich Vorteil und Überhand. Es hätte keinen Widerspruch gegeben dagegen, daß er im Disport der Beste der Inseljugend sei, ohne Flann, seinen Brustbruder, – der bot ihm die Spitze.

Flann, wie ich sagte, war ein kurzhalsiger Bursch, sehr stäm-mig, von breiter Brust, mit Kräften am ganzen Körper reichlich beladen. Längst war er tüchtig, seinem Vater beim Fischfang wie beim Bauernwerk im Feld und Stall und Koben zur Hand zu gehen, und hatte vom Disport so viele Abhaltung, wie Grigorß durch seine Studien. Wann immer aber dieser am Spiele teil-nahm, war er auch dabei und machte ihm mit seinen Kräften den Vorrang streitig, so daß niemand zu sagen gewußt hätte, wer von den beiden der Bessere sei. Grigorß warf den Speer außerordentlich weit, viel weiter, als man von seinen leichten Armen hätte erwarten sollen, dann aber steckte Flanns Schaft zitternd genau daneben, nicht weiter vorwärts und keinen Zoll weiter zurück, – kein Schiedsrichter konnte da einen Vorteil messen, so wenig wie beim Wettlauf, wenn sie auf ein Haar gleichzeitig ankamen, mit letztem Atem, der eine auf muskeldicken Beinen und der andere auf schlanken: zusammen berührten sie das Seil, und es mußten zwei Namen ausgerufen werden, der Sieger hatte zwei. Die Knaben liebten es alle, wenn Flann und Grigorß mit beim Spiele waren: es war dann dieses spannend, weil zwei überaus Gespannte da waren, welche die Kräfte und Gemüter aller spannten. Nie hätte Flann beim Ballstoß mit Fuß und Kopf auf Grigorß' Seite gespielt, immer war er auf der andern, und so lobten es sich auch alle, denn jede Schar wollte einen der Brüder zum Spielführer haben, weil sie wußten, daß sie durch seine Gutheit besser wurden, als sie waren, im Stürmen, Laufen, Backschießen und dem Halten des Tors, – zu *einem* Körper schienen dann die Elf beiderseits zu verschmelzen und gaben einander das Leder ab mit Uhrwerks Genauigkeit, so daß es ebenso oft zwischen den einen Pfählen hindurchging wie zwischen den andern.

Einst feuerte man die ungleichen und doch auf dem Spielplatz gleich guten Brüder an, einen Ringkampf auszutragen vor aller Jugend, und das lief sonderbar ab. Flann, stärker, aber nicht besser, warf bald den Grigorß, doch mit den Händen, dem stemmenden Bein und namentlich mit seinem Oberhaupt hielt der sich vom Grunde ab; und ihn zu wenden und seine Schulter zum Grase zu zwingen, gelang dem anderen nicht: eher, so sah man wohl, hätte der Halbbesiegte sich die Schädeldecke eindrücken lassen, als daß er aus seiner Stemmlage gewichen wäre. Das währte Minuten lang, den Zuschauern schienen es viele, und über all die Zeit waren Flanns Arme vor Kraftanstrengung geschwollen. Dann geschahen zwei Dinge auf einmal, oder so rasch nacheinander, daß sie so gut wie zusammenfielen. In einem Augenblick nämlich, wo diese Kraft sich ums wenigste lockerte und sich zur Erneuerung des Griffes eine Spur nur zurückzog, stieß Grigorß sich mit Kopf und Stemmbein vom Grunde ab und warf den Umschlingenden seitlich mit sich und unter sich, daß dessen Schulter den Rasen berührte, – aber höchst flüchtig; denn so rasch, daß der spähende Richter nicht Zeit hatte, Grigorß' Namen zu rufen, rang Flann, der vom Griff nicht gelassen hatte, den Sieger wieder herum und stieß seine Schulter ins Gras: so hatte zuletzt er gesiegt, doch jener zuerst, – und war wieder der Sieger nicht recht bei Namen zu nennen, es sei denn, man riefe zwei.

Ich interessiere mich für Ringkämpfe gar nicht, noch überhaupt für den Disport. Es scheint mir auch etwas unter meiner Würde, sowie unter der des Ortes, wo, und der des Pultes, an dem ich schreibe, daß ich von den Wettspielen irgendwelcher Insel-Jungen im fernen Ärmel-Kanal erzähle. Und dennoch wird mir warm dabei, und seltsam bin ich bei der Sache mit meinen Gedanken. Im Grunde nämlich war es merkwürdiger noch, daß Flann beim Spiele sich so hervortat, als daß Grigorß dabei so gut war, denn dieser war aus anderm Holze geschnitzt als alle, Flann aber war gewöhnlich, und solche Leibeskräfte wie er besaßen viele. Aber zwischen euch und mir sei es gesagt, daß auch er nicht nur aus Leibeskräften kämpfte, er auch nicht, sondern aus anderen noch. Und fragt ihr, welches diese zusätzlichen und beseelenden Kräfte waren, so antworte ich: Es war der Haß. Es war der Haß auf Grigorß, seinen Bruder, der ihn beseelte und ihn jenem beim Spiele ebenbürtig machte. Ja, noch mehr vermochte dieser Haß: er machte, daß Flann sich ärgerte und grämte darüber, daß zwischen ihm und Grigorß das Spiel nur Spiel war und nicht bitterer Ernst.

Der Faustschlag

Darum geschah Folgendes. Es geschah einmal, daß, als die Milchbrüder schon bald siebzehn waren, sie von ungefähr gleichzeitig am Strande weilten, nicht weit von einander, an der Stelle so ziemlich, wo einst Wiglafs und Ethelwulfs Kahn glücklich hereingekommen war. Es war im Sommer, am früheren Nachmittag. Langsam neigte die Sonne sich übers Meer, rötete sich aber noch nicht und entzündete noch nicht die Flut, die nicht eben leblos, aber friedlich, in langen und sanften Zeilen hinter den Bänken brandend, die Bläue mit Silberflittern bestreut, sich ins Weite erstreckte. Es war gut sein hier um diese Stunde. Gregorius war zuerst gekommen, da er Muße hatte. Er saß, den Rücken gelehnt gegen einen großen Stein, die Füße in den breiten Lederbügeln seiner Sandalen von sich gestreckt, im Sande und las in einem Buch, hob aber manchmal den Kopf und sah dem Kreuzen und Gleiten der Möwen zu oder ließ seine Augen hingehen übers Meer zum klar gezeichneten Horizont, vor welchem die Farbe der Wasser sich schattig verdunkelte, und der den Blick auf die Länder der Welt verschloß. Nebenbei gesagt trug er am Zeigefinger seiner Rechten einen Siegelring, den sein Vater in Gott, der Abt, ihm kürzlich geschenkt hatte, und in dessen tiefgrünen Stein das Lamm mit dem Kreuz eingeschnitten war.

Etwas später kam Flann. Dreißig Schritte, oder so, von Grigorß' Sitz, machte er sich an seines Vaters auf den Strand gezogenem Boot zu schaffen, das nicht mehr dasselbe war wie jenes, dem Abt Gregorius mit so viel Sorge entgegengesehen: es war größer und tüchtiger, vollbauchig gebaut, mit Bugspriet und niedergelegtem Mast und Rahsegel, außen schön dunkelrot bemalt und am Vorsteven sogar mit einem Namen geschmückt. Denn während das frühere einen solchen gar nicht gehabt hatte, hieß dieses ›Reine Inguse‹. So war es am Buge zu lesen für den, der lesen konnte. Flann konnte das nicht, sondern wußte den Namen nur vom Hörensagen.

Er hatte beim Kommen einen finstern Blick aus seinen runden Augen auf Grigorß geworfen, machte sich dann mit den Netzen zu schaffen, hämmerte an einem Ruder, warf es schließlich mit dumpfen Gepolter ins Boot und ging weg von diesem, schlenderte pfeifend, in lässiger Kraft, am Strande hin gegen des Bruders Sitz. Er trug nur ein kurzes Höschen und ein loses, an der Brust offenstehendes Leinenwams, dessen Ärmel die halben

Oberarme bedeckten. Im Vorbeigehen stieß er mit seinem linken Fuß, ganz ohne Rücksicht darauf, ob er sich selbst dabei wehtäte oder nicht, grob gegen die ausgestreckten Beine des anderen, als seien sie ein lästig herumliegendes Ding, und ging weiter.

Grigorß sah ihm mit erhobenen Brauen nach. »Vergib, Flann«, rief er hinter ihm drein, »daß dir meine Beine im Wege waren!« Flann achtete darauf nicht. Als er noch ein Stück weit gegangen war, kehrte er um. Da Grigorß das sah, zog er seine Beine ein und stellte sie auf, so daß freie Bahn war für Flann, auch wenn er ganz dicht vorüberstrich.

Er blieb aber diesmal stehen vor Grigorß, so daß dieser sein Buch sinken ließ und fragend zu ihm aufblickte.

»Tust du lesen?« fragte Flann.

»Ja, lesen«, antwortete Grigorß lächelnd und achselzuckend, als sei das Lesen nun mal eine Grille von ihm, und setzte hinzu: »Und du hast, wie ich sah, bei ›Reine Inguse‹ nach dem Rechten geschaut.«

»Das geht dich nichts an«, sagte Flann, indem er den kurzen Nacken etwas vorstieß. »Was liest du aber?«

»Man könnte sagen«, erwiderte Grigorß mit leichtem Erröten, »daß das nun wieder dich nicht viel angeht. Doch ist es ein Buch ›De laudibus sanctae crucis‹, das ich gerade lese.«

»Is das Kriechisch?« fragte Flann, wieder den Kopf etwas vorstoßend.

»Es ist Lateinisch«, antwortete Grigorß, »und heißt ›Von den Lobpreisungen des heiligen Kreuzes‹. So hätte ich es gleich sagen sollen. Bruder Peter-und-Paul hat es mir in der Freizeit zu lesen aufgegeben. Es sind Verse, weißt du, und sie sind mit guten prosaischen Erläuterungen versehen.«

»Tu nicht bosten und swaggern vor mir«, fuhr jener ihn an, »mit deinem gelehrten Schnack von prusaschen Läuterungen! Absichtlich willst du mich demütigen mit deinem Gebabbel und babbelst davon, um mich fühlen zu lassen, wieviel klüger und feiner du bist als ich.«

»Nicht doch, Flann«, erwiderte Grigorß. »Ich schwöre dir,

daß du dich irrst. Als du mich nach meinem Lesen fragtest, fühlte ich, wie das Gesicht mir etwas warm wurde, was zweifellos nach außen als ein Erröten sichtbar geworden ist. Es kann dir nicht entgangen sein. Ich bin rot geworden wie eine Maiden, weil du mich nötigtest, zu dir von Lesen und lateinischen Versen zu sprechen. Ich tat es nicht gern, ich schämte mich, und unlieb war mir's, daß du mich fragtest, denn ich bin weit entfernt davon, dich herausfordern zu wollen.«

»Ah, ah, du schämtest dich! Du schämtest dich für mich, du schämtest dich meiner! Weißt du, daß das die allerfrechste Erniedrigung und Herausforderung ist? Ich habe dich gefragt, um dir zu zeigen, daß du das Maul gar nicht auftun, ja gar nicht da sein kannst, ohne mich herauszufordern! Du aber sagst, du willst es nicht. Du willst auch wohl nicht, daß ich dich herausfordere?«

»Das wirst du nicht tun.«

»Ich tat es! Du aber ziehst die Knie hoch. Warum hast du die Knie hochgezogen, als ich meines Weges zurückkam?«

»Weil ich nicht wollte, daß du dich wieder an meinen Füßen stießest.«

»Nein, denn dann hättest du aufstehen müssen gegen mich und müssen Rechenschaft und Genugtuung fordern von mir wie ein Mann und ein soßiger Kerl. Du aber ziehst die Beine ein, du Kauert, du kauernder, lauernder Pfaffen-Kauert!«

»Das hättest du nicht sagen sollen«, sprach Grigorß und stand langsam auf.

»Ich sage es aber«, schrie Flann. »Ich sage es, weil du nicht verstehen willst und willst es nicht sehen und drückst dich pfäffisch darum herum, daß es ausgetragen sein muß zwischen uns, gründlich und einmal für alle, wie immer es ablaufen möge, ganz gründlich, egal, wie es abläuft, verstehst du mich? Denn so kann es nicht weitergehen! Du bist von der Hütte geboren zusammen mit mir und bist des Wiglaf und der Mahaute Frucht wie ich und die anderen, bist's aber auch wieder nicht, sondern wie aus dem Kuckucksei gekrochen bist du und bist was andres als wir, nach Leib und Leben, was unerträglich anderes, der Teufel weiß, was, und hast dir erlaubt, aus der Art zu schlagen ins Feinere, Höhere, – wenn du's nicht wüßtest! Aber du bist so frech, es zu wissen, und gar so frech, noch freundlich zu uns zu sein! Wärst du frech gegen uns, das wäre viel weniger frech! Des Abtes Gotteskind bist du, der hat dich Bankert aus Hütte und Hochmut mit sechsen ins Kloster genommen, und hast die Lettern gelernt und die Wissenschaft und die gewaschene Pfaffenred, sitzt aber bei uns immer einmal und läßt uns merken, daß du's nicht merken lassen willst, – redest nach unserm Maul mit deinem feinen, was unerträglich ist, denn gemein reden kann man nur mit gemeinem Maul, und tut man's mit feinem, ist's eine Verhöhnung! Eine Verhöhnung bist du, wie du da leibst und lebst, denn du bringst die Welt durcheinander und verwirrst die Unterscheidungen. Wärst du ein slackichter, flimsiger Betbruder, ein geistliches Halbweib ohne Mumm und Pepp, so könnt ein redlicher Kerl sagen: Gut, du bist fein, und ich bin stark, das ist die Ordnung, ich lege nicht Hand an dich, heilig sei mir deine Schwäche! Du aber stiehlst dir Pepp irgendwoher und bist gut beim Disport, ebenso gut wie ich, genau so gut wie ich, der ich stark bin aus Stärke, aber du bist es aus Feinheit, – das ist unerträglich für einen redlichen Kerl, und deswegen sag ich: Ausgetragen sein muß es zwischen uns, endlich ohne Spiel und in letztem Ernst, hier auf der Stelle, mit bloßen Fäusten und gründlich zum Äußersten, – dazu bist du herausgefordert mit Wort und Fußtritt und kannst nicht kneifen!«

»Nein, das kann ich wohl nicht«, sprach Grigorß und bekam sein schönes Gesicht, das bleich-dunkle, ernste, die Oberlippe etwas über der untern geschlossen. »Du willst also, daß wir hier ganz allein, ohne Zeugen und Richter, einen Faustkampf austragen, unbedingt und zum Äußersten, bis einer von uns nicht mehr kämpfen kann?«

»Ja, das will ich«, schrie Flann und riß sich die Jacke ab. »Mach dich fertig, dich fertig, dich fertig, damit ich nicht losschlage, ehe du antrittst, denn ich kann's nicht erwarten und will losgebunden sein von aller Pflicht, deine verdammte Feinheit zu schonen, du Dieb an der Kraft! Ich will dich zusammenhauen,

ich will dir die Fratze zerbläuen, ich will dir den Magen einsto-
ßen, ich will dir die Milz zerdeppern, so mach dich schon fertig,
daß ich dich fertigmache!«

»Gib du acht auf deine eigene Milz!« sprach Grigorß und richtete, indem er sein Kleid abtat und das Hemd herunterließ, dessen Ärmel er sich um den Leib knotete, seine Augen auf die
Stelle von Flanns Körper, wo die Milz sitzt. »Hier bin ich«,
sprach er und stand da, knabenschmal, mit leichten Armen, gegen den kräftebeladenen Flann. Der stürzte sich auf ihn mit ge-
senktem Kopf, wie ein Stier, und traf hart mit der Faust auf den
deckend vor Gesicht und Brust auf und ab gehenden Arm des
Bruders, der ihn mit dem anderen schlug, aber nicht schwer, –
was er empfing, am Hals, an die Schläfe und in die Rippen, war
schwerer, wenn oft auch der sausende Arm, dem durch schnelle
Wendung und Duckung das Ziel entwich, ins Leere fuhr und
den ganzen Mann mit sich riß, so daß er in fehlender Fahrt was
hinnehmen mußte vom andern. Es war ein Getümmel von häm-
mernden Fäusten, wegzuckenden Köpfen, von Beingespreiz,
trippelnden, stampfenden Füßen, von Ineinanderrennen und
Sichverhaken der Leiber und Sichlösen wieder zu neuem Gewir-
bel, – das kam wohl einmal zum Stehen, wo man denn einander
nur tänzelnd sich schützend und zielend umlauerte, einzig um
gleich aufs neue zum Geben und Nehmen, Fehlen und Treffen in
einander zu stürzen, doch nicht auf gar lange.

Denn es war so, daß Flann, der sich, glaube ich, bei der Herausforderung etwas verausgabt hatte und über-wütend war, immer
das Wort des Verhaßten, die Warnung im Ohre hatte, er solle nur
selbst achtgeben auf seine Milz, und immer war ihm, als habe
Grigorß mit seiner nie verzerrten und ungeheuer gesammelten
Miene und den tiefbrennenden Augen darin es abgesehen auf
diese seine Stelle, – besonders in einem gewissen sehr kurzen und
alles beendenden Augenblick, als jener, indem er den rechten
Arm nur zu seiner Bewahrung regte, mit dem linken, den er sehr
gut gebrauchte, sichtlich ausholte nach dem beredeten Treff-
punkt, auf den seine Augen gerichtet waren. Da aber Flann zuck-
rasche und durchaus richtige Maßregeln traf gegen den Hieb,

ging Grigorß' Rechte, die gar kein Vorhaben wollte gehabt haben, auf des Gegners Nase nieder, wie der Blitz und mit solcher Wucht, wie er sie während der ganzen Runde nicht eingesetzt, noch aufzubringen versucht hatte, und schlug sie ihm ein: Im Ernst, die Nase ging in die Brüche, ihr Rücken zerbrach, der Blitzschlag war noch verstärkt worden durch den Siegelring an Grigorß' Faust, mit Lamm und Kreuz, – Flanns Nase sank in die Tiefe und Breite, Blut quoll hervor und lief ihm übers Kinn, es war sein Gesicht gar nicht mehr, er riß die Augen auf über der schwellenden, triefenden Unform darin und hob es in die Luft, indes seine ausgestreckten Fäuste sich vor ihm im Leeren bewegten.

Grigorß, erschrocken über seine Roheit, war weit zurückgewichen. Ihm nach stürzte Flann, und »Weiter!« ächzte er. »Wehr dich, du Bastard!« Und dabei spie er das Blut, das darüber rann, von den Lippen bis hin zu Grigorß, an seinen Leib. Doch wich der nur wieder und wehrte sich nicht, sondern hielt den rot Schaumenden, Unkenntlichen, halb Blinden nur von sich ab.

»Nein, Flann«, sprach er, selbst außer Atem, ein Auge blau und blaue Male auch sonst nicht wenig an seinem Körper. »Um keinen Preis, nenn mich feig, aber ich kämpfe für diesmal nicht weiter, wir müssen die Entscheidung bis nächstens vertagen. Du hast dir im Kampfe das Nasenbein gebrochen, da hört es auf, und da gibt's kein Sparring mehr, sondern nur noch Kaltwasserauflagen und etwas gegen das Blut, was ihr gerad in der Hütte habt. Laß mich, ich reiße ein Stück von meinem Hemd und tauch es ins Meer.«

Und siehe, da Grigorß nicht mehr wollte, verzichtete zögernd auch Flann. Es ist ja so, daß der Bruch eines Knochens des Menschen systema ganz seltsam erschüttert. Flann hätte ebensogut ohnmächtig werden können, und die Schwärze der Ohnmacht strich wirklich an seinen Augen vorbei, doch war er viel zu kräftig, ihr zu verfallen. Er ging beiseite, dorthin, wo Grigorß gesessen hatte, nahm seine Jacke, setzte sich damit nieder und hielt sie sich vors Gesicht.

Als Grigorß mit seinem nassen Stück Hemde kam, wies er ihn wild mit der Schulter hinweg, ja versuchte sogar aus dem Sitz mit dem Fuße nach ihm zu stoßen, doch tat dies Wüten seiner zertrümmerten Nase so weh, daß er laut aufschrie: »Au! Au!«, nach natürlicher Art. »Siehst du, siehst du!« sprach Grigorß bedauernd, wagte aber nicht mehr, sich ihm mit dem Lappen zu nähern. Flann saß noch eine Weile so da, stand dann auf und ging, die blutgetränkte Jacke vor dem Gesicht, langsam durch den Strandhafer, das Dünengras gegen die elterliche Hütte.

Die Entdeckung

»Schlimm!« dachte Gregorius, wie er da stand und dem Bruder nachsah. »Schlimm ist das abgelaufen, für mich wie für ihn, und für mich wohl noch schlimmer. Denn ich bin nun der Schuldige, ob auch anfänglich er es war mit seiner versessenen Streitsucht. Die Hütte wird mich verfluchen und der Abt mich pönen mit Knien und Fasten, weil ich dem leiblichen Bruder zugefügt, was, fürchte ich, nie mehr ganz gut werden kann. Und doch, was sollte ich machen? Er wollte ja, daß wir es austragen in bitterem Ernst und gründlich zum Äußersten, und so mußt es wohl jedenfalls schlimm ausgehen für mich, entweder am Leib oder an der Seele, und vielleicht hätte ich eher den Leib darangeben sollen, als mich ewig schuldig machen an seiner Nase. Aber was kann ich dafür, daß im Kampf meine Lebensgeister so außerordentlich sich versammeln? Bruder Clamadex im Kloster, der viel die Natur versucht und darin unter der Hand bis zum Zaubern geht, hat eine geschliffene Linse, die sammelt die Sonnenstrahlen in ihrem Schliff dermaßen, daß, wenn du sie über die Hand hältst, die Hand jäh wegzuckt, vom Glutstich getroffen, und wenn du sie über Papier hältst oder trocken Gras, es sich schwelend bräunt und raucht und aufflammt in Feuer – nur durch die Versammlung. So ist es mit meinen Geistern im Kampf, und so kam leider Flanns Nase zu Bruch, – ich wußt es im voraus, ja, gleich als er mich zu der scharfen Runde zwang, wußt ich es mit Bestimmtheit und hätte ihn, mag wohl sein, warnen sollen, aber bei seiner Versessenheit hätte das auch nichts genützt. Was soll ich nun tun? Beichten zuerst dem Abt? Nein, ich will lieber ihm auf dem Fuße folgen und mich, so gut es geht, bei den Eltern entschuldigen. «

Und nachdem er sein Kleid wieder angelegt, ging er in einigem Abstand hinter dem Kampfwunden her, gegen die Hütte hinauf, und beschleunigte erst ganz zuletzt seine Schritte, als Flann schon zwischen den Gemüsebeeten vorm Haus hindurchgelangt und über die Schwelle getreten war. Mahaute war drinnen, man hörte gleich, daß Flann auf sie traf. Natürlich sah sie das Blut, natürlich zog sie ihm unter dumpfen Rufen und Fragen das Wams vom Gesicht, gewahrte das Unheil, die Nase, die unterdessen gewiß viel mehr noch angeschwollen war und einen ganz unmöglichen Anblick bot und brach in lautes Gezeter aus.

»So muß es sein«, dachte Grigorß. »Genau so mußte sie loszetern, wenn er ihr gleich in die Arme lief. Besser wär es, auch Wiglaf wäre zu Haus. Er würde die Sache vernünftiger überblikken. Aber er ist wohl auf dem Möhrenfeld oder zu Markte. Ich will sie erst etwas auszetern lassen und warten, daß Flann es erklärt, ehe ich mich zeige. « Und trat hinter die offene Tür. Drinnen ging es:

»Ja, um des Himmels willen, du grundgütige Allmacht! Flann, Flann, mein Kind, ganz blutig, in Blut gebadet? Was ist dir, was hast du, wie siehst du aus? Laß sehen, so laß mich doch sehen, die Nase? O lackadesi! O weh mir! O über den Tag! Zu wahr, zu wahr! Die Nase ist hin, die Nase ist niedergebrochen, das ist keine Nase mehr, Flann, Herzenskind, sprich, was hast du gehabt, einen Fistiköff, einen Quarrel und Skrambel? Mit wem, mit wem? Wer hat das meinem Kinde getan? Ich will es wissen!«

»Das ist ja so wichtig nicht, erst einmal, wer es getan hat«, hörte man Flann mürrisch durch seine vernichtete Nase sagen. »Gib von der roten Baumwolle her und Wasser, statt zu lamenten. «

»Ich soll nicht lamenten?! Die rote Baumwoll, die Wasserkompreß! Das sicher, das hier, das gleich! Doch nicht lamenten? Deine leibliche Mutter soll nicht lamenten und fragen nicht, wer dich schimpfiert hat, verunstalt fürs Leben? O Tag! Solch ein

Tag, solch ein Tag. Zu wahr! Wer hat es getan? Wer ist der Mörder?«

»Der verdammte Credemi«, fuhr Flann heraus, »der war's, daß du's weißt! Auf die Milz hat er gespannt und die Nase geschlagen, der Tricker, der Tücker! Ich wollte weiter sparren, aber er kniff.«

»Credemi? Grigorß? Wie wagt er! Was hast du ihm denn getan?«

»Erkundigt habe ich mich nach seinem Lesen, da hat er gesagt, er wolle mir die Milz zerschlagen, und als ich die schirmte, traf er die Nase. Kommt meine Nase nicht mehr in die Höh, und lauf ich als Ziege herum meiner Lebtag, dein lieber Sohn, der Pfaff, mein Bruder hat es getan.«

Nun wich die Schleuse, nun brach das Wehr, es war für die Stauflut kein Halten mehr.

»Ha, ha, ha, ha! Mein Sohn, dein Bruder? Der ist mein Sohn nicht, den hab nicht ich ausgewürgt, noch hat ihn dein Vater gemacht, der ist dein Bruder so wenig wie das Schwein im Koben, glaub du doch den grauen Schwindel nicht, das Hanki-Panki, die Mockerei! Weh mir geschlagenen Frau! Er hergelaufener, hergeschwommener Landstreicher, Meerstreicher, verfluchter Knochenbrecher, Henker und Schänder! Ist das der Dank? Hab ich ihn dazu aufgebracht mit meinen Eigenen, den Nichtser, den Niemand, den Angeschwemmten, und ihm meine Brust gegeben, die anderen zukam, damit er mir nun meine Kinder entzweimacht, zu Brei macht, meine Kinder, die Leute sind nach der Ordnung, zu Hause hier unter ihren Verwandten, wovon er nicht einen hat auf der Insel, der Fundevogel! Weiß doch niemand nicht, wer der ist, noch woher der schwamm! Ich aber, Krist steh mir bei, sag's der ganzen Welt, helf mir Gott, ich sag's, daß er ein Findling ist, wie hoch er sich hier auch geschlichen, ein Findling, ein armer Findling, nichts weiter! Das hat er vergessen, das hat ihm noch keiner gesteckt, wie elend er einst gefunden worden, in einem Faß, einem Boot eingebunden, auf öder See! Rührt er mein Kind an, so sag ich's, so schrei ich's heraus! Weh mir, was bildet der Bankert sich ein?

Der Teufel hat ihn hierher gebracht, zur Kümmernis mir! Gut kenne ich seine Herkunft, aus dem Faß, von der Freise! Er hoffte wohl, daß man seine Schande ewig verschwiege? Ha, ha! Das wäre wohl nett, da lebte er unbehelligt in seinem Dünkel, beschützt von der Lüge! Den Fischen Fluch, die ihn nicht gefressen, den Ausgesetzten! Glück und Schwein hat er gehabt, wie's Bankerte haben. Dem Abt ist er in die Hände geschwommen; wenn der ihn nicht deinem Vater genommen hätt und wäre sein Almusenier geworden, ganz anders untertänig müßt er uns sein, weiß Krist! Die Rinder und Schweine müßt er uns aus- und eintreiben, den Stall ausmisten mit seinen Händen! Wo hatte dein Vater nur seinen Verstand, daß er, der ihn mit kalter Hand von der Freise gefischt, daß er ihn dem Abte ließ und ließ ihn fein werden und frech, statt ihn zu behalten als Fundgut, ihn uns zu halten als Knecht, als mistigen Knecht!«

Soweit Mahaute. Ihr Schimpfgezeter verklang im Innern der Hütte. Hinter der Tür stand Grigorß, rasch atmend, die Augen groß. Kein Wort war ihm entgangen, jedes gellte in seinem Ohr, brannte in seinem Hirn. Wie war das, was war das? Wahn- und Wutwitz einer gekränkten Mutter? Unrede und sinnlose Beschmierung? Nein, Mutterwitz dachte sich das nicht aus in der Wut: Aus dem Faß, von der Freise, ein Ausgesetzter und Angeschwemmter, ein Findling und Fremdling. Keine Lüge! Zu wahr! – Starr stand er noch eine Weile, dann fuhr er auf und enteilte, doch nicht zum Kloster, das Kloster war ihm nicht Heimat mehr, dem Unbekannten und Unverwandten, dem Fundvogel und Vogelfreien ziemte zum Dach nur der Himmel, von dem der Abend sank, und der sich mit Sternen bedeckte. Durch Sand und Moos strich Grigorß, durch windschiefe Föhrenhaine zum Meere und wieder landein, um die ganze Insel lief er, mied das Dorf, mied die Hütten, warf sich nieder schließlich an einem Baum, in den Händen das Fremdlingsgesicht. Wußte niemand doch, wer er war, – welche Schande! Jeder mochte sie ihm ins Gesicht werfen, der Ärmste noch: »Du Unbekannter!« – und würde nicht wissen, welche Freude er mit dem Schimpf nach ihm warf, die Freude, die ihm die Brust rüttelte, wenn er seine

Schande bedachte. Der gesammelte Schlag auf Flanns Nase, der der Frau, seiner Amme, den Mund geöffnet, er war ein Schlag der Befreiung gewesen, ein sprengender Schlag gegen das Tor, das nun weit offen stand: das Tor aller Möglichkeiten. Er war unbekannt, aber er war, und jemand mußte er sein. Er war angeschwemmt, doch Tang des Meeres war er nicht, von einem Lande mußte er kommen. Wo war sein Land, wo seine Eltern und wer? Hatten sie, oder wer hatte ihn, kaum geboren, dem Meer übermacht – und warum? Stand es so unrichtig um seine Richtigkeit? Mußte fortan nicht all sein Leben ihrer Erforschung gehören, wie immer sie nun beschaffen war? Sie war ein Geheimnis, er selbst war eines, aber das Geheimnis ist das Gefäß aller Wünsche, Hoffnungen, Ahnungen, Träume und Möglichkeiten. Ausgesetzt eines dunklen Makels wegen? Aber wo Makel ist, da ist Adel. Niedrigkeit kennt keinen Makel. Wie bereit war er, eine gemeine Richtigkeit hinzugeben für eine edle Unrichtigkeit!

Darüber schlief er ein und schlief die Nacht unterm Baum. Als es tagte, ging er zum Meere, wusch sich und fand sich im Kloster ein zu der Stunde, als eben der Abt mit den Brüdern und Schülern von der Frühmette aus der Kirche kam. Im gewölbten Gange ersah der Gute seinen Täufling und verfinsterte sich in Strenge, obgleich er früh morgens stets ein rotes Näschen hatte, das sich sehr treuherzig ausnahm und mit der Finsternis nicht übereinstimmen wollte.

»Gregorius«, sprach er, »wo bist du gewesen?«

Gesenkten Hauptes stand der ohnedies schon und ließ es statt aller Antwort noch tiefer sinken.

»Muß ich dich«, fuhr der Abt fort, »bei wachsenden Jahren als Herumtreiber und zügellosen Jüngling erkennen? Du hast bei der Abendmette gefehlt und beim Mahl, warst die Nacht außer Dach und hast noch die Frühmette versäumt. Welche Raserei! Was ist in dich gefahren, einen sonst frommen Knaben?«

»Vater«, sprach Grigorß demütig, »peccavi.«

»Peccavisti?« Der Abt war nun ernstlich erschrocken. Seine gerundete Unterlippe bewegte sich eine Weile wortlos, und das Blut wich aus seinem Morgennäschen.

»Folge mir!« befahl er schließlich. »Folge mir diesen Augenblick auf meine Stube!«

Das war es, um was es Grigorß zu tun gewesen. Mit ihm, der ihn von Wiglaf gekauft und ihm seinen Namen gegeben, allein zu sprechen, war all sein Begehren. Die Hände in den Ärmeln, das Haupt geneigt, folgte er ihm. Die Abtsstube nahm beide auf. Vorm Betschemel ragte ein Kruzifix mit blutiger Martermiene; darauf wies der Abt mit seiner Hand.

Der Disput

»In nomine Domini«, befahl er, »sprich!«

Gregorius kniete nieder, die Hände gefaltet.

»So will ich tun«, sprach er, »wie ungenügend es mir gelingen möge. Denn nie wird mein Mund Euch angemessen danken können, Vater und Herr, für alles, was Ihr an mir getan. Doch das schwör ich Euch treulich, daß ich zeit meines Lebens dem, der keine gute Tat unbelohnt läßt, auch noch von mir aus mit Bitten anliegen werde, er möge Euch mit himmlischer Krone dafür krönen, daß Ihr mich fremden Knaben, mich armes Fundkind so zärtlich vor all Eurem Gesinde erzogen habt.«

Aufs neue und anders erschrak da der Abt. Der letzte Rest von Morgenröte entschwand aus seinem Näschen.

»Was redest du!« sprach er hastig und leise, indem er Grigorß' gefaltete Hände mit der seinen ergriff.

»Ich bin betrogen«, fuhr dieser fort und beugte sich tief, als habe er einen eigenen Betrug zu beichten. »In Liebe und Güte bin ich betrogen. Ich bin nicht, für den zu halten man mich gelehrt hat. Das Tor der Wahrheit, das man auch das Tor der Möglichkeiten nennen könnte, ist mir aufgesprungen durch einen Schlag. Ich habe Flann, den ich meinen Bruder nannte, im Kampf geschlagen, dank einer sonst hier nicht verbreiteten Fähigkeit, mich außerordentlich zusammenzunehmen. Im Zorn, weil ich ihm weh getan, hat meine Amme, seine Mutter, es gellend verkündet vor meinen Ohren, daß ich ein Findling bin, nichts weiter, ein Gott-weiß-wer, als kleines Kind von der Freise gefischt mit kalter Hand. Leib und Seele überwältigt die Schmach mir, hör ich das jemals wieder, und, credemi! ich werde es niemals wieder hören.«

Damit stand er auf. Vom demütigen Knien erhob er sich, den Fuß fest aufsetzend, und stand da, bleich das schöne Gesicht, worin die Augen bläulich brannten.

»Verabschieden sollt Ihr mich, lieber Herr, denn ich bleibe nicht länger hier. Die Not der Suche muß ich auf mich nehmen als irrender Knecht und ohne Dach sein, wie ich schon diese Nacht ohne Dach war. Sicherlich finde ich irgendwo das unbekannte Land, aus dem ich stamme. Ich habe Können und Verstand, ich werde, credemi, nicht zugrunde gehen, so Gott es nicht ausdrücklich will. Er muß darauf versucht sein, und lieber will ich in der Wüste sterben und verderben, als länger auf diesem Eiland leben. Unehre vertreibt mich. Zu sehr fürchte ich den Hohn. Wie geschwätzig ist nicht ein Weib! Hat sie es erst einem gesagt, so wissen's bald drei und vier und danach alle. Darum segnet mich, Herr, zur Irrfahrt!«

Wie betrübt war da mein Freund, der Abt, den ich beim Erzählen noch immer höher schätzen gelernt habe! Sein Näschen war nun wieder rot, und Tränen standen in seinen Augen.

»Mein Kind«, sprach er, »nun höre zu! Gut und von Herzen will ich dir raten, wie ich gehalten bin, einem lieben Menschen zu tun, dem von früh an meine Obhut gegolten. Credemi, Gott hat sehr gütevoll an dir gehandelt, denn er hat dir die Augen geöffnet, damit du nicht mehr im Dunkel wandeltest und in Unwissenheit deine Tage lebtest, sondern nach freier Wahl. Diesen Beschluß mußte ich Ihm anheimgeben, durfte der Weisheit nicht vorgreifen. Du hast mich erschrocken gesehen bei deinen ersten Worten, – in Wahrheit bin ich erleichtert durch Gottes Walten und dadurch, daß er dir Freiheit gegeben hat, nach der Vernunft über dein Leben zu beschließen und zu wählen zwischen Ihm und der Welt. Dieser Kampf muß nun ausgekämpft sein in deiner Brust, und zeigen muß sich's, wie du deine Freiheit nutzest, dir zur Rettung oder zum Unheil. Siebzehn Jahre hat Gott gewartet, eh er dich freisetzte, aber auch so bist du noch viel zu jung, als daß nicht deine Freiheit des Rates bedürfte. Herzlieber Sohn, so meine es gut mit dir selbst und folge meiner Lehre, damit du das Sichere wählst vor dem höchst Unsicheren, damit dein Knabenzorn sich nicht übereile und es dich darnach gereue. Sage noch nichts! Du hast mich noch nicht gehört. Höre dies: Du bist ein vortrefflicher Junge. Deine Dinge stehen dir sämtlich nach Wunsch, die Leute hier tragen dir holden Mut, sie bekommen liebliche Augen, wenn sie dich sehen. Verlasse sie nicht! Du bist an die Geistlichkeit gewöhnt, entziehe dich nicht ihrem sanften, mit so vielen Annehmlichkeiten verquickten Bann! Du bist der Bücher hervorragend kundig, dein Weg ist dir vorgezeichnet. Ich bin an Jahren ein Greis, schon siebenundsechzig, dear me, wie lange kann ich noch leben? Ich sage nicht, daß, wenn ich morgen die Augen schließe, dir sogleich an meine Stelle zu treten bestimmt ist. Ein Abt muß ein Alter haben, obgleich die wenigsten das Alter klüger macht. Aber eines Tages, das ist dir gewiß, und ich habe es niedergelegt in meinem Vermächtnis, wirst du Abt sein von Agonia Dei, Herr über Alt und Jung und Glaubenswächter auf diesem Eiland. Das willst du fahren lassen um des Gekläffs einer Närrin willen? Einmal durfte und sollte sie kläffen; Gott wollte es, damit dir Wahlfreiheit gegeben sei. Aber glauben wirst du mir wohl, daß ich der Mann bin, zu verhüten, daß je noch einmal aus ihrem Munde dergleichen Geschwätz fährt. «

Ihm antwortete Grigorß:

»Ich habe die Wahrheit vernommen hinter der Tür der Hütte. Jedes Euerer Worte bestätigt es mir, am meisten, daß Ihr, Herr, die Frau eine kläffende Närrin nennt, denn wäre sie meine Mutter, Ihr würdet anders nach Eueren Worten sehen. Übrigens ist sie immerhin meine Amme, und Ihr selbst habt sie einstmals dazu erkoren. Hättet Ihr Flanns, meines ehemaligen Bruders, Nase gesehen, die freilich in ehrlichem Kampfe so zugerichtet ward, so würdet Ihr wohl verstehen, daß eine Mutter nicht an sich hält bei solchem Anblick. Ich zürne ihr nicht und wehre böse Worte von ihr ab, da sie das Mittel war, mich zu erleuchten.

Euch freilich bin ich zu ewigem Dank verbunden. Ihr habt in mir Armem Gott auf eine Weise geehrt und so Euer Heil vermehrt, daß Liebe und Ehrfurcht mich wohl anhalten sollten, Euch zu willfahren. Und doch vermögen sie es nicht, wonach Ihr ermessen mögt, wie überstark der Zorn meiner Jugend ist bei dem bloßen Gedanken, verächtliche Nachrede könne mein Teil sein. Es ist unvermeidlicherweise so, daß, seit ich weiß, daß ich nicht dieses Fischers Kind bin, ich im Ehrenpunkte noch zarter geworden bin, als ich es immer schon war. Und warum? Weil die Tatsache meiner Findlingschaft die erdenklichsten Möglichkeiten in sich trägt. Niemand kennt meine Ahnen. Wie, wenn sie von solchem Geschlechte gewesen wären, daß mir Ritterschaft zukäme? Herr, lieber Vater, all meine Träume sprechen dafür, daß sie und nichts andres mir zukommt! Wahr, Ihr habt das beste Leben. Behagen und Gottgefälligkeit mischen sich köstlich darin, und wer es mit Recht sich erwählt, der ist selig. Ich aber kann es nicht teilen noch erben. Ich muß fort, denn seit ich weiß, wer ich nicht bin, gilt mir eines nur: die Fahrt nach mir selbst, die Wissenschaft, wer ich bin.«

»Mein Sohn, mein Sohn, nicht jedem frommt es, gar so genau zu wissen, wer er ist, und würde ihm selbst Ritterschaft damit zuteil. Hast du mir je geglaubt, so glaube mir jetzt: Du bist in diesen Mauern an deinem Platze. Gott hat dich durch mich in seinen Schutz genommen. Wovor? Vielleicht vor dir selbst. Willst du aus seinem Schutze laufen, ohne Furcht, dich damit der Hölle zu gesellen? Der Ungewißheit, wer du bist, ist gar nichts angemessener, und keine bessere Lösung deines Rätsels ist zu erdenken, denn daß du als frommer und vielgeliebter Abbot auf dieser friedlichen, weltabgelegenen Insel deine Tage beschließest. Drum sei verwarnt, gebeten und beschworen von einem, der dich liebt: O bleibe!«

»Nein, Herr, bewahrt mir Eure Liebe, wie ich ewig die meine zu Euch im Herzen hegen und pflegen will, aber ich muß fahren. Nach Ritterschaft steht all mein Sinn, und besser wahrlich, ein Ritter Gottes sein, als ein betrügerischer Klostermann!«

»Sohn, credemi, es ist für den Alten kein leichtes Ding und

eine harte Probe für Sympathie und Geduld, so ein junges Blut mit spröder Knabenstimme seine Torheit in die Lüfte senden zu hören. Ritterschaft! Du begehrst nach Ritterschaft! Und hast doch keinen blassen Schimmer davon, noch bist du im geringsten dafür vorgebildet. Kannst du denn auch nur reiten? Natürlich nicht. Wie solltest du können zu Pferde sitzen? Hast dir aber vorgenommen, dich zum Gespött zu machen. Frage jeden der Ritterschaft Kundigen: ›Geht einer zur Schule‹, wird er dir sagen, ›und treibt's da zwölf Jahre lang mit den Büchern, ohne zu reiten, der bleibt ein Pfaffe sein Leben lang, zum Ritter ist der verloren.‹ Was heißt aber verloren? So ein Reiter und Gickelhahn, der nicht lesen gelernt hat und beim besten Willen das Allerdringlichste nicht entziffern könnte, was ihn am nächsten anginge und eigens für ihn geschrieben wäre, der lernt's auch nicht mehr und ist für die Pfaffheit verloren. Ein Ehrenstand ist für den andren verloren, du aber, zum Gotteskind bist du geboren, und gehst du vorüber, so heißt es wohl: ›Seht, wie allerliebst ihm das Chorkleid steht!‹«

»Herr, zieht einem Ritter die Kutte an, der machte Euch wohl einen täppischen Mann. Gebt mir aber ritterlich Gewand und seht, ob es je einem rechter stand! Läßt es mir lächerlich – nehmt meinen Eid! Gleich schlüpf ich wieder ins Gotteskleid. «

»Der Aff«, dachte Abt Gregorius zärtlich bei sich. »Natürlich würde den Ritterkleid kleiden, und Stoff, ihm eins zuzuschneiden, der wäre ja wohl vorhanden. « Aber er sagte nichts, sondern schüttelte nur sorglich das Haupt.

»Ihr wißt ja nicht, teuerer Herr«, setzte Grigorß sein jugendliches Gerede fort, »wie innerlich wohlbereitet ich bin zur Ritterlichkeit. Nie habe ich's Euch gestanden, solange das Tor der Möglichkeiten geschlossen war. ›Du kannst ja nicht reiten‹, sagt Ihr mir väterlich. Nein, leiblich hab' ich es nie geübt, aber im Geiste vieltausendmal, und welch Ritter immer dort draußen im Hennegau, im Haspengau oder in Brabant preislich zu Pferde saß: in meinen Träumen konnt ich es besser, und zwar nicht so einfach von Dünkels wegen, sondern wahrlich der Sache nach. Was ich an Büchern kenne, das reut mich nicht, grammaticam, divinitatem und leges, sie alle studierte ich gern und leicht. Und doch, wenn man mich über den Büchern sah, wie spielten meine Gedanken da heimlich so oft gegen Speer und Schild! Mein wahres Sehnen war ungestillt. Ein Roß, ein Roß! Es wieherte hell, weil es seinen Meister erkannt gar schnell. Da ließ ich denn meine Schenkel fliegen, die konnte ich so behende biegen, daß nicht an den Flanken noch am Bug das Pferd ich spornte, das mich trug: Nein, etwas dahinter tat ich's gewitzt, einen Fingerbreit, wo der sursangle sitzt. Neben der Mähne flogen die Beine, und wer mich im Sattel sah, wahrlich, ich meine: wie ein Teppichbild, ein Gemälde fein, müßte ich dem erschienen sein. Mit dem firmen Sitze ist's nicht getan: Auf die schöne Mühlosigkeit kommt es an. Zu gehaben wußte sich da mein Leib – so glimpflich, als wär es nur Zeitvertreib. Die Sporen gesetzt, zur Volte bereit, so berannt ich den Gegner im poigneis weit, und nie vergaß ich bei diesen Spielen, auf die vier Nägel an seinem Schilde zu zielen. Nun, helft mir, Vater, mit gutem Rat, daß der Traum von Ritterschaft werde zur Tat!«

»Sohn, Sohn«, sagte der Abt, erschüttert von diesen Kenntnissen. »Du hast eine Suade und verfügst über Vokabeln, – ich bin beeindruckt, ich leugne es nicht. Sursangle? Poigneis? Credemi, ich verstehe kein Wort, ebensogut könnte ich Griechisch vernehmen. Bruder Peter-und-Paul hat dir das alles nicht beigebracht. Aber woher du's nun hast, ich sehe wohl: Du bist im Herzen kein Klostermann. Schade, Gregorius, tief bedauerlich, liebes Kind. Aber sei es darum, ich will dir raten, väterlich und vernünftig, mein Sohn. Gut, ziehe dies Kleid aus, tu Verzicht auf die Geistlichkeit! Leg weltlich Gewand an oder in Gottes Namen auch ritterliches, zu Ehren der allerdings verschwommenen Möglichkeiten, die sich daraus ergeben, daß du des Fischers Sohn nicht bist. Aber bleibe hier, Gregor, bleibe bei uns! Zieh nicht auf Irrfahrt, geh nicht in die Welt! Ich bitte dich, du bist ja ohne Heller, Pfennig und Batzen. Mausearm bist du ja, mein Lieber! Wie willst du denn einer stolzen Welt als Ritter begegnen, ganz ohne Subsidia? Ja, wenn du zum Beispiel hundertundfünfzig Goldmark hättest, da könntest du es schon aufnehmen

mit der Ritterschaft. Aber woher solltest du die haben? Es ist ja
kein Gedanke daran. So laß mich machen! Ich füge es so, verlaß
dich darauf, daß du eine reiche Heirat tust, derengleichen sich
hier auf Sankt Dunstan nicht finden mag, aber vielleicht auf
Sankt Aldhelm oder sonst einer der Inseln. So weit wenigstens
bekehre dein Herz, daß du, bis ich das eingefädelt, noch bei uns
bleibst!«

Doch Grigorß' Eigensinn war unerschütterlich und nicht zu
beraten.

»Vater«, versetzte er, »ich danke Euch. Ich danke Euch immer
mehr und aus immer tieferem Herzen, wie bereits für alles Frühere, so nun noch dazu für Euer Anerbieten, mir eine Geldheirat
einzufädeln. In Dankbarkeit aber muß ich es von mir weisen.
Kein Jüngling von Ehre heiratet, bevor er weiß, wer er ist, denn
er müßte in Schande vergehen, wenn seine Kinder ihn nach ihren Ahnen fragten. Mich ehelich hier in Wohlstand zu verliegen,
das ist mir nicht aufgegeben, sondern in mühsamer Fahrt das
Glück zu versuchen, ob es mir nicht enthüllen will, wer ich bin.
Befehlend winkt mir das Glück, das sich noch nie versagte dem,
der es rechtens jagte. Herr, Eueren Segen, seid so gut! Geendet
sei hier der Disput.«

Da seufzte der gute Abt tief auf und sagte:

»Wohlan, so ist die Stunde denn da. Ich hätte sie gern noch
etwas verschoben, aber dein Starrsinn, den ich ehre und beklage,
zwingt sie herbei. Wie es um deine Dinge bestellt ist, mein Kind,
du sollst es erfahren. Lesen sollst du zur Stunde, um weswillen
ich dich zum Klosterschüler machte, damit du's einstens lesen
könntest. Ja, wisse nur: Grammatica, Leges und selbst Divinitas,
das ist all bloßes Nebenwerk und Beierzeugnis davon, daß du
nur überhaupt solltest lesen lernen, nach der Weisung und zu
deiner Erkenntnis.«

Damit ging er zu seinem Pult, schloß es auf und langte tief
hinein nach einer hinteren Lade, die schloß er auch auf mit gehei-
mem Schlüssel und zog ein Ding hervor, schmuck und von ra-
rem Wert, aus Helfenbein, gefaßt in Gold und Funkelsplitter,
und dicht beschrieben.

»Dies ist dein«, sprach Abt Gregorius, »dein Eigentum, obgleich zum Brief beschrieben an deinen Finder, zu dem Gott mich machte. Es war beigegeben deiner Kindheit im Fäßchen, und siebzehn Jahre hab ich's dir aufbewahrt. Nun setz dich, Geliebter, auf diesen Schemel und mache Gebrauch von deiner dir einzig zu diesem Zweck vermachten Fertigkeit. Im Stehen ist dies nicht gut lesen. Du mußt, armes Kind, auf stark gemischte Gefühle gefaßt sein bei der Entzifferung.«

Verwirrt nahm Grigorß die Tafel aus seiner Hand, sah das Schriftstück an, den Abt an, wieder die Tafel, saß nieder auf den Schemel und las, indem er manchmal das Haupt erhob und mit offenen Lippen und starren Augen ins Leere blickte. Ihm zu sah der Abt, die Hände gefaltet, das Näschen rot, und blinzelte über Tränen.

Der Jüngling las lange. Endlich ließ er die Tafel fallen und winkte, den Kopf im Nacken, mit ganzem Arme nach dem Alten, wankte dem Nahetretenden entgegen und sank ihm an die Schulter unter dem heftigsten Schluchzen, währenddessen der Abt ihm sänftigend den Rücken klopfte und ihn sogar etwas wiegte. Wie oft war das so! Es kehrt immer wieder auf Erden. Der eine schluchzt unbändig an des anderen Brust, und der macht: »So, so. Geh, geh. Das ist nun so. Nur gefaßt. Halb so schlimm. Nicht deine Schuld. Kommst schon drüber weg. Such du nur Kraft in Gott etc...« So auch Abt Gregorius im Klopfen, obgleich ihm selber die Tränen über die Backen rannen. Er sagte auch seufzend:

»Wer du bist, das steht dir nicht geschrieben. Aber was du bist, armes Kind, das weißt du nun.«

»Ich bin ein Auswurf!« schluchzte Grigorß. »Ich bin der Sünde greuliche Frucht! Ich gehöre gar nicht der Menschheit zu! Ich bin ein Scheusal, ein Monster, ein Drache, ein Basilisk!«

»Aber nein, du übertreibst«, wiegte ihn tröstend der Abt. »Du bist auch ein Menschenkind, und ein sehr liebes, wiewohl nicht in der Ordnung. Gott ist voller Wunder. Sehr wohl kann aus dem Schlimmen das Liebe kommen und aus der Unordnung etwas sehr Ordentliches.«

»Ich habe es gewußt!« klagte Grigorß sich weiter an. »Ich habe es geahnt in meinem Blut, daß es mit mir nicht in Ordnung sei. Nicht umsonst nannten die Gesellen mich immer den Trauerer. Aber daß ich ein Drache und Monster sei, mit Base und Oheim zu Eltern, das allerdings habe ich nicht gewußt!«

»Du vergissest die andere Seite der Sache«, sagte der Abt, »die bis zu einem gewissen Grade doch aufkommt für das, was du übertreibend Monstertum nennst, nämlich, daß du sehr hoch von Gebürte bist.«

»Auch das«, sagte Grigorß, löste sich ab von der Schulter und stand, »auch das habe ich gewußt und es im Blute geahnt. Ach, Vater, meine Eltern, meine süßen, sündigen Eltern, die mich in Sünden gezeugt und zum Sünder! Ich muß sie sehen! Ich muß sie suchen über die Welt hin, bis ich sie finde und ihnen sagen kann, daß ich ihnen verzeihe. Dann wird auch Gott ihnen verzeihen, er wartet wahrscheinlich nur darauf. Ich aber, nach allem, was ich von Divinitas weiß, ich, der ich nur ein armes Monster bin, werde durch die Verzeihung Menschheit gewinnen.«

»Sohn, Sohn, bedenke es wohl! Gesetzt, deine Eltern leben noch und du fändest sie in der weiten Welt, – wer sagt dir, daß du ihnen willkommen wärest? Da sie dich einst auf das Meer gesetzt, so ist's nicht allzu gewiß. Verzeihen kannst du ihnen auch hier und dadurch Menschheit gewinnen und Seligkeit. Es ist hier, wo Gott den Ausgestoßenen hat wunderbar landen lassen und dem, der in der Welt keine Stätte hatte, diese kleine Burg seines Friedens zur Herberge angewiesen hat. Willst du sie fliehen und dich in die Welt werfen auf jede Gefahr? Im Herzen hatte ich gehofft, daß, wenn du wüßtest, wie es um dich bestellt ist, du erkennen würdest, daß du an deinem Platze bist.«

»Vater, mitnichten! Seit ich Wissen habe, steht mein Entschluß fester als je. Wie oft habt Ihr meine Tafel gelesen? Ich las sie mit Inbrunst und werde sie unzählige Male noch lesen, täglich, zu meiner Kasteiung. Hier ist sie. Was schreiben mir meine süßen Eltern? Allzusehr liebten sie sich, das Eine im Andern, das war ihre Sünde und meine Zeugung. Ich aber soll's gutmachen bei Gott, – nicht indem ich im Kloster die eigene Seele hege, sondern indem ich all mein Lieben wende auf ander Blut und als ein Ritter streite für seine Not. So will ich mich durch die Welt schlagen zu meinen Eltern.«

»Sohn, es sei darum, ich sehe wohl, ich halte dich nicht. Gern hätte mein Alter sich an deinem Bleiben gelabt; so aber will ich für dich beten und Gott von dir sprechen, mein Kind, das ist auch eine Art, dich zu behalten. Laß dir nun Restliches offenbaren!«

Damit führte der Abt den Jüngling zu einer Truhe, tat sie auf und räumte allerlei geistliches Rüstzeug, Stolen, Nackenbinden und Meßgerät, beiseite, darunter zog er vom Grunde mehrere Lagen des schönsten Brokats hervor und überreichte sie jenem mit den Worten:

»Das ist dein, außer der Tafel. Es war dir unter- und übergebreitet im Fäßchen und reicht wohl zu einem Ritterkleid oder zweien. Von Alisaundre im Morgenland, mein Lieber, und feinste Ware. Wer dir das mitgab, dessen Spinde sind wohlbestellt. Ich sehe, du freust dich der Mitgift. Sie war und ist aber nicht deine einzige, was du beim Lesen der Tafel weniger beachtet haben magst. Wenn ich dir sagte, Kind, du seist ohne Heller und Batzen, eine Kirchenmaus, so war das nur eine Finte, es ist nicht der Fall. Auch zwei Brote noch, außer den Stoffen, waren deiner Kindheit beigegeben, darein war Gold gebacken, zwanzig Mark, zum Entgelt deiner Aufzucht. Nur dreie davon gab ich, deine Zustimmung voraussetzend, den Fischern. Die anderen aber vergrub ich nicht und ließ sie nicht schimmeln noch vom Roste fressen, sondern ich vertraute sie einem vorzüglichen Wucherer an, dem Juden Timon, der hat sie hecken lassen und dir in siebzehn Jahren hundertundfünfzig daraus gemacht. Davon bist du nun Herr, einer Summe, mit der man wohl der stolzen Welt als Ritter begegnen mag.«

Verwirrt und glücklich stand Grigorß. Natürlich ist es monströs und eine schwere Sündenlast, als Geschwisterkind geboren zu sein. Da es aber nicht körperlich weh tut, so ist das Bewußtsein davon leicht in den Hintergrund zu drängen durch Glücksgaben, die einem bei der Entdeckung in den Schoß fallen.

»Du lächelst«, sagte der Abt. »Du lächelst, obgleich verweint und blaß. Ich sagte dir ja, es würden gemischte Gefühle sein, mit denen du würdest von deinen Bewandtnissen Kenntnis nehmen. «

Herr Poitewin

Gemischte Gefühle! Ich, Clemens, sitzend an Notkers Pult als Gast Sankt Galli, kann im Erzählen auch wohl von solchen reden. Offen bekenne ich, daß ich bei der Argumentation zwischen Grigorß und Gregorius durchaus auf meines Freundes, des Abtes, Seite war und seine Gründe vortrefflich fand, während nach meiner Meinung sein Zögling sprach wie ein Grünschnabel. Was er über seine sündigen Bewandtnisse in Erfahrung gebracht, hätte ihn, statt ihn in die Welt zu treiben, gerade bestimmen sollen, an der ihm bereiteten Zuflucht dankbar festzuhalten und dem geistlichen Stande treu zu bleiben. Darin hatte nach menschlichem Ermessen sein Vater in Gott vollkommen recht und behielt nur zu Recht mit seiner Warnung, es möchte aus des Jünglings Forscherdrang und Weltfahrt ihm nichts Gutes, ja vielleicht Greuliches erwachsen. Aber menschliches Ermessen reicht nicht weit, ausgenommen in des Erzählers Fall, der die ganze Geschichte bis zu ihrem wundersamen Ausgange kennt und gleichsam teil hat an der göttlichen Vorsehung, – eine einzig dastehende und eigentlich dem Menschen nicht zukommende Vergünstigung. Ich bin denn auch geneigt, mich ihrer zu schämen, dem menschlichen Ermessen die Ehre zu geben und im gegenwärtigen Stadium der Geschichte zu tadeln, was ich späterhin, überwältigt vom Ratschluß der Gnade, zu preisen genötigt sein werde.

Also geschieht es mit einem gewissen Unmut, daß ich berichte, wie Grigorß, im Besitz all seiner Mitgift, der Tafel, des Goldes und der kostbaren Stoffe, mit Eifer sein Scheiden von der Insel betrieb, um auf Ritterschaft in fremde Reiche zu fahren. Er legte die geistliche Schülertracht ab und nahm weltliche, halb ritterliche oder knappenhafte dafür: ein gegürtet Panzerhemd mit Haube, Bein und Füße auch leicht gewappnet. Nicht anmaßend war die Tracht. Dazu jedoch gab er unterderhand schneidernden Brüdern des Klosters ein höchst herrenmäßiges Gewand in Auftrag, zuzuschneiden aus den ihm mitgegebenen Gewirken: einen prunkseidenen Leibrock oder Houppelande von dunkler Buntheit, mit florleichten Überärmeln, von denen man ein Ende wohl übern Arm gehängt trägt; dazu Beinzeug aus Schmiegestoff und ein Barett. Der Rock war aber ein Wappenrock, denn auf der Brust war ihm ein länglich-runder Flekken eingelassen, worauf die Gestalt eines Fisches gestickt war. Das sollte, wie der Jüngling sich ausgedacht, sein Wappen sein auf Irrfahrt, und ich muß sagen, es ist das einzige, was mir an seinen Vorkehrungen wirklich gefällt. Denn wenn der Fisch anzeigte, daß der Fahrende aus einer Fischerhütte hervorgegangen sei, so ist die Figur das Symbolum Christi auch und bezeugte, daß ihr Träger in geistlichen Mauern aufgewachsen. Dies lobe ich.

Das Weltkleid nun, nebst allem, dessen er sonst zur Reise bedurfte, Mundvorrat, Süßwasser und Goldvermögen, barg er in dem schildbewehrten Schiff aus gebogenen Brettern und mit hochgebäumtem Bug, das er bereit gestellt und für das er um Geld und gute Worte eine kleine Mannschaft geheuert hatte. In sein gestreiftes Segel war auch der Fisch eingewoben. Grigorß fragte wenig, ob seine Barke weltmeertüchtig sei, oder tüchtig auch nur für die eingeschränkten, aber erregbaren Gewässer, die man scherzweise ›Kanal‹ und ›Ärmel‹ nennt. Auf weit gebrechlicherem Fahrzeug war er einst hier eingetroffen, und seine Entschlossenheit, sich in Fahr und Nöte zu stürzen, entsprang dem Verlangen nach Buße für die Greuel seiner Geburt, deren Adel ihm doch auch wieder so wert war. Daß seine Schiffsleute, schlecht und recht geboren wie sie waren, gar nichts hatten, wofür zu büßen ihnen angelegen sein konnte, darüber dachte er gleichmütig hinweg, da er in sich den Helden einer Geschichte, in jenen aber nur gleichgültiges Beiwerk sah. Unwillkürlich tue auch ich das und tadle mich dafür, – mich, aber nicht ihn, denn wer mag mit der Vorsehung in Widerstreit geraten?

Als nun – der Herbst fiel schon ein – der Tag seines Reisens gekommen, hinweg von dem Eiland, das ihn aufgezogen, und wo es ihn um der Ehre und Schande willen nicht länger litt, – gewiß, da vergoß er herzliche Tränen des Abschieds an des Abtes Brust, der ihn mit einigen Brüdern zum Schiff geleitete und ihn segnete zur Irrfahrt ein übers andere Mal.

»Wohin nur, mein Kind, wohin?« fragte er sorgenvoll.

»Meiner Tafel nach«, antwortete Grigorß, indem er auf seine linke Brust deutete, »und wohin Gottes Winde wehen. Ihnen lassen wir unser Segel.«

Und so stießen sie ab bei Nebel von dem Gestade, wo das Kind einst gelandet war, und Vater und Sohn verlängerten den Abschied wehmutsvoll mit Blick und Wink, bis die Breite des Meeres und der Nebel ihnen die Sicht aufeinander verwehrten. Nur zu bald geschah das: die Barke verschwand im wattigen Wetterdunst, kaum daß sie den Strand verlassen hatte, und der brauende Brodem lag sichtlos über ihrer ganzen Fahrt, umhüllte sie Tag und Nacht in selten beobachteter Andauer, wie zur Berge und zu nicht geheuerem Schutz. Wer Sturm und Schiffbruch und wildes Verschlagenwerden für den Irrfahrer vorausgesehen, dem ahnte Verkehrtes: Glattes Meer war und Wind fast keiner. Ein nördlicher West, sehr matt, stand wohl auf ihr Segel, doch tagweise flaute er völlig ab, so daß sie fahrtlos trieben, es sei denn, sie halfen sich vorwärts mit Rudern, unwissend, ob sie sich denn auch förderten, der Sonne kaum, der Sterne nicht ansichtig und nie eines Schiffes, geschweige denn einer Küste. Sie hätten, glaubt es mir nur, einen harten Ündenschlag und hohe Freise dem toten Ungemach vorgezogen, dem Tappen im Nebeldickicht tagein, tagaus. Auf siebzehn Tage muß ich sie veranschlagen, ihre umhüllte Fahrt. Ihr Süßwasser schwand, die Speise ging ihnen aus. Stille Seenot betrat sie, und traurig hing die Mannschaft im Boot, lungernd die einen, die andern lunzend, denn solch ein Wetter zusammen mit leerem Magen macht schläfrig. Am Maste stand Grigorß, der Marner, ausspähend ins Unsichtige, worin all Spähen sich verhing und verfing.

Doch war er darum der erste, der des Wunders gewahr

ward, das, da siebzehn Tage um waren, gleich nach Mittag geschah. O Wonne, der Nebel riß auf. Eine Brise, erst säuselnd, bald sausend, zerriß ihn, trieb ihn zu Fetzen auseinander, von Sonnenlicht eine Garbe fiel gerade und breit auf ein Bild – war es Verblendung der Augen, Fata Morganas Trugwerk? Nein, Hafen, Lände, getürmte Stadt mit Zinnen und Toren waren da enthüllt, welchem allen sie in der Verhüllung so nahe gewesen. Wer beschreibt der Betrübten Freude bei dieser Enthüllung! Auf, und das Ruder, das Segel gesetzt nach der Stadt im Sonnenstrahl, der burggekrönten, am tiefen Haff, auf dessen nun aufgeregten Wellen sie schwankten. Der neue Wind war widrig. Nicht ohne Mühe kreuzten sie gegen ihn dem Ziele zu.

Und wäre nur Wind und Welle ihrer Anfahrt entgegen gewesen! Doch leider war's auch die Stadt, denn dieser hatte der aufgebrochene Nebel ihr Nahen enthüllt, so gut wie ihnen ihr hohes Bild. Die Bürger, schien es, setzten sich gegen das Nahen des fremden Schiffs zur Wehr. Steine flogen und Eisenbälle, von Mangen weit hinausgeschleudert. Griechisch Feuer fiel vor ihnen zur Sperre auf das Meer. Erst als sie viele Zeichen der Bescheidenheit und fried-freundlicher Gesinnung gegeben, stellte man die Verteidigung ein und ließ sie zur Lände. Ihr Boot war feurig angekohlt, und zwie der Mannschaft hatten von Würfen blutige Köpfe. Doch waren sie ja nur Nebenpersonen.

Dem Grigorß trat am Kai, wo Lastschlepper Waren löschten aus den Bäuchen einiger Schiffe, umgeben von Gewaltboten mit Spießen in gestreifter Tracht, ein ansehnlicher Mann entgegen, versorgten mehr, als strengen Angesichts, einen Hut auf dem Kopf, von dessen Krempe ein Tuch ihm über die Ohren zur Brust hinabhing, doch trug er Arme und Beine beschirmt. Sein Fragen nach des Fremden Person und Herkunft hub barsch an und milderte bei näherem Anblick rasch den Klang, ja, als er sein Fragen getan, da wartete er gar die Antwort nicht ab, sondern stellte wie zur Entschuldigung erst sich selber vor mit diesen Worten:

»Wißt, daß ich einer der Besten bin dieser quemune, genau

gesagt der Beste in ihr, denn ich bin ihr Schultheiß und Maire. Man hat mir Meldung gemacht von Euerer Anfahrt, die als feindlich betrachtet wurde. So bin ich gekommen, zu sehen, ob sie es sei, und habe, da ich erkannte, sie sei es nicht, das Einstellen der Abwehr befohlen. Ihr dürft Euch nicht wundern über den rauhen Empfang. Diese einst freudige Stadt ist mit Not gefüllt, und wäre nicht ihre Hintertür offen, nach dem Meere nämlich, von wo sie zu Preisen, die nicht von Scham diktiert sind, einige Zufuhr empfangen kann, so wäre es längst um sie geschehen. Was Euch betrifft, so wußten wir nicht, was von Euch denken. Seekönige machen die Meere unsicher und erscheinen räuberisch da und dort an den Küsten. Bevor man Euch von Angesicht sah, konnte man einen solchen in Euch vermuten. Wie weit entfernt Eure Art von der befürchteten ist, werde ich hören.«

»Recht weit, Herr Maire«, antwortete der Jüngling. »Und weit komm ich her in langer Nebelfahrt, von Ukersee, und nenne mich den Ritter vom Fisch, mein Name aber ist Gregorjus.«

»Der meine Herr Poitewin«, warf der Schulze ein.

»Ich danke«, versetzte Grigorß. »Schildesamt«, so fuhr er fort, »ist meine Art, und auf Ritterschaft fahr ich in fremde Reiche, auf eigene Kosten und ohne zur Räuberei im mindesten versucht zu sein, denn ich bin an Gold vermögend.«

»Sehr angenehm«, sagte Herr Poitewin, indem er sich verneigte.

»Auf meines Lebens Tafel aber«, fügte Gregorjus an, »steht geschrieben, ich solle, was ich bin, wenden an fremdes Blut und als ein Ritter dafür streiten, wenn es in Not ist. Zu dem Behuf bin ich auf Irrfahrt.«

»Das ist höchst achtbar, beau Sire, Herr Ritter vom Fisch«, versetzte der Bürger. »Euch gab der Welt gewiß ein reines Weib, denn Eure Züge sind fest und lieblich und Euer Betragen elegant. Seid Ihr normannisch?«

»Ihr geht kaum fehl«, antwortete Grigorß.

»Mein Auge hat einiges Urteil«, sprach befriedigt der Maire.

»Gefällt's Euch, so folgt Ihr mir in mein Witwerhaus zu einer Collacie nebst gutem Trunk danach, wovon der Keller wohl einen Restbestand bietet. Man soll nicht sagen, daß diese Stadt nicht, auch angefüllt mit Not, noch Gastlichkeit zu üben wüßte.«

»Die Grazie, mit der sie durch Euch den Fahrenden aufzunehmen weiß«, versetzte Grigorß, »spricht sehr zu ihren Gunsten. Ich gehe gern mit Euch. Warum aber«, fragte er, als der Amtmann sie beide beritten gemacht hatte auf Maultieren und sie über eine auf Baumstämme gelegte Brücke und durch ein Tor in die Gassen ritten, »warum erwähntet Ihr wiederholt, daß Eure Stadt mit Not gefüllt sei, was übrigens den Gesichtern der wenigen Bürger, denen wir begegnen, wohl abzumerken ist? Und warum scheint es, daß die meisten von ihnen, Greise und Kinder ausgenommen, Wehrzeug handhabend sich auf den Mauern und höheren Zinnen befinden?«

»Weit«, antwortete Herr Poitewin, »müßt Ihr her sein von Ukerland und -see, daß Ihr offensichtlich vom Jammer unseres Landes und dieser seiner Hauptstadt Bruges noch nichts gehört habt, die einst la vive hieß und nun nahezu die Tote genannt werden kann. Aber was Wunder denn! Abgesondert voneinander wohnen die Menschen, ihre Hörweite ist begrenzt, und selbst von wildesten Geschehnissen stockt die Kunde nah in den Lüften – die Entfernteren erreicht sie spät oder nie. Ich selbst weiß das wenigste, um nicht zu sagen: gar nichts von dem, was bei fremden Völkern, wie Aquitaniern, Gascognern, Angelländern, Lothringern, Türken und Schotten, sich tut und tätigt. Und Ihr also vernahmet nie vom Minnekrieg, wie unser Jammer zweifellos einst von den Sängern genannt sein wird, da er schon jetzt in aller Munde so heißt? Fünf Jahre tobt er nun. Zerstört hat Roger, der Spitzbart, König vom Arelat und Hochburgund, uns Land und Burgen, ganz Artois und Flandern ist zerbrochen in seinen Händen, und unsrer Frau, des Landes Herzogin, der Gott seine Engel sende, ist gar nichts geblieben als diese ihre Hauptstadt, an deren Mauern sich vorderhand der Sturm noch bricht, – wie lange, weiß der Barmherzige, der sich seiner Barmherzigkeit

erinnern möge, eh es zu spät ist. Ich fürchte aber, Er unter-
drückt sie geflissentlich, weil Er uns zürnt und unsere Frau, heiligsten Wandels ungeachtet, nicht auf bestem Fuße mit Ihm
steht. Denn überkeusch ist sie, verleugnet, Gott zum Grame,
ihre Weiblichkeit und hat sich stets geweigert, dem Lande einen
Herrn und Herzog zu geben, – dafür büßen wir im sogenannten
Minnekrieg, nach welchen Namens Sinn Ihr Euch mit Recht
erkundigt. Roger, der Spitzbart, nämlich minnt unsre Frau und
begehrt sie, gierig nach ihrer Schönheit, zum Weibe seit zwölf
Jahren schon, wovon er sieben in friedlicher Werbung hin-
brachte, wenn auch je länger, je mehr mit Drängen und Droh.
Urlinge rief er dann aus, denn er hat geschworen, der haarige
Heißsporn, der Herrin stolzen Leib in sein Bett zu reißen um
jeden Preis. Wie haben wir seinen Einfall zurückgewiesen, einmal und zweimal, und die Burgunden sieghaft verjagt, wobei
von unseren Guten manch Bester fiel, zum Beispiel Herr Eisengrein, der Treue, – Euch Ellendem sagt dieser Name nichts, uns
aber zu Tränen viel. Ach, umsonst! Von der Hartnäckigkeit ihres
Gebieters beseelt, erneuerten sie immer ihre Züge, in dreien Jahren, hausten, äscherten ein, trieben unsere Herden weg, ver-
wüsteten unsere Flachsfelder, bewältigten das Land und drangen
im vierten vor bis zu dieser festen Stadt, der letzten, die ihnen
widersteht, und die sie nun schon lange eingeschlossen halten,
ihre Mauern berennend mit jedem Sturmzeug, Ebenhöhen,
Igeln, Katzen, frechen Leitern und abominablen Wurfmaschi-
nen. In der Burg dort oben aber, ihrer äußersten Zuflucht, birgt
die sich, die dieses Dranges Preis ist und zu all unserm Leiden
stets nur ›Jamais‹ sagt. Wollt Ihr Euch wundern, daß Stimmen
sich hie und da hervortun, wenn auch gedämpft, die dem nicht
ganz fern liegenden Gedanken nachfragen, ob unsre Frau, die
sich so lange bewahrt, nicht besser tät, dem Spitzbart endlich
ihre Hand zu reichen und somit diesem verdammten Minnekrieg ein Ende zu setzen? Auf der Burg, bei Hofe selbst, gibt es
eine an Zahl und Rang gar nicht geringe Coterie, die offen diesen
Vorschlag begünstigt. Die Frau doch, was sagt sie? ›Niemalen
de la vie!‹«

Es war in Herrn Poitewins Haus und Stube, bei einem erwünschten Imbiß von Rauchfleisch und Warmbier mit Nelken, den die Schaffnerin und Schlüsselfrau, von Natur behäbig, doch versorgten Angesichts auch sie, ihnen aufsetzte, wo Grigorß diese Belehrungen empfing, und er zeigte sich außerordentlich bewegt davon.

»Herr Gastfreund, werter Schulze«, gab er zur Antwort, »wie Nebel fällt es bei Euren Worten von meinen Augen, und mir enthüllt sich, warum nach langer, umhüllter Fahrt das Bild dieser Stadt sich mir enthüllte. Ich bin am Ziel. Hierher hat Gott mein Steuer gerichtet, und klar wie im Sonnenstrahl erkenn ich, daß ich zurecht gekommen. Das war es, worum ich Ihn immer gebeten, daß Er mich dahin bringe, wo es für mich zu tun gäbe, damit meine Jugend nicht müßig liege, sondern in gerechtem Kampf sich werfe vor bedrängte Unschuld. Gefällt es meiner gnädigen Frau, so will ich ihr Knecht und Söldner sein, und wie die hart Gequälte die Losung sich erwählte, so sei die meine die: ›Niemalen de la vie!‹ Denn diesem Herzog, den Ihr den Spitzbart nennt, wahrscheinlich, weil er einen solchen trägt und überhaupt haarig ist, was meinetwegen ja ein Zeichen besonderer Mannhaftigkeit sein mag, – ihm, sag ich, gilt meine ganze Abneigung, und dieselbe gilt jener Coterie, die laut oder leise zur Übergabe rät und die Reine bereden möchte, daß sie dem frechen Werber und verhaßten Räuber ihres Landes die Hand zur Ehe reiche. Inbrünstig hoff ich, daß diese Schmählinge die Minderzahl ausmachen bei Hofe und Ritter höheren Sinnes sich um die Heilige scharen?«

»Ach«, versetzte der Amtmann, »durch ihren Treumut eben schrumpft ihre Zahl. Warum, das sag ich auch mit kurzen, verhängnisvollen Worten. Herzog Roger hat die Gewohnheit, vors Tor zu reiten und unsre besten Helden zum Einzelkampf zu fordern, in welchem noch keiner ihm widerstand. Denn seine ritterliche Raufkunst ist groß und weit berühmt in allen Ländern. Von Ehre getrieben, folgen die Unsern, einer nach dem andern, seinem Kartell, doch jeden hat er noch gestreckt und, wenn er Sicherheit anbot, ihn vor unsren Augen gefangen weggeführt, sonst aber ihn getötet. So hat sich die edle Entourage unsrer Herrin schmählich bereits gelichtet.«

»Dieser Mann«, vermutete Grigorß, »muß wohl die Gabe besitzen, sich im Kampfe über das allgemeine Maß zusammenzunehmen und seine Lebensgeister dabei in einem brennenden Punkte zu versammeln?«

»Ich verstehe nicht ganz«, erwiderte der Wirt, »die Meinung Euerer Worte. Mein eigenes Dafürhalten ist, daß unsre Kämpen der Fama von des Herzogs Unwiderstehlichkeit unterliegen. Die Ehre führt sie hinaus, nicht der Glaube an ihren Sieg, an dem sie, wissentlich oder nicht, bei aller Tapferkeit im voraus verzweifeln.«

»Ihr seid sehr klug, Herr Gastfreund«, bemerkte Grigorß mit Achtung.

»Ich bin es«, antwortete jener. »Wäre ich sonst Maire von Bruges geworden? Dazu hat meine Klugheit die Form vollkommener Klarheit und Gemeinverständlichkeit.«

»Und wann«, war Grigorß' Frage, »ist wohl die nächste siegessichere Herausforderung dieses Heerkönigs zu erwarten?«

»Er ist nicht vor der Stadt«, versetzte der Amtmann. »Sein Zelt ist abgenommen. Kommt der Herbst, so kehrt er durch unsre verheerten Strecken heim bis zum nächsten Lenze in sein Reich, das auch regiert sein will. Unsere arme Stadt, versteht sich, bleibt eingeschlossen. Aber nur geringe Kampfhandlungen und Skaramutzien geschehen während des Winters.«

»Und im Lenze«, ergänzte Grigorß, »kehrt er wieder, um durch ritterliche Raufkunst die Herrin ihrer Schützer zu berauben und sie zur Übergabe, was in diesem Falle heißen will: zur Hingabe zu zwingen. Ist sie wohl jung und schön?«

»Sie mag«, antwortete der Wirt, »beiläufig doppelt so alt sein wie Ihr, den ich auf siebzehn bis achtzehn schätze, hat sich aber, aller Nachtmessen und Kastigierung ungeachtet, sehr schön erhalten, – Gott zum Kummer, so nehm ich an, da sie ihren schönen Leib jedwedem Manne vorenthält.«

»Daß sie ihn jenem Spitzbart dahingibt«, erwiderte Grigorß, »ist bestimmt Sein Wille nicht. So weit getraue ich mich Seine

Gedanken zu erraten, denn zuzeiten hab ich mich mit Divinitas abgegeben.«

»Wie, der Bücher kundig seid Ihr auch?«

»Ein wenig. Und wenig hilft es mir unter diesen Bewandtnissen. Was mir hilft, und wozu ich Euere Hilfe, würdiger und kluger Gastfreund, erflehe, ist einzig, daß ich Euerer Frau vor Augen gestellt werde, damit ich mich ihr zum Knecht antrage und sie mir gewähre, für ihre Freiheit mein Leben in die Schanze zu schlagen und die Zuflucht ihrer Reinheit gegen haarige Schufte zu verteidigen.«

»Euer Eifer ehrt Euch«, sprach der Bürger nach einigem Bedenken, »und überall mach ich kein Hehl aus dem Gefallen, das Ihr mir einflößt. Ich habe geringen Zweifel, daß Ihr bestehen würdet, trotz Euerer Jugend, vor den Augen der Herrin, nach Erziehung und normannischer Tournure. Doch ist es nicht leicht, denn streng kargt sie mit ihrem Anblick und gewährt ihn den wenigsten, – nur allenfalls im Münster, wenn sie vor Gott liegt, da mag man von ihr sehen, was von einer in Gebet Versenkten eben zu sehen ist. – Ich will gern versuchen, Euch dienlich zu sein. Herr Feirefiz von Bealzenan, der Fürstin Truchseß, ist mein Freund und Gönner, – ein Mann von Schliff, von feinster höfischer Schule ein Mann: denkt ihn Euch oben dick und sehr dünn in den Beinen, in lichte geblümte Seide gekleidet und mit zweigeteiltem Blondbärtchen, wie Seide ebenfalls. Dies nur ein rasches Bild seines Äußeren. Ihm will ich von Euch sprechen, ihm Euere Gesinnung und Wünsche rühmen und ihn, ich denke wohl, bestimmen, mit der ihm eigenen ränkereichen Dexterität die Augen der Herrin auf Euch zu lenken. Bis dahin bleibt mein Gast! Will sagen: Sitzt bei mir ein als Mieter und Tischgenoß! Mit Sympathie vernahm ich, daß Ihr an Gold vermögend seid. Das ist eine erquickliche Ausnahme. Irrende Ritter pflegen hohen Sinnes, doch pover zu sein, eine Mischung, der ich stets nur mit halbem Herzen geneigt war. Ihr aber, bezahlt für Dach und Subsistenz gerecht von Eurem Gelde. Euere Nahrung soll reichlich und doch so vernünftig sein, daß sie Eurer Rankheit nichts anhaben und Eure Tugend nicht schläfrig verfetten soll. Gilt es?«

»Es gilt«, sprach Grigorß, und sie taten einander darauf
Bescheid mit ihrem Würzbier, einem sehr guten Trank, mit
Nägelein, den ich selbst nie gekostet, den ich aber mit Ver-
gnügen durch ihrer beider Gurgeln gleiten lasse. Sehr oft ist das
Erzählen nur ein Substitut für Genüsse, die wir selbst oder der
Himmel uns versagen.

Die Begegnung

Ich wußte wohl, daß Herr Poitewin sein Versprechen halten und
bei erster Gelegenheit mit dem Truchseß, dessen Person er aus-
gezeichnet beschrieben, über Grigorß und seine Wünsche reden
würde, – nie hab ich daran gezweifelt. Viel zu gut gefiel dem
Schultheiß sein junger Gast, die fest und zarte Miene desselben,
seine Geziemlichkeit und sein freigebiges Zahlen für Tisch und
Bett, daß er seines Wortes nicht hätte gedenken sollen. Er tat es,
nur vierzehn Tage nach des Jünglings Ankunft, in seiner Mairie,
wo der von Bealzenan, von der Burg herabgeritten, ihn besuchte, um die Lage des winterlich stockenden und um diese
Zeit halb nur zu Schimpf geführten Minnekrieges, dazu die Be-
lieferung des Hofes mit gewissen Necessitäten und Kommoditäten zu erörtern, wobei es Herrn Poitewins Aufgabe war, den
Unterschied zwischen diesen und jenen tunlichst zu wahren,
nicht ohne daß er in Ansehung bloßer Kommoditäten auf die
entsagungsstrenge Lebensweise der Herrin selbst, an Fasten und
Wachen reich, als Muster hingewiesen hätte.

In seiner Erwiderung erinnerte Herr Feirefitz daran, daß in
Stadt und Land der Kummer über diese Lebensweise ihrer Bewunderung die Waage halte. Er war bei dieser Unterredung
nicht in geblümte Seide gekleidet, insofern wich sein Bild ab von
dem, das der Schultheiß von ihm entworfen. Vielmehr war sein
ausladender Oberleib zum Schutze gegen allenfalls fliegende
Steine in einen Harnisch gehüllt, zu welchem er eine gestärkte
Halskrause trug, und eine Sturmhaube mit Buckelkranz bedeckte sein Haupt. Seine so sehr dünnen Beine dagegen waren

nur mit beiderseits verschiedenfarbenem Schmiegestoff bekleidet, endend in Schnabelschuhe, deren Spitzen sich beim Ritte
hoch vor den Steigbügeln gebäumt hatten. Aber auch halb in
Eisen verlor der Hofmann nichts von seiner Geschmeidigkeit,
und bei der Unterhandlung gelang es ihm, mehreren Kommoditäten den Dringlichkeitsrang von Necessitäten zu gewinnen.
Danach sprach der Amtmann:

»Au reste, Truchseß, incidemment und à propos, ein wohlbe-
mittelter Irrfahrer, noch jung, ist kürzlich hier gelandet und hat
Obdach und Kost bei mir genommen, Gregorjus von Ukerland,
ein werter Ritter. Er führt den Fisch im Wappen und schwört
hoch und teuer, Gott habe ihn eigens dieser mit Not gefüllten
Stadt ansichtig gemacht, damit er hilfreich seine Ritterschaft in
ihr bewähre und an ihren Quälern. Vor allem ist er gire, sich
unsrer Frauen, der Hartbedrängten, zu nahen und sich ihr zum
Lehnsmann anzutragen. Wollt Ihr wohl das, geschmeidig wie
Ihr seid, vermitteln?«

»Ein Kleines wär es mir«, versetzte Herr Feirefitz. »Seid Ihr
denn aber auch der Reine seines Adels ganz sicher? Das Augenmerk der Herrin etwa fehlzulenken, wäre ein sträflicher faux pas
von meiner Seite. Ukerland, ich muß gestehen, ist eine etwas
vage Bezeichnung, denn von über Land und See kann jeder
kommen. Die Erbringung etwas genauerer Ausweise seiner Ritterschaft würde mich Euch verbinden.«

Da war Herrn Poitewin Betroffenheit anzumerken, denn die
Rede machte ihm spät bemerklich, daß er selbst sich um Ge-
naueres über des Jünglings Herkunft gar nicht gekümmert, und
daß (er wollte sich wundern darüber und wunderte sich zu seiner
Verwunderung doch nicht) das Wenige, das jener ihm über seine
Herkunft gesagt, und das bei Licht besehen fast nichts war, ihn
vollkommen zufriedengestellt hatte. Ebensosehr zu sich selbst
also, wie zu dem Frager, sprach er, als er versetzte:

»Ich weiß nicht, ob ich damit rechnen darf, daß Ihr meinen
Worten so aufmerksam gefolgt seid und ihnen so viel Gedächtnis bewahrt habt, Euch zu erinnern, daß ich einflocht, es führe
dieser junge Degen den Fisch im Wappen. Vom Heiligsten zu

schweigen (und auch wieder nicht ganz zu schweigen, denn ich habe Kunde, daß mein Gast zeitweise in frommen Mauern lebte und divinitatem studierte) kommt diesem Zeichen, wie Ihr wißt, gar mancher Sinn zu. Es ist das Symbolum des Wassers – wie ja tatsächlich auf dem Wasser der Jüngling zu uns kam, in sein Gaffelsegel den Fisch gewoben. Es ist ferner das Zeichen der Männlichkeit und einer besonderen, darin eingeschlossenen Eigenschaft und Tugend, genannt Verschwiegenheit. Auffällig also ist es kaum zu nennen, wenn der Träger dieses Zeichens sich übt in männlicher Verschwiegenheit. Ist Rittertum verfeinerte Männlichkeit, so sagen auf einen Blick Euch Euere Augen mehr, als Euer Mund je fragen wollte, so daß Ihr vorzieht, ihn zu halten. Dazu will ich Euch nur vertrauen, daß der Fremde uns seinen tugendlichen Mut, voreilend schon, noch gar nicht im Lehn der Frau, zu unser aller höherem Herzschlag hat erscheinen lassen. Gleich war er auf die Zinnen gestiegen zu denen, die im Wehrgang der Schildwach pflegen, denn rechte Ausschau wollte er haben auf das burgundsche Lager und die leidige Einschließung der Stadt. Unter ernsten Brauen und festen Mundes sah er die an, Zelte, Berennungsgerät, Geländ und Leute. Wie er dann mit dem Turmvogt vom östlichen Tor beredet, was er im Sinne trug, und wie den Kriegsmann für sein hochfärtiges Vorhaben gewonnen, das weiß ich nicht. Daß er ihn überredet, schreibe ich mehr seiner tenue und seinem Auge als seinen Worten zu. Kurz, Ihr mögt Wunder hören und ganz Ausbündiges sagen: Den dritten Tag schon, da läßt ihm der Soldgraf bei guter Zeit die Balkenriegel ziehen aus den Furchen, die Grabenbrücke fallen und die Flügel öffnen, und hinaus tritt weltallein der von Ukerland, – wir alle dachten wahrlich, er hätte den Tod an der Hand. Den Fisch auf seinem Schilde, so schwang er bar und hell sein Schwert, das war ihm, zwiegeschliffen, der einzige Gesell. Da kamen sie gelaufen von Herzog Rogers Lehn, weil sie seiner Waffe Winken und das offene Tor gesehn. Des wollten sie Nutzen nehmen, den einen bald abtun; doch wie er sich ihnen verleidet, das sollt Ihr hören nun. Wie ist mir, ich will gar nicht reimen – und lügen, doch, der Daus! Ich glaube, ich find aus dem Märentakt mein Lebtag nicht mehr heraus. Gregorius vom Fische, schnell war er genug! Von Rogers Heergesinde er drei behend erschlug. Er schlug sie durch die Helme mit schwindem Schwertesschlag. Zwei rollten in den Graben, der dritte vor ihm lag. Zum üblen Teufel, Truchseß, es muß doch gehen, daß ich Euch vernünftig und ohne zu singen berichte, wie gründlich er sich ihnen verleidet! Denn sie hatten gedacht, es wäre ein Spaß, aber in seinem bleichen Antlitz der Augen blaue Flamme, die brachte sie um die Lustigkeit. Ich sage Euch: mit den Schwertern mochten sie ihn bald nicht mehr bestehen, drum schossen sie ihm so viel Speere in den Rand, daß das Gepränge davonwirbelte und er der Schwere wegen den Schild lassen mußte von der Hand. Sie wollten, da sie das sahen, dringen auf ihn ein, doch er, wie vor der Meute im Wald das Eberschwein, so ging er her vor ihnen, tat ihnen manchen Schlag, womit er einem von ihnen den Ringpanzer zerbrach, daß sich der Harnisch färbte von Funken feuerrot. Die Mär ist nicht gelogen: Der sank vor ihm in den Tod. – Truchseß, ich nehme mich zusammen und singe nicht. Wir alle sahen: Er griff vom Boden einen Wurfspieß auf, der ihm gegolten hatte, und schoß ihn von den Burgunden einem in den Kopf, – vom Helm ragte dem die Stange, und so schleppt er sich von der Brücke, der hat sich auch wohl bald des Lebens nicht mehr besonnen. Ich schwör Euch, einen andern schlug er quer durch sogar. Der ward vor schneller Schärfe der Spaltung nicht gewahr. Erst da er sich bücken wollte nach seinem Schwert hinab, das seiner Hand entglitten, da fiel er oben ab. – Kurz, Truchseß, unter solchen Taten weicht Schritt vor Schritt der Degen zurück vor ihnen gegen das Tor, das er allein gehalten, und rasselnd fallen vor ihren Nasen die Flügel zu, da er herinnen. Ihr denkt Euch auf der Mauer das Jubel- und Spottgeschrei. Man nahm ihn auf die Schultern, in Eil lief ich herbei. Mit Blut war beronnen all sein Gewand, desgleichen die scharfe Waffe, so fest in seiner Hand. ›Nun sagt mir, lieber Degen, wie seid Ihr so rot? Ich glaube gar, Ihr leidet von Wunden große Not.‹ ›Tragt darum keine Sorge‹, sagt er mit kühlem Mut. ›Ihr seht mich unverwundet. Das ist der andern Blut.‹«

»Sehr bemerkenswert«, versetzte Herr Feirefitz. »Unter diesen Umständen ist mir, Amtmann, Euere Sangesfreudigkeit recht wohl begreiflich.«

»Wenn ich sie schlecht bekämpfen konnte«, erwiderte Gregors Gastfreund, »so hat das wesentlich mit der Augen bläulicher Lohe im blassen Gesicht zu tun. Übrigens habe ich mich hinreißen lassen, ich will es nur gestehen. Daß er einen quer spaltete, so daß der's nicht merkte, und erst später zur Hälfte abfiel, das hab ich hinzugesungen; es hat sich in Wahrheit nicht zugetragen.«

»Immerhin«, entgegnete der Truchseß. »Die Diversion bleibt eindrucksvoll auch ohne diese Einzelheit. An dem Rittertum Eueres Juvenils und daran, daß er uns nützlich werden kann, läßt sie kaum einen Zweifel.«

»Ich will Euch eine Theorie vertrauen«, fuhr der Schulze fort, »aus der sich die außerordentliche Probe, die uns mein Gast von seinem Edelmut gegeben, zur Not erklären läßt. Ihm muß wohl vergönnt sein, sich im Kampfe jeden Augenblick über alles sonst übliche Maß zusammenzunehmen und gleichsam seine Lebensgeister dabei in einem brennenden Punkte zu versammeln. Ich pflege meinen Gedanken sonst eine klarere, sofort jedem verständliche Form zu finden, bin aber in diesem Fall genötigt, mich etwas versponnen auszudrücken.«

»Sei dem, wie ihm sei«, antwortete der Truchseß, »die Augen der Frau auf Eueren Gast zu lenken und ihn ihr zu präsentieren, damit er sich ihr zum Lehnsmann antrage, bedenke ich mich nicht länger. Kärglich sind die Gelegenheiten, aber das Fest unseres Glaubens, Mariä Empfängnis, ist nicht mehr fern. An diesem Tage, wie Ihr wißt, läßt sie sich blicken und reitet nieder mit allem Hofe von der Burg zum Münster, um an der Messe sich zu erquicken. Da möge Euer Degen seine Schaulust büßen, und im rechten Augenblick die Frau auf ihn hinzuweisen, das laßt meine Sache sein.« –

Demnach geschah es. Am Tage, da die Herrlichste, Ros ohne Dorn, im Fleische, doch zugleich durch Eingießung des Geistes, sündenlos, empfangen wurde (dies unser wohlgeprüfter Glaube), ritt die Fürstin auf einem asturischen Zelter, den zwei Pagen am Halfter führten, mit edlem Ingesinde aus der Burg den Schlängelweg hinab in ihre letzte Stadt und vor den läutenden Münster; da stieg sie ab unter barhaupt kniendem Volk, das mit roten Augen auf sie blickte und ihr nachdrängte, als sie mit Herren und Damen das weit geöffnete Portal, reich an Figur, durchschritt und, ihr Auge gesenkt, die Linke an der Nusche ihres mit weißem Bauchfell des Eichhörnchens gefütterten Mantels und diesen mit zwei Fingern der Rechten etwas raffend, ihren Weg nahm durch Gottes Festsaal zu ihrem Gestühl und dem goldbeborteten Troddelkissen, das ihren Knien bereitet war. So sah Grigorß sie von seinem Platz überm Gange, an des Schultheiß Seite, sah unter Gesängen, Geflimmer und Gedüft so viel von ihr, wie man von einer in Gebet Versunkenen zu sehen vermag. Das Seitenbild ihres Gesichtes sah er, das unterm Diademband und im Wangengebände matt wie Helfenbein im farbigen Dämmer schimmerte, wenn sie es einmal aufhob und die Augen schmerzlich zur Höhe schlug, und wie sie's aufhob, so hob sich dem Lugenden in Begeisterung das junge Herz. »Sie ist es«, sprach es in ihm, »meine Herrin, die Hartbedrängte, die zu freien, aus der Not zu freien, worein ein haariger Gecke sie zwängt, ich hergeführt bin.« Und indem er die Finger ballte, tat er einen Schwur hinauf, der sollte, meinte er, ein Feldgeschrei sein allen im heißen Streit für sie: »Niemalen de la vie!«

Hinter der Fürstin kniete ihr Truchseß, der hatte heute sein kleingeblümtes Seidenwams an und sah nun also genau so aus, wie Grigorß' Gastfreund ihn beschrieben. Er neigte, als das heilige Gepränge zu Ende gekommen, sein Seidenbärtchen zum Ohr der Frau und gab ihr einige Worte ein, – wie mochten die wohl lauten? Sprach er: »Herrin, grüßt jenen Mann dort! Gute Dienste kann er Euch leisten«? Stark war zu befürchten, daß er nicht ›Mann‹ sagte, sondern ›Jungeling‹ und womöglich noch Knäbischeres. Aber nein, er sagte wohl ›Mann‹, denn ihr anraten wollte er ihn ja. Und doch neigte sie zu seiner Eingebung kaum das Haupt, ohne es im geringsten nach der Seite zu wenden, wohin sein Wort gedeutet, schlug nach dem »Ite, missa est«

noch einmal das Kreuz und ging auf durchs Mittelschiff. Damen schritten ihr vor, und Kavaliere folgten. Der Truchseß aber nahm Grigorß bei der Hand und führte ihn ihr nach ins steinerne Pfeilerzelt der Vorhalle. Da sprach er die ausgesuchten Worte:

»Dies, Herrin, ist Herr Gregorius, ein Ritter von Ukersee. Nach Ehre geizt er und vor allem nach der, das Knie vor Euch zu beugen.«

Das tat Grigorß; sein Barett in der Hand ließ er sich nieder auf ein Knie, geneigten Hauptes. Die Fürstin stand, von ihrem Staat in halbem Kreis umgeben, und blickte nieder auf seinen Scheitel.

»Steht auf, mein Herr«, so hörte er über sich ihre Stimme, die hatte tiefen, holden und reifen Klang und war nicht wie eines Mägdleins Girren. »Vor Gott allein und vor der Königin des Rosenkranzes sollte man hier knien.«

Da er nun aber aufstand vor ihr, geschah, was er befürchtet hatte: Ihr roter Mund mußte lächeln, weil sie ihn so jung erfand. Das war so ein nachsichtig weiches Lächeln, erbarmend fast, bei spöttisch erhöhten Brauen, wich aber rasch wieder von ihren Lippen: nicht, weil er errötend den Kopf aufwarf, das sah sie nicht, da ihre Augen musternd niedergingen an seiner Gestalt und spähend verweilten beim Anblick seiner Tracht. Denn Grigorß hatte heute sein Wappenkleid angelegt, das schöne, aus den Stoffen seiner Mitgift; Pfellel war es aus Morgenland, dunkelbunt, von Goldfäden durchwoben, und der Brokat hielt ihre Augen an, derart, daß ihre Lippen sich öffneten und ihre Brauen sich in Betrachtung zusammenzogen. Noch im Spähen aber brach sich ihr Blick in Leid.

»O Schwert, wie gehst du aufs neue so grimmig durch mein Herz! Genommen, genommen haben sie's mir, mein Kindlein, meines Trauten Vermächtnis, seines Leibes süße Gabe, und es im Fäßlein dem wilden Meer zum Fraß gebracht – verzeih es ihnen der, dem ich's in tiefster Seele nicht verzeihe! Solchen Stoff, denselben, hab ich dem armen Schifferlein mit Tränen über- und untergelegt, wahrlich ganz gleich ist dieser jenem an Güte und Farbe, darauf sollte ich mich verstehen, er könnte bei Gott gewirkt sein von derselben Hand und ist es möglicherweise.

Schrecken und Schmerz und tausend sündig wonnevolle Erinnerungen durchzucken mich beim Anblick dieses ganz ebensolchen Gewirkes, und zugleich kann ich nicht umhin zu erwägen, daß es ein edles Haus sein muß, mit rar bestellten Spinden, das dem Knaben da diesen Brokat vererbte.«

Ihr Busen hob sich beklommen in der oberen Enge ihres Kleides, das vom Gürtel an in weiten Falten des schneeigen Sammets zu ihren Füßen niederging, und das der Mantel purpurn umhüllte. Dessen Saum hob sie mit schöner, magerer Hand zum Gürtel. Ihre blaudunklen Augen, mit den bläulichen Schatten der Nachtwachen darunter, blickten in seine. Lieblich schien ihr dies ernste Antlitz in seiner zur Männlichkeit entschlossenen Jugend und mutete sie in tiefster Seele an; ihm aber war nicht anders, als ersähe er das irdische Abbild der Himmelskönigin.

Sie sprach milde:

»Ihr habt eine Bitte an mich?«

»Die eine, ja«, antwortete er mit energischem Enthusiasmus. »Euch, Herrin, zu Dienst beflissen zu sein, hab ich willigsten Mut. Nehmt mich in Lehn, das bitt ich, und vergönnt mir, daß ich mit allem, was ich bin und vermag, mich vor Euch werfe gegen den Räuber und für Euch stehe bis an meinen Tod!«

Sie sagte:

»Ich habe, Ritter, von Euch gehört und von gewissen ehrenhaften Voreiligkeiten, tadelnswert gleichwohl. Man spricht, Ihr wäret kühner, als jemand sollte sein. Ihr wißt, auf welche toll verwegene Diversion ich anspiele. Habt Ihr noch eine Mutter?«

»Ich habe sie nie gekannt.«

»So laßt mich an ihrer Stelle Euch vermahnen. Ihr habt Gott versucht. Wart Ihr bei guten Sinnen, Ihr durftet Euch des Streiches nicht unterfahn.«

»Herrin, man hat die Einzelheiten des Ausfalls stark und märenhaft übertrieben. Die winterliche Stockung und Schläfrigkeit des Minnekrieges aber war mir ein Ärger. In mir sprach es,

auflockern müsse man sie und den faulen Feind schreckend leh-
ren, daß in dieser Stadt ein Geist lebt, der zu Euerer Ehre auch
Unternehmungen nicht scheut, wie man sich ihrer nicht jeden
Tag versieht.«

»So dank ich Euch, ohne meine Mahnung zurückzunehmen.
Daß Treue für meine Bedrängnis sich erkühne, das ist mir armem Weibe wohl bitter not. Doch mag ich nicht, daß edle Jugend um meinetwillen unbesonnen sich vergeude. Versprecht
mir, so etwas nicht mehr zu tun und frevlen Übermut fortan zu
meiden!«

Daß sie sich ein armes Weib genannt, riß ihm das Herz auf,
und gleich sank er wieder ins Knie, sein glühendes Antlitz zu ihr
emporgewandt.

»Euch zu gehorsamen, Herrin, versprech ich, wie nur die
Girde, Euch zu dienen es mir erlaubt.«

Sie nahm von einem ihrer Herren ein bloßes Schwert und
rührte seine Schulter damit.

»Seid meines Lehns! Nehmt im Kampfe um diese Stadt, für
das zertretene Land besonnene Ehre! Truchseß, ich befehle diesen Ritter in Euere Hut.«

Da er beglückt sich aufhob, blickte sie noch einmal auf sein
Kleid, in sein Gesicht noch einmal und wandte sich, daß rasch
ihr Hof sich um sie schloß, hinweg. Grigorß aber stand selbst-
vergessen am Fleck, in Nachsehen ganz verloren, bis ihn sein
Wirt, der Amtmann, am Ärmel zupfte. Solche Frau hatte er nie
gekannt und nie die süße Reife der Stimme vernommen, mit der
sie gebietende Fürsprache eingelegt hatte für seine Jugend. Wun-
derfremd war seiner Erfahrung ihr Bild und Wesen und wunder-
nahe doch seiner Natur.

Der Zweikampf

Mich freut es, bei allem stillen Grauen, das mir ob des Fortgangs
der Geschichte im Herzen wohnt, daß Herr Feirefitz bei jener
Unterhandlung mit Herrn Poitewin hatte Gewißheit einholen

wollen über die Echtheit von Gregors Rittertum, wodurch er dem Schultheiß die Zunge gelöst und ihn bestimmt hatte, von seines Gastes keckem Einzelausfall auf die Brücke des Genaueren zu künden. Wir hätten sonst wohl gar von diesem Abenteuer nie vernommen. Sanghafte Übertreibungen gern in Abzug gebracht, die dem Künder in der Hitze des Erzählens mit unterliefen, und die man einem in wahrhaftiger Erzählung nicht Geübten zur Not verzeiht, – so bleibt genug, uns zu versichern, daß die ritterlichen Träume des Kloster-Scholaren aus der Fischerhütte nicht leerer Schaum gewesen, sondern daß ihm die Sprache der Rittertat, von der er behauptet hatte, er spräche sie innerlich mit Fertigkeit, wirklich mund- und armgeläufig war, wenn ihm auch nottat, sich aufs allerbeste und wirklichste darin zu vervollkommnen, bevor er wagen konnte, was ihm seit seinem ersten Gespräch schon mit Meister Poitewin, besonders aber seit er die Herrin mit Augen gesehen, als starrer Vorsatz im Herzen saß.

Fragt einer hier in Einfalt und von Begriff ein wenig stutzig, was für ein Vorsatz denn das wohl sein möchte, so möge er abgerissenen Brocken lauschen, die Grigorß, wenn er allein war, manchmal stoßweis vor sich hin murmelte. Sie lauteten:

»Sei er auch noch so greulich, ich bind doch mit ihm an!«

Oder:

»Und wär er Valand selber, ich wollt ihn auch bestehn!«

Wen er damit meinte, danach zu fragen ist wohl niemand stutzig genug. Hör ich ihn aber so murmeln, bin ich wahrhaftig der Fügung Gottes froh, daß Grigorß zum Winter und zur Zeit lässiger Führung des Minnekriegs in die Stadt gekommen war. Das gab ihm Frist, sich im wirklichen (und nicht nur innerlichen) Sprechen der Sprache des Rittertums mit Fleiß zu üben, wozu ihm der Winterkrieg beinahe von Tag zu Tag Gelegenheit bot. Denn allerlei ritterlich Geplänkel, leichte Abenteuer und Skaramutzien, halb ernstes Neidspiel, halb nur der Kurzweil halber, geschahen fast täglich vor der Stadt, zu Fuße und zu Pferde, und dabei blieb er nicht müßig, – so wenig, meiner Treu, daß es bei rüstigen Bürgern, bei Rittern und Sarjanden bald hieß, im Jagen sei er ein Haupt und in der Flucht ein Schwanz. Ich gebe die Männerrede wieder, wie ich sie vernommen. Mir klingt sie ungefüge, und gleichfalls, daß sie sagten, er sei ›der Hagel der Feinde‹. Auch das ist für mein Ohr eine linkische Metapher, doch gab ihnen seine tenue die Bilder nun einmal ein.

Am wohlsten war ihm zu Pferde, denn zu oft und genau hatte er Schenkelschluß, Leisieren und Volte-Reiten im Traum geübt, als daß nicht die Wirklichkeit ihm altvertraut und zukömmlich hätte erscheinen sollen. Die Kunst war, wie man sagt, ihm angeboren, er hatte sie in sich vorgefunden und vermochte sie gleich, so daß niemand dachte, er habe früher nie auf Rosses Rücken gesessen. In Herrn Poitewins Stall stand ihm ein gutes Tier, von seinem Gold gekauft, ein blessiger Hengst, gescheckelt, von Brabanter Schlag, mit Augen, schön wie dem Einhorn seine und voll feuriger Freundschaft für seinen Meister: Wenn der zu ihm trat, so wandte es den blanken Hals nach ihm und wieherte hell vor Freude und Erbötigkeit, so durchdringend wie Hahnes Morgenkrähn. Sturmi hieß es. Ich liebe es selbst in seiner Wohlgedrungenheit, mit weißlichem Schweif und ebensolchem Schopf und Kammbehang – der kräftig-feinen Fesseln und kleinen Hufe auch rühmend zu gedenken. Der Seide gleich war sein gestriegelt Fell, darunter voller Kraft die Muskeln zuckten und spielten. Wie kleidete Sturmi die Kettendecke aus feinen, dichten Stahlringen, womit der Knecht ihn rüstete, darüber die Covertiure aus grünem, arabischem Achmardi! Die hing ihm hinten bis zu den Hufen und war zu beiden Seiten mit dem Fisch bestickt. So ritt Grigorß sein liebes Roß – und alles war ihm von Traumes wegen und kraft der Angeborenheit ganz wohlvertraut – selbst schön bewahrt an Haupt, Leib und Bein, das Schwert am Hüftgurt, Arm und Hand in Schildesriemen, – so, sag ich, ritt er den Sturmi oft, zusammen mit anderen Degen von der Herrin Lehn, zur Stadt hinaus, begleitet von einer Fuhre mit Turnierlanzen ohne Spitze. Denn, glaubt mir, die Spaßigkeit und halbe Freundschaft, mit der im Winter der Minnekrieg geführt ward, ging also weit, daß Städter und Belagerer einander friedliche Waffenspiele boten und Frau Sibyllens Ritter sowohl wie die

burgundischen, die einen vor den Augen der anderen, Schimpf-
turneie mit stumpfen Schäften anstellten, teils zur eigenen Belu-
stigung, teils damit die einen die anderen bedenklich stimmten
durch den Anblick ihrer Reit- und Stoßkunst. Dabei gewann
Grigorß manche früh erträumte Ehre und den Beifall der Feinde.

Mich muß es ja freuen, daß ihm solche Frist und Füglichkeit
gegönnt war, sich im Wirklichen zu üben; denn wünschen muß
ich, daß der Vorsatz, der ihm so starr und stumm im Herzen saß,
Gelingen finden möge, – da ich doch als Erzähler alles vorher-
sehe und weiß, wie Gräßliches, zu sagen kaum, noch auszudenken, ihm eben aus dem Gelingen erwuchs. Sähe ich nicht in meiner unzukömmlichen Allwissenheit auch über dies Gräßliche
noch hinaus und bis ans Ende, so müßte ich wünschen, daß der
Knabe, so leid es mir um ihn täte, bei der Ausführung seines
Vorhabens zu seiner Bewahrung lieber den Tod gefunden hätte,
– und dies zu wünschen, bin ich durch die Unsäglichkeit des
Kommenden trotz aller Vorsehung versucht, – wo ich doch wiederum weiß, daß mein Wünschen gar keinen Sinn hätte, da ich
die Geschichte ja kenne und sie erzählen muß, wie Gott zu seinem Ruhme sie sich hat begeben lassen. Ich möchte nur in aller
Demut auf die Konflikte hinweisen, deren Beute die Seele des
Erzählers einer solchen Geschichte ist.

Seht, durch große Sünde, nämlich die seiner Geburt, und
durch das heiße Bestreben, sie von sich abzuwaschen, ward
mein Jüngling in noch entsetzlichere getrieben! Viel las er in seiner Tafel, und zwar mit Tränen, – ja ganz war es mit ihm wie
einst auf der Insel: erwies er sich wacker und von brennender
Geistesgegenwart im ritterlichen Disport, so war er zugleich ein
Sorgsamer und ein Trauerer auch, Tristan le preux, lequel fut ne
en tristesse, wie Herr Poitewin kopfschüttelnd von ihm sagte,
wenn er ihn mit verweinten Augen aus seiner Kammer kommen
sah. Denn es war Grigorß' Gewohnheit, sich mit seiner Tafel,
die er wohlverwahrt hielt, dort einzuschließen, um zum hun-
dertsten und aberhundertsten Mal seine gebürtlichen Bewandtnisse davon abzulesen: daß er seine Mutter zur Base und seinen
Vater zum Oheim habe und sozusagen seiner Eltern drittes Ge-

schwister sei, welches sie sich in Sünden und ihm zur angeborenen Sünd und Schande erzeugt. Sein Leib war ganz wie anderer Menschen Fleisch, war recht und wohlgeschaffen und doch von Kopf zu Fuß ein Werk der Sünd und Schande. Bittere Tränen preßte die Argnis seiner Geburt ihm aus, wenn sie ihm wieder geschrieben vor Augen stand, und sehr bekräftigte sie ihn in seinem stillen Vorsatz. In die Schanze schlagen wollte er diesen seinen gänzlich aus Sünde bestehenden jungen Leib, ihn hinwagen in kühnem Würfelwurf und entweder sterben (das war ihm ganz recht) oder sein verkehrtes Dasein rechtfertigen, indem er das Land vom Drachen befreite. Doch war das nicht alles.

Denn in seinem Herzen trug er, heiligend dies auch ganz aus Sünde gemachte Herz, das Bild der Frau, deren Stimme ihm so hold und reif erklungen, ihm so gütig den Übermut verwiesen, so mütterlich bei ihm für ihn gebeten hatte. Wie gehorsamte man solchem Gebot und dankte solcher Bitte? Indem man sich opferte für die Gebietende oder für sie siegte und sie vom Drachen befreite! Dieser Drache war ein Mann, dem sie Abscheu trug, und ein Mann, wenn auch ein zum Lächeln junger, war er auch. Zu kämpfen mit jenem, Mann gegen Mann, hieß nicht nur für sie, hieß um sie kämpfen, und ob man dabei den Leib verlor oder siegte, man mußte durch beides ihre Huld gewinnen, und zwar entsprechend viel der Huld, wie sie dem anderen Abscheu trug. Ja, ich will nur alles sagen und hier einschreiben, daß Grigorß dachte: Wenn jener siegte, den er haßte, weil er die Frau begehrte, und wenn der Verhaßte sie davontrug, so würde sie im Zwange seiner Umarmung dessen gedenken und nach ihm rufen, der für sie und um sie gekämpft, und ein Sieg würde es also sein im Untergange. Der Würfelwurf, dachte er, würde ein Glückswurf sein auf jeden Fall, und mehr als den Sündenleib könne er nicht dabei verlieren.

Aber nicht, daß er sich darum die Niederlage zu gestatten gedachte. Durchaus nicht, er gedachte, zu siegen im Zweikampf für die Frau, und als der Frühling kam, die Lerche stieg, die Wildgans wiederkehrte und der weiße Storch vom Mohrenland, und als die Kunde laut wurde, Roger, der Spitzbart, habe sich wieder eingefunden bei seinem Belagerungsheer vor dem halbtoten Bruges, da vertraute der Gast dem Wirte seinen längst gehegten Entschluß, den Haarigen zu bestehen, koste es, was es wolle, sobald der wieder seine siegessichere Herausforderung werde ergehen lassen.

»Das möcht ich widerraten«, antwortete der Schultheiß. »Glaubt mir, ich trage Euch holden Mut, wie nun schon jeder hier, und halte mit Euch auf Eure Ehre. Aber habt Ihr damals auf der Brücke auch prächtig abgeschnitten und Euch draußen mehrfach sozusagen als der Hagel der Feinde erwiesen, so sehe ich doch nicht, wie Euch dies Unterfangen gedeihen soll. Zwar habt Ihr Mut, Kunst und guten Sitz, und Sturmi ist ständig und wendig unter Euch. Doch seid Ihr letzten Endes noch schwank und unausgereift, und Euere streitliche Erfahrung ist der des Heerkönigs nicht gewachsen, der auf dem Turniergrund ein ebenso sieghafter Gockel ist wie in den Betten der Frauen. Schlagt Euch die Grille aus dem Kopf! Sollen wir von der Mauer in Schand und Leid mitansehn, wie er Euch als Überwinder hinwegführt, daß Ihr hinfort nach seinem Willen leben müßt?«

»Das wird nie geschehen«, fiel Grigorß ihm schnell ins Wort, »denn nie geb ich ihm Fianze, sondern siege oder sterbe. Alles aber, was Ihr sonst sagt, von Turneiplatz und Betten ist eher danach beschaffen, mich in meinem Vorsatz zu befestigen, als mich ihm abwendig zu machen. Es ist mir auf die Länge nun einmal ennuyant, für die Frau als einer unter vielen zu kämpfen. Nach Zweikampf für sie steht mir der Sinn, und da soll sich zeigen, ob der nicht besser streitet, der für ihre Freiheit steht, als der ihr Zwang und Schmach zudenkt im Kampfe.«

»Ach, Freund«, seufzte der Schultheiß, »der Schanden letzte ist es am Ende nicht, das Ehgemahl des Königs vom Arelat und Hochburgund zu werden, und in manchem Herzen nistet der Zweifel, ob die Sache der Herrin so ohne Tadel ist, da sie absolut dem Lande keinen Herzog geben will und es deswegen im Banne des leidigen Minnekrieges hält.«

»In meinem Herzen«, entgegnete Grigorß und bekam sein schönes Gesicht, »ist ihre Sache heilig!«

Da sah der Maire den Jüngling eine Weile an, und wenn seine Augen dabei verschwammen, so war es, weil in seinen Gedanken die Wörtlein ›für‹ und ›um‹ wunderlich ineinanderschwammen.

»Euch wünsch ich«, sprach er schließlich, »Herr Obenaus, der Spitzbart möge seine Gewohnheit nicht wieder aufnehmen und sein Kartell gar nicht erst wieder ergehen lassen.«

»Eueren Wunsch verwünsch ich!« rief Grigorß, noch immer sehr schönen Angesichts. Und nach seiner Verwünschung ging es.

Denn wie bald, da kamen zwei Reiter unter die Mauer geritten, der eine mit einem Heerhorn, worein er brüllend stieß, der andere mit der Löwenstandarte vom Arelat und Burgund, der rief hinauf, wenn die Herzogin noch einen Ritter habe, kühn genug, mit Roger, ihrem unbesiegten Gebieter, im Einzelkampf und im Turnei zu Ernste sich zu messen unter den Mauern der Stadt, den nächsten Tag, allen Bürgern zum Schauspiel und zur Lehre, der möge nur hervorgehn und sich stellen: freier Ausritt unter die Belagerer und gerechte Kampfbedingungen seien ihm gewährt. – Denen wurde zu ihrer Verwunderung Bescheid, der Ritter werde kommen und hoffe, mit Gottes Gnade den Herzog zu bestehen.

Am nächsten Morgen, vor Tagesanbruch, hörte Grigorß die Frühmesse und bereitete sich dann wie einer, der zu Felde zieht: Waffenlich Gewand legte er an, und Herr Poitewin, obgleich mit vielem Schütteln des Kopfes, half ihm selbst, sich streitlich zu bewahren mit Eisenhose, Harnasch, Haube, Helm und Hersenier, Schwert, Schildesrand und hoher Lanze. Deren Fähnchen war, wie sein Waffenrock, mit dem Fisch bezeichnet, und ihren Schaft umfaßte, die Festigkeit des Griffes mehrmals erprobend, seine Rechte im gefingerten Eisenhandschuh. Während der Rüstung sprach Grigorß zu dem Helfer:

»Seid guten Muts und schüttelt den Kopf nicht allzuviel! Es ist nun so, auf meines Lebens Tafel steht geschrieben, daß ich den Mann bestehen muß, ich siege oder falle. Fall' ich – was tut's? Es ist an mir nicht viel gelegen. Diese starke Stadt mag weiter sich gegen den Spitzbart halten, so gut, wie eh' ich kam. Stürz ich aber ihn, so ist das Land befreit vom Drachen und erlöst vom Minnekrieg. Das wollt bedenken. Der Herzog ist im Nachteil, denn er wagt mehr als ich, doch ist er eben deshalb auch wieder im Vorteil, denn besser kämpft, wer mehr wagt als der andre. Im Nachteil aber hinwiederum ist er, weil er für den Raub und Zwang der Herrin kämpft, ich aber für ihre Ehre. Alles wohl durchdacht, ist mehr des Vorteils auf meiner Seite als auf seiner. Darum hoffe ich, ihn mit Gott zu stürzen, habe es aber, was an mir liegt, auf sein Leben nicht abgesehen. Dieses Gockels gieriges und gewalttätiges Werben um die Herrin ist zwar abscheulich und macht ihn auch mir zum Todfeind; daß er aber ihren Besitz als aller Güter höchstes und eines Krieges von so viel Jahren für wert erachtet, dafür hab ich auch wieder einen verstehenden Sinn und kann ihn ganz auf den Tod nicht hassen.«

»Ach, Junker«, entgegnete der Gastfreund, »haßt ihn lieber mit voller Wut, denn die habt Ihr nötig, um seine erfahrene und reife Raufkunst zu bestehen!«

»Ich bin mir meiner jugendlichen Schwankheit im Vergleich mit ihm bewußt«, versetzte Grigorß, »und halte sogar für möglich, daß die Versuchung, zu weichen und mein junges Leben vor ihm zu retten, mich überkommen wird, wenn ich mit Entsetzen seine Überlegenheit erkenne. Ja, es könnte sich erweisen, daß ich meine Mannheit zu hoch veranschlagt habe, daß mir bei seinem Andrang aller Mut entsinkt und ich vor lauter Jugendlichkeit auf Sturmi Reißaus nehme, um doch wenigstens für meine Geschicklichkeit in der Flucht mir einigen Beifall zu gewinnen.«

»Das sähe Euch wenig gleich«, meinte Herr Poitewin.

»Gleich oder nicht, man tut in jugendlichem Schrecken auch wohl, was einem nicht gleich ist. Darum bitt ich Euch, habt acht aufs Tor, wenn ich im Felde bin, stellt Mannschaft dahinter auf und haltet es mir wachsam zur Wiedereinkehr bereit, ob ich nun im Schritt des Siegers oder im gestreckten Lauf des Flüchtlings ihm wieder nahe!«

»Dafür«, versprach der gute Wirt, »will ich schon Sorge tragen.« Und er hörte nicht auf, den Kopf zu schütteln, indes dem Junker sein Pferd vors Haus geführt ward, dies liebe Tierchen, – ich bin geradezu erfreut, es wieder in seiner streitlichen Ausstaffierung, wohl gezäumt, in Kettendecke und Covertiure zu sehen, und wie es stolz den Kopf warf und kühnlich prustete. Herr Poitewin schloß zum Abschied seinen Gast voll Sorge in die Arme und sprach:

»Gott mit Euch, Freund, gut Ritterheil, bonne chance! Und was Ihr sagtet, das tut nur: Wenn Ihr merkt, daß Ihr ihm nicht gewachsen seid, reißt lieber aus und zeigt Eure Geschicklichkeit in der Flucht! Das Tor soll Euch bereit sein, und Ihr werdet vom Lachen ein gut Teil auf Euerer Seite haben.«

»Schon recht, lebt wohl, gedenket meiner freundlich, falls ich bleiben sollte!« versetzte Grigorß. »Des ist jedoch nicht groß Gefahr, da ich zwei Möglichkeiten habe, heil zurückzukehren, nämlich indem ich ihn schlage oder ihm beizeiten entkomme.«

Damit schwang er das Eisenbein über Sturmis Rücken, warf den Schild zurück, nahm die Zügel mit seiner bewehrten Hand und ritt zur Stadt hinaus in das zerstampfte Vorfeld, unter den Augen zahlloser Städter, Männer und Frauen, die in Schaubegier Mauer und Burgwehr besetzt hielten, – ritt gemächlich unter die Burgunder, die auch zuhauf gelaufen kamen, um zu sehen, wie wieder einer vom Lehn der Herzogin zuschanden werden würde vor ihrem Herrn.

»Frischling!« riefen sie ihm zu, als sie den Ritter vom Fisch erkannten. »Dich sticht der Haber, Frechling! Will sich messen mit Roger, dem Unüberwindlichen! So eine Freche! Kannst es wohl nicht erwarten, deinen Meister zu finden? Biet ihm lieber gleich Sicherheit, es ist dir besser!«

Das hörte Grigorß sich eben an und ritt zu ins Gelände, gerade gegen des Herzogs Zelt, bis er den sich entgegenkommen sah, höchst ritterlich zu schauen. Auf einem hochbeinigen Rappen, der gewappnet war bis zu den Hufen, ritt Sibyllens zäher Freier, und auf dem Eisendach des Rosses lag eine Decke, sammetrot. Drauf saß der Sieggewohnte, auch ganz in Eisen, und Blitze schossen von seinem Schildgespänge, das ausgeziert war mit

139

Edelsteinen rund um den Buckel aus rotem Gold, in Glut geklärt. Von dem kam das Blitzen. Der Helm ging dem zu Fürch-
tenden über den ganzen Kopf und ragte ihm spitz vorm Gesicht,
mit Augenlöchern. (Grigorß aber hatte das Gesicht frei in der
Halsberge.) Einen Speerschaft führte der sehr zu Scheuende, das
war ein junger Baum mitsamt der Rinde, grimm anzusehen dieser ganz besonders.

Es war denn auch, als ob der Waghals auf Sturmi den Anblick
des Gegners nicht ertrüge, denn er warf bei seinem Nahen sein
Tier herum und sprengte zurück beinahe die ganze Strecke, die
er gekommen, fast bis unters Tor, hinter ihm mit geschwunge-
nem Rindenschaft der Funkelnde, der schrie durch seinen Helm:
»Steh, Milchbart! Steh, Muttersöhnchen, feiger Unglücks-
wurm! Warst du frech genug, herauszukommen, so steh auch
und nimm deine Züchtigung!«

Das gab ein großes Lachen unter den burgundischen Rittern
und Mannen. Grigorß aber, sich wieder wendend, rief:

»Ihr lacht wohl über Eueren Herzog, der, scheint's, nicht
weiß, daß man für einen langen puneiz sorgen muß beim Holm-
gang? Blast nun das Zeichen, damit wir's nach seinem Willen
austragen, unbedingt und zum Äußersten, bis einer von uns
nicht mehr kämpfen kann!«

So tönte denn das Heerhorn, und der Zweikampf begann.

Mein mönchisch Herz hat gar nicht Anteil an solchem Män-
nerunfug und ritterlichem Gebleu, ich mag es nicht, und wäre
nicht der sehr sonderbare und für den Augenblick so glückliche,
in seinen Folgen aber greuliche Ausgang, so kündete ich nicht
erst davon. Auch werde ich bestimmt nicht in Gesang und Lie-
destakt verfallen, wie es Herrn Poitewin geschah beim Künden
von Grigorß' Kecklichkeiten. Dazu läßt meinen geistlichen Sinn
das Prügelfest zu nüchtern. Ohnedies weiß jeder, wie es gehalten
wird, und wie sie's treiben. Sie schlugen die Speere unter die
Arme, rückten den Schild hoch, und in vollem Lauf, mit viel
Geklapper und Geklirr, berannten sie einander zu prasselndem
Zusammenprall, daß einer dem andern mit dem Speere gleich
beikäme und ihn vom Sattel stieße. Das schlug beiden fehl. Die

Speere splitterten an Schild und Panzer, ihre Stücke flogen hoch in die Luft, darunter die Rinde von Rogers Baum, und ausgerichtet war gar nichts. Saß schon Grigorß unerschüttert auf Sturmi, wie fest auf seinem geschienten Rappen saß erst der Herzog! Wenig, würde ein Dichter sagen, vergaßen sie da ihrer Schwerter. Wie sollten sie ihrer auch vergessen, da ihre Speere hin waren? Für die Schwerter war jetzt der Augenblick gekommen. Aus den breiten Scheiden zogen sie sie und schmiedeten damit aufeinander los, daß die Schläge hinhallten übers Feld und zu den Ohren der Gaffer auf der Mauer, daß es nur so lohte und funkte beim Treffen von Stahl auf Eisen. Wahrhaftig, sie waren gleich gut, und mehrmals war jeder halb betäubt vom Schwirren seines Helmes, auf den des anderen Schwert gefahren. Die Rosse traten und tänzelten umeinander herum, wie die Reiter fochten und einander Schlagesvorteil abzugewinnen suchten; bald standen sie seitlich zueinander, bald Stirn zu Stirn. Des Herzogs Andrang aber schien, ganz wie seine Helden vertraut und die Städter gefürchtet hatten, gewaltiger doch als der des jugendlichen Gegners: Langsam wich Grigorß vor seinen Meisterschlägen zurück, immer näher gegen das Tor, und ein Augenblick kam, schrecklich für den, der hoffend es mit dem Jüngling hielt, – er ward entwaffnet! Ja, da zeigte sich des Herzogs überlegene Reife: jählings schlug er dem andern das Schwert aus der Hand, daß es im Bogen von ihm flog und lauter Jubel und Triumphgeschrei ausbrach unter den Burgunden und bei den Bürgern lautes Wehe. Indes aber das Schwert noch flog, war etwas andres geschehen, blitzschnell, was mir bei aller Abneigung gegen das Männergeräuf den Sinn erheitert, und was niemand sogleich verstand: Grigorß hatte mit seiner schwertfreien Rechten im Eisenhandschuh dem Roß des Spitzbarts in den Zaum gegriffen und mit demselben unbedingten Griff auch dessen Schwert gefangen, das noch vom sieghaften Schlage unten war. Die hielt er nun beide unbedingt, Zaum und Schwert, und im selben Nu fing Sturmi an, aus allen Kräften seines kurzen, lieben, gedrungenen Leibes rückwärts zu gehen und den hohen Rappen mitsamt dem Herzog, dem es um nichts in der Welt gelingen wollte, sein Gewaffen aus diesem unbedingten Griff zu befreien, vor sich her zu ziehen zu der Brücke und gegen das Tor.

Gott mag wissen, ob das goldige Tier diese Verrichtung geübt hatte vorderhand, oder ob es nur die Schenkelweisung des Herrn im Augenblick so klug verstand, genug, es zog, und Herzog Roger, schimpfend durch seinen Helm, mochte wohl am Zügel zerren und zugleich seine Mähre spornen: die tat darum nur einen Satz vorwärts, also daß auch Sturmi einen Satz rückwärts tun mußte – nicht weiter unlieb dem Tierchen. Was aber Grigorß betraf, – ich weiß noch, wie er sich beim Ringkampf mit seinem gleich guten Bruder eher den Schädel hätte eindrücken lassen, als daß er aus seiner Stemmlage gewichen wäre. So auch hier, nur noch viel unbedingter, und eher hätte er damals geduldet, daß Flann seine Schulter zu Boden drückte, als daß er nun abgelassen hätte von seinem Griff um Schwert und Zaum. Das Schwert zerschnitt ihm die innere Panzerung der Hand und schnitt ins Blut, doch darum ließ er nicht locker und fing mit seinem guten Schild die Schläge ab, die Roger mit dem seinen wütend zu führen suchte auf seinen Kopf und Arm. Sturmi aber zog.

Kurz war die allgemeine Verblüffung durch dies Geschehen. Dann stürzten des Herzogs Mannen ihm mit Wutgeschrei zu Hilfe, ihnen entgegen aber warf sich durchs aufklaffende Tor Mannschaft der Stadt, also daß sich auf der Brücke eines der härtesten Handgemenge entspann, die man je gesehen. Dem Grigorß ging ein Wurfspieß durchs Hersenier beim Schlüsselbein in den Hals, so daß er, arg verwundet, das Geschoß kaum abzuschütteln vermochte, und auch Sturmi blutete mehrfach am Leibe. Da aber waren sie dem Tore schon so nahe, daß man dem Herzog hätte zurufen mögen: »Steig ab, Mann! Gib Valet deinem gefangenen Schwert, das nun einmal in unbedingtem Griffe ist, und laß dich vom Pferde fallen in die Arme deiner Beschützer!« Aber das wollte und konnte der Recke nicht. Fahren lassen sein Schwert, mit dem er den Fant entwaffnet? Vom Rosse sinken wie ein Besiegter? Das nie und nimmer! Auch hatte er wohl nicht rechte Umsicht wegen seines behelmten Gesichtes und wußte nicht ganz, wie ihm geschah. Schallende Schläge führte er mit seinem Schilde auf den Schild des blutenden Entführers. Schon aber krachte es ganz anders. Das waren der Porte schwer beschlagene Flügel, die zufielen hinter Roß und Mann und Mann und Roß, und in ihre Furchen fuhren knirschend die Balkenriegel.

Nicht wenige städtische Streiter waren leider ausgesperrt, die wurden wohl erschlagen. Aber sie waren ja nur Nebenpersonen, und Roger, der Spitzbart, war gefangen.

Der Handkuß

Könnt ich nur ohne Vorbehalt und schweres Vorwissen den Freudentaumel, den alle Lüfte erfüllenden Glückes- und Dankesjubel der Städter teilen, da durch Grigorß' Unbedingtheit das Land vom Drachen befreit war und der Verwüster entwaffnet und gebunden im Verliese des Torturms lag! Umarmen möchte ich den Sieger, so jugendlich, und den wackeren Sturmi geradehin auf die Schnauze küssen, aber zum ersten hält der Gedanke an das Greuliche, das nachkam, mich von diesen Bezeigungen zurück, und zum zweiten durfte man Grigorß gar nicht umarmen, denn er war speer- und schwertwund, das Gewand beronnen diesmal vom eigenen Blut, und sank, als ihn das Volk im Triumph vor seine Herberge, des Amtmanns Haus, gebracht, ohnmächtig von Rosses Rücken. Balsam und gute Pflege war denen beiden not, und die wurden ihnen zuteil. Die Städter aber hatten den Tag viel anderes noch zu tun, als nur zu jauchzen und sich die Schenkel zu schlagen, denn der erboste Feind ließ es an einem Hauptsturm auf die Stadt nicht fehlen, um seinen königlichen Herzog zu befreien, und bis zum Abend währte sein wildes Mühen. Mit donnernden Rammbalken berannte er die Tore, Ebenhöhen, mit Streitern bestanden, rollte er über den ausgefüllten Graben an die Mauern, legte Sturmleitern an und schleuderte Stein und Eisen die Menge in die Feste. Da mußte noch mancher Bürger und Burgunder das Leben lassen. Am

Abend aber ermattete der Sturm, und da die Städter die draußen wissen ließen, wenn sie noch eine Hand erhöben gegen die Stadt, so sei das Leben ihres Herrn und Herzogs gleich verwirkt, so wurde der Angriff auch nicht erneuert.

Unterhandlungen schwebten, so gab man kund, zwischen Flandern-Artois und Arelat-Burgund von wegen Beschwörung der Urfehde und der Beendigung des Minnekrieges, und so lange möchten die draußen sich fein still verhalten. Sehr zutreffend war diese Botschaft, denn Roger, der Spitzbart, fand sich vor die Wahl gestellt, entweder um seinen Kopf sich kürzen zu lassen oder Land und Burgen zu räumen, sich für immer in seine Grenzen zurückzuziehen und dazu an Buß- und Lösegeld zehn Jahre lang eine wohlberechnete Summe zu entrichten, um aufzukommen für allen Schaden, den sein Liebeseigensinn verschuldet. Da gab er stolze Antwort, wenn auch erst nach innerem Kampf. Er habe, ließ er sagen, ritterlich um der Frauen Gunst geworben so manches Jahr und alles aufgeboten, um ihr Herz zu gewinnen. Wenn sie sich aber derart gegen seinen Antrag sperre, dessen Ernst er auf jede Art bewiesen, und ihm zuletzt noch einen bübischen Buben ins Feld schicke, den er zwar spielend besiegt, der ihn aber dann allem Komment zuwider in diese Falle gezerrt habe, so sei er beleidigt, widerrufe seinen Antrag und weise ihre Hand zurück, ohne ihr Hoffnung zu lassen, daß er sich je wieder um dieselbe bemühen werde. Urfehde zu schwören und das Land zu räumen, sei er bereit und sei reich genug, das Bußgeld für sein Werben zu zahlen, ohne sich deshalb etwas abgehn lassen zu müssen. Die Fraue aber, so fügte er höhnend hinzu, möge sich statt seiner edlen Person nur lieber den bübischen Buben ehelich zu Bette nehmen, den sie ihm hinausgeschickt, auf daß er die heilige Sitte des Zweikampfs schände durch schnöde Trickerei.

Er wußte nicht, welch Ungeheures er mit seinem Hohne anempfahl und gleichsam vom Himmel herab – ich sage besser: aus der Hölle herauf beschwor. Hätte er es gewußt, mag sein, es hätte sein Herz gekühlt. Ich glaube aber, selbst er hätte sich kristlich entsetzt, solche Anempfehlung auch nur im Hohn zu machen. Man brauchte sich aber um die Ornamente, mit denen er sich die Unterwerfung leidlicher zu machen suchte, nicht zu kümmern. Diese war es, die zählte; und auf dem Platz des Münsters wurde in feierlicher Handlung, von burgundischen Großen, die man hereingelassen, unterm Segen der Klerisei und dem »Ja, ja, so sei es« allen Volkes, der Friedensschwur geleistet, in dem Beisein der Herzogin und im Beisein auch Grigorß', des Befreiers, der, verbunden noch den Hals und verpflastert die Hand, in dieser Stunde die Frau, von deren holder Reife und Güte er Bild und Klang beständig im Herzen getragen, zum erstenmal wiedersah. Und sie auch sah ihn wieder und freute sich seiner Ehren, denn es sei nur gesagt, daß auch ihr sein junges Bild angenehm vorgeschwebt hatte all die Zeit, ferner, daß zärtliche Besorgnis, wie solche das Leben sie noch nie gelehrt, sie ankam durch seine wunde Blässe und zugleich wallender Stolz darauf, daß er so unbedingt für sie gestanden. Kaum, sag ich, achtete sie recht der Zeremonie, denn sie wußte, daß danach der Jüngling droben auf der Burg vor sie gestellt sein werde, damit sie ihm danke; und darauf, gesteh ich, freute sich die Frau.

Ich gestehe: sie stand im Halbkreis ihrer Damen und sah ihn durch die Weite des bebalkten, von Wappenpfeilern gestützten Teppichsaales auf sie zukommen schönen Ganges, auf ranken Beinen im Schmiegestoff; und auch auf seinen ranken Gang, gesteh ich, war sie stolz. Guter Gott, er sah ihr ja ähnlich, wie er da vor sie trat, denn Wiligis, seinem Vater, sah er ähnlich, und wie hätte er also ihr nicht ähnlich sehen sollen! Sie aber sprach diese Ähnlichkeit ganz anders an als uns, nämlich als Annehmlichkeit nur, die sie anmutete, und wenn sie an Ähnlichkeit dachte, dann nur in bezug auf den Verlorenen, aber nicht auf sich selbst. Konnte ein junger Mann nicht an den Bruder-Geliebten erinnern und ihr dadurch die Seele rühren, ohne daß sie darum verpflichtet gewesen wäre, auf ausschweifende Vermutungen zu verfallen? Aber daß sie so stolz auf ihn war, sogar auf seinen Gang, das hätte, nach meiner Meinung, der Frau zu denken geben sollen.

Er kniete, und sie sprach:

»Ritter, ich hieß Euch aufstehen, als Ihr an heiliger Stätte vor mir knietet, weil alle Ehre dort der Hochmütterlichen gebühre. Heute und hier ist alle Ehre Euer, und wieder sag ich drum: Erhebt Euch! Wäre ich nicht ein Weib, und wäret Ihr so jung nicht – so jung das Blut, das Ihr für uns vergosset –, wahrlich, mir geziemte vor Euch zu knien, denn Wunder habt Ihr verrichtet für Herzog Grimalds und seiner Tochter Land. Wo ist die Hand, die unentwegt und ohne Wank Zaum und schneidend Schwert festhielt, bis der Schächer in Banden lag? Laßt sie mir, daß meine Lippen ihr danken!«

Und sie nahm seine Rechte, die noch schlecht genesene, die er im Gürtel barg, und führte sie an ihren Mund.

Das war gar nicht gut. Die Kämmerinnen fanden es übertrieben, und ich bin noch schärfer in meinem Urteil. Denn warum zog es sie, seine Hand zu küssen? Weil er Errettendes damit getan, oder weil er sie an Wiligis erinnerte, der mit der seinen erzsündlich ihren Leib gekost? Ich sage euch: die Frau prüfte sich nicht genug und unterschied zwischen Dankbarkeit und Zärtlichkeit nicht mit gebotener Sorgfalt. Zu jener hatte sie gerechten Grund, – so gerechten, daß sie sich dadurch der Prüfung überhoben fand, ob nicht die Dankbarkeit dennoch nur ein Vorwand war für die Zärtlichkeit. Sie war eine fromme Fürstin und hielt Nachtwachen viele; aber um ihre geistliche Unterscheidung stand es gleichwohl nur mangelhaft. Ein wundes Glied zu küssen, ist um Christi marterlicher Wunden willen zwar löblich; aber wohl auf der Hut zu sein, ob es aus Demut und Liebe zur Krankheit oder aus Freude am Küssen geschieht, das ist erst kristliche Feinheit, und da fehlte es der Frau.

Grigorß stand, die Wundblässe von Blut übergossen.

»Herrin, was tut Ihr! Diese Berührung wird brennen auf meiner Hand und sie zu edler Tat verhalten, das schwör ich, mein Leben lang! Doch womit verdient ich diese Huld? Aus Sünde ist unser Leib gemacht. Wozu denn taugt er, als daß wir ihn in die Schanze schlagen und ihn daran geben für die bedrängte Unschuld!«

Sie schlug die Augen nieder, die schön bewimperten, und hob

sie auch nicht wieder auf zu ihm, als sie mit halber Stimme, die Worte nur mit den vorderen Lippen bildend, sagte:

»Kinder der Sünde sind wir sämtlich. Mir aber scheint es oft, als wäre ein Widerspruch in der Tat zwischen Sündigkeit und edlem Mut, zwischen des Leibes Elend und seinem Stolz. Ist er verworfen, wie mag er dann frei und kühn blicken und so adeligen Ganges sich erdreisten, daß es selbst den, der es nur sieht, mit Stolz erfüllt? Der Geist ist unsres Unwerts kund, doch um sein Wissen unbekümmert hält die Natur sich wert. Eines kristlichen Ritters war Eure Rede. Selbst zwischen Wort und Zuwort aber scheint es mir zu klaffen wie Widerspruch. Woher nimmt des Kristen Demut und Niedrigkeit Mut, Edelmut und Übermut des Ritters?«

»Herrin, aller Mut und jedes kühne Unternehmen, dem wir uns weihen, und bei dem wir unser Alles und Äußerstes einsetzen, entspringt nur dem Wissen von unsrer Schuld, dem heißen Verlangen entspringt es nach Rechtfertigung unsres Lebens und danach, vor Gott ein weniges abzugleichen von unsrer Sündenschuld. «

»So kämpfet Ihr um Gottes und Euerer Rechtfertigung willen?«

»Ich kämpfte, Frau, für Euch und Eure Ehre. Zu Unrecht trennt Ihr das eine vom andern. «

»Ihr kämpftet wunderlich. Wollt Ihr mir wahr sein und gestehen, ob es des Herzogs Kunst war, die Euch das Schwert aus der Hand schlug?«

»Nicht ganz. Ich bin Euch wahr. Es mußte geschehen, mit Hilfe seiner Kunst, damit ich zu tun vermöchte, was ich mir vorgesetzt. «

»Ihr wolltet wohl zeigen im Übermut, wie man das Schachzabel gewinnt, nachdem man die Königin geopfert?«

»Nein, Herrin, sondern ich hatte vorbedacht, der Gefangene werde Euch mehr wert sein als der Tote. «

»So jung und schon so staatsklug! Ihr haßtet ihn wohl gar nicht?«

»Von ganzer Seele haßte ich ihn. Aber nicht meinem Hasse

wollte ich frönen. Ich weiß nicht, ob ich den Räuber hätte töten können. Mag sein in einem Augenblick, so ausnehmend gesammelt wie der, in dem ich Schwert und Zaum ergriff. Doch war ich nicht für meinen Haß in diesen Kampf gezogen, sondern für Euch.«

»Zu Unrecht, scheint mir, trennt Ihr das eine vom andern. Der Mann, den Ihr verschontet, hatte mir Zwang und Schande zugedacht.«

»Euch zu besitzen, Herrin, war dieses Mannes Ziel. Er kämpfte *um* Euch und tat es auch im Zweikampf mit mir, Euerem Knecht, den kein Zweikampf vergessen lassen durfte, daß er nur *für* Euch kämpfte.«

»Weise unterscheidet Ihr diesmal und überlaßt mit Billigkeit dem Gegner das Recht auf höhere Ziele. So klug besonnen wie heldenhaft habt Ihr gekämpft und den Drachen eingeliefert, der um mich kämpfte. Aufatmend dankt Euch das Land, dem neues Leben durch Euch geschenkt ist, und küßt die so ausnehmend festhaltende Hand. Sie wird, so denk ich, nach neuem Festhalten begierig sein, ist sie erst ganz geheilt. Dies schöne Abenteuer gilt Euch, vermut ich, als eines unter vielen. Ihr zieht nun weiter auf Ritterschaft?«

»Würde mir, Herrin, Euere Huld vergeben, wenn mich deuchte, als sei diese Stätte das vorbestimmte Ziel meiner Irrfahrt gewesen, und wenn mir's ums Herze wäre, als sollte ich bleiben und Eurem Dienst mein ganzes Leben weihen?«

»Wie dürfte ich Euch, Ritter, etwas verweigern? Ich bin von Euerem Wunsche durchaus angenehm berührt. So bleibt. Auch dürft Ihr in der Mairie nicht länger hausen. Euer Platz ist an meinem Hof. Zu meinem Seneschalk erheb ich Euch, getrost, daß niemand mich schelten wird, weil ich Eure Jugend mit diesem Amt bekleide. Euer Verdienst würdigt Eure Jugend und schlägt jeden Einwand nieder. Es gibt keine Erhebung, die Euer Verdienst nicht rechtfertigte. – Kniet nicht, ich will's nicht! Habt nun Urlaub! In meiner Umgebung seh ich Euch wieder.«

Und sie ging durch ihre Frauen, die ihr folgten.

Dies Gespräch muß man sich sehr rasch geführt denken, das

war ihm eigentümlich. In wenigen Minuten, halblau, ohne Pausen und Besinnen lief es ab. Vor Zeugen ward es gehalten und war doch wie eine eilige Abrede im geheimen, bei der die Augen einander öfter mieden als suchten und gar kein Anhalten war zwischen Spruch und Antwort, noch zwischen beider Sätzen, sondern die Worte geschwind, genau und leise fielen, bis es hieß: »Habt Urlaub. Ich seh Euch wieder.«

Sibyllas Gebet

Auf atmete das Land, und neues Leben war ihm durch Grigorß' unbedingt griffeste Hand geschenkt. Wo es Rousselare und Thorhout heißt, gegen das Meer hin, grünte auf friedsamen Feldern wieder der nutzbare Flachs, und wieder tanzten die Bauern vor plumper Freude in den Schenken. Neue Herden weideten auf den Höhen des äckerreichen Artois und trugen Wolle zu guten Tuchen. Frei waren Städte und Burgen, hergestellt von Schäden, von Feindesschmutz gesäubert, und Sibylla, Grimalds Kind, hielt Hof zu Belrapeire, wo sie ihre Kindheit und sündige Jugend verbracht. Dorthin, von wo der süße Bruder einst auf Kreuzfahrt gehen und sie selbst, so schlimm gesegnet, hatte scheiden müssen, um sich in Herrn Eisengreins Wasserschloß zu bergen: dorthin hatte es sie unwiderstehlich gezogen, denn allen ist uns der Wunsch eingelegt, in das Gewesene heimzukehren und es zu wiederholen, damit es, wenn es unselig war, nun selig sei.

Grigorß, der Retter, war ihr Seneschalk. Kein Murren gab es gegen seine Erhebung, und daß er, im Range gleich mit Herrn Feirefitz, dem Truchseß, an ihrer Seite zur Tafel schritt, war allen recht. Denn belebter schien nun der Fürstin Leben, nicht so herb eingeschränkt auf Wachen und Beten, abhold nicht länger so streng und scheu den Freuden des Hofs, Sang und Saitenspiel und loser Conversation im Saal und Rasengarten. Das machte gewiß die glückliche Beendigung des Minnekrieges und die Erleichterung ihrer Seele nach so langer Not. Aber ob es nun daher und woher es sonst immer kam, – dem Hof und dem Lande flößte es Hoffnungen ein, die sich lange ob der herben Abgewandtheit der Herrin nicht hatten regen und zum Gegenstand der Beratung werden mögen. Nun aber traten des Reiches Allerbeste und Weiseste zusammen und berieten inständig darüber, was zu wünschen und allenfalls denn auch zu hoffen sei: Jedem wurde das Wort zuteil, und jeder sagte mit Nachdruck dasselbe, was der vor ihm gesagt.

Zu Arras war es im hohen Saal, da ratschlagten und beschlossen Burggrafen, Standesherren und Häupter der Städte, wie ich hier sage. Da nun, so hieß es, dies Land, so notvoll eben noch, sein Leid bewältigt habe und friedlich blühe, wie früher, so bleibe den Sorgenden die Sorge und tue der Zweifel ihnen weh, es möchte auch wohl noch einmal so kommen und wieder ein frech Gewaltiger sich begehrlich über die teuren Gaue hermachen und sie schänden. Ein so großes Land sei schlecht bewahrt durch eine Frau, und sei sie die aller Huldigung Werteste, vor freveligem Übermut, und wenn es einen Herrn und Herzog hätte, lange entbehrt, ja wenn die Frau einen Herrn hätte, dessen pures Dasein das Keimen auch nur eines Minnekrieges verhüten würde, und der, die Brauen gerunzelt, an sein Schwert schlüge beim Drohen der leisesten Ungebühr, wie ganz anders, traun, wäre man dann auf dem Plan! Zwar wisse man und beherzige es mit Achtung, daß die Frau um Gottes willen gesonnen sei, nie einen Mann zu haben. Sie aber, des Landes beste Auswahl, seien ungeachtet achtungsvoller Beherzigung einhellig der Meinung, daß sie unrecht daran tue und Gottes Willen fälschlich deute. Übel wäre es um ihr Leben bestellt, ließe sie ein so reiches Land ohne Erben zugrunde gehen, und genehmer handle sie vor Gott und der Welt, wenn sie einen Mann erküre und durch ihn dem Reiche Erben schenkte. Ohnedies sei eheliche Heirat das beste Leben, das Gott den Menschen gegeben habe, wie nun aber erst besonders in ihrem Fall! – Dies der Herrin als Ratschluß und inbrünstige Bitte des ganzen Landes und seiner Besten vorzutragen und um Erlaubnis für den Antrag einzukommen, ward ohne Widerspruch und Stimmenthaltung durch Zuruf ausgemacht und dabei noch eingefügt, daß es gänzlich der Frau solle freigestellt und ohne Bedingen anheimgegeben sein, wen sie zu ihrem Herrn und Herzog nehmen wolle.

So erging ihrer aller Wille, und sehe ich ihn mir an, besonders ihren letzten Einschub, der glauben machen könnte, es sei Sitte, daß eine Fürstin sich nicht freien lasse, sondern selber freie und entgegen keuscher Weibesart auf den weise, den sie haben wolle, so kann ich mich der Vermutung nicht erwehren, daß die Gedanken der Landesbesten bei ihrem Antrag in einer bestimmten Richtung gingen, daß sie der Herrin eine goldne Brücke zu bauen wünschten, und daß Sibylla dies auch gar nicht mißkennen konnte. Nach Staatsbrauch wurde sie im voraus mit dem Inhalt dessen bekannt gemacht, was man in Freimut ihr vorzutragen wünschte, und es hätte bei ihr gestanden, den Vortrag abzulehnen. Sie gewährte ihn jedoch in ihrer Belebtheit, natürlich unter Vorbehalt ihrer Stellungnahme. Aber wie sehr war schon diese Gewährung danach angetan, die Hoffnung zu beleben!

Vor dem Stuhle der Herrin standen die Landesbesten, und einer las den Akkord, fast wörtlich, wie ich ihn oben dargetan. Dann ließ er sinken das Pergament und blickte zu Boden. Alle blickten zu Boden, auch Sibylla, und in der Stille hört mein feines Ohr ihr Herz schlagen, – auch die Besten, glaube ich, hörten es, sie hoben alle ihre Augen ein wenig auf, schräg in den Winkel, und lauschten auf den Schlag. Dann kam der Frauen Stimme in klangvoll holder Reife, wie man sie zu vernehmen gewohnt war. Sie verkenne nicht, sprach sie, Ernst und Wichtigkeit des Antrags und noch weniger die treuliche Sorge um des Landes Wohlfahrt und um ihres Hauses Geschick, aus welcher er hervorgegangen. Nachdenklich stimme sie der Rat und gefügig bis zu dem Punkt, daß sie ihn für erwägenswert erachte. Doch zu sehr widerstreite er dem Bilde ihres Lebens und ihrem Vorsatz, es als Gottesmagd, ohne Mann, zu verbringen, gehe zu läßlich auch an der Schwierigkeit vorüber, welche es ihr bereite, in der Kristenheit einen ihr wirklich ebenbürtigen Gatten zu finden, als daß Bescheid von ihrer Seite sogleich ergehen könne. Sie müsse vom Lande Bedenkzeit fordern – sieben Wochen würde sie fordern, wäre nicht dem Gesuch das Dringlichkeitsgepräge so stark aufgedrückt worden. So begnüge sie sich mit sieben Tagen. Am achten möchten die Edlen und zu Achtenden sich wieder vor ihr einfinden, um zu hören, wie sie beschlossen, und gefaßt sein auf ihr Nein sowohl wie auf ihr Ja. Denn große Fügsamkeit bekunde sie allein schon durch die Erwägung.

So beschieden, nahmen die Bittsteller Urlaub von der Herrin. Der aber schlug nach ihrem Weggang auch das Herz noch immer hoch und wonnig-bang. Sie lächelte, erschrak vor ihrem Lächeln, tilgte es streng von ihrem Antlitz, Tränen traten in ihre Augen, und da eine ihr über die Wange rann, mußte sie wieder lächeln. Solche Verwirrung schuf ihr der Antrag, der an sie ergangen. In ihre Burgkapelle eilte sie, da sah sie niemand, und da konnte ihr Herz ausfließen im Gebet: nicht zu den männlichen Wesenheiten der Gottheit, sondern zu der Mutter, dem hehren Himmelsweib, der wallte all ihr Vertrauen zu, da sie mit Gott selber nicht gut stand, ihrer Sünde und danach ihres Trotzes wegen.

Von der Gebenedeiten war vor dem Schemel, wo sie kniete, ein schönes Bild ausgespannt, aus guter Schule: nämlich wie sie's erfuhr und von dem Fittich-Boten die ungeheure Botschaft in süßer Demut empfing, – in einer Kemenate von Holz saß sie, in faltenweitem Kleide, hinter dem Scheitelhäuptchen einen Kreis von Glorie und zwischen den erhobenen Händchen ein Buch, darin sie in aller Unschuld gelesen, und wovon sie halb ungern das Köpfchen wandte, so als kehrte sie lieber zu ihrer stillen Beschäftigung zurück, als daß sie des lockigen Engels achtete, der an der Tür in weißem gebauschten Unterkleid und blauem Mantel hockend schwebte, nach oben weisend mit dem Finger seiner Linken, und in der Rechten es schriftlich hatte: ein gerolltes Blatt, worauf es in Lettern geschrieben stand, was sein kleiner roter Mund der Magd eröffnete. Sie aber blickte unter gesenkten Lidern zwischen ihm und dem Buch hinab zum Estrich in heiliger Ziererei, als wollte sie sagen: »Ich? Wie denn wohl? Das kann nicht sein. Du hast zwar Fittiche und hast es schriftlich und kamst, ohne die Tür zu öffnen, ich aber saß hier ohne den leisesten Gedanken der Ehrsucht bei meinem Buch und war auf solche Heimsuchung nicht im entferntesten gefaßt.«

Zu diesem lieblichen Bilde blickte Sibylla auf von ihrem Schemel und betete:

»Maria, milde Königin, nun hilf mir, heilig Megedin, Gottesgemahlin, süße, rat und hilf der Sünderin, die deines zarten Geschlechtes und ganz verwirrt ist von dem Antrag, den man ihrer Weibheit gestellt, da flieht und fleht sie zu deinen Hulden, dich ihrer zu gedulden in ihrer Krankheit und Unwitzigkeit, du Trost der Kristenheit, des Heiligen Geists erkorenes Faß, das er sich sonderlich erlas zu diesen Wunderehren, aus deinem Schoß zu gebären den allerbesten Mann, der je in die Welt kam, nämlich Gott selber, der dich zur Mutter ersehn, das ist viel hart zu verstehn!

Sancta Maria, gratia plena, der himmlische Hof singt all dein Lob, lobt dich der Cherubin, preist dich der Seraphin, alle die Heere der heiligen Engele, die vor Gottes Antlitz stehen von Anbeginn, Propheten und Apostolen und alle Gottes Heiligen, die freuen sich immer dein, reinestes Magedein, die Gott den Sohn gebar, der Er selber war und in deinen Schoß einging, o hehrstes Wunderding!

Milde Maria, gnädige Maria, süße Maria, benedictus fructus ventris tui! Stella maris bist du genannt nach dem Stern, der an das Land das müde Schiff geleitet, so hast du auch bereitet Ankunft dahier, Ankunft bei mir dem so genehmen Knaben, dem muß ich Gedenken tragen, beides, bei Tag und Nacht, da er mir Heil gebracht mit seiner festhaltenden Hand und rettete das Land. Ich kann dir kaum gestehn, wie der mir angenehm. Gern, Fraue, das ist wahr, küßt ich ihn auf das Haar, und gäb er Freude kund, dann auf den Mund!

Holde Maria, heiligstes Weib, die so Ausnehmendes erfuhr, daß von allen Weibern der Welt mit dir Gott es angestellt, nun such ich Arme deinen Rat, o versteh, wie mir's tat, als sie mir den Antrag gemacht, darob mir das Herze lacht, denn wie so gern erhöb ich den Knaben zu meinem Herrn! Zum Herrn der Herrin, wie ihm das stünde! Doch weh! Zwischen ihm und mir, da ist die Sünde, der ich mich beflissen mit ihm, den mir Gott entrissen. Da wollt ich Gott kein Weib mehr sein, überhaupt nicht mehr, das will mich nun gereun so ganz tief inne durch Willen der Minne, die ich dem Knaben trag. Doch Sancta Maria, sag: Ist mir's denn beschieden, noch einmal hienieden selig zu sein, der Weibheit mich zu freun, daß ich den Reinen binde an meine große Sünde?

Des ist mein Herz von Zweifel voll und zage, ob ich's dürfen soll. Nun ledige du meinen Geist, den du in Ängsten weißt, und hilf mir zu Gottes Hulden ohn Achtung meiner Schulden! Du bist des Obersten Kind, wie alle Wesen sind, und bist doch Seine Mutter, darum so tut Er jedes, was du Ihm sagst und Ihn bedeuten magst. Ein Teil du mir's schuldig bist, sag ich mit Frauenlist, daß du mir hilfst bei Gott, weil um der Sünder Not Er in deinen reinen Bauch kam und dich zur Mutter nahm. Hätte nie niemand Sünd begangen, so wär das unergangen, was Gott mit dir getan, hättest nicht ewiges Lob empfahn.

Frau, vergib, daß ich scherze in all meinem Schmerze! Denn auch um den Knaben ist mir weh, da ich ihn so jung ersch, und bin doch selbst schon bei Jahren, ein Weib, viel lieb- und leiderfahren, wenn auch gottlob noch recht wohl instand, dazu Herrin über das ganze Land. Schmeicheln mag ihm wohl meine Gnad, weiß er doch nicht, wie ich gesündigt hab. Aber ob er mich auch mag minnen mit Herz und Sinnen? Warum ist mir für seine Sinne bang? Kenn ich doch wohl den Hang von jung-jungem Mannesblut zu unherber Frauen Leibesgut. Wollt es ihn herzlich gelüsten nach meinen nur wenig müden Brüsten, denn meines Bettes würdig acht ich nur ihn und ihn nur mir ebenbürtig! Seiner Haut möcht ich mich erfreun, ohne daß ängstlich die Käuzlein schrein, seine Schulter haben an meinem Mund, und das wäre kein Grund für Hanegiff, unterweilen schauerlich zur Decke zu heulen.

Zu meiner Hilfe sei geladet, Maria, du wahre Maget! Sprich für mich bei Gott und dem Knaben traut, du, die des Obersten Kind, Mutter und Braut!« –

So Sibyllas Gebet zu dem Bilde empor. Ich glaube, am Ende

wollte es ihr scheinen, als ob im frommen Niederblick ein ganz kleines und feines Lächeln der Gewährung das Mündchen der Erkorenen besuchte. Denn als nach sieben Tagen die Besten wieder vor ihrem Stuhle standen, um für den Antrag Bescheid zu erlangen, da sagte sie: Zu eigen gemacht habe sie sich des Landes Wunsch und Willen und anerkenne, es müsse einen Schützer, Herrn und Herzog gewinnen. Darum habe sie in Gefügigkeit beschlossen, Valet zu sagen ihrer Gottesmagdschaft und eines Mannes eheliche Magd zu sein. Das sei ihre Entscheidung. Das Nähere und Weitere ergäbe sich von selbst und sei nicht mehr Sache ihres Befindens noch irgendeiner Wahl. Denn solle einen Herzog haben das Land, so könne es nur der sein, der es mit unbedingt festhaltender Hand vom Drachen befreit und im Zweikampf für sie gekämpft habe, um ihre Ehre. Das sei Herr Grigorß, zur Zeit ihr Seneschalk, der Ritter aus der Ferne, hier gelandet durch Gottes und Seiner Mutter Gunst. Ihm reiche sie ihre Hand, damit er, wenn es ihm gefalle, daran die Stufen ersteige zu ihr hinauf, an ihre Seite, als ihr Ehewirt und fürstlicher Gemahl, in Erfüllung von des erlösten Landes heißestem Wunsch.

Dies sprach sie zu den Boten, umgeben von ihrem ganzen Hof, und an ihrer schönen Hand stieg Grigorß zu ihr hinauf unter den Baldachin und wandte sein jung-ernstes Antlitz neben dem ihren dem Saale zu und aller Kristenheit. Das hätte er nicht tun sollen, sondern viel lieber zu milder Buße im Kloster bleiben bei seinem Fundvater, meinem Freund, dem Abt. Denn tiefer sollte er stürzen, als die paar Teppichstufen hoch waren. Nun aber fuhren vor ihm die Schwerter aus den Scheiden, die Knie beugten sich und von dem Rufe schwang das Gebälk:

»Lang lebe Gregor, der Sieger im Minnekrieg, des Landes Schützer, unser Herr und Herzog!«

Der Geist der Erzählung ist ein mitteilsamer Geist, welcher gefällig seine Leser und Lauscher überall hinführt, selbst in die Einsamkeit seiner aus Worten gesponnenen Gestalten und in ihr Gebet. Doch weiß er zu schweigen auch und schonend auszusparen, was gegenwärtig zu machen ihn allzu mißlich dünkt, und was er im Schatten der Wortlosigkeit hält, mögen auch die Geschehnisse keinen Zweifel lassen, daß es zwischenein Wort, Gegenwart und Szene war. Staatshandlungen wie die, die mit der Huldigung für Herzog Gregor endete, sind keine Ereignisse, die auch anders verlaufen könnten, als sie sich eben vollziehen; nicht ohne Vorbereitung und aufs Geratewohl, das weiß der Weltverstand, wird in sie eingetreten, sondern vorher ist alles abgesprochen und gesichert, und Sibylla hätte ihrem Retter nicht öffentlich Hand und Krone bieten können auf die Gefahr, er möchte beides verschmähen. Zwischen ihr Gebet zur Jungfrau und ihren Staatsbescheid auf des Landes Bitte muß eine geheime Zwiesprache gefallen sein, die Jugend und Reife in gedrängten Worten und schließlich, daß Gott erbarm, nicht mehr nur in Worten miteinander führten, und in der die grammatische Frage von ›für‹ oder ›um‹ noch einmal ihre Rolle spielte, nicht ohne daß es zugunsten des ›um‹ zu einem heißen Geständnis gekommen wäre.

Mancher wird mir zürnen, daß ich diesen Auftritt ins Dunkel verweise und ihn nicht zur Gegenwart zulasse, denn viel mißliche Holdheit und ängstliche Herzensunterhaltung wäre ihm zweifellos abzugewinnen. Aber zum ersten ist die Schilderung von Liebesauftritten meinem Stande und Kleide nicht schicklich, zum zweiten sehe ich Grigorß' Augen in dem jugendstrengen Gesicht weit lieber in außergewöhnlicher Sammlung die Bewegungen eines Gegners überwachen, als daß ich sie schmachtend sich brechen sehe in süß entmannender Minne, zum dritten aber ruhte alles, was da gesprochen, geseufzt, gestanden und zärtlich verübt wurde, auf einer so greulichen, vom Teufel selbst veranstalteten Mißkennung und Versetzung dessen, was den einen zum andern zog, daß ich nicht dabei sein

will, und daß auch ihr doch nur undeutlich, durch einen
Schleier von Tränen der Scham und Angst zu sehen vermöch-
tet, wie sie denn also seinen Kopf zwischen ihren Händen hielt
und er, den Mund ganz nahe dem ihren, zum ersten Mal geste-
hend ihren Namen hauchte, wie sie den seinen hauchte in seinen Hauch und sich entzückte: »So liebst du mich, Liebling aus
der Ferne, du Holder, du Trauter, so nahe mir, seit ich dich nur
erblickt«, und ihre Lippen ineinandersanken, zu langem Verstummen, in wonniger Widersinnigkeit.

Dies also spare ich aus und lasse es unerzählt im Dunkel; davon zu handeln wäre ich ungeschickt. Es war ihr Verlöbnis – und
hei! die Hochzeit folgte ihm auf dem Fuß. Ei freilich, hei, fröhlich: Zinkenbläser verkündeten die löbliche Zeitung durchs
ganze Land, daß Flandern-Artois nun wieder einen Herrn und
Herzog habe; Ausbündigkeit, Straßentanz, Freudenfeuer und
Völlerei, des war da in den Städten und Dörfern genug, und
stundenweise gaben die Brunnen Wein. Auf Chastel Belrapeire
aber wurde die Vermählung mit aller Pracht begangen: Gäste,
mehr als fünfhundert, die zum Teil in Zelten zu Füßen der hohen
Burg kampierten, waren von nah und fern dazu geladen, die
ließen sich's wohlsein an fünfzig Tafeln, von Knappen und Pagen unaufhörlich beschwert mit Schüsseln vom Rind, vom Hirschen und fetten Schwein, dazu mit Würsten, Gänsen, Poular-
den, Hechten, Barben, Forellen, Aalraupen und Krebsen. Vom
Weine voll hielten sie, Fackeln voran, den Brautlauf durch alle
Hallen: Da suchte Grigorß Sibylla heim, und knallende Brände
leuchteten ihnen in ihr Gemach, da wurden sie Mann und Frau.

Warum nicht? frage ich verzweifelt. Er war ein Mann, und
sie war eine Frau, so konnten sie Mann und Frau werden, denn
weiter ist der Natur an nichts gelegen. Mein Geist will sich
nicht finden in die Natur, er sträubt sich. Sie ist des Teufels,
denn ihr Gleichmut ist bodenlos. Ich möchte sie zur Rede stellen und sie fragen, wie sie's denn fertigbringt und es über sich
gewinnt, zu wirken und zu werken ganz wie gewöhnlich an
einem anständigen Jüngling in solchem Fall, ihn sich freuen zu
lassen wie ein Narr an den Brüsten, die ihn säugten, und ihn

strotzend ermächtigt, den Schoß zu besuchen, der ihn gebar. Auf solche Vorhaltung mag Natur, die manche Mutter und Göttin nennen, erwidern, es sei die Unwissenheit, die den Jüngling ermächtige, und nicht sie. Aber das lügt die Frau Göttin, denn es ist eben doch sie, die da werkt, unter dem Schutz und Schirm der Unwissenheit, und wenn nur ein Funken von Anstand in ihr glömme, müßte sie sich dann nicht empören gegen die Unwissenheit und ihr in den Arm fallen, statt mit ihr gemeinsame Sache zu machen und kraft ihrer den Jüngling zu ermächtigen? Aus einem Gleichmut tut sie das, so bodenlos, daß er nicht nur der Unwissenheit gilt, sondern auch ihr selber. Ja, die Natur ist sich selbst einerlei, denn wie könnte sie sonst wohl zulassen, daß ihre eigene Richtung, Zeit und Zeugung sich verkehren und ein vom Weibe Geborener nicht vorwärts zeugt in der Zeit, sondern zurück in den Mutterschoß und Nachfahren erweckt, denen, so zu sprechen, das Gesicht im Nacken sitzt?

Ein Pfui der Natur und ihrem Gleichmut! Freilich ist einzuräumen, daß ohne diesen, und wenn die Natur der Unwissenheit sich widersetzt hätte, Grigorß in eine schiefe und unritterliche Lage geraten wäre, die ich ihm auch wieder nicht wünschen kann. Ich weiß nicht und will nicht wissen, warum Sibylla in ihrem stillen Gebet um seine Sinne besorgt gewesen war. Die waren jedenfalls höchlich wohlauf, und ebenso freute er sich der Reife seiner Gesellin, wie sie herzinnig an seiner Jugend sich erquickte. Kurzum, sie waren sehr glücklich, nicht anders kann man's sagen und berichten, recht sehr und völlig glücklich mit Leib und Seele *die* Nacht und viele Nächte und Tage, ein glückseliges Herzogspaar, das man auch wohl ›Schoydelakurt‹, des Hofes Freude, hätte nennen können, wie vormals Grimalds und Baduhennas liebliche Kinder; denn ihr Glück, ich sage es nach der Wahrheit, leuchtete alles an, was sie umgab, sein Widerschein lag lächelnd auf allen Gesichtern, wie Sonne lag es auf allem Land, und für das, was man gemeinhin und nach rechter Richtung und Ordnung Kindersegen und Nachkommenschaft nennt, auch dafür sorgte die völlig gleichmütig werkende Natur: Ungesäumt war Frau Sibylla hoffend, ihr

Leib, der brach gelegen so viele Jahre, wie ihr Eheherr alt war, trug hoch und höher, und knapp neun Monate, nachdem man ihnen beiden ins Brautgemach geleuchtet, kam sie in mäßigen und eben nur natürlichen Schmerzen nieder mit einem Mägdlein, das wurde Herrad genannt und fiel etwas aus der nächsten Art: nicht wälisch bräunlich-blaß erschien es, sondern sah seiner Ahne von Mutterseite gleich, der gottseligen Frau Baduhenna: Weiß und apfelrot war es wie jene, in seiner Art recht niedlich. Daß ihm das Gesicht im Nacken saß, sah niemand.

Gewiß wäre die Freude noch größer gewesen, wenn gleich dem Lande ein männlicher Erbe und Schutzherr der Zukunft geschenkt worden wäre. Dafür aber war ja der Erzeuger selbst noch so zukunftsjung, daß, sozusagen, er selber einstand für den Folger, den das Schicksal noch schuldig blieb; und wenn die an Jahren ihm vorangeschrittene Sibylla sich als rüstiges Eheweib und Brunnen des Lebens erzeigte, so war ihr Gemahl dem Lande ein Herzog, um den alle Kristenheit es beneiden mochte. Oft zog er zu Gericht, wenn es galt, Streitfälle und innere Fehden zu schlichten, und da er im Kloster de legibus studiert hatte, wozu noch nie ein Herr sich bemüßigt gefunden, so war er ein besserer Richter, als je einer Tage gesetzt und Ding gehalten, des Rechtes Busenfreund, dabei mild und auf weise Genugtuung bedacht für all und jeden. Sein Arm, der den wilden Werber besiegt, war gefürchtet ringsum; niemand tat Krieg einem Lande an, das im Schutze stand eines Herrn von so unbedingt festhaltender Hand, und etwa von sich aus den Frieden zu brechen, den man ihm gönnen mußte, kam Herzog Grigorß nicht in den Sinn. Er hätte wohl, auf die ihm eigene Gabe pochend, im Kampf seine Kräfte über das sonst gemeine Maß zusammenzunehmen, der Eroberung zuneigen und versucht sein mögen, sich mehr Lande untertan zu machen, als ihm gehörten. Um Gottes willen, jedoch, unterließ er's, hielt Maß und wünschte nicht mehr, als daß ihm diente, was sein war.

So vergingen drei Jahre. Im dritten, zum Zeichen des Glücks, das sie an der Seite ihres jungen Gemahls genoß, begann Herrin Sibylla wieder zu hoffen.

Ich denke, genugsam habe ich, wenn auch in stiller Verzweiflung, Wohlsein und Wonne der Gatten gepriesen. Der Augenblick ist gekommen, die Wahrheit zu vervollständigen, indem man die Lobpreisung einschränkt. Ein Schatten fiel auf ihr Glück, er tat es von beiden Seiten, von seiner und ihrer, unsichtbar den Menschen, gewahrt und gewußt nur von ihnen selbst, von jedem für sich, denn jeder glaubte, von ihm falle der Schatten. Sie teilten ein Geheimnis der Schuld und Sünde, das jeder für sein eigenes ansah, und das sie in aller süßen Vertrautheit einander vorenthielten. Das war der Schatten und war die Verdunkelung.

Sibylla verschwieg dem Trauten in stillen Ängsten, daß sie voreinst verworfene Lust geteilt mit dem holden Bruder, und daß sie dem Entschwundenen ein Kind geboren, für das kein Platz gewesen auf Erden. Einen Sündenleib bot sie dem Reinen in jeder Umarmung, mit Wonne zwar und gequält doch von Scham und Gewissensnot. Die Wonne, das war die Hoffnung der Sünde, sich im Reinen gesund baden zu können, ihr Schmachten nach Reinigung durch das Reine. Die Not und Scham, das war der armen Sünde Gottesfurcht, das Reine nur zu verunreinigen und es zu schänden durch die Vermischung mit ihr. Oft weinte Sibylla für sich allein aus dieser Scham vor der Reine, die sie an ihre Sünde gebunden, verhehlte aber sorgfältig ihre Tränen vor jedermann und besonders vor dem Geliebten, dem Einzigen, den sie lieben konnte seit des holden Bruders Entschwinden. So sah er die Spur ihrer Tränen nicht und nicht den Gram, der ihre Hingabe nur brünstiger machte.

Er hatte seine eigene Sorge, wenn es auch dieselbe war wie ihre, und Tristan, der Sorgsame, blieb er in allem Glück seiner Herrschaft und Ehewonne. War er nicht ausgezogen auf Irrfahrt, um seine sündigen Eltern zu finden, ihnen zu Füßen zu fallen und ihnen sein Dasein zu verzeihen, damit Gott ihnen allen dreien verzeihen möchte? Statt dessen war er Herzog geworden im erstbesten Lande, wohin die Nebelfahrt ihn getrieben, und hatte freilich ein Weib von süßer Reife gewonnen, das er gleich so nahe empfunden seiner Natur, Sibylla, das Abbild der Himmelskönigin und dabei zu irdischer Freude geschaffen, so daß kindliche Ehrfurcht sich wundersam mischte mit Mannesentzücken in ihren Armen. In ihren Armen, an ihrer sanften Brust genoß er vollkommene Seligkeit, die süße Geborgenheit des Brustkindes zugleich mit mannbar mächtiger Lust.

So mag aus dem Greulichen das Vollkommene erblühen, wie ich in klösterlicher Besinnlichkeit erwäge. Wahrlich, in Grigorßens Ehefreuden versetzt mein Mönchtum sich nur aus geistlichem Mut und um des Grames willen, der darin wohnte, bei ihm wie bei ihr, wie der Wurm in der Rose. Denn ach, er betrog sie ja, die Reine und Hohe, zu der er erhöht war, und verhehlte ihr, wer er war, der sie sich erkämpft, und dem sie sich traulich geschenkt, nämlich eine gerade gewachsene Mißgeburt. Ein Trügener war er, der ihr verbarg, daß er ein Fundkind gewesen, angeschwemmt von den Ünden und aufgezogen aus kristlicher Erbarmlichkeit, ein Sohn der Sünde, dessen scheinbar wohlschaffenen Leib sie nicht hätte liebkosen dürfen, da er in Wahrheit gänzlich aus Sünde bestand. Zwar hatte er ihn in die Schanze geschlagen, diesen Sündenleib, im Kampf mit dem Drachen; aber er hatte ja gleich gewußt, daß er siegen werde kraft seiner Gabe, sich außerordentlich zusammenzunehmen, und hatte im Zweikampf die Frau gewonnen, die ihm nun kleine Herrads gebar, ahnungslos, daß es Sündenfrüchtchen waren von väterlicher Seite, Samen der Erbschuld, der Schlimmheit Enkel. Wie mochte er sich erfrechen, kleine Herrads zu zeugen mit seinem Leibe und sie einzuschwärzen in ein Fürstenhaus, dessen junges Haupt er nun war, – arme Bastärdchen aus Reinheit und Schlimme. Sorgsam war er deswegen zu Tränen.

Die verbarg er vor allen, insbesonders vor seiner Frau, die ihn glücklicher glaubte als sich selbst, verbarg seinen Kummer, wie er die Tafel verbarg, die er immer an sich hielt und wieder und wieder las: im voraus sagte ich ja, daß nie eine Tafel so viel gelesen worden sei. In seinem Eigengemach, wo er allein war, da war ihr Geheimversteck, hoch in der Wand in einem Mauerloch, von dem man die Holzverschalung beiseite schieben konnte: Gerade vermochte er hinzureichen mit ausgestrecktem Arm, wenn er auf den Zehenspitzen stand, den fast nicht sichtbaren Schub zu öffnen und aus der Nische den traurigen Schatz zu nehmen, die Mitgift ins Fäßlein, dies schmuckhafte Ding, worauf seine unstatthaften Bewandtnisse geschrieben standen. Damit saß er nieder oder kniete aufs Bänkchen, die Tafel vor sich auf dem Pult, und hielt sich sein Dasein vor Augen, wie er zwar von Gebürte hoch, aber scheußlich sei, seinen Vater zum Oheim und seine Mutter demnach zur Base habe, las es wieder und wieder, schlug sich an die Brust und beweinte seines Fleisches kläglichen Ursprung. Für seine Eltern betete er, die er sich rührend und einzig schön vorstellte, da sie so miteinander gesündigt hatten, und die er nicht aufgesucht, sondern seine Gaben genutzt hatte, dies Land zu befreien und es für sich zu gewinnen nebst der wonnigen Frau – die Frau vielmehr nebst dem Lande. Für sich selbst betete er auch, unter manchem zerknirschten Aufblick, bat Gott um Verzeihung für sein Leben und dafür, daß er sein Geheimnis verhüllte, bei der Reinen lag und im Lande den Herzog machte, – einen sehr guten zwar, wie alle sagten, aber gewiß einen so guten nur, weil er's so dringend nötig hatte. Für Klein Herrad betete er auch, die er kaum zu küssen wagte, weil er ihr sein sündiges Blut vermacht, und nicht minder zerknirscht für das neue Früchtchen in Sibyllas empfänglichem Schoß.

Fast jeden Morgen ganz früh, wenn er von seiner Frauen Seite gegangen und nur der Ungestörtheit ganz sicher war, tat er dies Lesen und Büßen in seiner Stube. Hinein ging er strack, als der stolz wohlschaffene Jüngling, der er war, und wie der Pönitenziar aus der Geißelkammer, solcher Gestalt ging er immer daraus hervor. Das blieb nicht ungesehen.

Hört nur: Unterm Burggesinde war eine Magd, Jeschute mit Namen, zu nichts als zum Bettmachen, Kehrichtfegen und Sandstreuen gut, ein Ding aber, rasch von Augen und Maul und

neugierig überaus, will sagen: begierig und von Natur recht
dazu angestellt, Auffälligem auf den Grund zu gehen, das andere nicht sehen, zu dem man aber, wenn man's ersah, »Ei, ei!«
sagen mochte und »Wie denn das?« und »Dem muß man nach-
forschen unterderhand, so entdeckt wohl das Herzchen was
Kitzliges zu seiner Erregung und zieht es genußreich zutage«.
Dergleichen erspähte sie glimmenden Blicks, indes ihr die
Zunge zwischen den halb offenen Lippen herumsprang. Mit
der Herrin durfte sie manchmal schwatzen, wenn sie das Ehe-
bett aufschüttelte oder Feuer machte, züngelte ihr Dümmstes
und Unterstes vor aus dem gemeinen Leben, wofür sie ein Lachen gewann, gab auch wohl an und urschelte Verbotenes aus,
dem sie auf die Schliche gekommen, ohne viel Dank dafür zu
haben, mehr nur um zu divertieren und aus der Lust etwa
noch, die edle Unwissenheit ins Untere einzuweihen und sie
ein bißchen damit zu besudeln: Das Kopfschütteln und Erröten
der Frau, halb lachend, bei zusammengezogenen Brauen, das
kitzelte ihr das Herz, denn da die Edle ihr nicht das Maul verbot, so heuchelte sie wohl nur Widerwillen und hatte nichts
dagegen, sich etwas besudeln zu lassen.

Jeschutens glimmende Neugier hätte wohl Ursach gehabt,
der Herrin selbst und ihrem geheimeren Leben ein wenig nach-
zuspitzeln, den Tränenspuren, der Kümmernis, die sie zuweilen
an ihr erlugte. Die aber nahm die Geile sich nicht zu Sinn oder
höchstens nur im Zusammenhang mit ähnlichen Erlugungen,
die den süßen Herrn betrafen, Grigorß, den jugendlichen Gebieter: um den war ihre Neugier und ihr lüsterner Zug zum Auffäl-
ligen, dem man auf den Grund kommen mußte, ganz anders
beschäftigt. Um ihn strich sie herum auf Katzensohlen, in weitem Bogen, den Flederwisch in der Hand, und glupte nach ihm
aus dem Augenwinkel oder glostete unter gesenkter Stirn hinter
ihm drein, ins Forschen so gierig verloren, daß ihre Zunge nicht
mehr herumsprang vorm Munde, sondern reglos in einem Winkel stand, steif und starr. Wenn sie ihn sah, er aber nicht sie, das
war ihr lieb. Denn fern war ihr Wunsch und Hoffnung, seine
Augen auf sich zu ziehen, die sie eine Schlumpe war, häßlich

eher als nett, die Unansehnlichkeit höchstens belebt und aufgekratzt durch stechende Neugier und Forscherdrang, – er aber
ein wonniger Herr, versehen zur Nacht mit dem schönsten
Weibe. Und doch saß es ihr süßlich ums Herz wie Minne-
traum, wenn sie ungesehen ihm nachglomm; denn genauestens
war ihr, als sei nicht alles ganz taggerecht, sauber und einge-
ständlich in der Seele des holden Eheherrn mit der männlichen
Jünglingsmiene, als gäbe es da ein Geheimnis von Scham und
Gram, wovon die Hülle zu lüpfen und wegzuziehen gar minnig
sein müßte.

Was mach ich viel Worte! Jeschute kam hinter sein Büßen
und Beten. Glimmend ersah sie, erst einmal durch Zufall, dann
durch Belauerung wieder und abermals, wie er am Morgen in
seine Stube ging als ein Herr und nach einer Stunde daraus her-
vorging mit roten Augen und anzusehen wie einer, der sich die
Geißel gegeben. So sprang sie lautlos zur Tür, als er wieder
hineingegangen, und preßte gierig das Auge an einen Ritz in
den Bohlen, längst ausgekundschaftet von ihr und heimlich
etwas erweitert: Viel Klarblick gewährte er nicht, doch einige
Einsicht, – sie konnte sehen, wie er ein Ding aus der Wand
nahm und davor büßte und sich die Brust schlug, ablesend Ver-
stecktes von dem Versteckten, im Wahn, daß niemand es sähe.

War das eine minnesüße Belauschung! Weg sprang sie,
rannte durch Hallen und Gänge, bezwang sich und mäßigte ihren Tritt, um nicht außer Atem zu sein, und trat ein ins hoch-
eheliche Schlafgemach, da saß die Herrin, flocht sich das Haar
und summte ein Lied dabei, der Magd nicht achtend. Jeschute
aber ging an das Bettmachen, schüttelte fleißig die Kissen auf
und sprach dabei:

»Ja, ja, ihr Kißlein, ihr seidnen cuissins, ihr herrschaftlich
sanften! Da schüttle ich euch und plustre euch treulich auf aus
eurer Verdrückung, ihr aber verratet Jeschuten nichts von dem,
was ihr wohl zu erzählen hättet: von heimlichen Tränen, die in
euch versickert, von Seufzern aus edler Brust, die ihr nächtens
erstickt, damit die Traute nichts höre...«

Dann glupte sie seitwärts zur Herrin, ob die es vernommen

habe. Aber sie hatte nicht, sondern kämmte und schnatzte ihr Haar und gab nicht acht. Also fing die Dirn wieder an und redete halblaut zu den Kissen:

»Ei ja, ach nein! Nichts vertraut ihr der Magd, edle Haupt-cuissins, die ich schüttle und plustre, von euren Geheimnissen nichts, vom bitteren Augennaß, das ihr, wie ich mutmaßen muß, getrunken in stiller Nacht, von den Seufzern aus tiefster Brust, die ein wonniger Jünglingsmund verhohlen in euch ge-haucht, wenn die Traute schlief, verhohlen, verstohlen...«

Nun hatte Sibylla doch aufgehorcht und fragte:

»Was faselst du Trulle da bei deiner Hantierung?«

Jeschute aber tat mit den Schultern, als führe sie heftig zusam-men vor Schreck, und erwiderte stammelnd:

»Nichts, nichts, süße Herrin! Um Gott, nichts wollte ich sa-gen. Zu den Kißlein sprach ich, den herrschaftlich zärtlichen, hier unter meinen Händen, und beileibe zu Euch nicht, wie wollt ich mich des erdreisten? Entsetzt bin ich drob, daß Ihr lauschtet, und fahre zuckend zusammen. Belauscht habt Ihr mich unverse-hens, wo ich mich allein glaubte mit meinem Gefasel. Man soll nie die Menschen belauschen in ihrer Heimlichkeit, da lernt man nur Kummer. Aber freilich, wenn Gott es absichtlich fügt und uns zu Belauschern bestellt ihrer Heimlichkeit, dann muß er wohl wollen, daß wir ihn lernen, den Kummer.«

»Von welchem Kummer denn aber faselst du Ding?«

»Von einem heimlichen, Frau, versteckt vor aller Welt, und wahrhaftig, recht soll's geschehen der gemeinen Welt. Aber ver-steckt auch vor Euch? Da geschieht Euch nicht recht, und Gott will's gewiß nicht.«

»Höre, Jeschute, als Schwätzerin kenn ich dich wohl, jetzt aber glaub ich, der Sinn ist dir ein klein wenig verrückt.«

»Das mag wohl sein, Süße, Hehre. Ich bin nur ein arm, schwaches Ding, und hinter manchen Kummer zu kommen nach Gottes Verfügung, das mag solchem Ding den Sinn wohl verrücken.«

»Wer trägt nur den Kummer?«

»Ach Gott, da fragt Ihr, selige Frau, weil Ihr unvermutet acht auf mich hattet! Was gäbe die Magd darum, daß Ihr ihrer nicht acht gehabt hättet! Und doch drängt es hier hervor aus der Brust wie ein Schrei zu Euch: Habt acht!«

»Worauf?«

»Worauf? Fragt lieber: Auf wen! Nein, fraget nicht!«

»Auf wen denn, Närrin?«

»Nun fragt Ihr wahrhaftig: Auf wen? und ich soll's sagen! Nie sag ich's, nie! Und muß doch heraus um Eueres Glückes willen. Auf den süßen Herzog, Euren Gemahl.«

»Auf Herzog Gregor! Ihm schenk ich, traun, nicht acht und ehelich Augenmerk genug, lese ihm wohl nicht genug von den Augen nach deiner Meinung?«

»O, Herrin, rechtens höhnt Ihr die blöde Magd. Hohn mir und Dachteln in mein Gesicht, daß die Wangen brennen, wenn ich der Meinung mich unterfinge! Und also ist's klar: Ihr teilt sein Geheimnis, Ihr wißt von dem Unglück, um das er so büßend trauert, wenn niemand ihn sieht, wißt alles und gebt Euch nur eben die Miene nicht.«

Sibyllas Lippen waren etwas verzerrt, und eine Blässe trat in ihr Gesicht, als sie ausrief:

»Von welchem Geheimnis faselst du, Elende, von welchem Unglück, und was soll ich wissen! Du redest irre!«

»Das leider nicht, teure Frau. Mit diesen Augen sah ich ihn eben noch in solchen Kummer gehüllt, daß es mir wahrlich ans Herz griff.«

»Wie wäre das möglich?« frug Sibylla, und seltsam zuckte es ihr in der Wange. »Welch Unglück sollte den Herrn betroffen haben, seitdem er mich ließ? Vor einem Stündlein nur ging er von mir wie ein froher Held!«

»Das ist es ja, Süßeste. Wie ein Held geht er ein in sein Eigen, und ein Sünder, von Reue gebrochen, geht er wieder daraus hervor.«

»Nun höre, Jeschute, es ist genug, und du schweigst! Ich kenne dich, Weib, so ist's deine Art und war es immer, daß du mich ansudelst mit Unrat des Maules und hast mir schon manchen Ärger damit bereitet, wenn ich auch lachte. Nie bringst du gute Nachricht, krächzende Räbin, sondern verdrießliche und verfängliche zuzutragen, das freut dich. Besser wär es, du schwiegest, als daß du mir solche Lügen erzählst, in denen mir Schaden lauert. So schweig nun, ich befehl's.«

»Ja, Edelste«, sprach Jeschute. »Ganz so. Ich schweige.«

Es verstrich eine Weile. Sibylla schnatzte ihr Haar, obwohl es schon fertig war, und die Magd vollbrachte ihr Stubenwerk. Da sagte jene:

»Jeschute, du hast eine ungezogene Art zu schweigen. Ich befahl dir: Schweig! und du gehorchst. Aber deine Art, meinem Befehl zu gehorchen, ist ungezogen. Hast du begonnen zu reden, so red auch zu Ende! Was hast du gesehen und erlauscht?«

»Seligste, bei meiner Treue, seit langem weiß ich, der Herr ist traurig. Herrin, ich flehe zu Euch, was mag das sein, was er sogar vor Euch verbirgt bei sonst so trauter Gemeinschaft? Goldne, worin es immer bestehen möge, es muß eine große Beschwernis sein. Mehr als einmal hab ich es wahrgenommen und bin zu dem Schluß gelangt, daß er einen Kummer trägt, dermaßen groß, daß er ihn noch niemandem eingestanden. Heut wollt es Gott, daß ich noch drinnen war in seinem Gemach zum Fegen und Wischen, als er eintrat, blind für mein Dasein wie für Stuhl und Spind. Das ist himmlische Fügung, sprach ich zu mir selbst, huckte und duckte und sah sein ganzes Gebaren. Ein Ding nahm er vor sich und fiel auf die Knie davor: davon schien er sein Leid zu lesen, indem er sich an die Brust schlug unter manchem Aufblick, Gebeten und bittern Tränen. Nie sah ich einen Menschen so weinen. Daran erkannte ich in meiner Geducktheit über allen Zweifel, daß sein Herz voll heimlichen Leidens ist. Denn, sagte ich mir, wenn ein Herr von solcher Beherztheit zu solchem Weinen gezwungen ist, so muß dem ein großer Herzenskummer zugrunde liegen.«

»Weh!« sagte die Fürstin mit bebenden Lippen. »Sprichst du die Wahrheit? Ja, ja, es scheint so. O weh, du mein lieber Herr! Was mag ihn wohl kränken? Denn ich gesteh dir's, Jeschute: ich weiß es nicht! Sein Leid ist mir unbekannt und unbegreiflich. Er ist jung, gesund und reich, wie es sich gehört, – was kann ihm fehlen? Denn daß ich es nicht fehlen lasse an ihm und ihm in allem zu Willen bin, wie ich soll, das sieht der Ewige.«

Und sie weinte.

»Ich bin ein wenig älter als er«, schluchzte sie, »ein wenig zu alt für ihn. Doch minnt er mich stürmisch, dafür hab ich tausend Beweise und trage sein Pfand zum zweitenmal. Er aber lebt im Geheimnis vor mir und schließt mich von seinem Leide aus. Weh, weh mir armen Frau! Nie ging's mir im Leben so gut und wird mir auch nie so gut gehen, als durch seine Jugend und Tugend. Ich sage dir, kein besserer Mann ward je geboren! Was aber mag seiner Jugend geschehen sein, und was wohl hat man ihr einstmals angetan, daß er heimlich so büßen und weinen muß, wie ich dich es erzählen höre? Rate mir, denn ich habe niemanden, der mir rät, wie ich hinter sein Leid und Geheimnis komme, ohne Gefahr, unser Glück zu zerstören!«

»Wenn Ihr ihn fragtet?«

»Nein, nein!« rief Sibylla mit Entsetzen. »Nicht fragen! Im Fragen, das ahn ich, lauert Gefahr und Tod. Sein Leid, soviel seh ich, ist unaussprechlich, denn wär es sprechbar, wie hätt er es mir nicht längst vertraut? Offenbar ist es so geartet, daß wir nicht wissentlich beide es wissen dürfen, und so sehr ich mich sehne, es mit ihm zu teilen, – nicht wissen darf er, daß ich es teile. Zusammen müssen wir's tragen, doch einzeln ein jeder. Vielleicht, daß dann meine wissende Liebe ihm beistehen und ihm zum Engel werden kann in diesem Leide.«

»Das wäre wohl einzurichten«, entgegnete darauf Jeschute. »Ich sah genau das Versteck, aus dem er das Ding nahm, wovon er sein Elend ablas, und wovor er sich so kasteite. In der Wand war's, oberhalb seiner. Da verbirgt er's wieder nach geschehener Buße. Genau merkt ich mir die Stelle. Wollt Ihr, so führ ich Euch hin, wenn er fort ist, zu Gericht geritten oder auf Pirsch, und zeige Euch Schub und Loch, daß Ihr seht, statt zu fragen, und wißt, ohne sein Wissen.«

Sibylla sann.

»Jeschute, du Magd«, sagte sie dann. »Mir graut vor dem Ding in der Wand, – es ist unsäglich, wie mir davor graut! Und doch sprichst du recht: Wenn ich sein Leid mit ihm teilen will ohne sein Wissen, um ihm vielleicht zum Engel zu werden, so muß ich sehen, wovor er trauert, und worauf, wie es scheint, seine Trauer geschrieben steht. Er hat eine Beize angesagt im feuchten Walde mit Falkenieren, von heut auf den fünften Tag. Sind sie fortgeritten und bleiben wohl länger aus in der Herberge, so magst du mich führen und mir die Höhle weisen. Meinst du wohl, mich verzehrt Ungeduld? Sie verzehrt mich. Und doch, was ist des Menschen Herz? Ich danke Gott, daß es noch fünf Tage sind, bis sie reiten.«

Der Abschied

Die Tage und Nächte aber gingen dahin, und der Morgen kam, da der ritterliche Rudel jagdfroh von der Burg ritt mit Falkenieren, um beim Weiher im Walde und im sumpfigen Grund rings umher eine Beize zu halten auf Reiher und Rallen, Wallnister, Wachteln und Trappen, – Herzog Grigorß voran, einen sehr guten, von Sibylla selbst abgerichteten Mausersperber in der Haube auf seiner Faust. Verwundert war er gewesen, daß sein Weib beim Abschied sich so bange an ihn geklammert hatte und in ihn gedrungen war, den Ritt doch noch zu verschieben, sonst aber wenigstens balde, ach, bald zurückzusein, ehe ihn oder sie womöglich ein Unglück beträte. »Welch Unglück, Traute?« hatte er lächelnd gefragt und ihr versprochen, nicht später als auf den dritten Tag zurückzusein. Das schien ihrer Liebe zu lange.

Kaum war der Rudel zu Tal, schlich Jeschute zur Herrin und sprach:

»Gefällt's Euch, Hohe, die Luft ist rein, so will ich Euch führen.«

»Wohin, du Räbin?«

»Zum Loch in der Wand und dem Ding darin.«

»Pfui, denkst du immer noch daran und kommst nicht los von dem Unflat? – Es ist keine Zeit. Jede Stunde kann der Herzog zurück sein.«

»Nein doch, gewiß nicht bis übermorgen. Zweimal wollen sie nächtigen in der Herberge am Waldesrand. Ihr seid ganz sicher.«

»Sicher vor meinem Gemahl? Wie erfrechst du dich, Weibsbild! Soll ich heimliche Wege gehen hinter ihm mit dir?«

»Ihr sagtet doch, daß Ihr wissen müßtet, ohne sein Wissen, um ihm zum Engel zu werden.«

»Das sagte ich«, ergab sich Sibylla. »Und wenn es denn sein soll, so geh voran, – weit voran, daß es nicht aussieht, als ob ich dir folgte.«

Also kamen sie in des Herzogs Cabane und Privatgemach, und Jeschute wies der Frau mit dem Finger die Stelle.

»Dort ist es«, sagte sie. »Oberhalb. Kaum sieht man in der Verschalung den Ritz, wo man's auftut. Ihr langt nicht hin. Soll ich auf den Stuhl steigen und es holen?«

»Untersteh dich nicht!« herrschte Sibylla sie an. »Rücke den Stuhl! Ich nehme es selbst.«

Und unterstützt von der Magd stieg sie hinauf, schob den Schub, sah das Versteck, nahm das Versteckte, ein Ding, gehüllt in ein seidenes Tuch, das tat sie ab, daß es auf den Stuhl sank, und hielt die Tafel, aus Helfenbein, in Gold gerahmt, mit Steinchen besetzt, zum Brief beschrieben, von ihrer Hand.

Ein kleiner Ruf nur sprang von ihren Lippen, – nicht mehr, als daß er Erstaunen ausdrückte, Überraschung, Rührung, Gemahnung an altes Leid. Wehmutsvoll sah sie darauf nieder. Auf einmal aber trat Kälte in ihr Haar und rieselte von da den Rücken hernieder. Ihr Mund, aus dem jeder Blutstropfen gewichen war, murmelte leise: »Wie das?«, wiederholte laut, drohend, entrüstet vor Nichtverstehen: »Wie das?!« Dann schwieg sie, blickte aufs Ding, las, hob wieder die Augen davon und starrte ins Leere.

In ihrem Kopf wirbelten die Gedanken. »Woher hat er das? Es ist da, und er hat es. Also liegt es nicht auf dem Meeresgrund, es ist gelandet. Fäßlein und Kahn sind gelandet. Das Kind ist gelandet. Es lebt. Es ist groß und schön geworden wie Grigorß. Es hat ihm die Tafel gegeben, das Eine dem Andern. Warum?

Wahrscheinlich hat er sie nicht von dem Kind, seinem Freunde und Nebenmenschen, sondern von Leuten, die auffanden das Kind, es tot fanden oder töteten und das Fäßlein plünderten. Das Kind, obgleich mit der Tafel gelandet, ist tot, und Grigorß lebt, das ist der Unterschied zwischen ihnen. Es ist ein gewaltiger Unterschied zwischen ihnen, und Grigorß hat die Tafel, nicht hat sie das Kind. Nur büßt er davor und schlägt sich die Brust, als ob es sein Sündenstand wäre, der darauf geschrieben steht, nicht der eines Nebenmenschen, des Kindes. Das verringert krankhaft den Unterschied zwischen den zweien, den beiden. Mit der Tafel hier waren Stoffe. Auch sie liegen nicht auf dem Meeresgrund. Ich erinnere mich kaum, es ist zu lange her, es ist mir unmöglich, mich zu erinnern, und mit aller Entschiedenheit leugne ich es, daß Grigorß ein Kleid trug vor meinen Augen aus solchen, aus ebenden Stoffen und es noch verwahrt. Krankhaft, krankhaft, zu loderndem, lachendem Wirrsinn, vermindert auch das den vernünftigen Unterschied zwischen Grigorß und dem Kinde. Wo ist meine Vernunft? Das Kind hieß nicht Grigorß, – das heißt, es hieß überhaupt nicht. Heißt es jetzt Grigorß? *Ist Grigorß das Kind?* Hab ich mein Sündenkind zum Gemahl? Wahnsinn, lodernder, lachender, gellender – und Schwärze, Schwärze.«

Ohnmächtig fiel sie vom Stuhl, aufgefangen noch gerade von der Jeschute, so daß sie nicht allzu hart aufschlug. Die rannte: »Zu Hilfe! Zu Hilfe! Die Herrin liegt uns wie tot!« Man kam, man trug sie ins Bettgemach. Stechendes gab man ihr einzuatmen. Ein reitender Bote ward ausgejagt, in den Wald, zum Herzog. Nach dem frug sie fordernd, sobald sie die Augen aufschlug, und hörte, zu ihr sei er auf dem Wege. Die Tafel hielt sie; man hatte sie ihr nicht entwinden können, auch nicht in der Amacht.

Zur Herberge kam der Bote. Die Jäger waren verdrießlich. Verloren ihr bester Falke: Überkröpft, war er entflogen, ohne das Luder zu wittern, zum Walde, wo er nun stand. Da mußten sie schlimmere Botschaft hören: »Herr Herzog, wollt Ihr die Herrin noch lebend finden, so eilt, oder Ihr kommt zu spät. Der

Frau ist todübel.« – »Geselle, wie kann das sein? Sie war wohlauf, als wir ritten.« – »Herr, meine Worte muß ich leider bekräftigen.«

Verweilt wurde da nicht länger. Sie saßen auf und ritten nach Hause. Glaubt mir, es gab kein Rasten, bis sie dort anlangten und Wort erging an die Herrin, ihr Gatte sei da. Im grünen Jagdkleid trat er bei ihr ein, – was mußte er da gewahren! Eine Wankende, ganz Vergilbte, Zerlöste, von Entsetzen flackernd die Augen, übergroß in der Jammermiene. »Grigorß!« rief sie und sank in seinen Arm, barg das Gesicht an seiner Brust und stöhnte dort wieder: »Grigorß! So nenn ich dich, wer du auch seist, denn, Gott im Himmel, bei Namen nennt man den Einen wie auch den Anderen, es ist kein Greuel dabei. Mein Grigorß – denn mein bist du jedenfalls –, sprich, seit wann heißt du so? Wer gab dir den Namen? Grigorß, mein Liebling – denn das bist du so oder so –, Grigorß, wer bist du? Himmel und Hölle hängen an deinem Mund – wer hat dich geboren?«

Er beugte sich über sie: »Um Gott, Frau, was ist Euch? Liebes Weib, Reine, was hat man dir angetan? Ich ahne, ich weiß es. Deine Frage verrät es mir. Hat ein Feind, ein schleichender, Euch berichtet, ich sei ein niedrig geborener Mann, aus der Hütte? Nun denn, welcher Uhu und Schuft Euch das eingegeben und Euch so zu Leide gebracht: er lügt. Gut verberge er sich vor mir, denn kenne ich ihn, ist's um ihn getan. Ich sage dir: in seinen Hals lügt der Schelm. Nicht trügerisch erhob ich die Augen zu Euch und kämpfte um Euch. Hoch bin ich von Gebürte, das ist mir verbrieft, ebenbürtig dir, Liebste, ganz, sei des völlig getröstet: auch ich eines Herzogs Kind.«

»Ebenbürtig?« wiederholte sie schaudernd und sah ihn mit ihren wilden Augen an. Dann hob sie die Tafel: »Wer gab dir dieses?«

Er sah hin und erblich so sehr, daß er aussah wie sie. Die Augen fielen ihm in die Höhlen. Tief sank ihm das Haupt.

»Gut denn«, sprach er endlich, »du weißt es. Die Tafel, mir zur Mitgift vermacht, als man mich Wind und Wellen ließ, sie kam dir zuhanden. Fahr wohl, unser Glück! Es war auf Lüge gebaut. Denn ich verlog Euch, daß ich der Sünde Kind und aus Sünde gemacht bin in allen meinen Gliedern. Und eben jetzt log ich Euch, als ich sprach, nicht trüglich hätt ich zu Euch, der Reinen, die Augen erhoben. Ja, ich betrog Euch. Unreine hab ich Euch angetan mit meiner Liebe, Unreine der Frucht Eures Leibes durch meinen Leib. Gott hab ich viel gebeten, Er möge nicht ansehen meine Schuld. Es war falsche Bitte. Er hat es an den Tag gebracht, und ich gehe. Verstoßen müßtet Ihr mich, tät ich's nicht selber. Ihr seht den Verworfenen nicht mehr. Ich gehe, meine Eltern zu suchen.«

»Grigorß«, flehte sie, » – so nenn ich dich jedenfalls, aber du, nenne mich nicht! – Grigorß, Geliebter, sage mir doch, daß ihr zwei seid und verschieden, der Mann der Tafel und du! Nicht wahr, ein anderer gab dir das Stück, nicht dir ward es beschrieben! Und sei es Lüge, – sage mir das!«

»Nein, Frau, der Lüge genug! Mein ist das Vermächtnis. Ein frommer Mann, der mich aufzog, verwahrte es mir, bis ich groß war. Das Kind, dem es beilag, bin ich.«

»Grigorß, so sind wir verloren. So ist unser Ort die unterste Hölle. Grigorß, wenn du die Wahrheit sprichst, statt mir gnädig zu lügen, so ist kein Unterschied zwischen meinem Ehegemahl und dem Kinde, außer, das Kind ist nun ein Mann. Grigorß, *ich* schrieb dem Kinde die Tafel.«

Eins sah das Andere nahe an mit hohlen Augen. Dies mitsammen auszudenken nahm Zeit. Dann gingen sie voneinander an entgegengesetzte Wände, preßten die Stirnen daran, und heiße Wellen, eine nach der anderen, ergossen sich in ihre Totenblässe, verebbten zum Herzen und stiegen wieder glühend in die Gesichter empor. Lange gab es in der Stube nichts weiter als Stöhnen.

Danach verließen sie ihre Wände, der Jüngling zuerst. Er sank vor ihr nieder, beugte sich über ihre Füße.

»Mutter«, sagte er, »vergib dem Verbrecher!«

Sie wollte sein Haar streicheln, zog aber die Hand zurück wie von glühendem Eisen.

»Sohn und Herr«, sagte sie, »vergib du mir! Ich sah dein Kleid aus den Stoffen.«

Er fragte: »Wo ist mein Vater?«

»Er starb auf Bußfahrt«, antwortete sie mit leblosen Lippen, »dein süßer Vater. In dir fand ich ihn wieder.«

»Sehe ich ihm wohl gleich?«

Sie nickte. Da wollten sie wieder an ihre Wände gehen, besannen sich aber und blieben. Sie sprach:

»Warum kam ich je zur Welt? Verflucht war durch Gottes Mund die Stunde, in der ich geboren wurde. Hilf Himmel, darum hat mir geträumt, daß ich einen Drachen gebar, der davonflog, aber wiederkehrte und sich zurückdrängte in den zerrissenen Mutterschoß! Grigorß, du warst es! Unsal hat auf mich geschworen und bewahrt mir den Eid, denn tausendmal ist mir Herzeleid gegen *eine* Lust geschehen. Nach Glück in Reinheit verlangte mich. Da führt mir die Hölle das Kind meiner Sünde zu, daß ich ehelich mit ihm schlafe.«

Er schauderte und hob seine Hände.

»Mutter, Entweihte, sprich nicht so ausdrücklich! Aber tu es nur! Ich begreife, warum du es tust. Wir sollen ausdrücklich sprechen und die Dinge bei Namen nennen zu unsrer Kasteiung. Denn die Wahrheit sagen, das ist Kasteiung. Hörst du, Gott, wie wir uns kasteien und es graß in Worte fassen? Das also ist es, worum ich gebetet hatte, daß du mich zu der Stätte brächtest, wo mir wohl geschähe und ich mit Freuden meine liebe Mutter erblickte. Anders hast du es mir gewährt, du reicher, sehr guter Gott, als ich es von dir erbeten hatte. Verleihe mir Kraft, große Kraft, daß ich den Zorn niederdrücke, der sich zu dir erheben will! Besser wohl, was meinst du, ich hätte sie nie erblickt, als daß ich ihr beiwohnte als Mann drei Jahre lang, meines Vaters Folger, und sie im Bette mit Kindern beschlief, für die keine Stätte auf Erden ist, viel weniger noch als für mich, und die im Denken nicht unterzubringen sind, – kein Mensch weiß, was er von ihnen denken soll. Dies ist der Untergang des Denkens, es ist der Welt Untergang! Frau, Ihr dürft mich wohl Grigorß, ich aber darf Euch weder mit Namen noch Mutter nennen, beides ist Wahnsinn, und wie leid ist mir's namentlich um das Mutterwort, das ich verscherzt habe durch Besudelung! Zukömmlicher und schonender mag es sein, Euch ›liebe Base‹ zu nennen, denn mit solcher zu buhlen ist weniger arg. Wie ich aber mit meinen Kindern verwandt bin, mit Herrad und dem Kommenden, das weiß ich noch nicht, ich hab es noch nicht ergründet. Tu ich es nicht dem Judas gleich, der sich erhängte aus Reueekel vor seiner Tat, so werde ich Zeit haben, darüber nachzudenken.«

»Grigorß, mein Kind und Herr, ich muß es bereuen, daß ich Euch ein Beispiel gab mit büßender Nennung der Dinge, denn Ihr macht es noch grasser. Mein Entsetzen wächst jeden Augenblick und mit ihm das Erstaunen, daß nicht längst der glühende Zorn niederstürzte auf die Verfluchte, daß es die Erde noch wagt, mich zu tragen nach dem, was mein Leib verübt. Ich, ich bin die Hauptschuldige, ich weiß es genau, und unsägliche Angst steigt mir auf vor dem Höllenrost, der mir droht, der mir so gut wie gewiß ist für äußerste Missetat. Herr und geliebtes Kind, könnt Ihr mir sagen – denn Ihr habt viele Bücher gelesen –, ob eine Buße erdenkbar ist für so gehäuftes Laster und Sakrileg? Ist hier kein Rat – nein, gewiß ist keiner –, daß, wenn ich armes Weib die Hölle bewohnen muß, sie mir etwa vielleicht doch ein wenig sanfter sei als anderen Verdammten?«

Sie, sie hatte sein Haar nicht zu berühren gewagt, er aber, weil das ihre bedeckt war mit Tuch und Gebände, streichelte mildtätig ihr Haupt, da sie so jammervoll in seinem Arme lag.

»Frau«, sagte er, »redet nicht so und übergebt Euch nicht der Verzweiflung – es ist wider das Gebot. Denn an sich selbst mag der Mensch verzweifeln, nicht aber an Gott und seiner Gnadenfülle. Wir stecken beide im Sündenpfuhl bis über den Hals, und wenn Ihr glaubt, Ihr steckt tiefer, so ist's Überheblichkeit. Fügt diese Sünde nicht den andern hinzu, sonst geht der Pfuhl Euch über Mund und Nase. Gottes Hand ist ausgestreckt, daß das nicht geschehe: den Trost entnahm ich den Büchern. Nicht umsonst hab ich divinitatem ernstlich betrieben im Kloster ›Not Gottes‹. Ich lernte, daß Er wahre Reue als Buße annimmt für alle Sünden. Sei Eure Seele auch noch so krank: wenn Euer Auge nur eine Stunde naß wird von Herzensreue, glaubt es dem Kinde, dem Greuelgatten, so seid Ihr gerettet.

Ich weiß«, fuhr er fort, »was geschehen muß, und bestimme. Denn seht, das Kind ward zum Manne, während Ihr eine Frau bliebt. Ich bin der Mann hier und bin Euer Ehgemahl, wenn auch blödsinniger Weise, und so bestimm ich. Der Großteil der Buße ist mein, nicht von Überheblichkeit wegen, sondern weil ich der Mann bin. Aber auch für Euch fällt von Buße viel ab, wenn ich nun gehe. Wenn ich nun gehe, so ist es unmöglich, daß Ihr des Landes weiter waltet als Herzogin. Ruft Eure Stände zusammen und laßt einen neuen Herzog wählen, Wittich, Eueren Ohm, oder Werimbald, Eueren entfernten Vetter, das ist gleichviel. Dann tretet ab vom Stuhl und übet Demut, mehr, als Ihr je getan, wann Ihr den Bruder, meinen lieben Vater, betrauertet. Wie vom Stuhl, so tretet hinab von der Burg. Laßt Euch zu ihren Füßen von Eurem Wittumsgut ein Asylum bauen an der Landstraße für die Obdachlosen, die Alten, Gebrechlichen, Kranken und Krüppel. Da sollt Ihr walten im grauen Kleid, die Siechen laben, ihre Wunden waschen, sie baden und zudecken und Almosen ausgeben an wandernde Bettler, denen waschet die Füße. Ich habe nichts dagegen, daß Ihr selbst Aussätzige aufnehmt, ich halte es sogar für richtig. Herrad, unser Kind, von dem ich noch nicht ausgedacht habe, wie sie mit uns verwandt ist, außer, sie wäre Eure Enkelin, da ich Euer Sohn, – sie mag Euch helfen, das Wasser der Demut zu trinken, wenn sie heranwächst. Versehentlich ward sie getauft. Das Kommende, das du, Liebe, trägst, soll nicht getauft werden, so muß ich's bestimmen. Nennt es mit einem Demutsnamen wie Stultitia oder Humilitas oder klein Miserabilis, das überlasse ich Euch. So lebt, bis Gott Euch ruft!

Ich aber gehe und stelle mich Ihm zur Buße, und zwar zu einer außerordentlichen. Denn einen Menschen, dermaßen in Sünde getaucht wie mich, gab es auf Erden nie oder ganz selten, – ich sage es ohne Überheblichkeit. Ich gehe den Weg meines armen Vaters. Nicht auf ritterliche Irrfahrt gehe ich, wie ich Geck glaubte tun zu sollen, als ich meine Geburt erfuhr, sondern auf Bußfahrt, als Bettler, denen gleich, deren Füße Ihr waschen werdet. So werde ich meinen Ort finden, wie ich im Nebel diesen fand: den Ort, der diesem entspricht und diesem genügt. Dies sind die letzten Worte, die ich hienieden zu Euch spreche. Lebt wohl!«

»Grigorß«, sagte sie brechenden Auges, und ihre Lippen versuchten ein süßes Lächeln, das aber gräßlich ausfiel. »Grigorß, geliebtes Kind, könnten wir's denn vor der Welt nicht beim alten belassen, ohne je wieder einander zu nahen, und gemeinsam unser Geheimnis tragen? Meine Liebe zu dir ist nun Mutterliebe zur Gänze, alles Eheliche fiel von ihr ab, wie von deiner. Und doch ist tiefer vielleicht die Buße, wenn wir, unserer Sünde eingedenk, beisammen bleiben, als fern in der Welt voneinander. Das Asylum könnte ich trotzdem bauen und die Siechen baden.«

»Fraulich sprecht Ihr«, antwortete er, »denn Frau seid Ihr geblieben, während ich Mann wurde. Zu Eurer Schmach wurde ich's. Nun will ich's sein, Euch zur Rettung. Wie es der Gatte bestimmte, so bleibt es. Lebt wohl noch einmal! Nein, keinen Kuß zum Abschied. Auch nicht auf die Stirn – und auch auf die Hand nicht. Mit der Hand begann es. Gott mit Euch!«

Und er ging. Sie streckte die Arme nach ihm in Schmerzen.

»Wiligis!« rief sie aus tiefster Brust und besann sich.

»Schone dein, Kind«, rief sie ihm nach, »gib acht auf dich und übertreib es nicht mit der Buße!«

Aber er hörte nicht mehr.

Der Stein

Er legte Bettlerkleid an, ein härenes Hemd, strickgegürtet, und nahm nichts mit als einen knotigen Stab, keinen Brotbeutel, nicht einmal eine Bettlerschale. Die Tafel allerdings, geschrieben von seiner und seiner Kinder Mutter, die hatte er an sich genommen und trug sie auf dem bloßen Leibe. So ging er in der Dämmerung von der Burg seines Jammerglücks hinab und hinweg, entschlossen, sich keine Gnade zu gönnen als die, seine Mühsal mit willigem Herzen zu tragen. Was er wünschte, war, daß Gott ihn in eine Wüstenei sende, wo er büßen könnte bis in den Tod.

Die Nacht schlief er unter einem Baum, der die ersten Blätter fallen ließ auf den Pilger, – schlief da wie einst auf der Insel, als er seine Geburt erfahren, so daß weder Hütte noch Kloster ihn länger bergen und nur der Himmel ihm Obdach sein konnte. Die Menschen und ihre Straßen mied er im Weiterwandern bei neuer Sonne. Die rote Heide, Wald und weglose Wildnis, durch sie setzte er seinen Stab, durchwatete die Wasser neben der Brücke und trat mit bloßen Füßen die Stoppeln der Felder. Den ersten Tag aß er nichts, den zweiten gaben ihm Köhler im Forest von ihrem Mahl einen Abfall. Am dritten, gegen Abend, da war er schon weit und wußte nicht, wo: Ein Regenschauer verfinsterte den Himmel, und im fahlen Licht führte von den Hügeln, durch die er gestrichen war, ein Waldsteig, krumm, grasverwachsen und nicht breiter als ein quergelegter Ritterspieß, zu Tal ins Gebiet eines großen Sees. Dem Pfade folgte der Büßer und sah dort unten, nicht weit vom schilfigen Ufer, ein kleines Haus in der Einöde, das zog ihn unendlich an, denn seine Seele war voll Sehnsucht nach Rast und Obdach, und er ging darauf zu.

Netze, zum Flicken aufgespannt vor dem Hause, lehrten ihn, daß es ein Fischer war, der dort wohnte. Der Mann stand vor der Tür mit seinem Weibe und sah dem Weglosen, dem längst der Bart um Wangen und Kinn dunkelte, und dessen Haar auf der Schwarte verwalkt war, mißtrauisch entgegen. Gregorius bot ihm bescheiden den Abendgruß, und mit gekreuzten Händen bat er ihn, Gott zuliebe, um Herberge für die Nacht, hoffte aber im Herzen, daß seine Bitte zuschanden werden und der Mann ihm recht roh und womöglich mit Hohn das Nachtlager abschlagen möchte. Denn das war ihm noch nicht geschehen, und stärker als die Sehnsucht nach Rast war sein Verlangen nach Buße und tiefer Erniedrigung.

Die wurde ihm da zuteil. Der Fischer fing an zu schimpfen und schimpfte Minuten lang, obgleich hinter ihm seine Frau ihn immer mit leisem Zischen beschwichtigen wollte.

»Ja, du Herumtreiber, du starker Trügener und Lungerer!« schimpfte er. »Grad recht kommst du mir vors Haus, du Lump und stattlicher Hemdenmatz, Faulenzer du, bummelnder Wege-treter, und willst von redlichen Leuten zehren, die ihr Brot ver-dienen mit Gottesmühe zu knapper Not! Weib, zische nicht hin-ter mir zur Begütigung, meine Worte sind recht und bieder! Wie bist denn du Schlingel gewachsen, und was für Arme hängen dir da von den Schultern, daß du sie nicht rührst zu ehrlicher Arbeit? Für die wäre ein breiter Acker gut, und eine Hacke, ein Ochsen-stachel gehörte in deine Hand, statt daß du herumlumpst. Auweh, eine schlechte Welt ist das, die so einen Unwerten und sonst noch so manchen Nichtsnutz duldet, an dem Gott nie Ehre gewann, und der nur schmarutzt bei den Leuten! Weib, laß dein dummes Gezisch! Wer sagt dir, daß der Spitzbube da, wenn ich ihn behalte, und wenn wir schlafen, uns nicht um die Ecke bringt und sich mit dem Unsern davonmacht? Schäm du dich, Halunk, deiner Kraft, die du willst päppeln lassen von andren und höchstens zur Meintat benutzen! Troll dich von hier sofort, oder ich mache dir Beine!«

»Genau so, Freund«, antwortete ihm Gregorius mit Sanft-mut, »ganz so hatte ich gewünscht, daß Ihr zu mir sprechen soll-tet. So muß ich es hören, und so hat Gott es Euch eingesagt. Hättet Ihr mir auch einen Backenstreich gegeben, das wäre noch dienlicher gewesen, die Last meiner Sünden ein weniges zu ver-ringern. Ihr habt recht: ich darf kein Obdach erbitten, der Him-mel ist mein Gewahrsam. Lebt wohl!« Und er wandte sich weg in den Regen, der zu fallen begann.

In der Stube aber, wohin sie vor dem Regen getreten waren, sagte des Fischers Frau bei dem Funzellicht:

»Mann, Mann, mir ist nicht wohl, mir ist gar nicht zum Be-sten bei deinem Gehaben gegen den Wanderer! Du hast eine Un-rede geführt gegen ihn und ein Schimpfen getan, daß es dich deine Seele kosten kann. Soll man so einen Bittenden aufneh-men, er sei gleich Krist, Türk oder Heide? Das war gewiß ein guter, gewaerer Mann, ich sah es ihm von den Augen ab, du aber hast nichts als grausame Schmähung und Itewize für ihn gehabt, nun widerwarte du nur, wie Gott dir's entgilt! Wenn jemand sich mühsam erhält von Tag zu Tag, wie du es auf gut Glück tun mußt mit der Fischerei, der sollte Gott vor Augen haben und nicht viel wagen vor Ihm, indem er es an Erbarmekeit fehlen läßt, denn leicht kann Er dir die Fische entziehen, daß du nichts ins Dorf zu Markte zu bringen hast. Wir täten besser, den Armen zurückzurufen.«

»Gewäsch!« sprach der Fischer. »Hast du wohl einen Narren gefressen an seinen wätlichen Gliedern im Bettlersack, an dem Tagedieb süß und jugendlich, und möchtest mit ihm buhlen, Ehebrecherin, lüsternes Mensch?«

»Nein, Mann«, erwiderte die Frau. »Sonderbar war mir freilich zumute bei seinem Anblick, aber ich glaube nicht, daß es Geilheit war, was mir die Augen feucht machte dabei. Sein Bettlersack, das ist wahr, hatte so was von Hülle, und mir will's nicht geheuer werden, daß wir ihn verstießen. In dem Armen, sagt man, wird der Herre Krist gespeist, und mit Ehrfurcht, heißt es, soll man ihm begegnen, je weniger man weiß, wen man vor sich hat, und wer sich im Sacke zu unserer Prüfung verbirgt. Als er vom Backenstreich sprach, da wurde mir nun schon ganz, ganz anders. Wahrlich, ihn zurückzurufen solltest du mir erlauben!«

»Ei, so lauf und hol ihn, daß er bei uns nächtigt«, sagte der Mann, dem es nun auch etwas ängstlich wurde. »Daß ihn im Walde die Wölfe fressen, will ich im Grunde so wenig wie du.«

Also lief sie, den Rock über dem Kopf, durch den Regen, holte den Fremden ein, neigte sich und sagte:

»Bettler, mein Mann, der Fischer, hat sich eines andern besonnen und bereut seine unwirschen Worte. Er findet das Wetter zu arg für Euch, meint auch, daß es Wölfe gibt, und will, daß Ihr Obdach nehmt für diese Nacht in unserem Hause.«

»Wie es sein soll, so sei es«, antwortete Gregorius. »Ich folge Euch nicht, um mir's sanft sein zu lassen, sondern weil Euer Mann mir vielleicht einen Rat zu geben vermag.«

Als sie zurück in die Stube kamen, kehrte der Fischer ihnen mürrisch den Rücken zu, denn unterdessen hatte der Eindruck von seines Weibes warnenden Worten sich abgeschwächt in seiner Seele. Die Frau aber machte ein Holzfeuer an, damit der Verregnete sich daran trockne, und sagte, sie wolle nun einen Pfannkuchen backen, groß genug für alle drei und mit Milch zu genießen. Das wehrte ihr Gregor.

»Dieser Leib«, sagte er, »ist kaum einer Speise wert. Ich gedenke ihn nicht aus der Pfanne zu nähren, sondern ein Ranft von Haberbrot und ein Trank aus dem Brunnen sei all meine Bewirtung.«

Dabei blieb es, obgleich die Frau ihn sehr nötigte, es sich doch etwas wohler sein zu lassen. Und als sie denn niedersaßen zum Essen, die Einödleute mit ihrem Pfannkuchen und der Fremde mit einem alten Brotranft und Wasser, da ärgerte der Fischer sich schwer, so daß er wieder die bösen Worte nicht zurückhalten konnte und sagte:

»Pfui, daß ich das sehen muß, daß du dich vor uns aufspielst, Bettler, mit deiner Enthaltsamkeit, und alles ist Jux. Ich sollte mich nicht verstehen auf Lurren und Lurrendreyer. Bis jetzt hast du dich nicht mit so kranker Speise erhalten, drauf nehm ich das Sakrament. Es ist ja lächerlich: weder Mann noch Weib hat je einen besser gebildeten Leib gesehen, blühend und wohlgetan, von Brot und Wasser hast du den nicht. Gerade Schenkel, gewölbte Füße, ich hab's doch gesehen, die Zehen ebenmäßig und flätig. Platt und verkrustet sollten deine Füße sein wie bei einem rechten Landfahrer, sind aber nur ganz oberflächlich bedreckt. Die Beine und Arme, die du hast, die sind nicht lange nackt, das rede du mir nicht vor, die waren gut bewahrt vor Wind und Wetter, und ihre Haut – ich will dir sagen, was das für 'ne Haut ist: es ist die eines gemästeten Fressers. Guck, welch ein heller Streifen dir da um den Finger läuft! Da hat ein Ring gesessen. Ich habe Augen im Kopfe, und eher *weiß* ich, als daß ich nur argwöhnte, daß du sie anders gebrauchst, deine feinen Hände, wenn du fern bist von hier, als wie du uns dergleichen nun vormachst. Du kannst besseren Aufenthalt finden, und wenig Sorge trag ich, daß du dich morgen schon lustig machen wirst über den Ranft da, den Brunnentrunk und über uns arme Leute!«

»Ich tue wohl besser«, sagte Gregor zur Frau, »wenn ich in die Nacht gehe.«

»Nein, besser tätest du«, rief der Fischer, »Antwort zu stehen und deinen gutherzigen Wirten zu sagen, was für ein Mann du bist!«

»Das will ich«, erwiderte Gregor, »und ich bemerke anbei, daß ich es genieße, und daß es gefüge und gut ist, wenn Ihr mich du nennt im Austausch, ich aber Euch ireze. Ich bin ein Mann, nicht nur sündig wie alle Welt, sondern dessen Fleisch und Bein gänzlich aus Sünde besteht und dazu noch wieder in solche Sünde getaucht wurde, daß es das Ende des Denkens ist und der Welt Ende. Was ich zu erwandern suche, das ist ein härtester Aufenthalt, wo ich bis an meinen Tod mit der Not meines Leibes büßen kann um der Huld Gottes willen. Heut ist der dritte Tag, seitdem ich der Welt entsagte und auf Bußfahrt ging. Im Walde sah ich außer Köhlern und Schweinehirten auch wohl Eremiten. Aber sie hatten es mir viel zu angenehm. Da mich heute mein Weg zu Euch geführt hat, Herr, so laßt mich Euch angehen um Gnade und Rat! Wißt Ihr hier irgendwo eine Stätte, die mir recht gebührte, einen wilden Stein oder eine einsame Höhle von äußerster Unbequemlichkeit, ich bitte Euch herzlich, so zeigt sie mir! Ihr werdet wohl daran tun!«

Da dachte der Fischer grimmig nach und lachte in sich hinein bei seinem Einfall. »Dem werd ich's geben«, dachte er. »Den will ich in Verlegenheit bringen, daß das grasse Grauen ihn ankommt vor meinen Vorschlägen und er auskneift. Da wird der Schwindel sich zeigen.« Und er sagte:

»Bist du auf so was aus, Freund, so freue dich. Dir kann geholfen werden, und ich will es sein, der dir hilft. Im See draußen weiß ich ein Riff, ganz allein in dem Wâge, das ist dir ein holdes Heim, schroff genug, da magst du hocken und deinen Kummer beklagen nach Herzenslust. Willst du, so bring ich dich hin und helf dir hinauf. Hinauf nämlich kann man zur Not, aber hinab, da hapert's, so ist dir das Felslein geartet. Wir wollen's aber ganz sicher machen, daß ja dein Reuesinn sich nicht wendet, wenn du ihn auch bereust. Ich hab seit Jahr und Tag ein eisern Beinschellelein aufbewahrt, ein wackeres, verschließliches. Das nehmen wir mit, und ich leg es dir an. Kommt dir der Spaß dann mißlich vor, und versucht's dich hinab, so mußt du doch ausharren, gern oder ungern, und da dein Leben verbringen, solange es vorhält. Wie gefällt dir mein Vorschlag?«

»Er ist sehr gut«, antwortete Gregorius. »Gott gab ihn Euch ein. Ich danke Ihm und Euch und bitte Euch: Helft mir zu dem Stein!«

Drauf lachte der Fischer dröhnend und rief:

»Nun, Bettler, das ist gescheit! Ist es dir ernst, so gehe jetzt schlafen, denn vor Tag fahr ich aus zum Fischen, und wenn du mit willst, so sei früh auf! Nur dir zulieb, unacht des Zeitverlustes, fahr ich das Plätzchen an, helf dir hinauf und leg dich fein in den Eisenhalter, den ich hier aus der Kiste zieh. Dann magst du da oben nisten wie der Pilgrimsfalke auf seiner Schroffe, magst immer so alt dort werden, wie du es fertigbringst, und wirst wahrhaftig auf Erden keinem Menschen mehr lästig fallen. Auf morgen!«

»Wo wollt Ihr, daß ich schlafe?« fragte Gregorius.

»Hier nicht«, sagte der Fischer. »Ich traue dir nun einmal auf keine Weise. Im Beischlag draußen, da magst du dich kuschen. Im besten Stand ist das Ding nicht mehr, aber verglichen mit deinem Stein ist's keiserlich da drinnen.«

Der Schuppen war zerfallen und schmutzig, und wäre die Fischersfrau nicht fromm und vorsichtig genug gewesen, dem dahin Verwiesenen ein wenig Schilf zum Lager zu breiten, so hätte, der einst Herzog Grigorß gewesen, im baren Staube schlafen müssen. Sein letzter Aschenmann zu Hause hatte es besser. Er aber dachte: »Es ist sehr gut so, nur ist es noch viel zu keiserlich. Der Fels morgen, der wird das Rechte sein.« Er streckte sich auf das Schilf und legte die Tafel neben sich. Lange lag er wach im Gebet. Dann aber wollte es seine Jugend, daß er in Schlaf fiel, einen sehr festen, und als kurz vor Tag der Fischer zu seinem Erwerb ausfahren wollte, da lag er noch tief von Schlaf umfangen und hörte nicht, daß sein Wirt ihn rief: »He, Bettler!« Zweimal rief er es, aber kein drittes Mal, sondern sprach:

»Zum Narren werd ich mich machen und mir die Kehle ausschreien nach dem Schwindler. Wußt ich doch, daß es ihm nicht

ernst war, und daß er sich fein drücken würde um den propo-
nierten Sitz. Ich geh meiner Wege. «

Und machte sich auf, wie jeden Morgen, zum See hinab. Die
Frau aber, als sie das sah, eilte zum Rumpelhäuschen, rüttelte
den Schläfer und mahnte wohlmeinend:

»Guter Mann, wenn du mitfahren willst, so versäume dich
nicht! Der Fischer ist schon unterwegs zum See. «

Da fuhr Gregorius auf, blickte verwirrt und besann sich
kaum, so tief war sein Schlaf gewesen.

»Nicht gern«, sagte sie, »du Feiner im mehrtägigen Bart,
weck ich dich Müden und schicke dich ungern zum Steine.
Und doch sprach es in mir, daß ich's tun sollte, damit du nicht
um den Sitz kommst. Denn wahre Sehnsucht schienst du mir
nach ihm zu hegen, und wer weiß, ob du nicht etwa ein Heiliger bist. «

Bei diesem Wort schauderte Gregorius. Auffahrend rief er:
»Wie konnte ich Elender schlafen! Um Gott, hinweg und ihm
nach!« Und stürzte hinaus aus dem Schuppen.

»Vergiß deine Beinschelle nicht!« rief die Frau und drückte
sie ihm in die Hand. »Vielleicht ist sie nötig zum Heil, mag
auch der Fischer sich nur im argen ihrer erinnert haben. Und
greif auch die Hakenleiter hier, sie ist not, und mein Mann hat
nichts mitgenommen. Trage sie, wie der Herr Krist sein Kreuz!
– Leb wohl!« rief sie ihm nach. »Voller Mutmaßungen über
dich bleib ich zurück. « Dann wandte sie sich und weinte.

Gregorius aber, beschwert von Eisenhalter und Leiter, lief in
seinem Schweiß dem Wirte nach, immerfort rufend: »Freund,
Fischer, mein Engel, warte auf mich und verlaß mich nicht, ich
komme, ich komme!« Seine Tafel jedoch, die hatte er in der
Hast im Schilflager vergessen, was ihn sehr schmerzte.

Am morschen Steg erst drunten, wo das Boot lag, erreichte
er atemlos den Mann, der die Achseln zuckte. Und als der
Kahn sie beide aufgenommen nebst dem Gerät, führte der Fischer ihn schweigend durch kurze Wellen hinaus in den weiten
See, wohl eine Stunde lang oder zwei: Da ragte der wilde Stein,
rot-grau und kegelförmig, hervor aus der Flut, gottverlassen

und ohne Ufersicht; den fuhren sie an, und der Fischer hakte die Leiter an eine Felsennase, indem er sagte:

»Steig du voran! Im Rücken haben mag ich dich nicht.«

So stiegen sie hintereinander hinauf, erst über die Leiter, dann mühsam noch ein Stück über kahlen Fels, mit Hilfe von Spalten und Zargen, und als sie oben die kleine Kegelplatte erklommen hatten, da tat der Fischer mit finsterem Lachen, wie er es angesagt: Er legte dem Gregor das Beineisen an, sperrte das Schloß und sprach dabei:

»Nun bist du dem Steine sicher. Hier mußt du alt werden, denn führt nicht der Teufel mit allen seinen Listen dich von hier weg, nie und nimmermehr kommst du wieder herunter. Da sitze! In deiner eigenen Trügerei hast du dich gefangen.«

Damit warf er den Schlüssel des Eisenhalters im Bogen weit hinaus in den See und setzte hinzu:

»Berg ich den je aus der Wellentiefe und sehe ihn wieder, dann will ich dir abbitten, Heiliger. Gut Heulen und Zähneklappern!«

Das war sein Abschiedsgruß. Er kletterte wieder zum Boot hinab, zog die Leiter ein und fuhr davon.

Die Buße

Kristlicher Leser! Höre und glaube mir! Großes und Eigentümliches habe ich dir zu berichten, Dinge, die zu erzählen Mut erfordert. Wenn ich aber den Mut finde, sie auszusagen, so solltest du dich schämen, nicht so viel Mut aufzubringen, sie zu glauben. Nicht voreilig will ich dich einen Zweifler schelten; vielmehr baue ich auf deinen Glauben, genau so weit, wie ich auf meine Fähigkeit baue, das mir Überlieferte glaubwürdig mitzuteilen. Auf diese Fähigkeit aber baue ich sehr fest und also auch auf deinen Glauben.

Meine wahrhaftige Mitteilung ist: Auf dem engen Geviert der Kegelplatte dieses wilden Steines im See verbrachte Gregorius, des Wiligis und der Sibylla Sohn und Gatte der letzteren,

mutterseelenallein und bar aller Gnade so viele Jahre, wie er ge-
zählt hatte, als er tadelnswerterweise sein Eiland fern im Meer
und das Kloster ›Not Gottes‹ verlassen hatte, – volle siebzehn
Jahre verbrachte er dort ohne eine andere Bequemlichkeit als das
Himmelsdach über sich, ohne Schutz weder vor Reif noch vor
Schnee, weder vor Regen noch Wind, noch vor Sonnenbrand,
bekleidet nur – aber wie lange hielt das denn vor! – mit seinem
härenen Hemd, bei nackten Armen und Beinen.

Ihr glaubt es nicht? Ich werde euch dessen versichern, und
zwar nicht, indem ich einfach zu dem Trumpf meine Zuflucht
nehme, daß vor Gott kein Ding unmöglich und Ihm kein Wunder zuviel ist. Das wäre zwar durchschlagend, aber zu wohlfeil.
Äußerlich müßte euer Zweifel davor verstummen, aber heimlich könnte er fortnagen. Das darf nicht sein, und darum will ich
mich nicht auf Gottes Allmacht berufen. Ohne Predigt, ver-
nunftgemäß und geruhig, wenn auch selbst tief ergriffen von
meiner Kunde, will ich den Fragen Rede stehen, die ihr mit ge-
rungenen Händen, unter vielen »Ja, sag uns um Gottes willen«
und »Mönch, erwäge doch, wie denn aber« stellen mögt, und
deren erste natürlich dahin geht, wie sich der Büßer auf dem
nackten Felsen denn auch nur kurze Zeit, geschweige denn siebzehn Jahre lang ernährt habe. Kamen Raben geflogen, ihn zu
speisen? Fiel Manna vom Himmel, nur um seinetwillen? Nein,
es war ganz anders.

Den ersten Tag, nachdem der Fischer ihn höhnisch verlassen
hatte und Gregor in vollkommener Einsamkeit zurückgeblieben
war, verharrte er am Fleck, saß, die Knie mit den Armen um-
schlungen, oder kniete auch mit gefalteten Händen vor Gott und
betete für seine armen, reizenden Eltern, für den entschwundenen Wiligis, für Sibylla, sein Weib, die nun wahrscheinlich
schon Gichtbrüchige badete oder doch Anstalten dazu traf, und
auch für sich selbst, indem er sich ganz und unbedingt der Verfügung Gottes und seinem Willen anheimgab, wie er ihm ja auch
tatsächlich anheimgegeben war. Der zweite Tag aber war erst
einige Stunden alt, als Hunger und Durst ihn nicht länger ruhen
ließen und er, fast ohne Wissen und Wollen, auf allen vieren, da

er mit seinen Füßen im Eisenhalter nicht einen Schritt tun konnte, auf der Plattform suchend umherzukriechen begann.

In der Mitte, ziemlich genau, war im Gestein eine kleine Mulde, darin stand weißlich trübes Naß bis zum Rande, vom gestrigen Regen wohl, wie er dachte, nur eben auffallend trüb und milchig, – willkommen ihm jedenfalls zum Trunk, wie unsauber, und woher so unsauber, es sein mochte, – er war der Letzte, der Ansprüche zu stellen hatte. Darum beugte er sich über das kleine Becken und schlürfte mit Lippen und Zunge, was darin war, schlappte es aus, so wenig es war, nur ein paar Löffel voll, und leckte wahrlich den Grund des Grübchens noch ab, als es leer war. Der Trank schmeckte zuckerig-leimig, nach Stärke etwas, etwas würzig nach Fenchel, dazu metallisch nach Eisen. Gregorius hatte gleich das Gefühl, daß durch ihn dem Durste nicht nur, sondern auch dem Hunger Genüge geschah, und zwar überraschend gründlich. Er war satt. Leicht stieß es ihm auf, und etwas von dem Getrunkenen floß ihm aus dem Munde wieder hervor, als sei das wenige schon zuviel gewesen. Er fühlte sein Gesicht ein wenig gedunsen, eine rötende Wärme stieg in seine Wangen, und als er zu seinem ersten Platz am Rande des Steines kriechend zurückgekehrt war, fiel er, den Kopf auf eine niedrige Stufe des Felsens gelegt, wie ein Kind in Schlaf.

Nach einigen Stunden erwachte er von leichtem Bauchgrimmen, das ihn verdrießlich die gefesselten Beine regen ließ, und über das er wohl hätte greinen mögen. Es verging jedoch bald, und Hunger spürte er nicht. Nur aus Neugier begab er sich gegen Abend noch einmal zu der Höhlung inmitten der Platte. Auf ihrem Grunde hatte sich wieder etwas von der Flüssigkeit angesammelt: nicht mehr, als daß sie nur dünn den Boden bedeckte. Doch ließ sich wohl ausfigurieren, daß, wenn es mit der sickernden Erneuerung im selben Maßstabe weiterging, über Nacht die Mulde sich wieder gefüllt haben würde.

So geschah es auch, und am neuen Tage stärkte Gregor sich neu mit dem Sud, schleckte alles aus bis zu wärmlicher Schläfrigkeit, denn hatte er während der Nacht sehr bitter unter der Kälte gelitten und nicht gewußt, wohin er sein armes Bettlerhemd ziehen und wie darin Zuflucht finden sollte, so half dem der Steinsaft für mehrere Stunden ab, rein durch die Sättigung, weshalb der Einsame auch am Abend, wenn wieder etwas davon hervorgetreten war, sich damit atzte, um weniger zu frieren.

Ich vermag euch zu sagen, welche Bewandtnis es damit hatte, denn ich habe die Alten gelesen, bei welchen mit vielem Recht die Erde sich den Namen der großen Mutter und magna parens erwarb, aus der jedwedes Lebendige sprießend heraufgeschickt und gleichsam Gott emporgereicht, kurz, aus Mutterleib geboren worden sei. So auch der Mensch, der nicht zufällig homo und humanus heißt, zum Zeichen nämlich, daß er aus dem Muttergrunde des humus ans Licht trat. Alles aber, was gebiert, hat auch die notwendige Nahrung für seine Kinder, und gerade daran erkennt man ja, ob eine Frau wirklich gebar und nicht etwa ein fremdes Kind als eigenes vorweist, daß sie nämlich über die Quellen der Nahrung für das Geborene verfügt oder nicht verfügt. Darum wollen jene Autoren, die ich verehre, wissen, daß anfangs die Erde ihre Kinder mit eigener Milch ernährte nach der Geburt. Denn ihre uteri hätten als Schläuche tief hinabgereicht mit ihren Wurzeln, und dahin habe von selbst die Natur die Kanäle der Erde gelenkt und milchähnlichen Saft aus der Öffnung der Adern fließen lassen, wie ja auch jetzt bei allen entbundenen Frauen süßliche Milch in die Brust sich ergießt, weil dorthin der ganze Säftestrom des mütterlichen Körpers, oder vielmehr ein nährender Auszug davon, gesandt wird.

Klein, unfertig und unerwachsen, heißt es, noch nicht berufen zur Weihe höherer Nahrung, zum Bau des Getreides, habe damals der Mensch an den Brüsten der Mutter gehangen und kindische Nahrung genossen. Wie recht aber meine Gewährsmänner, die Alten, mit dieser Aufstellung haben, zeigt die Geschichte Gregors. An einigen wenigen Stellen der Erde, es werden im ganzen nur zwei oder drei sein, noch dazu an versteckten und unbewohnten Orten gelegen, sind solche Nährsaftquellen der Urzeit, tief in den mütterlichen Organismus hinabreichend, gleichsam aus alter Gewohnheit, in wenn auch herabgesetzter

Tätigkeit geblieben, und eine von ihnen, wo noch die aufsik-
kernde Frühnahrung in vierundzwanzig Stunden ein kleines
Becken füllte, hatte der Büßer auf seinem Steine vorgefunden.

Das war eine große Gnade, und ich will es dahinstellen, ob
hier ein gnädiger Zufall waltete und die Mutterquelle auch vorher die ganze Zeit gearbeitet hatte, oder ob die Gnade so weit
ging, daß Gott sie eigens für den Sünder Gregorius wieder ange-
regt hatte. Auf jeden Fall kam diesen durch solchen Fund, bei all
seiner unendlichen Verlassenheit, zum erstenmal die hoffende,
ja beseligende Ahnung an, daß Gott seine Buße nicht nur an-
nähme, sondern ihn auch nicht an ihr zugrunde gehen lassen
wollte, vielmehr es mit ihm, wenn er seine Eltern und sich selbst
durch härteste Reue entsühnt haben würde, noch irgendwie
gnadenvoll vorhabe.

Diese ihn mild durchströmende Ahnung hatte er freilich nötig, so sehr wie den erwärmenden Muttertrank, und sie beide
mußten zusammenwirken, um ihn bestehen zu lassen, was er
auf sich genommen, und was, wie alles Schwere, am Anfang,
bevor die Natur sich nachgiebig-zäh damit eingerichtet, zu bestehen am allerschwersten war. Denn nun stellt euch vor und
bildet es euch nur recht ein, wie der Winter kam mit Dunkelheit,
Schnee, Regen und Stürmen, und wie der Mann auf dem nackten Stein, im bloßen Haarhemd, seinen Unbilden erbarmungs-
los preisgegeben war, – wenn dies Wort ganz am Platze ist bei
vorhandener Erdmilch und wärmender Ahnung von Gnade.
Immerhin ist es nur zu weitgehend am Platze, besonders wenn
man bedenkt, daß Schnee und Regen für die Nährlymphe sehr
schlecht waren, da sie sie verwässerten. Und doch übte sie auch
in verdünntem Zustand noch genügend sättigende Kraft. Leicht
aufstoßend und etwas aussabbernd von ihr, lag der Mann in sich
selbst zusammengezogen, die Knie am Mund, unter den Wet-
tern, und auch seine Haut war zusammengezogen, immerfort in
der Verfassung graupeliger Abwehr, die man Gänsehaut nennt,
wodurch sie sich sehr veränderte. Kam warm die Sonne hervor,
so mochte er dampfend trocknen, nebst seinem Büßerhemd, das
aber bald verfaulte und großenteils wie Zunder zerfiel. Was aber

noch davon übrigblieb, deckte von seinem Körper mehr, als man denken sollte, denn von dem zusammengekrümmten Verteidigungszustand wurde der zusehends kleiner.

Übrigens muß oder darf man hinzufügen, daß der Winter ihm seltsam schnell verging und ihm überaus kurz schien von Dauer, aus dem einfachen Grunde, weil er viel schlief und die Zeit übersprang und versäumte. An ihr nahm er erst wieder mehr teil, als das Licht wuchs, die Lüfte linder wehten und ein Frühling, der freilich an der baum- und graslosen Nacktheit seines Felsensitzes nichts änderte, sondern nur den Stein mild zu erwärmen vermochte, hinüberleitete in langtägige Sommerzeit, wo die Sonne ihren höchsten Bogen am Himmel über dem See beschrieb und, wenn nicht Wetterwolken sie verhüllten, gewaltig niederstrahlte auf Mann und Fels, diesen oft so erhitzend, daß jener es kaum darauf hätte aushalten können, wäre seine abwehrende Haut nicht schon sehr körnig und hornig verändert gewesen. Auch war gegen die hitzende Strahlung sein Haupt eingehüllt in verfilzt dick aufliegendes Haar und vermummenden Bart, und so nahm er das Beschiedene hin, bis die gestirnte Nacht mit kränklich schwindendem Mond, oder geschnitten sichelförmigem, oder leuchtend und voll in der Flut sich spiegelndem, Kühlung brachte der Natur und dem verkleinerten Manneswesen, das mehr und mehr eins mit ihr wurde.

Danach, so kürzten sich wieder die Tage, Herbstnebel brauten, und von da an, wo der Mann hier war ausgesetzt worden, hatte ein Jahr sich gerundet. Eines! sagt ihr. Aber siebzehn, sagst du, habe er da verlebt. Ja, das sage ich. Doch so groß, wie ihr denkt, ist der Unterschied nicht, und ist eines erst umgelaufen, so laufen die andern so hinterdrein, ohne daß es ihnen und dem Manneswesen, das obdachlos in ihnen lebt, gar viel ausmachte. Erstens muß man von ihrer Masse, als erfahrene Zeit genommen, ein gutes Viertel abziehen; denn die Winter verbrachte das büßende Wesen in zeitlosem Murmelschlaf und kroch währenddessen auch nicht zur Atzung, da sein stoffliches Leben bis zum Stillstand gemindert war, ehe es sich bei steigendem Sonnenbogen wieder zum Wechsel löste. Zweitens aber will Zeit, wenn sie nichts weiter ist als das und keinen Gegenstand hat als den Wandel der Jahreszeiten und die Mienen des Wetters, keinen Gehalt an Ereignissen, der sie überhaupt erst zur Zeit macht, – Zeit, sage ich, will dann wenig besagen, sie büßt an Dimension ein und schrumpft zusammen, wie der verkrümmte Erdsäugling auf dem Steine im See es tat, der mit der Zeit so zwerghaft klein wurde, wie nach den Autoren der unfertige und unreine Frühmensch es war, der noch nicht menschenwürdige Speise genoß.

Schließlich, nach etwa fünfzehn Jahren, war er nicht viel größer als ein Igel, ein filzig-borstiges, mit Moos bewachsenes Naturding, dem kein Wetter mehr etwas anhatte, und an dem die zurückgebildeten Gliedmaßen, Ärmchen und Beinchen, auch Äuglein und Mundöffnung schwer zu erkennen waren. Zeit kannte es nicht. Der Mond wechselte. Die Sternbilder stellten sich um, verschwanden vom Himmel und kehrten wieder. Die Nächte, mondhell oder finster und triefend, eisig durchstürmt oder voll Schwüle, verkürzten sich oder nahmen zu. Der Tag graute früh oder spät, errötete, flammte auf und verging wieder in scheidendem Karmesin, das sich in der Gegend des Aufgangs widerspiegelte. Blauschwarze, schweflichte Wetter, in denen es lichtete, zogen fürchterlich zögernd auf, entluden sich krachend über den hallenden Wassern, die sie mit Hagel besprenkelten, und ihre Blitze fuhren in die erregten Wellen, die aufspritzend den unerschütterten Fuß des Steines berannten. Danach war alles gut, Friede, ebenso hehr und unbegreiflich wie die vorherige Wut, erfüllte das All, und in süßem, oben durchsonntem Regen stand von einer Uferlosigkeit zur anderen in feuchter Schöne der siebenfarbige Bogen.

Unter alldem aber machte das moosige Wesen, wenn es nicht schlief, seinen kriechenden Weg zur Mutterbrust und kehrte gesättigt und etwas sabbernd an den Rand zurück, wo der Büßer einst abgesetzt worden war. Hätte durch Zufall ein Schiff auf dem See sich dem entlegenen Felsen genähert, – nichts Auffälliges wären die Bootsleute dort oben gewahr geworden. Hätte der Fischer der Einöde einmal die Laune verspürt, wieder die Fahrt zu tun und sich nach dem Lästigen umzusehen, den er vor

Jahren hier untergebracht, – der Augenschein hätte ihm die Gewißheit bestätigt, daß er längst umgekommen, verwest und, was von ihm geblieben, vertrocknet, verdunstet und vom Steine hinweggewaschen sein mußte. Von seinem Gebein allenfalls dort oben einen bleichen Schein zu erspähen, hätte er wohl erwarten mögen und sich in dieser Erwartung getäuscht erfunden. Aber er kam gar nicht.

Die Offenbarung

Nach so vielen Jahren starb, wie ich las, in dem berühmten und trümmerreichen Rom jener, der dort als Folger des Apostelfürsten und Vikar Christi gewaltet, die dreifache Krone getragen und mit dem Hirtenstabe die Völker geweidet hatte. Aus seinem Tode aber und aus der brennenden Frage, wer nach ihm den heiligen Sitz einnehmen und die Macht, zu lösen und zu binden, ererben sollte, entspannen sich große und blutige Streitigkeiten, welche Gott nicht schlichten zu wollen schien. Denn sein Geist senkte sich nicht vereinigend auf die Kurie von Geistlichen, Adel und Bürgerschaft herab, sondern ein Schisma spaltete das Volk, und zwei feindliche Faktionen, von denen jede ihren Anwärter auf den Thron der Welt als den einzig Würdigen ausrief, standen in heftiger Erregung gegeneinander. Die eine wollte einen gewissen Presbyter vornehmer Herkunft namens Symmachus zum Papst, die andere den sehr beleibten Archidiakonus Eulalius, der ebenso wie Symmachus vor Ehrbegier zitterte.

Der Heilige Geist hatte an der Aufstellung keines von beiden irgendwelchen Anteil, sie war bloßes Menschenwerk, und mit Beschämung muß ich gestehen, daß Bestechung mit Gold dabei einschlägig und parteiliches Machtstreben die Triebfeder von allem war. Darum ließ sich das Göttliche auch nicht erleuchtend und entscheidend auf die Wählerschaft nieder, sondern diese lief in streitbarer Wut auseinander, die Parteien bewaffneten sich, und ein wilder Stadtkrieg brach aus, der auf Plätzen, Straßen und leider auch in den Kirchen geführt wurde, und bei dem die

Türme der Brücken sowohl wie aufgehöhte und ausgebaute Denkmäler der Alten als Festungen und Verschanzungen dienten. Ich sage euch, es war eine große Schande. Aus dem Konklave wurden deren zwei, von denen jedes seinen eigenen Mann erkor und zum römischen Bischof und Papst einsetzte. Symmachus wurde im Lateran, Eulalius in Sankt Peter ordiniert, und so saßen sie, der eine in jenem Palast, der andre in Kaiser Hadrians runder Grabesfeste, sangen Messe, fertigten Bullen und Dekrete aus und verfluchten einander, während in den Gassen die Waffen klirrten. Der Namen, mit denen sie sich wechselseitig belegten, waren viele, und unaufhörlich dachten sie über neue nach. ›Verwüster der Kirche‹, ›Wurzel der Sünde‹, ›Herold des Teufels‹, ›Apostel des Antichrist‹, ›Pfeil vom Bogen des Satans‹, ›Rute Assur‹, ›Schiffbruch aller Keuschheit‹, ›Kot des Saeculums‹, ›scheußlicher und gekrümmter Wurm‹, so nannte einer den anderen schäumenden Mundes. Eulalius, der wie gesagt, sehr dick und vollblütig war, übernahm sich im Fluchen, wurde dabei vom Schlage getroffen und starb. Aber auch den Symmachus ereilte sein Schicksal, denn seinen Mannschaften lieferten die Eulalianer, um ihren Papst zu rächen, ein großes Gefecht, bei dem sie sie aufs Haupt schlugen und den Palast Lateranus erstürmten, so daß Symmachus gezwungen war, durch eine Hintertür zu entweichen. Verfolgt, sprang er in den Tiber und ertrank.

So hatte man statt zweier Päpste gar keinen mehr, was eine starke Ernüchterung unter den Römern hervorrief. Man sah ein, daß man die Sache falsch und gottlos angegriffen, und eine Stimmung von Bußfertigkeit verbreitete sich jählings unter den Bürgern. Ihr Beschluß, in allgemeiner Zusammenkunft gefaßt, ging dahin, nunmehr die Wahl ganz und gar Gott selbst anheimzustellen, und Fastenwochen, Tage der Almosen und große Gebete in allen Kirchen wurden angeordnet, damit Er in Gnaden Sein Gebot kundtue, wer Ihm zum Stellvertreter und Träger der Weltenkrone tauge.

Nun lebte zu Rom ein frommer Mann aus altem Geschlecht, das früher als die meisten das Kristentum angenommen hatte: Sextus Anicius Probus, schon betagt, über fünfzig, und ebenso reich an Gütern wie an öffentlichen Ehren. Zusammen mit seiner Gemahlin Faltonia Proba bewohnte er den Palast seiner Väter, die alle Konsuln, Präfekten und Senatoren gewesen waren: ein gewaltig großes, mehrere Millien bedeckendes Anwesen in der fünften Region, an der Via Lata, das dreihundertundsechzig Zimmer und Hallen, eine Pferderennbahn sowie marmorne Thermen einschloß und von weiten Gärten umgeben war. Die Bäder waren nicht länger mit Wasser gespeist, das Hippodrom auch längst außer Gebrauch und die meisten der dreihundertsechzig Räume leer und in verwahrlostem Zustande, – nicht weil es dem Besitzer an Mitteln und dienenden Händen gefehlt hätte, die sämtlich wohl zu unterhalten, sondern weil seinen Augen Verfall, Zerrüttung und das Hinsinken des sehr Großen unter der Wucht seiner eigenen Größe als das Zeitgerechte, Notwendige und Gottgewollte erschien. Zwar fehlte es in den wenigen Gemächern, die er mit seiner Ehefrau bewohnte, nicht an schöner Behaglichkeit, weder an Ruhelagern, die mit kostbaren Stoffen des Morgenlandes bedeckt waren, noch an Geräten in Goldschnitzerei, Sesseln von antiker Gestalt, bronzenen Kandelabern und Schreinen, worin edle Vasen, goldene Becher und rosige Trinkmuscheln standen. Aber diese Zimmergruppe war eine Insel der Wohnlichkeit, umgeben von weitläufiger Wüstenei, von Höfen mit teilweise eingestürzten Säulenordnungen und Brunnen, deren Figurenschmuck zerbrochen am Boden lag, und von veröden Sälen mit schadhaften Mosaikböden, wo die Goldtapeten zerrissen von den Wänden hingen und die Verkleidungen aus feinem Silberblech zerbeult davon abstanden. So waren Probus und Proba es gewohnt und fanden es angemessen.

Auch die Gärten, in welche der Palast eingebettet lag, waren verwildert und verwachsen bis zur Undurchdringlichkeit, aber desto lauschigere Plätze gab es darin, zu denen man sich zwischen wucherndem Buschwerk und von Schlinggewächsen halb erstickten Bäumen durchschlagen mochte, und besonders liebte der Anicier eine von Lorbeergebüsch dicht umdrängte Marmorbank mit Pansköpfen, von der man, vorbei an einer von ihrem Sockel gefallenen Amor-Statue reizenden Leibes, mit Pfeil und

Bogen und ohne Kopf, auf eine kleine, in buntem Unkraut stehende Wiesenfreiheit blickte. Dort saß der würdige Mann, bekümmert, wie er war, über die Verwaistheit der Kirche und die
allgemeine Ratlosigkeit, an einem schon sommerlich warmen
Apriltage nach dem Speisen. Am Morgen hatte er in der seinem
Palaste nahe gelegenen Basilika der Apostel Philippus und Jako-
bus sich mit Inbrunst an den allgemeinen Gebeten beteiligt. Jetzt
mochte er wohl im Duft des erwärmten Lorbeers eingeschlum-
mert sein; denn er hatte ein Traumgesicht, das ihn jedoch nicht
von seiner Stätte entführte, sondern wo er saß, da sah und hörte
er, was ihn aufs tiefste bewegte, so daß man eher als von einem
Traum von einer Vision und Offenbarung zu sprechen genötigt
ist.

Vor ihm im Klee der Wiese stand ein blutendes Lamm und
redete zu ihm. Es blutete aus der Seite, tat sein ergreifendes
Lammesmaul auf und sprach mit zitternder, aber überaus süß zu
Gemüte gehender Stimme:

»Probe, Probe, höre mich! Großes will ich dir verkünden.«

Dem Probus schossen die Tränen in die Augen bei des Lammes
Stimme, und sein Herz füllte sich mit Liebe zum Überströmen.

»Du Lamm Gottes«, sagte er, »gewiß, ich höre! Mit ganzer
Seele höre ich, aber du blutest, dein Blut färbt dein sanftes Vlies
und rinnt in den Klee. Kann ich nicht etwas für dich tun, deine
Wunde waschen und sie mit Balsam pflegen? Innig verlangt
mich nach solchem Liebesdienst.«

»Laß das gut sein«, sprach das Lamm. »Es ist sehr notwendig,
daß ich blute. Höre du, was ich dir zu verkünden habe! Habetis
Papam. Ein Papst ist euch erwählt.«

»Teures Lamm«, antwortete Probus im Traum oder in der
Entrückung, »wie das? Symmachus und Eulalius sind beide tot,
die Kirche ist ohne Haupt, die Menschheit entbehrt des Richters,
und der Stuhl der Welt steht leer. Wie soll ich deine lieben Worte
verstehen?«

»Wie sie lauten«, sagte das Lamm. »Euer Gebet ist erhört und
die Wahl geschehen. Du aber bist erwählt, es zuerst zu vernehmen
und deine Maßregeln danach zu treffen. Glaube nur! Der Er-

wählte muß auch glauben, so schwer es ihm fallen möge. Denn alle Erwählung ist schwer zu fassen und der Vernunft nicht zugänglich.«

»Ich bete an«, sprach Probus, schluchzend ob der rührenden Süßigkeit der Stimme des Lammes, und sank vor der Bank auf die Knie. »Laß mich vernehmen: Wie heißt er?«

»Gregorius«, antwortete das Lamm.

»Gregorius«, wiederholte der alte Mann überwältigt. »Da ich es höre, ist mir, als ob er gar nicht anders heißen könnte, geliebtes Lamm. Willst du mich in deiner Güte auch wissen lassen, wo er ist?«

»Fern von hier«, erwiderte das Lamm. »Und du bist ersehen, ihn einzuholen. Auf, Probe! Suche ihn von Land zu Land in der Kristenheit und laß dich keine Mühen der Reise gereuen, sie führe nun hoch über öde Gebirgspässe oder über reißende Flüsse. Auf einem wilden Stein sitzt der Erwählte ganz allein seit vollen siebzehn Jahren. Suche und hole ihn, denn ihm gehört der Stuhl.«

»Ich will suchen mit allen meinen Kräften«, versicherte Probus. »Aber, rührendes Lamm, die Kristenheit ist so weit und groß. Muß ich sie ganz durchforschen, bis ich auf den Stein stoße, den der Erwählte einnimmt? In meiner Menschenschwäche zage ich vor der Sendung.«

»Wer da sucht, der wird finden«, sagte das Lamm mit besonders zu Herzen gehender Stimme, und auf einmal mischte sich in den bitteren Duft des Lorbeers, worin der Römer gesessen hatte, Rosenduft, so stark und lieblich, daß man nur ihn noch wahrnahm. Denn jeder Blutstropfen, der aus des Lammes Wunde und von seinem lockigen Fell zu Boden rann, verwandelte sich dort in eine voll erblühte rote Rose, deren es bald sehr viele waren.

»Übersteige mutig die Alpen«, fuhr das Lamm, in den Rosen stehend, zu reden fort. »Ziehe durchs Alamannenland, ohne dich etwa von dem berühmten Sankt Gallen verlocken zu lassen, dort zu säumen, und richte dich weiter gen Abend und Mitternacht, gegen das Nordmeer. Kommst du in ein Land, das an dieses grenzt und fünf Jahre lang mit Krieg überzogen war, von dem eine festhaltende Hand es befreite, so bist du recht. Wende dich gegen seine Hügel und Berge, Wälder, Wildnisse und Einöden. In einer solchen kehre ein, in dem Haus eines Fischers auf dem Wert eines Sees. Bei ihm wirst du Weisung empfangen. Du hast gehört. Glaube und gehorche!«

Damit verschwand das Lamm nebst den Rosen seines Blutes; Probus aber fand sich noch immer mit gefalteten Händen vor der Bank mit den Pansköpfen kniend, die Wangen naß von Tränen, die die süße Stimme des Lammes und die ergreifenden Bewegungen seines Maules beim Sprechen ihm entlockt hatten. Er spürte mit der Nase in der Luft nach einem Rest von Rosenduft, und wirklich schien ihm für kurze Zeit noch eine Spur davon vorhanden, überwogen und bald gänzlich verdrängt allerdings vom Geruch des Lorbeers.

»Was ist mir da geschehen?« fragte er sich. »Es war eine Vision – die erste, die mir je zuteil wurde, denn es liegt sonst gar nicht in meiner Art. Faltonia pflegt mich einen trockenen Mann zu nennen, und es ist wahr: sie ist weit geistvoller als ich und studiert mit philosophischer Kühnheit den Origines, obgleich seine Theorien verdammt worden sind. Aber etwas Derartiges wie mir soeben ist ihr nie zugestoßen. Der Rosenduft ist nun ganz entschwunden, aber mein Herz wallt immer noch über von Liebe zu dem Lamm, und ich kann nicht zweifeln, daß es mir die Wahrheit verkündet hat, und daß uns wirklich ein Papst erwählt ist, den ich suchen soll. Gleich muß ich Faltonien alles erzählen, erstens damit sie sieht, welcher außerordentlichen Erlebnisse meine Seele fähig ist, und zweitens, um ihre Meinung zu hören über die praktischen Folgerungen, die ich aus dem Vernommenen zu ziehen habe.«

Damit machte er sich auf von seinen Knien und eilte so rasch, wie ein über Fünfzigjähriger sich noch bewegen mag, dem Palaste zu, wo er in einem der zehn oder zwölf wohnlichen Gemächer seine Gattin fand, wie sie der starkgeistigen Beschäftigung oblag, den Origines zu exzerpieren. Mit Erstaunen gewahrte die Matrone seine große Bewegung und hörte aufmerksam seinem überstürzten Berichte zu, den er mit vielen »Denke dir!«, »Stelle dir vor!« und »Achte wohl!« versah.

»Sextus«, sagte sie schließlich, »das scheint in der Tat bemer-kenswert. Du bist ein eher trockener Mann, und wenn dir plötz-lich ein solches Gesicht widerfährt, so kommt ihm möglicher-weise ernste Bedeutung zu. Das Rosenblut ist poetisch, und aus dir selbst bringst du keine Poesie hervor; sie muß außerhalb dei-ner Persönlichkeit ihren Ursprung haben. Andererseits würde ich es für gewagt ansehen, wenn du so ohne weiteres den Einge-bungen deiner Einsamkeit folgtest und bei deinen Jahren dich in das Abenteuer einer Reise zu den Kimmeriern stürztest, die ewig in Nacht und Dunkel tappen. Du bist zum Glauben ermahnt worden, aber es ist gewagt, allein zu glauben, und Handlungen, welche auf Grund eines ganz einsamen und persönlichen Glau-bens geschehen, fallen leicht ins Närrische. Auch könntest du dich ohne die Zustimmung der Öffentlichkeit gar nicht auf die Suche nach dem Erwählten machen und ihn herbeiführen, wenn du ihn finden solltest. Werden aber deine Mitbürger dem, was sie die Ausgeburt eines Nachmittagsschläfchens nennen mögen, genügend Wichtigkeit beimessen, um dich mit der Reise zu be-auftragen?«

»Ich bezweifle es selbst, Faltonia. Aber ich gestehe, daß ich mehr von dir erhofft hatte als eine kritische Analyse meiner Lage, nämlich einen Rat.«

»Du hast unrecht, Probus, einen solchen von mir zu erwarten. Es handelt sich um eine kirchliche Angelegenheit, sogar um die alleroberste, und du weißt, daß in der Kirche das Weib schwei-gen soll. Ob es nicht besser stünde um die Kirche, wenn verstän-dige Frauen darin ein Wort mitzureden hätten, das wollen wir allerdings dahingestellt sein lassen.«

»Deine Bitterkeit betrübt mich, Faltonia. Es ist aber wohl so, daß deine Gewohnheit, bei der theoretischen Zergliederung der Dinge stehenzubleiben, dich zu einem Ratschluß nicht kommen läßt, und daß du dich darum hinter das Schweigegebot für Frauen in kirchlichen Fragen zurückziehst.«

»Sehr scharfsinnig. Es scheint, lieber Sextus, daß du heute den ganzen Tag über deine Verhältnisse lebst. Und dabei versäumst du, des Einfachsten und Nächstliegenden zu gedenken, das anzuregen ich längst im Begriffe bin, indem ich die dem Weibe gebührende Zurückhaltung mit gutem Rat verbinde. Unterrede dich über dein Erlebnis mit deinem Freunde Liberius. Er, als hoher Kleriker, dessen Charakter und Intelligenz ich anerkenne, obgleich er die Lehren des Origines verwirft und eine kristliche Philosophie nicht für Kristentum erachtet, ist durchaus der Mann, sich in deine Lage zu versetzen und dir zu sagen, wie er selbst sich in derselben verhalten würde.«

Dieser Vorschlag leuchtete dem Probus sogleich als gut und richtig ein. Der Mann, von dem Faltonia sprach, Liberius, war Kardinal-Presbyter von Sancta Anastasia sub Palatio, ein hoch angesehener Prälat, sogar dem Gremium angehörig, dem während der Sedisvakanz die Verwaltung der Kirche oblag, und wirklich dem Probus in alter Freundschaft verbunden. Der Gedanke, sich ihm zu eröffnen, war dem Heimgesuchten wohltätig und willkommen.

»Faltonia«, sagte er, »du hast vortrefflich gesprochen. Verzeih, daß ich mich, indem ich dich in deinen Studien unterbrach, zuerst an dich wandte! Auf keinen Fall kann ich es bereuen, denn wenn du mir eigentlichen Rat auch vorenthieltest, so hast du mir doch den besten Weg gezeigt, ihn zu erlangen. Sogleich will ich mich zu Liberius tragen lassen.«

Nach diesen Worten schlug er mit dem Klöppel gegen eine bronzene Dröhnscheibe und gab den eintretenden Dienern Befehl, in Eile seine Sänfte zu rüsten. Er bestieg sie in einem der Höfe mit den hinfälligen Säulenordnungen, indem er die Träger zu rascher Gangart ermahnte. In einem knieweichen Trabe, um die Sänfte so wenig wie möglich zu erschüttern, trugen sie ihn durch das berühmte Rom, dessen Gassen sich zwischen ungeheueren, halb in Schutt liegenden Ruinen von Prachtbauten anderer Zeiten hindurchwanden, und wo überall die Marmorstatuen von Kaisern, Göttern und großen Bürgern verstümmelt herumlagen und darauf warteten, in die Kalkgrube geworfen zu werden, daß man Mörtel aus ihnen brenne. Vor dem gedeckten Tragstuhl und seinen vier Trägern liefen noch zwei Diener her, denen es oblag, der Sänfte des Patriziers mit Rufen und Gebärden freie Bahn durch das Straßenvolk zu schaffen. Sie waren jedoch angewiesen, es nicht auf herrische Weise, sondern eher auf eine flehende, beschwörende zu tun.

Das Haus des Liberius war neben der Kirche der heiligen Anastasia unterhalb des Palatinischen Hügels gelegen, ein neu entstandener Ziegelbau, mit alten Konsolen und Friesen verziert und mit Bogenfenstern, von kleinen Pfeilern durchbrochen. Eine Freitreppe führte zu seiner Vorhalle empor, deren tragende Säulen woanders hergenommen waren, und zu Füßen der Treppe wartete auf dem Platz des Presbyters eigene Sänfte. Ja, als Probus die seinige verließ, sah er seinen Freund selbst, noch mit dem Anlegen seines Umhanges beschäftigt, aus dem Hause treten und die Stufen hinuntersteigen. Betroffen blieb er auf halbem Wege stehen, als er Probus gewahrte, – ein hoher und schöner Mann, ergraut, mit der gewölbten Oberlippe des Römers, sinnenden dunklen Augen und einem Munde, der seinen eigentümlichen, schmerzlich-frommen Ausdruck durch das Herabhängen des einen Winkels – nur des einen – gewann. Faltonias Gatte war viel kleiner als sein geistlicher Freund, auch etwas feist, wie mir bei dieser Gelegenheit auffällt, mit kugelrunden Augen von Kastanienfarbe und Brauenbogen darüber, deren Schwärze scharf gegen das Schneeweiß seines dichten Haupthaares abstach.

»Du hier, Probus?« sagte der Prälat mit Erstaunen, indem er dem Hinaufsteigenden mit ausgestreckter Hand weiter entgegenkam. »Wisse, daß ich mich eben zu dir auf den Weg machen wollte, und zwar aus gewichtigen Gründen!«

»Das trifft sich eigentümlich, mein Liberius«, antwortete der Anicier. »Sei aber gewiß, daß die Beweggründe, die mich zu dir treiben, den deinen an Dringlichkeit zum mindesten nicht nachstehen!«

»Ich kann es kaum glauben«, versetzte der andere, wobei seine Augen sich verdunkelten und sein einer Mundwinkel sich noch schwerer hinabsenkte. »Aber komm, laß uns hineingehen, laß uns in meinem Zetas estivalis niedersetzen, dessen Kühle und Stille unserem Austausch günstig sein werden.«

Dieses luftige und angenehme Gemach war im Obergeschoß des Hauses nahe dem Speisesaal gelegen, und die Freunde betraten es, nicht ohne daß der Hausherr den Dienern eingeschärft hätte, ihre Unterredung unter keinen Umständen zu stören.

»So ungeduldig ich bin, mich dir zu eröffnen, mein Probus«, sagte er, als sie nebeneinander auf einer mit Kissen belegten Steintruhe Platz genommen hatten, die ich bei näherem Hinsehen für einen Prunksarg aus anderen Zeiten halte, »– so möchte ich dich, der Gastlichkeit die Ehre gebend, doch auffordern, den Anfang zu machen und mir zu sagen, was du auf dem Herzen hast.«

»Ich danke dir, mein Freund«, erwiderte Probus, »aber die Rechtlichkeit gebietet mir, dich darauf aufmerksam zu machen, daß, wenn ich dir meine Mitteilung gemacht haben werde, überhaupt von nichts anderem mehr wird die Rede sein können. Darum bitte ich dich, zuerst zu sprechen.«

»Ich kann es billigerweise nicht tun«, versetzte Liberius, »denn es ist umgekehrt meine Überzeugung, daß, wenn ich gesprochen habe, es zu einer Diskussion deiner Angelegenheit gar nicht mehr kommen wird.«

»Nein, rede erst du«, beharrte der Optimat, »damit wir in Kürze deine Sache erörtern und erledigen!«

»Du täuschest dich über die Tragweite«, sagte Liberius, »wenn du von Kürze und von Erledigung sprichst. Doch gut, ich weiche deinem Dringen. Vernimm, mein lieber alter Freund, ich bin einer Erscheinung gewürdigt worden.«

»Einer Erscheinung?!« rief Probus gedämpft, indem er seine Hand auf die des anderen legte. »Höre, Liberius, ich nehme meinen Antrag zurück und möchte nun doch vor allem dir meinerseits...«

»Zu spät«, antwortete der Presbyter. »Meine Begierde, mich dir anzuvertrauen, ist jetzt nicht mehr zu hemmen. Zu mächtig quillt hervor, wovon mein Herz voll ist, und womit auch das deine zu erfüllen es mich unwiderstehlich drängt. Noch einmal denn: wie du mich hier siehst, ist mir vor weniger als zwei Stunden eine Offenbarung zuteil geworden.«

»Eine Erscheinung und eine Offenbarung!« wiederholte Probus, indem er die Hand des Freundes preßte. »Ich beschwöre dich, wie geschahen sie dir?«

»Folgendermaßen«, versetzte Liberius. »Sehr gut kennst du den kleinen, vor meinem Speisezimmer gelegenen Söller mit seiner von Efeu umsponnenen Balustrade, von wo man den Blick auf den Hügel der Gründung und auf unsere ältesten Heiligtümer genießt. Dorthin hatte ich mir nach der Mahlzeit einen Sessel rücken lassen, in dem ich ruhte, sorgenden Gedanken hingegeben über das Schicksal der Kirche, das wir in unserer Ohnmacht und Verwirrung Gott anheimgegeben haben. Du wirst sagen, ich sei darüber in Schlummer gefallen, da ich ein Traumgesicht hatte. Ich möchte jedoch eher von einem Wachgesicht sprechen, wenn ich auch zugebe, daß der Zustand, in dem man Gesichte hat, nicht derjenige gemeinen Wachens ist. Vor mir an der Balustrade stand ein rührendstes Lamm, das zu meiner unsäglichen Ergriffenheit aus der Seite blutete, seinen Mund auftat und mit liebeerweckender Stimme zu mir das Wort sprach –«

»Habetis Papam!« rief Probus.

»Ich bewundere«, erwiderte Liberius, »deine Divination. Ja, so sagte es. ›Ein Papst‹, sprach es, ›ist euch erwählt. Seines Namens Gregorius, sitzt er, fern von hier, seit siebzehn Jahren auf einem wilden Stein, und ihm gehört der Stuhl. Du aber bist erwählt, dies zuerst zu vernehmen.‹«

»Sagte es das auch zu dir?« fragte der Anicier nicht ohne leise Betrübnis. »Ich gestehe, daß ich der Meinung war, es habe es nur zu mir gesagt.«

»Sextus, du sprichst, als ob –!«

»Ja, mein Liberius, auch mir ist das ergreifende Lamm erschienen und hat mir seine Offenbarung getan, augenscheinlich zu derselben Stunde wie dir. Und nicht genug damit, hat es mir auch verkündet, daß ich ausersehen sei, den Erkorenen, unter wie großen Mühen immer, aufzusuchen, und ihn nach Rom zu führen.«

»Aber das will ich dir ja gerade berichten«, rief Liberius, »daß es mir – *auch* mir also – diesen heiligen Auftrag erteilt hat!«

»So, auch dir«, sagte Probus. »Uns beiden also, jedem von uns, und zwar gleichzeitig. Freund, welch ein Wunder! Das Lamm war auf deinem Söller, und es war in meinem Garten, und zu jedem von uns hat es gesprochen, als spräche es nur zu ihm. ›Übersteige mutig die Alpen‹, sagte es...«

»Wende dich gen Abend und Mitternacht –«, fiel Liberius ein. Und nun wiederholten sie, einander ins Wort fallend, alles, was das Lamm zu ihnen gesagt und was es sie über den ungefähren Aufenthaltsort des Erwählten gelehrt hatte. »Ach, das Lamm!« riefen sie immer wieder, einzeln und zweistimmig. Denn sie kamen nicht los von der gemeinsamen Erinnerung an des Lammes zu Herzen gehendes Bild, seine unendlich sanften, lang bewimperten Augen, die rührenden Bewegungen seines Mundes beim Sprechen, die zitternde Süßigkeit seiner Stimme, das Blut, das von dem Gelock seines Vlieses getroffen war. Von dem Sarkophag standen sie auf, sanken sich in die Arme und küßten einander, trotz der Verschiedenheit ihrer Größe, unter Tränen auf die Wangen. Probus' Kopf lag an der Brust des Liberius, dessen Dalmatika er mit seinen Tränen benetzte, und Liberius, das Haupt zur Seite geneigt, blickte mit fromm herabhängendem Mundwinkel hoch über ihn hinweg.

»Ach, und die Rosen«, erinnerte Probus sich an seinem Busen, »in die sein liebes Blut sich verwandelte, als ich vor meiner Sendung verzagen wollte!«

»Rosen?« fragte Liberius, indem er die Umarmung lockerte. »Ich weiß von solchen nicht.«

»Rosen die Menge bei mir!« versicherte Probus. »Ihr Duft schlug gänzlich den des Lorbeergebüschs aus dem Felde.«

»Ich kann«, erwiderte Liberius und beendete die Umarmung, »nur wiederholen, daß mir keine Rosen zu Gesicht gebracht worden sind. Aber laß uns, mein Freund, ein so herrliches Begebnis nicht verunehren, indem wir neidisch dabei aufeinander sehen! Ich halte für möglich, daß das Lamm, in Anbetracht meiner Eigenschaft als Sohn und Fürst der Kirche, es nicht für nötig hielt, meinen Glauben durch ein Rosenwunder zu stützen.«

»Gewiß, mein Teuerer, so mag es sein«, pflichtete der Anicier ihm bei, »obgleich du es mir nicht verargen darfst, daß ich die Poesie dieser mir vorbehaltenen Erscheinung bewundere und dich einlade, es mit mir zu tun. Was wir aber vor allem bewundern wollen, ist die Weisheit des Lammes, nicht nur einem von uns, sei es dir oder mir, sondern uns beiden die erfolgte Erwählung zu verkünden und jedem von uns die Reise anzubefehlen. Mit wieviel größerer Zuversicht werden wir sie zusammen antreten, als wenn nur einer die Weisung empfangen hätte! Schwer ist es, ohne Gesellschaft zu glauben, und nicht zu leugnen ist, daß Handlungen, die aus einem völlig privaten und einsamen Glauben geschehen, leicht etwas Närrisches haben. Und unsere Mitbürger? Bedenke, mein Freund, daß wir zum Handeln ihres Glaubens bedürfen! Zwar sind wir Männer, deren Wort den Römern gleich einem Eide gilt. Und doch dürfte der einzelne sich wundern, wenn die Offenbarung ihm als das wenig besagende Erzeugnis eines Nachmittagsschläfchens ausgelegt würde? Darin eben besteht die Weisheit des Lammes, daß es die Heimsuchung verdoppelte und für zweier Zeugen Mund gesorgt hat, deren übereinstimmende Aussage, übereinstimmend mit der einzigen Ausnahme der Rosen, jeden Zweifel niederschlagen muß. Wie habe ich gesprochen?«

»Hervorragend, mein Freund«, erwiderte Liberius. »Jedes deiner Worte beweist, daß du Ämter und Würden nur teilweise deinem alten Namen verdankst. Ja, Hand in Hand wollen wir vor die schleunig einzuberufende Versammlung treten und, die Herzen voll vom Andenken des Lammes, wie aus einem Munde Zeugnis ablegen für das Wunder, das uns geschah!«

Der zweite Besuch

Der Fischer und seine Frau hatten seit siebzehn Jahren keinen Besuch mehr gehabt in ihrer Einöde auf dem Wert und vorher wohl ebensolange auch keinen. Desto lebendiger hatte sich, wenn sie auch nie darüber sprachen, ihrem Gedächtnis derjenige eingeprägt, den sie einmal empfangen hatten, der Mann mit

Ärger und Unrede, die Frau unter frommen Vermutungen. Hinzufügen will ich, daß der Mann von jener Erinnerung nicht gar viel wissen wollte und sie möglichst aus seinem Geist verbannte. Denn ihm war nachträglich immer, als ob er damals, obgleich er doch ganz nach des Fremden Wunsch und Begehr gehandelt hatte, etwas wie eine Missetat oder, kurz gesagt, einen Mord begangen habe; und dergleichen verbannt man lieber. Das gelang ihm auch gar nicht übel, was die oberen Bezirke seines Gedächtnisses betraf, denn er sah immerhin Leute, wenn er seine Plötze, Schleie und Bitterlinge zwei Stunden weit in das nächste Dorf zu Markte brachte, und das zerstreute ihn. Die Frau aber sah gar niemanden, sie lebte und welkte ganz allein in der Einöde an ihres unwirschen Mannes Seite, und da sie keinen Grund hatte wie er, das Vorkommnis von damals aus ihrer Erinnerung zu verbannen, so hegte sie es still in der Seele durch all die Jahre und gedachte des schönen, demütigen Bettlers, den sie aus dem Regen zurückgeholt und dem sie Schilf zum Lager gespreitet, gedachte seiner sehr häufig, ja täglich, und Tränen traten ihr dabei in die Augen.

Das will nicht viel besagen, daß ihr die Augen naß wurden beim Gedenken, denn überhaupt weinte sie sehr leicht; will sagen: sie weinte nicht gerade, doch ohne daß ihre Miene sich verändert hätte und ohne sichtlichen, noch auch nur ihr bekannten Anlaß gingen in aller Stille die Augen ihr über, und ein paar Tränen rollten ihr über die abgezehrten Wangen, weshalb ihr Mann, der Fischer, sie stets eine Heulliese nannte. Er nämlich wurde von dem Zusammenkommen mit Menschen und vom Handel und Wandel mit ihnen hart, fest und ordinär erhalten, da das Weib, ganz ohne diese Erfrischung, von Einsamkeit seelenzart war und empfindlich wie Sinnkraut.

Nun kam für sie beide ein Tag – das war in mancherlei Hinsicht ein Tag der Wunder, dieser und dazu der nächste! Sehr günstig hatte der Tag begonnen, denn früh morgens hatte der Fischer mit dem Hamen im See einen vortrefflichen Fisch gefangen, einen Hecht, desgleichen sah man nur selten. Es war ein wahres Exemplum von einem Hecht, schon mehr ein Hai, mehr als sechs Fuß lang, schön schwarz gefleckt, das gierige Maul mit Raubzähnen gespickt. Für das Kleingetier rings umher in dem See war es gewiß ein Gottessegen, von diesem Tyrannen erlöst zu sein. Der Fischer hatte mit dem wilden Leib seiner Beute einen wahren Kampf zu bestehen gehabt, bevor er ihm den Kopf an der Bootskante zerschmettert hatte. Es war ein so glücklicher Fang, wie das Handwerk ihm selten einmal gewährte. Morgen früh wollte der Fischer den leckeren Braten zu Markte bringen und ihn einträglich verhandeln.

So sein Vorsatz; und wahrlich, gutes Kaufgeld sollte ihm werden für den Braten, doch nicht erst morgen, sondern gleich heute, und im fernen Dorf nicht, sondern bei ihm zu Hause. Denn den Tag noch sollten der Fischer und seine Frau wieder Besuch bekommen.

Sie standen zusammen gegen Abend vor ihrer Hütte, wie einst und oft, und blickten ins Land hinaus: der Fischer, der nun einen ganz grauen Bart hatte, mit finsterem Stolz seines Prachtfisches gedenkend, wie einer, der mit mehr Erbitterung als Freude das rare Glück am Schopfe hält, die Frau, den Kopf zur Seite geneigt und stillen Gesichts etwas weinend. Sie sprachen kein Wort. Wie einst und oftmals wurde es Herbst; Septemberzeit war es und fahles Licht heut abend über den Hügeln, von denen es hinabging zu ihrem Wert. Das machte der Regenschauer, der bei sich neigender Sonne einen Teil des Himmels verfinsterte und dicht daran war, sich zu ergießen.

Da sahen sie fern auf krummem Waldsteige Reiter, einen hinter dem andern, zu Tale kommen.

Lange sagten sie nichts dazu. Dann sprach der Mann mit heiserer Stimme das Wort:

»Reiter.«

»Du großer Gott«, sprach die Frau, faltete die Hände, und zwei klare Tränen rollten ihr die Wangen hinab.

Darauf verstummten sie wieder gänzlich und sahen nur reglos und unverwandt der Annäherung der Fremden zu.

»Drei Reiter und ledig ein Tier«, sprach heiser der Mann nach einer Weile.

»Und ledig ein Tier!« wiederholte die Frau und faltete enger die Hände. Sie hob sie höher vor ihr Gesicht und setzte hinzu: »Ledig und weiß.«

So war es: Zwei ritten, als Platz genug dazu war, nebeneinander voran, den dritten hinter sich lassend. Das war ein Knecht, sein Maulpferd war bepackt, es standen ihm pralle Säcke zu beiden Seiten. Er führte aber ein viertes Tier, unbepackt, am Kopfzeuge mit daher, und das war weiß wie auch sein Sattel und Zaum. Die Herren vor ihm ritten auch gute, hochbeinige Mäuler, wohl gezäumt und gesattelt. Es waren ältere Herren, verschieden von Wuchs, der eine kurz, der andere lang. Sie waren in Reisemäntel gehüllt, mit Kapuzen. Sie hielten an, dicht vor den entgeisterten Eheleuten, die sie nur mit offenen Mündern anstaunten und sich zu neigen vergaßen. Der Kürzere von den Herren bot ihnen den Abendgruß und fragte dann, zum Manne gewandt:

»Freund, ist dies eine Einöde?«

»Zu dienen, ja, eine Einöde«, belebte sich der.

»Eine vollkommene Einöde?« fragte der Lange und sah den Fischer tiefen Blickes an, indes ihm ein Mundwinkel schwer und gottergeben hinabhing.

»Man kann es nicht leugnen, Herr. Diese Hütte steht in größtmöglicher Vereinzelung hier am See.«

»Was ist Eure Hantierung?« fragte der Kurze.

»Ich bin ein Fischer«, lautete die Antwort.

Da sahen die beiden einander an und nickten. Der eine zog seine dichten schwarzen Brauen dabei empor, dem andern sank der Mundwinkel noch frömmer hinab.

»Hör, Graubart«, sagte wieder der Kurze, »wolle uns nicht verhehlen: Ist es vielleicht, daß hier im Bereich deiner Einöde ein Stein sich befindet, ein wilder, ein weltferner Felsensitz oder wie du den Aufenthaltsort nun benennen willst?«

»Nein, Herr, einen solchen kenne ich nicht«, antwortete der Befragte und schüttelte ein für allemal den Kopf zu seinem Bescheid.

»Gar keinen solchen ringsum? Du bist ein Fischer, so fischest du wohl in dem See von großer Geräumigkeit, der sich dort erstreckt?«

»Ja, Herr, dort finde ich meine Nahrung.«

»Und hat der See wohl Riffe, Klippen, wenn du so willst, die über das Wasser treten, öde Inseln also, von denen man eine oder die andere allenfalls als einen wilden Stein ansprechen könnte?«

»Nein, Herr, meiner Seel, den See sollt' ich kennen, weiß aber von keinem Inselsteine in seinen Wassern.«

»Warum weinet dein Weib?« fragte plötzlich der Lange und wies mit dem Finger, an dem ein hoher Siegelring saß, auf des Fischers Frau.

»Die weinet meistens«, gab der Mann rauh zur Antwort. »Sie hat ein weinerliches Gemüt.«

»Selig sind die Sanftmütigen«, sprach der mit dem Ring. Dann stieg er, wie auch der Kürzere, von seinem Tier; dieser aber trat vor den Fischer hin, legte ihm die Hand auf die Schulter und sagte:

»Amice, wisse, wir haben vor, euch zur Last zu fallen, dir und deinem tränenseligen Weibe, für diese Nacht. Wir Herren kommen weither, schon heute bloß, von all der Weitläufigkeit, die voranging, zu schweigen; denn wir reisen schon lange. Reise- und rittmüde sind wir. Nun fällt der Abend ein, und Regen droht, ja, es regnet schon etwas. Willst du uns Herberge geben in deiner vereinzelten Hütte bis morgen früh? Es soll dein Schade nicht sein.« Und wie er das sagte, zwinkerte der gedrungene Herr vertraulich mit einem Auge, wie einer, der sich ans Gewöhnliche wendet, an die Habsucht, die Gier nach Vorteil.

Dem Fischer war so zumut und auch wieder so. Das Fragen der Fremden nach einem Stein war ihm in der Seele unbehaglich und stimmte ihn mißtrauisch gegen ihr Kommen. Das Vorteilszwinkern des Herrn aber ließ ihn finster-verschämt lächeln in seinen Bart. Ein anderer Mann war er nun, ein geschmeidigerer als einst, da der nackte Halunk bittend vor seine Hütte gekommen war. Ein Fang, ein guter, kam, wie es schien, heute zum andern, und war der eine wohl auch zum andern in vorteilhafte Beziehung zu bringen. Mit wahrem Ingrimm hielt er das Glück am Schopf.

»Unterwürfig«, sprach er, »sind Euere Gnaden gebeten, nur jedenfalls unterzutreten, so wenig diese vereinzelte Hütte auf Besuch überhaupt, wie nun gar auf solchen Besuch vorbereitet und eingerichtet ist. Wir sind arme Leute. Hätten wir wenigstens den Beischlag noch, das Rumpelhäuschen, das hier früher stand nebenan, so könnten wir dort eure Reittiere einstellen, die grauen und den Maulschimmel da. Aber der Schuppen ist vor Jahren schon eingestürzt. Nun muß euer Knecht, wie ich ihn tun sehe, aus der Not das Beste machen, die Tiere anbinden und sie bedecken gegen den Regen, mit dem es, wenn ich mich auf das Wetter verstehe, nicht schlimm werden wird. Euch aber ist er nicht zuzumuten, und nicht, daß Ihr weiterreitet bei Nacht, denn Wölfe gibt's auch. Ich habe noch keinen, mochte er Herr sein oder Bettler, von meiner Schwelle gewiesen bei solchen Bewandtnissen. Wäre nur unsre große Armut nicht und die Dürftigkeit dieser Stube, in der ihr voller Bedenken euch umseht! Unser zuerst ist die Bedenklichkeit und das Zagen, denn wie sollen wir euch betten und wie, vorher, euch bewirten? Mit der Bewirtung, da wüßte ich allenfalls Rat, denn heute habe ich einen Fisch gefangen – viel Geld hätt ich für den erworben im Handel –, ein wahrer Herrenfisch ist der euch und ein mundendes Abendessen, wenn mein Weib ihn euch kocht oder brät. Der Bettung wegen aber, da ist guter Rat teuerer – mag der Fisch auch nicht billig sein –, um die ist mir zag und bange.«

»Mann«, sagte darauf der kürzere Fremde, der nun die Kapuze zurückgeschlagen hatte, darunter dichtes, schneeweißes Haupthaar zum Vorschein kam, welches sehr hübsch zu seinen pechschwarzen Brauen stand, »Mann, wolle dir keine Sorge machen um uns und wie du uns bettest, denn das ist ganz einerlei. Es scheint dir nur, daß es nicht einerlei ist, das merke! Wir sind zwar Herren, aber wir sind es unter so beschaffenen Umständen, daß nichts uns anzufechten und keine noch so sehr unsern Gewohnheiten widersprechende Zumutung uns zu kränken vermag, denn keine, wie immer geartete, ist überhaupt der Rede wert im Vergleich mit dem Eigentlichen und Großen, dessentwegen wir ausgesandt sind und diese Reise in unserem Alter noch auf uns genommen haben. Kenntest du die Beschwerden, die, seit wir vor Monden unsere Fahrt begannen, unser Teil waren und die wir ohne Murren ertrugen, so würdest du dir keine Gedanken machen über unsere nächtliche Lagerung. Ein wenig Stroh hier am Boden mit einem Laken darüber soll uns schon üppig dünken, wenn uns dein Weib dergleichen bereitet. Notfalls aber verbringen wir auch die Nacht auf den Hockern hier sitzend am tannenen Tisch, denn ohne Belang ist uns alles neben dem einen. «

So der Weißkopf. Da aber unterdessen auch sein Begleiter den Reisemantel abgelegt hatte und geistlich Gewand darunter zum Vorschein kam, wie auch ein violettes Käppchen die Schur seines grauen Haares bedeckte, so knieten die Fischersleute, um seinen Segen ersuchend, gleich vor ihn hin.

»Segne uns, Heiliger Vater!« bat mit nassen Augen die Frau. Aber der Lange erschrak bei dieser Anrede und wehrte ab mit großer Gebärde.

»Spare den Namen, Weib«, rief er, »und nenne nicht mich mit ihm, der nur einem gebührt, welcher nicht fern sein kann! – In nomine suo benedico vos.« Und mit zwei Fingern beschrieb er das Kreuzeszeichen über dem Wirtspaar. Als sie sich nun gesegnet erhoben, fing gleich der Mann wieder von der Verpflegung an und kam auf seinen Fang, den leckeren Fisch zurück, den er den Herren zu verkaufen und zum Abendessen aufzutischen sich erbot. Aber der weltliche Herr erwiderte:

»Schlag dir doch, Freund, all diese Dinge aus dem Sinn und sorge dich nicht um uns! Wir führen mit uns, was wir brauchen. Wir haben Wein und Brot, und wohl auch einen kalten Hühnerflügel oder dergleichen wird unser Diener uns bringen, wenn er die Tiere versorgt hat mit dem ebenfalls vorgesehenen Futter. «

»Wohl, wohl«, sagte der Fischer. »Aber sehen möchte ich

doch, ob es euch Herren nicht nach dem Hecht gelüstet als Hauptgang, wenn ich ihn euch zeige.«

Und er brachte den Fisch in einer Bütte, zum nicht geringen Erstaunen der Fremden, die sehr seine Größe und Schönheit lobten.

»Auf dem Markt«, sagte der Wirt, »hätte ich gut und gern fünf Florinen für ihn gelöst.«

»Du sollst das Doppelte haben«, versprach der Weißkopf, »und mit deinem Weibe noch teilnehmen an seiner Verzehrung, wenn sie ihn uns schmackhaft zuzubereiten versteht, gebraten, gespickt und mit einer guten Capperntunke. Machst du dich dessen anheischig, Frau?«

»Ach, edler Herr«, sagte die, »von Cappern habe ich kaum gehört, aber ein wenig Speck wird sich für die Spicknadel finden, und eine Würzbrühe will ich auch wohl anrichten, der ihr Euren Beifall gewiß nicht versagen werdet.«

Sie versprach mehr, als sie zu leisten sich zutrauen durfte; aber sie fürchtete ihren Mann, der darauf brannte, seinen Fisch überm Preis zu verkaufen, und sie schlagen würde, wenn sie sich unbeholfen zeigte.

»Zehn Florinen«, rief der Habgierige, »und so ist der Handel getan! Eure reisende Gnaden aber habt zum Nachtmahl ein Herrengericht, wie es euch unterwegs nicht leicht noch einmal geboten wird. Laßt mich ihm gleich nur die Haut waschen und ihn ausnehmen, damit dann die Köchin ihr Werk an ihm tue.«

Bei den Gästen blieb die Fischersfrau stehen, die Hände gekreuzt auf der Brust, während hinten ihr Mann am Herde hantierte. Brot und Wein hatte der Knecht vor die beiden hingestellt, und sie genossen davon, indem sie auch der Frau von dem roten Wein in einem Reisebecher zu kosten gaben. Sie trank mit Vergunst und Verlaub, und es war wohl, daß das Feuer des Weins ihre Neugier ermutigte, denn sie sagte:

»Groß und wichtig muß wahrlich die Sache sein, die euch würdige Herren auf den Weg gebracht hat und euch gleichgültig macht gegen ungewohnte Entbehrungen. Gut verstand ich, daß Ihr weit herkommt und große Strecken der Welt überwunden habt.«

»Das haben wir«, bestätigte der mit dem weißen Haar und den schwarzen Brauen. »Von so weit wie aus dem Lande Italien kommen wir, wo das neue Jerusalem steht. Doch nicht aus Übermut, der unsern Jahren nicht anstände, haben wir uns auf die Reise gemacht und durchforschen die Kristenheit, sondern auf höhere Weisung. «

»Andächtig hör ich das«, erwiderte die Frau. »Und mit Andacht geschieht es, nicht aus Vorwitz, wenn ich euch frage, wonach Ihr wohl forschen mögt in der Kristenheit. «

»Du wirst es erfahren«, sagte der Kurze, »zusammen mit aller Welt wirst du es erfahren, wenn sich an uns das Wort erfüllt hat: ›Suchet, so werdet ihr finden.‹ Nicht viel kann fehlen, daß es sich erfülle, und nicht mehr weit können wir sein von unserem Ziel, der Weisung zufolge. Wir haben die Städte und Herrschaften Italiens durchzogen, zu Pferde, zu Wagen und in der Sänfte und näherten uns so den furchtbaren Alpen, in deren Schlüften das Wasser kocht, das von grausen Felsen stürzt, und wo es klimmend hinanging mit uns durch Wolkenfeuchte auf längst erkundeten Paßpfaden zu Höhen und Halden, vor deren Öde die Seele erstarrt. Da wächst kein Baum noch Strauch, in gläsernem Licht breitet nur wüstes Geröll sich aus, auf das verschneite Hörner drohend von fern herniederblicken, und die Reine des Himmels, der sich darüber spannt, kommt ebenfalls der Verödung gleich. Wir atmeten flüchtig, das Herz schlug uns bis zum Halse, und vermöge einer Art von Berauschung, die uns überkam und schlecht zu dem Entsetzlichen unserer Umgebung paßte, begann mein Reisebegleiter, der geistliche Herr dort, ganz gegen seine Natur und Physiognomie sich in Scherzreden zu ergehen, was ich ihm wegen der Nähe Gottes verwies. «

»Du kannst nicht sagen«, verwahrte der Lange sich, »daß meine Reden locker waren!«

»So waren sie nur zu nennen nach ihrer sprudelnden Reichlichkeit«, versetzte der andre, »und ich erwähne es einzig, um dieser guten Frau einen Begriff von der Ungeheuerlichkeit der Sphären zu geben, in welche die Reise uns führte. Aber auch hinab ging es wieder von dort, und wie erwartet, gelangten wir in das nutzliebende Alamannenland, wo rüstige Menschen den Wald zu Weide und Acker roden, Kunkel und Weberschiff würdige Städte ernähren und in friedvollen Klöstern die Wissenschaft blüht. Wir haben nirgends über die notwendigste Rast verweilt. Selbst das berühmte Sankt Gallen vermochte nicht, uns zum Aufenthalt zu verlocken. Unsere Sendung duldete kein Säumen. Gegen Abend und Mitternacht trieb es uns weiter, durch viele Bistümer, Pfalzstädte und Königreiche, bis wir in dieses Land gelangten, das ans Nordmeer grenzt, und von dem es heißt, daß es fünf Jahre lang mit verheerendem Krieg überzogen war, von dem eine festhaltende Hand es befreite. Weißt du von der festhaltenden Hand?«

»Nein«, antwortete die Frau. »Wir wissen nichts von alldem. Unsere Hütte steht zu vereinzelt, als daß Krieg und Kriegsgeschrei zu uns gedrungen wären.«

»Es hat aber damit seine Richtigkeit«, sagte der Weißkopf, »und es entspricht unserer Weisung. Ihr gemäß ließen wir das knatternde Meer im Rücken und suchten des Landes Hügel, Wildnisse und Einöden. Da wies uns die Wildnis vom Gefild zum Wald, und von ihm irrten wir weiter, wie das Herz es uns riet, bis in den dritten Tag. Einen Steig schlugen wir ein, den kein Huf je betreten, und es führte der krumme, grasige Weg uns zu dieser Halbinsel im See und vor eure Hütte. Siehe, da sind und sitzen wir. Und nun trinke noch einmal, Frau, aus meinem Becher! Tu einen guten Zug auf das Wohl der Gäste! Einen guten und längeren – so. Und nun sag uns getreu: Wißt ihr wirklich von gar keinem wilden Stein oder einsamen Felsensitz hierherum irgendwo im Bezirk eurer Einöde?«

Die Frau aber fürchtete ihren Mann und antwortete:

»Habt doch Ihr Herren den Fischer danach befragt, und er gab euch Bescheid. Würde er wagen, es euch zu verbergen, wenn er von solchem Orte wüßte?«

»Warum bebest und weinest du aber?« fragte der Lange mit tiefer Stimme. Denn die Fischersfrau konnte nicht ihren Tränen gebieten, und die gekreuzten Hände zitterten ihr auf der Brust.

»Mein Vater«, sprach sie, »das ist nur, weil es mich gar so sehr verlangt, euch Herren auch eine Frage zu tun, – schon seit Ihr zur Hütte kamt, ja schon seit ich von fern euch kommen sah, drängt es mich armes Weib unaussprechlich dazu.«

»Frage!« sagte der priesterliche Mann.

»Für wen, ach, für wen wohl«, fragte die Frau, »mag das weiße Maultier bestimmt sein, das ledige, das ihr mit euch führt?«

»Das ist«, antwortete jener und senkte seine Stimme noch tiefer, »für den bestimmt, den zu suchen wir ausgesandt sind vom neuen Jerusalem nach höherer Weisung. Für den Erkorenen ist es, nach dem wir die Kristenheit durchforschen und dessen Sitz allen Zeichen zufolge nicht fern sein kann.«

»Ach, du mein Gott«, sprach die Frau, »so will ich euch sagen –«

In dem Augenblick aber, wo sie so anhob, ertönte ein heiserer Schrei von dort, wo der Fischer sein Werk mit dem Fische tat, ein Ruf des Schreckens und bassen Erstaunens, der die Herren auffahren und nach dem Rufer ausschauen ließ; die Frau aber wandte sich jäh, wies mit gestrecktem Arm dorthin, woher der Aufschrei gekommen, und als ob sie wüßte, was dort sich enthüllte, rief sie wie im Triumphe:

»Da, da! Da habt ihr's, da habt ihr's!«

So blieb sie stehen, die Hand weit ausgestreckt. Die Herren aber machten sich auf, hinüber zum Herd, wo der Fischer sich schreckensvoll hören ließ:

»Er ist's! Ich seh ihn wieder und halt ihn, geborgen ist er vom Grunde, steh Gott mir bei!«

Auf schleimigem Brett lag der Fisch, geschabt und geschlitzt, der Mann aber hielt in sudligen Händen ein Ding, einen Schlüssel, den starrte er an: »Weh mir! Er ist's und kein andrer! Geborgen aus Wellentiefe! In Fisches Magen! Der Magen, gleich sah ich ihm Seltsames an und schnitt es heraus, er war es, ich halt' ihn, helf Gott mir Sünder!«

Und er wankte zum Tisch, auf den stieß er die Ellbogen und vergrub die sudligen Hände im Haar mitsamt seinem Funde. Zu ihm traten die Herren, indes sein Weib, gleichwie in Ekstase, noch immer stand, die Hand ausgestreckt dorthin, von wo ihr Mann bereits fortgewankt.

»Freund«, sprach mit tiefer und sanfter Stimme Liberius, denn er war es, er und Sextus Anicius Probus, sie waren es, diese Fremden, daß ich die alten Bekannten nur endlich bei Namen nenne, – »Freund«, sagte der Presbyter, »sprich zu uns und erleichtre dein Herz, in dem der Magenfund die Erkenntnis alten Fehles erweckt zu haben scheint! Sieh in mir deinen Beichtiger! Was ist's mit dem Dinge, dem Schlüssel in deinen Händen?«

Da richtete der bleiche Mann sich auf und tat seine Beichte, während sein Weib mit gefalteten Händen neben ihm kniete. Von dem weglosen Mann in der Bettlerhütte sprach er, der vor vielen Jahren vor die Hütte gekommen, und dem er Hohn und Haß geboten die Menge, ihm auch gar nicht Obdach gewährt hätte ohne die Fürbitte der Frau. Gestäupt habe er ihn mit schnöden Worten, da er ihn für einen Trügener gehalten, und alle diese habe der Mann in Demut hingenommen, mit Büßersanftmut, ihn auch endlich nach einem wilden Orte befragt, wo er äußerste Buße tun könne, seinen Sünden gemäß. Zum grimmen Steine draußen im See habe er ihn am Morgen gebracht und ihn da ausgesetzt, nach seinem Wunsch zwar, aber mit Bosheit, um ihm die Heuchelei zu versalzen, und ihm zum Überfluß ein sperrbares Beineisen angelegt, den Schlüssel aber hinaus in den See geworfen und sich verwünscht: wenn er den je wiedersähe und bärge ihn aus der Wellentiefe, dann wolle er glauben, daß der Mann ein heiliger Büßer sei, und ihm abbitten. »Verwünscht, verwünscht«, stöhnte er. »Gott hat mich gestraft und mich geschlagen mit einem Wunder nach so langer Zeit. Da, seht den Schlüssel, verschlungen vom Fisch, gefunden in Fisches Magen, das Zeichen Gottes, verklärend für jenen, verdammend für mich, der den Heiligen verhöhnt und sich zum Höllenroste verwünscht hat, denn zur Abbitte ist es zu spät!« Und der Fischer stieß wieder die Ellbogen auf den Tisch und wühlte die Hände ins Haar.

Wie waren da die Freunde ergriffen!

»Anima mea laudabit te«, sprach Liberius aufwärts, »et indicia tua me adjuvabunt! – Fischer«, wandte er sich dann an den Verstörten, »sei guten Muts, denn dir ward der Schlüssel gesandt zum Zeichen, daß du den beherbergt hast, dem Schlüsselgewalt gegeben sein soll und die Macht, zu binden und zu lösen. Er wird dich lösen und dir verzeihen, daß du ihn nicht erkanntest und, wie es einst geschah, zwar nach seinem Willen tatest, aber mit Haß. Es ist nicht zu spät zur Abbitte. Morgen, ehe der Tag graut, sollst du uns zum Felsen bringen, ad petram, daß wir ihn niederholen, den zu suchen wir ausgesandt, und deine zweite Fahrt soll dir Lösung sein von der ersten.«

»Ach, werte und arme Herren!« seufzte der Fischer. »Was hilft uns die Fahrt? Ich will sie wohl tun, und vielleicht werd ich sie in Ewigkeit tun müssen, in der Verdammnis, ewiglich hin und her. Aber wie könnt Ihr hoffen, den Heiligen dort zu finden, wo ich ihn hämisch ausgesetzt vor zwanzig Jahren –?«

»Siebzehn«, verbesserte Probus, »siebzehn sind es, Freund Fischer.«

»Siebzehn oder zwanzig!« klagte der. »Was macht das aus? Begehrt nicht, daß er nur eines davon überstanden hat, ja, von dem einen ein Zwölftel! Ich ließ ihn auf dem kahlen Steine in mancher Not; eine davon war genug, jede Hoffnung zu morden. Haben nicht Wetter und Winde ihn baldigst umgebracht, so hat es der Hunger getan, und der wohl bälder noch als die Blöße. Von seinen Gebeinen einige Trümmer, das ist's, was wir allenfalls finden werden von ihm auf des Felsens Kuppe, und als Reliquien mögt Ihr Herren die nach dem neuen Jerusalem führen. Ich aber kann ihnen nicht Abbitte tun noch Lösung von ihnen erlangen, sondern in Ewigkeit werd ich hin und her fahren müssen zwischen Stein und Steg zum Lohn meiner Sünde.«

Da blickten die Herren lächelnd einander an, schüttelten auch die Köpfe und lachten etwas mit ihren Schultern.

»Mann, du sprichst, wie du es verstehst«, sagte der Kleriker dann, und sein weltlicher Freund setzte hinzu:

»Du Zaghafter, siehe dein Weib an!«

Wie die nämlich da kniete, unterm Kinn die Hände gefaltet, war ihr das Herz so voll von Glauben und Glück, daß es deutlich um ihren Kopf herum etwas heller war als sonst im Funzeldunkel der Stube.

Die Auffindung

Der Fisch wurde nicht zubereitet und nicht verspeist; ich billige es, daß alle es unschicklich fanden, den Schlüsselträger zu spikken und zu essen, und daß die Herren mit Brot und Wein sich begnügten. In des Fischers armer Seele wäre gar kein Raum gewesen für Gram um den Verlust des Handelspreises, voll wie sie war von Angst, daß er ewig werde hin und her fahren müssen zwischen Steg und Fels, weil er den Heiligen verkannt hatte. Jedoch bekam er sein Geld, denn die Gäste hielten hochherzig dafür, für das Bestellte müßten sie so oder so den Preis erlegen, und so fand sich der Mann in diesem Nebenpunkte beruhigt, wieviel Sorge ihn sonst auch beschweren mochte.

Den Glaubensschein um das Haupt seines Weibes betrachtete er als ihre persönliche Angelegenheit, ganz als das Erzeugnis ihrer Schwärmerei, das nichts bewies gegen seine Überzeugung, daß man auf dem Stein vom Bettler überhaupt nichts mehr oder doch Reste nur finden werde, vor denen ihm graute. Schreckhaft beschämt und bestraft durch den Fund des Schlüssels, fürchtete er sich davor, die Stätte seiner boshaften Untat wieder anzufahren, fürchtete sich auch vor der Enttäuschung der Herren, die sie nach großen Mühen erwartete; denn die vornehm Bejahrten auf den Fels zu hissen würde kein kleines sein, und dann würden sie nach so weiten Reisen an einem Ziele stehen, das ihnen unmöglich noch etwas zu bieten haben konnte.

Auf meine Art teile ich die Sorge des rauhen Mannes. Denn ich weiß ja, und mit mir wißt ihr es, denen ich alles erzählte, welcher Prüfung die beiden, denen Offenbarung und Auftrag zuteil geworden, entgegengingen! Vorhersichtig als Herr der Geschichte, könnte ich mich zwar getrösten, daß gleichsam die Prüfung nur ein Scherz war und alles gut ausging. Und doch erwarte ich mit Bedrückung die große Verlegenheit und Verwirrung, die der Zuversicht vorerst einmal am Ziele bereitet war.

Das fromme Weib hatte den Boten die breite Matratze des Ehebettes in die Küchenstube gelegt, und darauf taten sie stundenweise einen ungeduldigen Schlummer, zu zweit, oder es lag auch wohl nur einer darauf, während der andere auf einem Stuhle nickte. Kaum aber graute der Tag, so waren sie rege, forderten Wasser vom Fischer zu ihrer Erfrischung, nahmen einige Löffel von einer Mehlsuppe, die das Weib ihnen brachte, und wollten danach die Fahrt nicht anstehen lassen. Auf ihren Mäulern ritten sie die kurze Strecke zum Steg, geführt von dem fischenden Manne, der, trüb gesinnt, die Leiter trug, auch eine Spitzhacke und einiges Strickwerk. Der römische Knecht aber mußte zum Kopfschütteln des Fischers das weiße Maultier am Zaume mit hinführen, um am Stege damit auf sie zu warten. Etwas Mundvorrat, Brot und Wein, trug er auch, und würdige Kleider für einen, der ihrer bedürfen würde, lagen auf des Maulschimmels Rücken. Diese sowohl wie Trunk und Imbiß wurden mit den Geräten im Boot versorgt. Liberius aber führte mit fromm herabhängendem Mundwinkel den Schlüssel.

So ruderte sie der Fischer, schwer seufzend zuweilen, hinaus auf den stillen Wassern, – eine Stunde? Gar zwei? Sie achteten es kaum. Sie spähten aus nach dem Fels, den ihnen das Lamm verkündet, und der denn endlich in leerer Weite erschien, graurötlich und kahl, ein kegelförmiges Riff, recht hoch, – »Kepha«, wie der geistliche Herr mit Andacht murmelte, »Petra«, wie er mit gefalteten Händen hinzufügte. Probus aber sagte, als sie nahe herangekommen:

»Noch sehe ich nichts und niemanden droben dort auf dem Stein.«

Er betonte das ›Noch‹, und dennoch strafte ihn sein Freund mit strengem »Sei du gewärtig!«

»Ich bin es«, antwortete der Anicier. »Aber noch zeichnet sich mir keine Hütte, oder irgendein Obdach sonst, noch die Gestalt eines Menschen dort oben ab.«

»Womit und wovon«, sprach der Fischer trostlos in seinen Bart, »sollte sich der da wohl ein Obdach gebaut haben!«

Liberius überhörte es. »Verstärkt«, so gebot er, »Euere Ruderschläge! Legt an am Fels, daß wir ihn ohne Säumen erklimmen!«

»Ja, ihn erklimmen!« wiederholte sein Freund mit Nachdruck, obgleich ihm, als dem Beleibteren, der Aufstieg recht sorgenvoll bevorstand. In Wahrheit war das ein Ding, viel leichter gesagt als getan für Leute von über fünfzig. Der Fischer konnte wohl anlegen und festmachen; er konnte auch in bemühtem Versuchen, Mißlingen und endlichem mäßigen Wohlgelingen seine Hakenleiter anhängen an zwei Felsnasen droben, bis zu denen sie reichte, so daß sie, von der nicht vollkommen senkrechten Wand etwas abstehend, einen schwanken, aber leidlich sicheren Treppenstieg bot. Bekannt ist aber, daß sie mitnichten ganz hinauf bis zur Platte führte, und die Aufgabe, seine Gäste nicht nur über ihre Sprossen, sondern weiterhin über das zusätzliche nackte Stück Fels zu bringen, erwies sich dem ohnedies hoffnungslosen Fischer in Wirklichkeit nicht etwa als leichter, sondern als schwieriger noch, als er sie sich immer schon vorgestellt.

Alle drei band er mit seinem Strick zusammen und ordnete den Aufstieg über die schwanke Leiter so, daß er voranklomm, Liberius ihm folgte und der Anicier den Schluß machte. Schwer hatte der sündige Mann, vom Glauben nicht gestärkt, zu ziehen und zu stemmen, schon auf den Sprossen und mehr noch, als sie endeten und auf dem letzten Stück des Steines bis zur Höhe dem Fuß kein vorgegebener Tritt und Schritt sich mehr bot. Mit seiner Spitzhacke versuchte er manchmal den ihm Nachkletternden im Gestein einen kümmerlichen, mehr nur angedeuteten Stufenhalt zu schaffen. Sie nutzten ihn keuchend mit Hand und Fuß, so gut sie konnten. Von Atem kurz und in Schweiß trotz der Kühle kamen sie, nach dem einen der andre, oben an, erkrochen die Kegelplatte, richteten sich auf, zwangen ihre Augen umherzublicken, – der Fischer tat es nur matt und unerwartend, die Herren aber begierig, mit aufgerissenem Blick.

Nicht mehr war da, als von weitem, von unten zu erspähen gewesen – Leere im kahlen Geviert, das sie mit solchen Mühen erreicht. Verwirrende Enttäuschung, beschämend und von Gramestiefe, wandelte sie an. Hatten Verkündigung und Weisung, die sie gleicherweise empfangen, sie beide betrogen und genasführt? Konnte des Lammes Rede, bewährt bis zu diesem Punkt, zum Schluß und am Ziel sich als Lüge erweisen? Unwillkürlich ergriffen Probus und Liberius sich an den Händen und drückten sie einander.

Das taten sie, bevor sie, zugleich mit dem Fischer, von der Mitte der Platte weg gegen ihren Rand ein Ding, ein Wesen, eine lebende Creatur, wenig größer als ein Igel, sich hinbewegen sahen, auf allen vieren jetzt, dann sich aufrichtend, dann wieder auf die vorderen Gliedmaßen sich niederlassend. Sein Lauf war wie Flucht, doch gab es, wohin es sich richtete, kein Versteck. Ein Gegenstand lag dort allerdings an der Kante, von Rost überzogen und halb zerstört, den faßte der Fischer ins Auge.

»Das Beineisen!« rief er. Von den Lippen der Freunde aber kam es gepreßt:

»Das Geschöpf!«

Die Hände, an denen sie sich hielten, zitterten. Mit den anderen bekreuzigten sie sich.

»Ist Euch«, fragte Liberius den Fischer, »diese enteilende Creatur ihrer Art nach bekannt?«

»Nein, Herr«, antwortete jener. »Ich sehe ihresgleichen zum erstenmal. Es war kein solches Geschöpf auf dem Stein, als ich den Heiligen brachte.«

»Und was meinte«, wollte da Probus wissen, »der Ruf, den du tatest, das Gerät dort betreffend?«

»Das Beineisen ist's«, stieß der Fischer hervor, »vom Wetter zerfressen, das ich einst dem Heiligen angelegt, und dessen Schlüssel ich fluchend hinauswarf in den See, – da hat der Fisch ihn verschlungen. Ihr Herren haltet ihn hier, und dort liegt das Eisen, versperrt, doch niemandem mehr eine Fessel. Abgestreift hat es der Heilige. Vielleicht ist er zum Himmel gefahren.«

»Nicht dahin lautete unsre Belehrung«, erwiderte traurig der

Presbyter. »Empor fuhr Er, der auf den Felsen Seine Kirche gegründet. Es ist bitter genug, daß wir den Felsen leer finden trotz süßester Weisung. Wenig frommt es uns, unseren Schmerz darüber mit unzulässigen Konjekturen zu betäuben.«

»Leer, sagst du«, warf Probus ein, »aber nicht völlig wird dies Wort der Wahrheit gerecht. Ganz leer und ohne jede Spur dessen, den zu suchen wir ausgesandt, finden wir den Felsen nicht. Dort liegt das Eisen, das er trug. Er selbst ist nicht sichtbar. Aber sollten wir als Kristen Unsichtbarkeit gleichsetzen mit Nicht-Sein? Sollten wir wankend werden im Glauben und nicht vielmehr uns überzeugt halten, daß hinter der Leere, dem scheinbaren Nichts Bestätigung sich verbergen muß? Es ist wahr: nur von jenem flüchtigen Gottesgeschöpf dort beim Eisen ist die Stätte belebt, die das Lamm uns wies. Es war nicht da, als der Erwählte hier Aufenthalt nahm, nun aber ist es da. Wir wollen uns ihm nähern.«

»Es ist sehr borstig«, sagte Liberius mit Abneigung.

»Das ist es«, bestätigte Probus. »Aber mehr auf Scheu als auf böse Artung läßt sein Benehmen schließen. Wir haben nichts von ihm zu fürchten, – wie, wenn wir etwas von ihm zu hoffen hätten? Gehen wir zu ihm!«

Und da er den Freund noch an der Hand hielt, zog er den Widerstrebenden mit sich gegen den Rand der Platte, gegen das verrostete Eisen und das Wesen, das bei ihm saß. Wie groß aber war ihrer beider und des Fischers Erstaunen, wie verschlug es ihnen den Atem und ließ sie am Fleck erstarren, als das Geschöpf eine seiner kurzen vorderen Gliedmaßen ausstreckte gegen ihre Annäherung und eine unzweifelhaft von seinen struppig verhangenen Lippen kommende Menschenstimme an ihr Ohr schlug:

»Hinweg von mir! Hinweg von hier! Stört nicht die Buße von Gottes größtem Sünder!«

Entgeistert blickten die Herren einander an. Ihre Hände umklammerten sich fester. Der Prälat schlug mit dem Schlüssel das Kreuz. Er sagte:

»Du sprichst, Creatur. Ist daraus zu schließen, daß du an der Menschheit teilhast?«

»Außer ihr bin ich«, kam die Antwort. »Hinweg von dem Ort,

der mir angewiesen, damit ich durch äußerste Buße dennoch vielleicht zu Gott gelange!«

»Liebes Geschöpf«, legte nun Probus sich ins Mittel, »wir wollen dir deine Stätte nicht streitig machen. Wisse aber, daß auch wir an sie gewiesen sind in süßestem Doppelgesicht, und daß uns verheißen ist, den hier zu finden, den Gott erwählt hat.«

»Hier findet ihr nur, den Gott sich erwählt hat zum untersten, äußersten Sünder.«

»Auch das«, erwiderte der Anicier mit städtischer Höflichkeit, »ist eine interessante Begegnung. Der aber, den wir suchen und einzuholen gesandt sind, den hat Er erwählt zu Seinem Vikar, zu aller Bischöfe Bischof, zum Hirten der Völker, zum Papst in Rom. Vernimm, wir sind Römer, Söhne des neuen Jerusalem, wo der Thron der Welt leer steht, weil sich der Sinn der Menschen verwirrte bei dem Versuch, ihn zu besetzen. Wir aber, dieser Geweihte und ich, sind belehrt worden im Doppelgesicht von einem rührendsten Lamm, daß Gott selber die Wahl getroffen, wem gegeben sein soll, zu binden und zu lösen, und daß der Erwählte zu finden sei im fernen Lande auf einem Stein, auf diesem Stein, den er, so sagte das Gotteslamm, seit siebzehn Jahren bewohne. Wir finden ihn nicht, wir finden nur dieses Eisen, dessen Schlüssel der See zurückgab durch einen Fisch, und statt des Erwählten finden wir dich. Laß dich beschwören: Weißt du uns irgendwelche Kunde von ihm?«

»Nicht weiter!« rief Liberius mit plötzlich aufsteigender Angst, indem er den Sprecher am Arm ergriff. Dabei aber geschah es, daß sie aus den Augen der Creatur, über ihre verwunschene, verwachsene Miene zwei Tränen rollen sahen.

»Du weinst, liebes Geschöpf«, sagte Probus, der sich selbst bei diesem Anblick nicht der Tränen enthalten konnte. »Mehr noch als die Gabe der Sprache zeugt dein Weinen dafür, daß du an der Menschheit teilhast. Beim Blute des Lammes, warst du ein Mensch, ehe dir deine gegenwärtige Beschaffenheit zuteil wurde?!«

»Ein Mensch, wenn auch außer der Menschheit«, kam es zurück.

»Und hast du die Taufe empfangen?«

»Ein frommer Abt spendete sie mir und taufte mich auf seinen Namen.«

»Auf welchen Namen?«

»Frage nicht!« rief Liberius in höchster Angst und suchte seine hohe Gestalt zwischen den Freund und das Wesen zu drängen. Dieses aber antwortete:

»Gregorius.«

»Entsetzlich!« schrie der Cleriker auf und sank in die Knie, indem er sein Gesicht mit beiden Händen bedeckte. Zu ihm beugte sich sein Gefährte, der ihn, obgleich von Statur so viel kürzer, nun überragte.

»Fassen wir uns, amice!« sagte er. »Dies ist ein großes, ich gebe zu: verwirrendes, aber ergreifendes Wunder, vor dem unserem Menschenwitz nur die Abdankung übrigbleibt.«

»Teufelshohn ist es und Blendwerk der Hölle!« stieß der andere zwischen den Händen hervor. »Fugamus! Wir sind des Teufels Narren! Gott hat kein borstiges Tier des Feldes zu Seinem Bischof erwählt, und legte es sich hundertmal des Erwählten Namen bei! Fort von hier, fort von der Stätte höllischen Schabernacks!«

Er sprang auf und wollte enteilen. Probus hielt ihn am Gewande fest. Hinter ihnen aber hörten sie bescheidentlich sagen:

»Ich habe einst grammaticam, divinitatem und legem studiert.«

»Hörst du?« frug Probus. »Nicht nur, daß es spricht und weint, es ist auch wissenschaftlich durchaus zum Binden und Lösen vorgebildet. Du tätest gut, ihm den Schlüssel zu reichen.«

»Numquam!« rief außer sich jener.

»Liberius«, drang gütlich der Gefährte in ihn, »gedenke des Weibes dort in der Hütte, das in der Hülle des Bettlers den Heiligen erkannte, und um deren Haupt wir den Schimmer des Glaubens gewoben sahen! Sollten wir uns beschämen lassen von ihr und uns verstocken dagegen, in niederer Gestalt den Erwählten zu erkennen? Sollten wir irre werden an der genauen Verheißung des Lammes?«

»Es war«, entgegnete Liberius, »von Anfang an etwas Unstimmiges in unseren Gesichten, denn du behauptest, des Lammes Blut sich in Rosen verwandeln gesehen zu haben, wo doch mir diese Manifestation vorenthalten blieb.«

»Du deutetest das«, erwiderte Probus, »dahin, als Sohn und Fürst der Kirche habest du solcher Glaubensstütze nicht bedurft.«

»Der bin ich«, rief Liberius. »Ein Diener der Kirche, ein Wächter ihrer heiligen Würde. Du aber bist ein Laie und außerstande als solcher, meine Gefühle zu teilen. Leicht hast du es, dir im Glauben gütlich zu tun, während mein Sinn für Repräsentation in Scham sich windet. Ausgesandt bin ich mit dir, den Bischof der Bischöfe, den Vater der Fürsten und Könige, den Lenker des Erdkreises einzuholen, den Gott erkor. Soll ich heimkehren, eine Larve von wenig mehr als Igelsgröße an der Brust, sie mit der Tiara krönen, sie auf die Sedia gestatoria setzen und Stadt und Welt zumuten, sie als Papst zu verehren? Türken und Heiden würden der Kirche spotten. Die Kirche...«

Er hielt ein. Hinter ihnen sprach es:

»Nehmt nicht Anstoß an meiner Gestalt! Kindische Nahrung und der Widerstand gegen die Wetter des Himmels setzten sie so herab. Erwachsenheit wird mir zurückkehren.«

»Hörst du? Hörst du?« triumphierte Probus. »Seine Erscheinung ist verbesserungsfähig. Du aber, mein Freund, kehrst allzu einseitig den Adelssinn der Kirche hervor und vergißt ihre Popularität, für die Gott hier, wie es scheint, ein starkes Exempel setzt. Bei der Wahl ihres Hauptes gilt nichts, was hienieden uns stuft, Geblüt und Stamm nicht, noch Herkunft, selbst nicht, ob Einer auch nur schon zum Priester geweiht. Der Geringste und Unscheinbarste, ist er nur kristlich getauft und nicht Ketzer, Schismatiker oder der Simonie verdächtig, kann Papst werden, du weißt es. – Und du, Bußgestalt, kennst du jenen Mann dort im ergrauenden Bart?«

»Er brachte mich an diesen Ort.«

»Und trugst du dies Eisen?«

»Ich trug es, bis es abfiel von mir dank meiner Verkleinerung.

224

Kein Eisen brauchte mich festzuhalten an meiner Buße, ich selbst hielt an ihr fest mit festhaltender Hand. Meiner Sündhaftigkeit war es gegeben, mich in jedem Kampf über das übliche Maß zusammenzunehmen.«

»Du scheinst bereit, der Erwählung Folge zu leisten?«

»Kein Platz war für mich unter den Menschen. Weist mir Gottes unergründliche Gnade den Platz an über ihnen allen, so will ich ihn einnehmen voller Dank, daß ich binden und lösen kann.«

»Kardinal-Presbyter von Sancta Anastasia sub Palatio«, sprach Probus mit Ansehen und reckte sich auf neben dem so viel längeren Freunde, »gib diesem Geschöpfe Gottes den Schlüssel!«

Da widersetzte Liberius sich nicht länger.

»Et tibi dabo claves regni coelorum«, murmelte er, indem er sich auf ein Knie niederließ und dem Büßer darbot, was der Fisch in die Hütte gebracht. Mit den verkümmerten Ärmchen drückte der Empfänger den Schlüssel an seine filzige Brust. »Holde Eltern«, sprach er, »ich will euch lösen.«

Die Wandlung

Sie beschlossen, daß derjenige, der ihn heraufgebracht, der fischende Mann, den Erwählten auf seinen Armen auch wieder hinabtrage zum Boot. Sehr schwer war der Abstieg, fast schwerer noch als das Klimmen hinauf, aber glücklich gelangten alle vier übers Nackte zur Leiter und über die Sprossen hinab zum Kahn, auf dessen umlaufender Bank man den Schlüsselträger behutsam niedersetzte, worauf der Fischer, der Hoffnung froh, daß er nicht ewig werde hin und her irren müssen zwischen Fels und Steg, aus allen Kräften zur Heimfahrt sich in die Riemen legte.

Mit quälender Sorge beobachtete Liberius den Büßer vom Steine, und ich bezweifle, daß Probus' Bedenklichkeit beim Anblick des Papstes dort auf der Bank sehr weit hinter der des geistlichen Freundes zurückstand. Auch seine Seele war voll heimlichen Bangens von wegen der Repräsentation, um so mehr, da er viel Verantwortung auf sich genommen und sich in kristlicher Selbstprüfung fragen mußte, ob nicht die Kühnheit seines Verhaltens durch Hoffart, das heißt durch den Stolz auf das Rosenwunder, bestimmt gewesen war, das nur ihm zuteil geworden. Übrigens sehe ich wohl, daß sich die Beklemmung der Schiffenden auch auf den Gesichtern derer malt, die dieser Geschichte lauschen. Nur ich, als alles vorwissender Erzähler, bin vollkommen heiter und unbekümmert, denn mir liegt offen, auf wie leichte und natürliche Art dies Dilemma, der Widerspruch zwischen Gregors verzwergter Mißgestalt und der Hoheit des Amtes, zu dem er berufen, unterwegs sich löste und zur größten Genugtuung und Beruhigung der römischen Herren, ehe zwei Stunden um waren, kein struppiges, verhorntes und verzotteltes Naturding mehr, sondern ein ansehnlicher Mann, seinem Alter nach gegen vierzig, mit ihnen im Boote saß, wohlgebildet am Leibe, mit langem schwarzen Haare zwar und das Gesicht von schwarzem Bartwuchs behangen, ohne daß der jedoch die Annehmlichkeit seiner Züge ganz zu verdunkeln vermochte.

Wie die Herstellung geschah? Es könnte wahrlich nichts einfacher sein und dem Verständnis geringere Schwierigkeiten bieten. Nach siebzehnjährigem Zullen an der Erde alter Mutterbrust brauchte nur höhere Nahrung wieder seine Lippen zu berühren, um den Säugling des Steines in den Stand erwachsener Menschheit zurückzuversetzen. Sehr glaublich, daß seiner Natur dies bewußt war. »Mich hungert und dürstet«, sagte er nach wenigen Ruderschlägen des Fährmannes, und beschämt, weil man vor Niedergeschlagenheit nicht selbst an Bewirtung gedacht, bot man ihm von dem im Boot verwahrten Wein und Weizenbrot. Er aß vom Brote, trank von dem Wein, und von dem Augenblick an begann in stillem und stetem, unüberstürztem Vollzuge, ich möchte sagen: ohne viel Aufhebens von sich zu machen und, wie ich versichere, ohne daß diejenigen, die davon Augenzeugen waren, sich eigentlich darüber verwundert oder gar entsetzt hätten, die Wandlung, die uns Grigorß, den Zögling des Abtes von ›Agonia Dei‹, den Sieger im Drachenkampf, von der Zeit zum Manne gereift, zurückgibt, so daß uns nur zu wünschen bleibt, es möchten Schere und Schermesser bald mit dem starken Haarwuchs aufräumen, in den sein Haupt gehüllt war, damit wir seines vertrauten Gesichtes, der ernsten Wiederholung von Wiligis' und Sibyllas reizvollen Zügen, in aller Klarheit wieder ansichtig werden.

Da er nackend war, reichte man ihm zartfühlend das mitgeführte Kleidungsstück, ein mit kurzem Schulterkragen versehenes Gewand aus weißem Wollstoff nebst geistlichem Käppchen. So war er angetan, als sie das Ufer, den Steg erreichten, und so bestieg er den weiß gezäumten Maulschimmel, der dort zusammen mit den Tieren der Herren unter Aufsicht des römischen Knechtes gewartet hatte. So auch ritt er mit denen, die ihn eingeholt, über den Werder zu des Fischers Hütte, wo dessen welkendes Weib zum Empfange auf ihren Knien lag, und, als er abgestiegen, seine Füße mit ihren Tränen netzte.

»Ihr wart gut zu mir, Frau«, sagte er, zu ihr geneigt, »als ich das vorige Mal diese Hütte besuchte. Ich habe nicht vergessen, wie Ihr mich aus dem Regen zurückholtet und mich morgens wecktet, damit ich die Fahrt nicht versäumte zu meiner Stätte. «

»Ach, heiliger Herr«, schluchzte sie, »ich verdiene nicht Euer lobendes Gedenken, denn Gott kennt meine Sünde. Als ich Euch in Schutz nahm an jenem Tage gegen die Unrede des Fischers, da gab er mir schuld, ich sei fleischlich verliebt in Euch auf buhlerische Weise, und ich leugnete den Inzicht, gleisnerisch, wie ich heute bekenne. Denn meine Augen hatten es wirklich mit Eueren Gliedern zu tun im Bettlersack und mit Euerem edlen Angesicht, und Buhlschaft lag dem zugrunde, was ich Euch Gutes erwies, ich Verworfene!«

»Das ist eine Kleinigkeit«, antwortete Gregorius, »und nicht der Rede wert. Selten hat der ganz unrecht, der das Sündige nachweist im Guten, Gott aber sieht gnädig die Guttat an, habe sie auch in der Fleischlichkeit ihre Wurzel. Absolvo te.« Dies seine Worte. Es war das erste Beispiel der außerordentlichen, den Menschen so tröstlichen und nur den Rigoristen anstößigen Indulgenz, die er als Papst bewähren sollte.

Das Weib war beseligt. Ich glaube, sie leitete aus seiner Verzeihung die Erlaubnis ab, ihn auch jetzt noch etwas fleischlich zu lieben. Ihn aber beschwerte nur *eine* Sorge, die ihn durch siebzehn Wetterjahre des Felsens nur im Schlafe verlassen hatte und die er allem voranstellte, auch der Weiterreise nach Rom, mit welcher die Herren nicht säumen wollten, und sogar der Schur seines Haares und Bartes, die vorzunehmen ihr Kammerknecht sich erbot. Das war der Kummer um seine Tafel, die er an dem Morgen, als er dem Fischer nachgeeilt war, im Bettschilf des Beischlags vergessen hatte, worin er genächtigt; und dringend frug er nach ihrem Verbleib. Wer hätte ihn da wohl trösten können?

»Ach, heiliger Herr«, sprach der Fischer, »meinen gemeinen Worten entsprechend habe ich Euch untergebracht für jene Nacht. Der Schuppen, den ich in meiner Verblendung Euch anwies, war ein Gerümpel. Zwölf Wochen nur noch, seit Ihr mit mir fuhrt, hat er gestanden, da blies der Wind ihn um, und er stürzte zusammen. Dach und Wände hab ich verheizt, und wo das Häuschen stand, – seht selbst, da ist's wüst und leer, nur Nesseln und Unkraut bewuchern die Stätte. Wie sollten wir nach so vielen Jahren wohl da noch ein Splitterchen finden von dem Ding, das Ihr einst dort vergaßet? O weh, was hülfe es uns, danach zu suchen? Es ist schon längst verfault und vom Grunde verzehrt, laßt jede gegenteilige Hoffnung fahren!«

»Gedenke, Mann«, antwortete ihm Liberius mit Strenge, »daß du ganz ähnlich gesprochen hast, als wir dich anhielten, uns zum Steine zu fahren! Nichts und niemanden mehr, so meintest du kläglich, dürften wir hoffen, dort vorzufinden. Und wie gewaltig hat Gott dich des Kleinglaubens überführt!«

»Der Heilige Vater«, fügte Probus hinzu, »vermißt ein Kleinod. Gebt Hacke und Schaufel! Wir wollen uns gleich für ihn ans Graben machen.«

Gregor jedoch widersprach dem.

»Nur mir das Gerät«, befahl er. »Dann geht in die Hütte! Allein will ich graben und wünsche keinen Zeugen bei meinem Geschäft.«

»Euerer Sanktität«, wandte Liberius ein, »darf ich bemerklich machen, daß es der Würde der Kirche nicht anstünde, wenn Ihr hier mit dem Spaten werktet und würfet im Schweiße Eures Angesichtes die Erde auf. Nicht einmal unser, der Gesandten Sache ist das, sondern des Fischers und unseres Knechtes.«

»Ich habe gesprochen«, antwortete Grigorß, und nach seinem Willen geschah es. Die Ärmel seines Gewandes aufgestreift, stieß er bald hier, bald da das Grabscheit in den Grund, wo er einst gelegen, und wühlte auch auf seinen Knien mit eigenen Händen im Staube, so daß man sagen kann, nie habe ein Mann mit heißerem Eifer nach seines Sündenstandes Urkunde und Diplom gesucht. Die Brennesseln bissen ihn in die Hände, aber er achtete nicht darauf, und Gott lohnte ihm Mühe, Brand und Schweiß, denn siehe, aus Mist und Pflanzenmoder blitzte es ihm entgegen, und hervor zog er, so nett und rein, als käme es eben aus des Kunstwerkers Hand, auch die Tinte ganz unverblaßt, des Kindes Mitgift, seiner Mutter schmerzhaften Schuldbrief, den ihm die Erde so lange verwahrt, wie vordem der treue Abt es getan, siebzehn Jahre lang.

Den hielt er nun in der einen Hand und in der andern den Schlüssel und sprach bei sich den Spruch:

> »Soll ich meines Lebens Grauen
> Nun in Deiner Klarheit schauen –
> Herr! Wie sehr bewundr' ich sie,
> Deine heilige Alchimie,
> Die des Fleisches Schmach und Leid
> Läutert in die Geistigkeit,
> Daß der Buhlgespons der Sünde
> Höchlichst sich gewürdigt finde,
> Irdscher Notdurft allerorten
> Öffne Paradieses Pforten.«

Glockenschall, Glockenschwall supra urbem, über der ganzen Stadt, in ihren von Klang überfüllten Lüften! Wer läutet die Glocken? Niemand – als der Geist der Erzählung, indem er berichtet, daß sie drei Tage schon vor des Erwählten Einzug sämtlich von selber zu läuten begannen und nicht aufhörten, es zu tun, bis vor Sankt Peter seine Krönung vollzogen war. Dies ist eine Tatsache der Geschichte, – bei all ihrer Wunder-Schönheit nicht gerade von reiner Annehmlichkeit für die populatio urbis. Drei Tage und Nächte lang waren die Glocken Roms nicht zu halten, sie läuteten einhellig mit größter Gewalt an allen Punkten, und all die Zeit dies ungeheuere Gedröhne und Gebimmel in den Ohren zu haben, war keine geringe Zumutung für die Menschen, darüber ist der Geist der Erzählung sich klar. Es war eine Art von heiliger Heimsuchung und Kalamität, um deren Abstellung aus schwächeren Seelen manches Gebet zum Himmel stieg. Der aber war, wie ich wohl verstehe, zu feierlich gestimmt, als daß er so kleinem Flehen hätte Gehör schenken mögen; denn er führte das Schandkind, den Mann seiner Mutter, seines Großvaters Eidam, seines Vaters Schwäher, seiner Kinder greuliches Geschwister auf Petri Stuhl und war, das begreife ich, von seiner Unbegreiflichkeit so bewegt, daß diese Bewegtheit sich umsetzte in das selbsttätig-gewaltige Pendeln und Klöppeln aller Glocken der sieben Sprengel. Der hehren Plage aber, die große Nachfrage nach Baumwolle und, wie es schon zugeht, preistreibende Zurückhaltung der Ware von seiten der Händler zeitigte, mochte die populatio entnehmen, daß ein Papst von außerordentlicher Heiligkeit im Anzuge sei.

Er zog durch die Kristenheit auf weißem, mit Purpur gedecktem Tier, das Antlitz vom Barte geklärt, in männlicher Schönheit, und täglich wuchsen, die ihn auf der Fahrt umgaben, an Zahl; denn viele Kirchenhäupter, Grafen und einfach solche, die, von Pilgerlust ergriffen, der Krönung und Huldigung beiwohnen wollten, schlossen sich unterwegs seinem Zuge an. Der Ruhm eines großen Büßers, der siebzehn Jahre auf einem Steine verbracht und nun von Gott auf den Thron der Throne erhöht werde, eilte ihm voraus, und überall auf den Straßen lagen die Kranken und Bresthaften in Menge, von seiner Berührung oder nur von seinem Wort oder Blick Genesung erhoffend. Die Geschichte weiß, daß viele so von ihren Leiden erlöst wurden, – manche, mag sein, durch einen seligen Tod, wenn sie nämlich bei allzu vorgeschrittener Bresthaftigkeit sich von ihren Betten geschleppt und auf die Straße gelegt hatten. Andere aber, die an seinen Saum gestreift hatten oder, wenn auch nur von fern, seines Segensgrußes teilhaftig geworden waren, warfen Krücken und Binden weg und verkündeten lobpreisend, sie hätten sich nie frischer gefühlt.

Das berühmte Rom empfing ihn mit Jauchzen, – teilweise auch, wie es menschlich ist, weil nun, da er angelangt war, voraussichtlich die unbändigen Glocken bald zum Stillstande kommen würden. Er näherte sich, so bin ich unterwiesen, mit seinem Anhange auf der Nomentanischen Straße, an deren vierzehntem Meilenstein der Ort Nomentum gelegen ist, ein Bischofssitz. Bis dorthin schon hatte man ihm die Kreuze und Fahnen der Basiliken Roms entgegengetragen, und alle Ränge des Volks, den Klerus, den Adel, die Zünfte des Bürgerstandes mit ihren Bannern, die Scharen der Miliz, die Schulen der Kinder, Palmen- und Ölzweige in den Händen, fand er zu seiner Bewillkommung aufgereiht. Mit ihren Laudes mischte sich das ferne Erzgetön, in welches die Ortsglocke von Nomentum ohne menschliches Zutun einstimmte. Man tat ihm Meldung von dem Wunder, und er freute sich herzlich der Ehrung. Da es schon dunkelte, verbrachte er die Nacht in des Bischofs Hause, und erst am Morgen hielt er in lang hinwallender und liederreicher Prozession seinen Einzug in die Stadt. Nicht durch das Nomentanische Tor, so liest man, zog er ein, sondern zog längs den Mauern hin und dann über die Milvische Brücke, um so zum Aposteldom zu gelangen. Himmelauf schwang sich da aus vieltausend weit klaffenden Mündern der Lobgesang:

»Ihr Völker jubelt allzumal,
Judäa, Rom und Graecia,
Ägypter, Thraker, Perser, Skythen,
Ein König herrscht ob allen!«

Das war er, des Abtes Fundkind, der Säugling des Steines, der über all diese bunte Notdurft der Erde als König gesetzt war, und dem, während er die gestreckten Marmorstufen zum Atrium der Grabeskirche emporstieg, wobei eine unzählbare Menschenmenge den Brunnenplatz vor dem Heiligtum bedeckte, der Gesang der Priester entgegenschwoll: »Benedictus qui venit in nomine Domini.« Vor allem Volk, auf der Plattform vorm Eingang zum säulenumstandenen Paradisus, empfing er aus den Händen des Archidiakonus auf sein Haupt die dreifache Krone der Tiara, das Pallium um seine Schultern, den Hirtenstab in seine Hand und den Fischerring an seinen Finger. Es heißt, daß währenddem, oder schon während seines Einzuges in die Stadt, die erzenen Statuen der Apostel Paulus und Petrus auf ihren Säulen ein jeder sein Insigne, der eine das Schwert der Erde, der andre die Schlüssel des Himmels, freudig erhoben hätten, hoch empor. Das stehe dahin. Ich leugne es weder, noch mache ich den Glauben daran zur Pflicht. Gregorius aber wurde in viele Gewänder gekleidet: die Falda aus weißer Seide, die Albe von Leinen und Spitzen mit goldener Hüftschnur, in Schultertücher, golden und rot durchwirkt, dazu in drei Meßgewänder, eins über dem anderen, nicht eingerechnet Stola, Manipel und Gürteltuch, weißseiden alles und goldgestickt. Die päpstlichen Strümpfe tat man ihm an, sehr dick von Stoff und starrend von Goldstickerei, daß sie so schwer wie Stiefel sind, hing ihm das funkelnde Pontifikalkreuz um den Hals an goldener Schnur, steckte den Ring des Fischers ihm über den Seidenhandschuh und spreitete über all seine neun Trachten zum Schluß noch die wuchtendste, den Schleppmantel, zu sehen wie Morgenrot und Abendgold, der vor kostbarem Stickwerk nicht wallen konnte. So setzte man ihn auf den goldenen Stangenstuhl, und Jünglinge in Scharlachseide trugen ihn durch die Basilika, ganz umher, mit

Frommen angefüllt wie sie war bis zum letzten heidnischen Marmorstück ihres Fußbodens: sei es dort, wo sie sich unter der hohen Decke des Mittelschiffs weit und lang ausdehnt und aus der Ferne der Apsis her die Augen mit musivischem Glanze blendet, oder dort, wo sie unter derselben Last der Dächer nach beiden Seiten in doppelten Säulenhallen die Arme breitet.

Zum Hauptaltar über dem Grabe trugen sie ihn, da feierte er seine Krönungsmesse, wie er es sehr wohl vermochte, da er alle Hantierung schon früh seinem Fundvater abgesehen im Kloster ›Not Gottes‹. Viele Bischöfe und Erzbischöfe saßen da um ihn und glänzten wie Sterne; auch genug andere Herren, Äbte und Judices. Sang und Wonne waren da groß und mannigfaltig. Danach wurde er, während der Glockenschwall noch andauerte, rund um den Platz Sankt Peter getragen, dann aber führten sie ihn auf überliefertem Wege, hügelauf und -ab, durch die Triumphbögen der Kaiser Theodosius, Valentinian, Gratian, Titus und Vespasian und durch die Region Parione, wo am Palast des Präfekten Chromatius die Juden sich aufgestellt hatten und ihn mit wiegenden Köpfen priesen, die Sancta Via neben dem Colosseum dahin zu seinem Hause, dem Lateran.

Nun sage ich euch, wie es war. Kaum hatte er dort, in der wohltuenden Stille, die dem endlichen Sich-zur-Ruhe-Begeben der Glocken folgte, die Überzahl seiner Festkleider abgelegt, als er auch schon die Kristenheit zu regieren, die Herde der Völker zu weiden und Segen hinzuspenden begann über die bunte Notdurft der Erde. Gregorius vom Steine erwies sich binnen kurzem als ein sehr großer Papst, der Taten vollbrachte, wie die Schildereien an den Basen gewisser, woanders hergenommener Säulen römischer Kirchen sie dem Halbgotte Herkules zuschreiben. Ich weiß nicht, was ich zuerst ihm nachrühmen soll: daß er für die so notwendige Verstärkung der Aurelianischen Mauern sorgte, auch Städte wie Radicofani und die namens Orte neu befestigte, Kirchen, Brücken, Plätze, Klöster, Hospitäler, ein Findlingshaus erbaute, das Atrium von Sankt Peter mit Marmorplatten pflasterte und den Brunnen daselbst mit einer Ädicula von Porphyrsäulen schmückte. Es war dies das wenigste.

Denn nicht nur wußte er mit festhaltender Hand dem Heiligen Stuhl Patrimonien zu bewahren oder zu stiften, sogar in Sardinien, den Cottischen Alpen, Calabrien und Sizilien, sondern er machte ihm auch die Dynasten und trutzigen Barone des flachen Landes gefügig, indem er sie, entweder durch gutes Zureden oder durch stärkere Mittel, bestimmte, ihre Castelle zu übergeben, um sie sodann als Lehen der Kirche zurückzuerhalten, so daß sie aus Edelfreien zu Leuten und homines Petri wurden.

Ist das auch nur annähernd alles? Bei weitem nicht! So fest war sein Sinn, daß er mit schonungsloser Strenge die Manichäer, die Priscillianer und Pelagianer, dazu die monophysitische Ketzerei überwand, die halsstarrigen Bischöfe Illyriens und Galliens dem Primat Sankt Peters unterwarf und gegen solche, die sich für die Spendung der Priesterweihe bezahlen ließen, dermaßen vorging, daß dieses Laster für einige Zeit fast spurlos von der Erde verschwand.

Da künde ich von seiner Stärke, und doch war nicht sie es, aus der vor allem sein Ruhm erblühte, sondern seine Milde und Demut. Er zuerst schied Ehre und Weihe des geistlichen Amtes von der Würdigkeit oder Unwürdigkeit seines Verwalters und verdammte ex cathedra die Überstrenge der afrikanischen Donatisten, die, wie schon der grimme Tertullian, das priesterliche Amt nur in Händen von unbefleckter Reinheit für wirksam erachten wollten. Denn er sagte, würdig sei keiner, und er selbst sei von Fleisches wegen seiner Würde am allerunwürdigsten und nur durch eine Erwählung, die an Willkür grenze, zu ihr erhoben worden. Das kam wohl manchem Schelmen und Bock in Gottes Garten zupaß, erwies sich jedoch als höchst kirchenklug, da es im voraus das Amt vor aller Verachtung schützte, die menschliche Gebrechlichkeit ihm je und je zuziehen mochte.

Seine Duldsamkeit und Erbarmen kamen der Unerschütterlichkeit gleich, die er, wo sie nottat, bewährte; ja seine verwegene Art, die Gottheit zur Gnade anzuhalten in Fällen, wo sie schwerlich von sich aus darauf verfallen wäre, erregte Aufsehen in aller Kristenheit. Er nämlich war es, und kein anderer, der den Kaiser Trajan, weil er einmal einer flehenden Witwe, der man den einzigen Sohn gemordet, stehenden Fußes hatte Gerechtigkeit widerfahren lassen, aus der Hölle losbetete. Dies schuf zum Teil sogar Ärgernis, und Fama wollte wahrhaben, Gott habe ihn wissen lassen, nun sei es einmal geschehen und der Heide unter die Seligen versetzt, er möge sich aber nicht beikommen lassen, dergleichen ein zweites Mal zu erbitten.

Sei dem, wie ihm sei: Die Neigung Gregors, zu lösen, war zeit seines Lebens größer, als die zu binden, und aus dieser Disposition erflossen die anfänglich oft in der Kirche selbst wie auch im Volke staunendes Bedenken erregenden, zum Schluß aber stets zur Bewunderung anhaltenden Entscheidungen und Urteile, die ausgingen von seinem Richterstuhl. So verfügte er große Freiheiten der Aufklärungsmethoden in fernen, einfältigen Ländern. Wo noch heidnische Tempel standen, da sollten sie nicht zerstört, sondern nur die Götzenbilder entfernt und die Mauern mit Weihwasser besprengt werden, damit die Einfältigen anbeten könnten, wo sie bisher angebetet, nur jetzt im Geiste der Aufklärung. Sankt Peter, erläuterte er, sei, wie man wohl wisse, von oben bis unten aus dem Material des Circus des greulichen Kaisers Caligula erbaut worden und bestehe also sozusagen ganz und gar aus Schmach und Schande, – geheiligt nur durch das Grab und durch den Geist, in dem man dort anbete. Auf den Geist komme es an. Hätten die Einfältigen früher den Dämonen Stiere geschlachtet, so solle man sie weiter schlachten und essen lassen, nur jetzt zur Ehre des alleinigen Gottes.

Was kamen nicht alles für Fragen vor ihn! – und alle beantwortete er auf denkwürdige Weise. Sie fragten ihn, ob Kranke, ohne Almosen zu bezahlen, in den Fasten Fleisch essen dürften. Sie dürften es, gab er Auskunft, zuweilen gehe die Notwendigkeit vor dem Gesetz. – Sie fragten ihn, ob ein Bastard Bischof werden könne. Er könne es, ja, erwiderte er. Das hergebrachte Recht verbiete es zwar, das sei billig zu wissen, wenn man legem studiert habe, wenn aber der Unechte ein rechter Mann sei, fromm und von festhaltender Hand, wenn die Umstände zwingend und die Wähler einig seien, so tue es dem Rechte nur wohl, wenn es eine Ausnahme erleide. – Ein Mönch zu Genf hatte es mit der

Chirurgie und schnitt, wo er konnte. Einer Bäuerin schnitt er den Kropf heraus und legte ihr Bettruhe auf. Statt dessen arbeitete sie und starb. Durfte der noch seine priesterliche Funktion versehen? Ja, sprach Gregor. Zwar sei es nicht ganz zu billigen, daß ein geistlicher Mann derlei Handwerk treibe, doch nicht aus Geldgier, sondern aus Menschlichkeit, Liebe zur Kunst und Verabscheuung des Kropfes habe er gehandelt, außerdem Vorschriften von ärztlicher Umsicht gegeben, für deren Verabsäumung er nichts könne. Darum solle er, wenn er sich nur einer leichten Buße entledigt, wieder Messe lesen. – Höchst aufregend war die Sache der moslemitischen Bekehrten im Lande Kanaan, die in aller Treuherzigkeit mit ihren vier Frauen, ein jeder mit vieren nebst deren Kindervolk, zum Taufstein gekommen waren. Konnten die, um Gottes willen, denn Kristen werden? Dies bereitete, so sagte sein Kämmerling, dem Papst eine schlaflose Nacht. Dann aber besann er sich auf Abraham und die anderen Väter, die unter Jahwes Augen nicht anders als die Türken gelebt hatten. Er stand auf und diktierte dem Schreiber die Antwort: Im Evangelium selbst, geschweige denn in den Büchern des Alten Bundes, lasse kein Wort sich finden, das die Vielweiberei ausdrücklich verböte. Da offenbar den Heiden nach ihren Kultgesetzen eine Mehrzahl von Frauen rechtmäßig zuständе, so sollten sie sie auch als Kristen nach dem Vorbild der Patriarchen behalten dürfen. Unweise werde es sein, ihnen die Konversion ohne Not zu erschweren, und menschliche Konflikte wären unvermeidlich, wenn man ihnen auferlege, je eine nur ihrer Frauen ins neue Leben mitzunehmen, die anderen aber und ihre unschuldigen Kinder in die Finsternis zurückzustoßen, wodurch die Kirche vieler Seelen verlustig gehen würde. Unter diesem Gesichtspunkt sei die Mission zu handeln angewiesen. Gegeben zu Rom, frühmorgens, im Lateran. Gregorius, P. M. m. p.

Welches Aufsehen schuf das! Es reichte bis zu den Thrakern und Skythen. Wäre nicht seine Strenge gegen Simonisten, Häretiker und halsstarrige Leugner des Primats gewesen, so hätte man ihn der Läßlichkeit beschuldigt. Und wiederum aber leistete er dieser Beschuldigung Vorschub, indem er, ein für allemal, die Taufe eines aus der Häresie zur Kirche Übertretenden, weil sie doch im Namen Christi gespendet sei, für gültig erklärte und die Wiedertaufe verwarf, worüber mehrere Bischöfe Afrikas und Asiens sich heftig erbitterten. Eine Gesandtschaft aus Karthago, die wegen irrigen Gebrauchs seiner Machtvollkommenheit bei ihm vorstellig wurde, wies er zurück, ja lockerte schon den Bannstrahl gegen den in dieser Sache ganz ungebärdigen Primas von Afrika. Fast wäre es deswegen zum Schisma gekommen, wenn Gregor nicht gerade damals durch ein sehr heiliges Wunderkunststück, wie Moses solche vor Pharao vollführte, bewiesen hätte, daß Gott auf seiner Seite sei. Durch bloße Berührung nämlich fügte er die von Petrus getragenen Ketten, den jerusalemischen und den römischen Teil, zum Ganzen zusammen, so daß sie nun eine einzige Kette von achtunddreißig Ringen bildeten. Daher stammt das Fest Petri Kettenfeier, das ja nicht ohne Wurzel und Ursprung sein kann und also das Protokoll jener Tat beglaubigt.

Damit schlug er manches Murren über Läßlichkeit nieder oder kam ihm zuvor. Und doch gab es solche, die behaupteten, er wolle unvergebbare Sünden vergeben, wie Ehebruch und Hurerei. Das traf nicht zu. Er verordnete dergleichen Schächern schon recht schwere Bußen, nur keine allzu schweren; die liebte er nicht und war dagegen. Er selbst war durch äußerste Buße gegangen und von Gott zum hornigen, filzigen kleinen Geschöpf und Erdsäugling herabgesetzt worden, aber er war der Meinung und wies alle Beichtiger und geistlichen Richter an, sie zu teilen, daß man dem Sünder mit sanfter Buße seine Beschwernis verringern solle, so daß ihm die Reue süß sei. Das Recht ist von schwieliger, harter Hand, die Fleischeswelt aber bedarf einer zwar festen, doch weichen. Will einer den Sünder zu eifrig verfolgen, so stiftet er leicht mehr Schaden als Heil. Denn legt man dem Gnadensucher zu jähe Buße auf, so mag er davor verzagen, es nicht ertragen und Gott wieder entsagen, verwöhnt wie er ist durch den Teufel, dessen Dienst er dann wohl in umgekehrter Reue wieder aufnimmt. Darum ist's große Politik, daß Gnade vor Recht gehe; denn sie schafft im geistlichen Leben das rechte Maß, durch welches der Sünder gerettet und der Gute beständig erhalten wird, damit die Ehre Gottes mächtig empor- wachse im römischen Reich.

Wen hätten solche Lehren wohl nicht erfreuen sollen? Sie er- freuten alle, nur ausgenommen einige Rigoristen, die aber eine ihm eigentümliche Autorität in Schach hielt. Er war auch sehr schön zu sehen, wie Kinder der Sünde, aus welchem Grunde immer, es öfters sind, ein herrlicher Mann.

»Der«, sagt das Sprichwort, »wird gern gehört, den man liebt.« Und er wurde geliebt bis nach Perser- und Thrakerland, weil man ihn gerne hörte. Seiner erstaunlichen Auskünfte we- gen hieß er ›Das Apostolische Orakel‹; aber um seiner Lindigkeit willen wurde er ›doctor mellifluus‹ genannt, das ist: ›Der Lehrer, welcher von Honig fließt‹.

Penkhart

Seine Mutter, seine Base, sein Weib, die hatten nur *einen* Leib, und der war nun bejahrt mit harten Jahren und war schwach worden an Kräften und Farbe, so hatte sie sich in Reue und Müh- sal gekleidet all die Zeit und unablässig das Wasser der Demut getrunken. Was der Buhlsohn ihr auferlegt, bevor er aus ihrem Lande schied und auf Bußfahrt ging, das hatte sie mit Leib und Gut und harrendem Sinne ganz geleistet, viele Jahre lang, mehr als zwanzig, wo sie doch, als er schied, schon achtunddreißig gewesen war.

Er war dazumal noch recht jung gewesen und hätte es in reife- rem Stande wohl sanfter gemacht, besonders da er hätte vorher- sagen können, daß Werimbald, ihr entfernter Vetter, der nach seinem Entschwinden Herzog wurde in Flandern-Artois, von ihrer Verlassenheit, ihrem Rücktritt vom Irdischen und ihrem Verlangen, das Wasser der Demut zu trinken, recht derb Ge- brauch machen und ihr das Wittumsgut auf alle Weise schmälern würde, so daß das Asylum, das sie zu Füßen der Burg an der Landstraße errichten konnte, vom Allerärmlichsten war, nicht besser als eine Baracke, die ihr nicht einmal Raum bot, gesondert zu schlafen. Sondern unter den Krüppeln und Kranken schlief sie, die sie von der Landstraße aufgelesen, oder die an ihre Brettertür geklopft, und denen sie ein grauer Engel war, indem sie sie bettete und atzte mit Pappe und Schlippermilch.

Da war sie auch niedergekommen auf einem Strohsack mit ihrem zweiten Töchterchen, das man, wie Herrad, das erste, wohl auch ihr Großkind nennen mochte. Ein selber hochschwangeres Weib, das in Sünden empfangen hatte von einem vagierenden Gaukler, mit dem ihr Mann sie betroffen, stand ihr bei in den Nöten, und als nach nur drei Tagen die mit der Mistgabel Verjagte dann niederkam, da machte Sibylla sich auf vom Kindbett, um jener beizustehen, und entband sie von einem Knaben. Gudula, diese Sünderin, blieb bei ihr und half ihr, die Siechen zu laben, ihre Wunden zu waschen, sie zu baden und zuzudecken. Heranwachsend, halfen ihr auch ihre Töchter dabei, ebenfalls in grauen Kleidern: Herrad, weiß und apfelrot, die nun Stultitia hieß, da ihr Taufname zu stolz und sie überhaupt nur irrtümlich getauft war; dann auch die zweite, Humilitas ohne Taufe genannt und wälisch blaß-bräunlich wieder, mit schwarzen Augen von blauem Unterschein, ihrem Großvater-Oheim Wiligis und so auch ihrem väterlichen Bruder sehr ähnlich, weshalb Sibylla sie viel strenger hielt als Stultitia, die äußerlich aus dieser Verwandtschaft fiel.

Gudulas, jenes Weibes Sohn jedoch und des Gauklers, empfing in der Taufe den Namen Penkhart und trug ihn in Ehren. Denn er wurde sehr wacker, des Asylums frommer, handlicher Knecht, halbwüchsig schon, und später erst recht, in vielen Tüchtigkeiten bewandert, ein Bettschreiner, Kerzengießer, Schuster und Ofensetzer, Bienenvater dazu, Gemüsebauer und solch ein Zimmermann, daß er der Baude mehrere neue Gelasse und Bettschuppen anzimmerte, damit die Herrin mehr Jammervolle aufnehmen, die Miselsüchtigen absondern und selbst mit den Töchtern gesondert schlafen könne. Nicht genug damit, war es dem Bankhart gegeben, die Innenwände der Herbergen aufs wunderlichste auszuzieren. Denn von früh an war es seine

Lust gewesen, aber keine besondere, sondern nur wie die zu den anderen Handfertigkeiten, mit Kohle, Schiefer und Reißblei zu figurieren, wo immer eine leere Fläche ihn reizte, demnächst sich Farben zu reiben, die er anmischte mit Wasser, Eiweiß und Honig, und damit Getier und Gemensch, auch höhere Wesen wie Apostel und Engel mit großer Wahrscheinlichkeit und im natürlichsten Kolorit vor Augen zu führen. Darin hatte er's weit und weiter gebracht, und als er siebzehn war und die neuen Spelunken gezimmert hatte – ein gedrungener Bursche, schwärzlich, mit schmalem Gesicht, an dessen Seiten das Schläfenhaar so lang herabhing, daß es aussah wie ein Backenbart –, da bewarf er die Wände mit nassem Kalk und malte darauf mit dem Stielbüschel, in Wasserfarben, die erstaunlichsten Dinge: einen blutenden Bischof im Heiligenschein, von Kriegsknechten gemartert, David, wie er mit einer Miene, als ob nichts geschehen wäre, das Haupt des Goliath am Schopfe nach Hause bringt, den Herrn Jesus, wie er im Jordan getauft und auf dem Kirchendach vom geschwänzten Satan versucht wird, hinabzuspringen, und dergleichen mehr. Als das fertig war, baute er wieder Kohl und schusterte, kümmerte sich auch nicht darum, daß Herren und Damen der Burg, trotz allem Ekel vor Eiter und Kränke, hinabkamen ins Asyl, um seine Schildereien zu sehen. Herzog Werimbald aber kam nicht, da er gehört hatte, daß Penkhart dem Feldhauptmann, unter dessen Aufsicht der heilige Bischof gemartert wurde, mit täuschender Ähnlichkeit seine Züge verliehen hatte.

Sibyllen bekamen die Neugierigen auch nicht zu sehen, obgleich sie nach ihr auslugten, und das mit Recht; denn Grimalds Kind, das niemanden sich für ebenbürtig erachtet hatte als den genau ebenso feinen Bruder, war auch im Alter noch und im Büßerkleid von fürstlicher, wenn auch verhärmter Schönheit. Verhärmt waren wohl ihre Wangen, und zwei stehende Furchen hatten sich zwischen ihre Brauen eingegraben, aber die Jahre weder noch die Todsünden, an denen sie trug, noch das viele Bücken über Siechbetten und Badezuber hatten ihre Gestalt zu beugen vermocht. Strack und herrinnenhaft war die, wie zu der Zeit, als Grigorß zuerst im Dom des notvollen Bruges sich ihr genaht, und stolz ihr Tritt, wie ja der Adel des Leibes sich seltsam gegen die Beugung der Seele durch kristliches Sündenbewußtsein behauptet. Wie grau oder weiß ihr Haar war, das sah man nicht unter dem auch noch die Stirn verhüllenden Gebände ihres Hauptes. Aber die bitteren Angst- und Reuetränen so vieler Jahre um willen ihrer gehäuften Todsünden hatten nicht die sonderliche Schönheit ihres elfenbeinfarbenen Antlitzes zerstören können, diesen mit der blassen Sichel unterm Gebände gezeichneten Liebreiz, den ich nicht noch einmal zu beschreiben versuchen will, da ich nun einmal kein Penkhart bin und ihn nicht malen kann, für welchen sie aber leider alle untereinander, Bruder und Schwester, Sohn und Mutter, so viel wechselseitigen und ausschließlichen Sinn gehabt hatten.

Allein trug Frau Sibylla, die Büßerin, ihn nun wohl im Alter noch, in verhärmter Form, zur Schau; denn Wiligis war hin, Grigorß ihm gefolgt und mutmaßlich auch dahin, obgleich man ihr nicht seinen Leichnam gebracht hatte. Aber war Wiligis, der Holde, zugrunde gegangen und ins Grab gesunken aus Zartheit, so war gewiß Grigorß, ihr zweiter Gemahl, das Opfer seiner stolzen Jung-Männlichkeit geworden, denn bestimmt hatte das Kind es übertrieben mit der Buße und nicht auf sich achtgegeben, sondern den schönen Leib, der eheliche Lust mit ihr geteilt, metzeln lassen im Heiligen Lande von krummen Säbeln. Ob seine Seele dadurch dem Höllenrost entgangen war? Und Wiligis seine? Wer konnte ihr darauf Antwort geben? Wer gar auf die Frage, wie es um ihre eigene mit Todsünden wie mit eiternden Wunden bedeckte Seele stand, und ob sie, bei noch so vielem Trinken vom Wasser der Demut, die geringste Aussicht hatte, einst Gott zu schauen? Viel, wenn sie eben nicht Sieche badete, weinte sie und kniete hart in angstvollem Gebet für sie alle drei und ihren schrecklich verschlungenen Bund.

Da hörte sie nun, als sie sechzig Jahre alt war, daß zu Rom ein sehr großer Papst erstanden sei, des päpstlichen Namens Gregorius, der ein Tröster der Sünder und ein so guter Arzt der Seelenwunden sei wie keiner, der je die Schlüssel geführt, viel eher geneigt, zu lösen, als zu binden. Wie hätte sie nicht von ihm hören sollen? Alle Welt hörte von ihm, der ganze orbis terrarum christianus, und mir ist immer, als habe er's geradezu darauf angelegt, daß mit dem orbis auch sie von ihm höre. War er nicht etwa gar ein so großer Papst geworden, damit sein Ruhm überall hin und also auch zu ihr dringe? Jedenfalls war er ja auch ein so guter Herzog gewesen, weil er's um ihretwillen, die er betrog, so sehr nötig hatte. Man muß es nur nötiger haben als andere, dann macht man sich bei der Menschheit einen Namen.

So war denn also in der Frau der Entschluß gereift, auf ihre alten Tage nach Rom zu dem heiligen Papste zu pilgern und ihm, den es mindestens interessieren mußte, diesen ganzen Fall extremer und verschlungener Sündhaftigkeit, dessen Mittelpunkt sie war, zu Gehör zu bringen, damit sie allenfalls Rat und Trost von ihm erlange. Sie sagte es auch zu Gudula, ihrer Gehilfin.

»Gudula«, sagte sie, »mir ist eingegeben, und meine Gebete haben es in mir zur Reife gebracht, daß ich zu diesem großen Papste wallen und ihm meine ganze unerhörte Geschichte zu Ohre beichten will. Es ist ihm ein solches Übermaß von Sündhaftigkeit wohl noch gar nicht vorgekommen, und es gebührt sich, daß er davon erfährt. Er allein kann dies Übermaß mit Gottes Gnadenfülle vergleichen und abmessen, ob die davon überstiegen wird, oder ob sie, als Übermaß ebenfalls, ihm gewachsen ist und meiner Sünde die Waage hält. Man kann es nicht wissen. Vielleicht wird er die Hände heben, mich aus der Kristenheit fluchen und mich dem glühenden Pfuhl überantworten. Dann ist eben alles aus, und ich weiß Bescheid. Vielleicht aber finde ich Ruhe durch diese Beichte – Ruhe hier und ein wenig Seligkeit dort, wenn auch nur eine eingeschränkte – für mich und die, die ich liebte.«

Gudula hörte das kopfnickend an, die Hände in den Ärmeln ihres grauen Kleides.

»Ich will auch Stultitia und Humilitas mitnehmen«, fuhr Sibylla fort, »und ihm die unselig-unschuldigen Früchte meiner Todschande vor Augen stellen, um für Humilitas vielleicht die kristliche Taufe von ihm zu erlangen, trotz ihres Vaters Grigorß männlichem Verbot. Papst Gregor soll ja so großzügig sein mit der Taufe und hat sie selbst den vielweiberischen Muselmanen und all ihrer Brut bewilligt, wie man überall hörte. Dich aber, so ist's bei mir ausgereift, will ich derweilen hier übers Asylum setzen, daß du es eigenmächtig betreust, bis ich wiederkomme, verdammt oder gelöst.«

»Liebe Frau«, antwortete Gudula, »Ihr solltet mich lieber auch mitnehmen, damit ich dem Herrn Papst meine alte Lustsünde beichte mit dem Gaukler und er ihre Schwere abwägt gegen Gottes Gnade!«

»Ach, Gudula«, erwiderte ihr Sibylla, »der Papst würde lächeln ob deiner Beichte und würde belächeln, daß du deswegen zum Stuhle Petri kommst! Das mit dem Gaukler war ja eine Lapperei, es ist meiner Meinung nach längst schon abgebüßt, und dein Sohn Penkhart ist ein so vortrefflicher Junge. Er soll mein Briefbote sein, wenn ich nun schreibe nach Rom. Ich bin keine Fürstin mehr, und es ziemt sich nicht, daß ich an den Herrn Papst persönlich schreibe. Aber ich war eine Fürstin und weiß den Geschäftsgang. Ich will an den Nomenculator Seiner Heiligkeit schreiben, das ist sein conseiller, mußt du wissen, in Gnadensachen, Muntwalt der Pupillen und Witwen und aller Bedrängten, an den man sich wendet, wenn man vom Papste etwas zu bitten hat. Ihm will ich schreiben, ich stünde im Mittelpunkt einer Geschichte von abnormer Sündhaftigkeit. Von Gebürte hoch sei die Greisin, doch nun schon lang eine Büßerin und erflehe die Gnade, sich dem Vater der Kristenheit zu Füßen zu werfen und ihm ihres Lebens Greuel zu Ohre beichten zu dürfen, die allerdings schwer und entsetzlich zu hören seien; man müsse ein Mann von großer Festigkeit sein, um es auszuhalten und auch zu glauben, daß Gott es aushalten könne. So will ich schreiben, um den Nomenculator und den Herrn Papst doch vielleicht neugierig zu machen. Wozu wären wir Frauen, wenn wir nicht etwas Schläue sollten spielen lassen bei solcher Gelegenheit? Kurzum, der Brief ist so gut wie fertig in meinem Kopf, ich brauche ihn nur auf Pergament zu setzen, und Penkhart soll ihn nach Rom tragen. Deine Sache aber will ich schon unterderhand mit einfließen lassen, wenn der Papst mir Gehör schenkt.

Die wird er bestimmt vertragen können, denn wirklich ist sie vergleichsweise ja nur zum Lächeln.« –

»Und Penkhart?« sagte sie einige Monate später zu Gudula. »Wo bleibt er nur? Groß ist meine Ungeduld und macht mir die Zeit wohl länger, als sie ist, aber ich schätze doch, daß er nachgerade zurücksein müßte, sei es mit Gewährung oder Verweigerung, aber zurück muß er doch kehren. Meine Ungeduld, Gudula, will sich in Besorgnis wandeln, nicht meinet-, sondern seinet- und deinetwegen. Denn wie stände ich da vor dir, wäre ihm etwas zugestoßen auf der Reise und wir hörten nie wieder von ihm, weil er von Räubern erschlagen worden oder in einen Abgrund gestürzt ist? Das wäre mir schrecklicher, als wenn er Verweigerung brächte.«

»Seid nur getrost, Frau, und geduldet Euch!« tröstete Gudula sie, die Hände in den Ärmeln. »Mein Penkhart, der kommt schon durch.«

Und wirklich war es nur so, daß Penkhart zu Rom die Bekanntschaft einiger junger Leute gemacht hatte, die ebenfalls figurierten und mit Farben malten. Mit denen hatte er Freundschaft geschlossen, und sie hatten ihn auch zu ihrem Meister geführt, bei dem sie zur Schule gingen im Farbenreiben und Pinseln, der hatte sich etwas von ihm vorfigurieren lassen, ihn gelobt und ihm Ratschläge erteilt, und darüber hatte Penkhart bei aller Treue sich in der Stadt versäumt, obgleich er des Papstes Gewährung, durch den Nomenculator erteilt, schon in der Tasche hatte. Ungern nur trennte er sich von Rom, von jenen Kumpanen und ihrem Meister und war darum sehr froh, daß Sibylla, als er ihr endlich, unter Entschuldigungen seines Säumens wegen, die Gewährung überbrachte, ihm sagte, er solle nur gleich wieder mitkommen, wenn sie nun mit Stultitia und Humilitas aufbräche zur Romfahrt, und ihnen als ihr Reisegehilfe seine Erfahrungen zugute kommen lassen. Das tat er denn auch mit vieler Umsicht, Geschick und Fürsorglichkeit und brachte Mutter und Töchter glücklich, und ohne daß ihr Fuß an einen Stein gestoßen wäre, durch die ihm schon vertrauten Strecken und Schrecken, über Hochöden und durch süße

Gefilde hinab in die Stadt der Städte und vor den Nomenculator; der wies sie an, im Frauenkloster Sergius und Bacchus, beim Lateranpalaste gleich nebenan, Obdach und Hospitalität zu nehmen, und nannte der Beichtbittstellerin Tag und Stunde, nämlich gleich morgen, wo der Papst ihr das Ohr neigen und ihr Einzelgehör gewähren wolle im innersten Arbeitszimmer.

Die Audienz

Die Nonnen von Sergius und Bacchus nahmen sie milde auf, und den folgenden Tag, vor der genannten Stunde, schon bald nach der Frühmesse, holte des Papstes Cubicularius oder Kämmerer die Pilgerinnen ab vom Kloster und führte sie in den Palast; da überlieferte er sie im ersten Saal dem Protoscriniar, der sie weitergab an den Vestiarius, von dem sie der Vicedominus empfing und sie dem Primicerius der Defensoren abtrat – und so immer weiter von Saal zu Saal. Durch viele Hände gingen sie, und durch zehn steinerne Säle ging es mit ihnen, die dem innersten Zimmer vorgelagert waren, gehütet von Palatinischen Hellebardieren, Nobelgardisten, Türstehern und roten Sänftenträgern. Im größten stand ein Thron, durch den geleiteten sie zwei Ehrenkämmerer, die sie in der Tür an zwei Geheimkämmerer abgaben. Nun waren sie im siebenten, dem Geheimen Vorzimmer, und dort blieben Stultitia und Humilitas zurück in der Hut von zwei Geheimkaplänen. Sibylla aber schritt weiter, geführt von einem Greise, dem Curopalata, denn fern davon, daß das Geheime Vorzimmer schon vorm Innersten gelegen gewesen wäre! Es stieß daran noch ein Saal und an den noch einer, die zu gar nichts dienten, als Abstand zu bilden, und an den stieß ein kleiner, noch einmal mit einem Thron, auch nur dem Abstand dienend. Der aber mündete denn doch in eine Eichentür, mit dem päpstlichen Wappen in Marmor darüber und bewahrt rechts und links von scharlachnen Wächtern. Gegen diese hob der Curopalata das Haupt, und sie öffneten beide Flügel. Der Greis trat zurück, die Frau aber schritt hindurch und war im Innersten.

Der Vater der Kristenheit, seinen Jahren nach auf zweiund-vierzig zu schätzen (und da schätze ich richtig, denn er regierte seit fünfen), saß auf rot-goldenem Stuhl an einem großen, mit rotem Leder ausgeschlagenen Tisch, bedeckt mit Papierrollen rings um das Schreibzeug. Seitlich saß er zu der, die eintrat und sich schon an der Tür zum ersten Tiefknicks niederließ, und wandte sein Haupt gegen sie, das in eine rote, mit Hermelin verbrämte, in den Nacken und halb über die Ohren reichende Sammetkappe gehüllt war. Das ist eine feine Kopfbedeckung, dem Papste vorbehalten, und sehr gefällt mir auch der Stutz-mantel aus gleichen Stoffen, den er über der weißen Dalmatika um die Schultern trug, – darüber das Pallium, mit Kreuzen be-stickt. Streng war in der Kappe sein vom Barte freies Antlitz; blank und so stark zeichneten die Wangenknochen sich darin ab, daß es aussah, als würden sie durch ein Zusammenpressen der Kiefer hervorgetrieben, und überaus ernst lag die etwas weit vorn an der Nase ansetzende Oberlippe auf der unteren. Die dunklen Augen aber erschimmerten, wie sie der Büßerin entgegenschauten, in Tränen, ohne daß ihr Blick sich dadurch entfestigt hätte, was rar und schön ist: fest blicken durch Trä-nen.

Sie sah es nicht, da sie ihre Augen fromm gesenkt hielt, wäh-rend sie unter drei Tiefknicksen herankam und sich ihm, heran-gekommen, zu Füßen warf. Mit einer Bewegung, zu rasch fast für seine Würde, hob er sie auf, verwehrte ihr, seinen mit einem Kreuz gezeichneten Saffian-Pantoffel zu küssen, und bot ihr statt dessen den Ring zum Kuß. Dann wies er auf eine mit rotem Sammet bedeckte Kniebank zu seiner Seite; ein Ober-brett mit Kissen hatte sie zum Auflegen der Hände. Von da schlug sie die Augen auf zu Gottes Stellvertreter und blickte an-dächtig in sein Gesicht. Die alte Frau! Sie vergaß, zu blinzeln bei ihrem Schauen, vergaß den Lidschlag, unterließ es, versteht mich recht, mit der Wimper zu zucken, wodurch ja der Blick sehr bald nicht sowohl starr wird als ins Schwimmen gerät, sich an seinem Gegenstande zu brechen und, ihn nicht mehr fassend, in eine unbestimmte Ferne zu gehen scheint. Sie schloß denn auch lieber die Augen, fuhr leicht mit den Fingerspitzen über ihre Stirn und blickte dann nieder auf ihre gefalteten Hände.

»Ihr habt, werte Frau, Unsere Tochter«, begann ihr Beichtiger mit verhaltener Stimme, »eine weite Reise getan zu Uns aus Euerem entlegenen Lande, über das Ihr, wie Wir hören, einst Herrscherin wart. Groß muß Euer Verlangen sein, Uns Euer Herz zu eröffnen und seine Last bei Uns niederzulegen. Die Stunde dafür ist gekommen. Der Papst hört.«

»Ja, Heiliger Vater«, antwortete sie, »die Stunde ist da dank Euerem Erbarmen, von dem ich wohl weiß, daß es nur vorläufig ist und nur das Hören betrifft, denn wie es nach dem Hören um Euer und Gottes Erbarmen bestellt sein wird, – ich zage, daran zu denken.«

»Der Papst hört«, wiederholte er und rückte sein von der Samtkappe halb bedecktes Ohr etwas näher zu ihrem Munde.

»Gott helfe mir«, flüsterte sie, »zu beginnen! Wißt, Heiliger Vater, zu meiner Kastigierung stehe ich, wie es mir anbefohlen worden von gewisser Seite, einem Asylum vor für den Abschaum der Landstraße, und dabei geht ein Weib mir als treue Gehilfin zur Hand, Gudula mit Namen, eine arge Sünderin. Denn vor zwanzig Jahren vergaß sie sich ganz und gar mit einem ziehenden Gaukler und ließ sich von ihrem Mann im besten Sündigen betreffen, so daß er sie in gerechter Wut mit einem Feldgeräte verstieß. So kam sie zu mir und hat ihre Buße mit meiner vereinigt und mich ersucht, ein gutes Wort bei Euch einzulegen für ihre Lösung, dessen ich mich darum unterfange, weil Gott geneigt scheint, ihr zu vergeben. Denn von dem Gaukler hat er sie mit einem Sohne gesegnet, Penkhart, der ist vortrefflich und besser wahrscheinlich, als wenn er von ihrem Manne wäre. Geschickt ist er in aller Handfertigkeit und malt mit Farben, so anschaulich, daß ich Euch fragen möchte, Heiliger Vater, ob er nicht eine Anstellung finden könnte an Euerem Hof und könnte Eure Gemächer ausmalen und manche Kapelle, zu Gottes Ehre und Euch zum Dank für seiner Mutter Lösung.«

»Frau«, sagte Gregor und hob sein Ohr von ihr weg, »habt Ihr dazu Euere Reise getan, um Uns diese Lappalien zu bejehen? Denn nach allem, was Ihr Unserem Nomenculator schriebt, ist, was zwischen jenem Weibe und dem Gaukler geschah, nur eine Lappalie neben den Sünden, die Euch beschieden waren.«

»Das ist nur zu wahr, Heiliger Vater«, gab sie zu. »Und ich habe im stillen gefürchtet, Ihr möchtet mich irrtümlich loben dafür, daß ich die Sorge ums eigene Seelenheil uneigennützig zurückstelle hinter die einer sündigen Schwester und nicht nur zuerst für sie bitte, sondern auch noch um eine Anstellung einkomme für ihren kunstfertigen Bankhart. Diese Deutung wäre möglich gewesen, aber mit Recht habt Ihr sie nicht in Betracht gezogen. Nicht aus Selbstlosigkeit sprach ich zuerst von Gudula, sondern ich habe ihre Geschichte nur vorgeschoben, um Frist zu gewinnen und weil ich mich so sehr davor entsetze, die eigene auszusagen und durch ihre Bejehung Euer Ohr mit Grausen zu erfüllen.«

»Dies Ohr und dies Herz«, antwortete er, »sind fest. Sprecht ohne Vorschübe! Der Papst hört.«

Da sagte sie ihm, die schönen, mageren Hände zuweilen auf dem Kissen ringend, zuweilen stockend, zuweilen die Flüsterstimme von Schluchzen erstickt, all-alles ein, die ganze extreme Geschichte, wie ich sie euch erzählt habe, mit Ausnahme der zweimal siebzehn Jahre auf der Normannischen Insel und auf dem Stein, die ihrem Wissen fehlten. Von ihrem süßen Bruder raunte sie und wie nur sie beide an Feinheit einander für ebenbürtig erachtet, von Grimalds Rittertum und wie, da er starr lag, um den Turm die Käuzlein so ängstlich geschrien und Hanegiff, der Treue, zur Decke geheult, sie aber es dennoch getan hätten, mörderisch, in blutiger Ebenbürtigkeitswonne. Wie sie es fortgetrieben hätten und der Schwester Leib mit einem Bruderkinde gräßlich gesegnet gewesen sei. Von Herrn Eisengrein und der harten Gutmütigkeit seiner Verfügungen. Von Wiligis' Abgang und zartem Verderben. Von ihrer Niederkunft auf dem Wasserschloß unter Frau Eisengreins Händen und wie man ihr das schöne Knäblein genommen und es im Tönnlein verschlossen hätte, so daß sie kaum Zeit gehabt habe, es doch ein wenig auszustatten zur Fahrt auf den Ünden: mit der Tafel, worauf seine Bewandtnisse standen, Broten voll Gold und einigen guten Stoffen aus Morgenland. Von den fünf Schwertern sprach sie, die ihr Herz durchdrungen, und von ihrem Zerwürfnis mit Gott, dem sie nun kein Weib mehr habe sein wollen, überhaupt keines mehr, so daß sie alle Freier verschmäht und so das Land ins Elend gebracht habe. Auch ihren alten Traum beichtete sie: wie ihr geträumt hatte, sie gebäre einen Drachen, der ihr den Mutterschoß zerriß und dann davonflog, aber nur, um wiederzukehren und sich zurückzudrängen in ihren Schoß. Und so war es geschehen. Denn plötzlich sei das Kind ein Mann gewesen oder doch ein ritterlicher Knabe mit größtem Anspruch auf Männlichkeit und habe in ihrem Leben den wilden Freier gebändigt mit unglaublich festhaltender Hand. Wie sie da, flüsterte sie, Heiliger Vater! den Geliebten, den Einzigen, den sie habe lieben können und müssen, zum Gatten genommen und mit ihm in Ehewonne gelebt habe drei Jahre lang, ihm auch eine Tochter geboren, weiß und apfelrot, und später noch eine, ihm gleich und ihr. Wie durch das Auffinden der Tafel, schluchzte sie, sich ihr die Einerleiheit von Kind und Gatte fürchterlich enthüllt hatte und ihr vor Schrecken die Seele in Amacht gefallen war, aber nur komödiantischerweise; denn obenauf stelle die Seele sich an und mache ein Wesen von teuflischer Täuschung, die ihr angetan, tief unten aber, wo still die Wahrheit wohne, da habe es gar keine Täuschung gegeben, vielmehr sei ihr da die Einerleiheit bekannt gewesen gleich auf den ersten Blick, und unwissentlich-wissend habe sie das eigene Kind zum Manne genommen, weil es der einzig Ebenbürtige wieder gewesen. Da habe er es, das Letzte sei damit eingestanden, denn unwürdig wäre sie des päpstlichen Ohres, wenn sie nicht ohne Hinterhalt die Fickfackerei ihrer Seele gestände. Nun möge er zornrot die Hände heben, zu Fäusten geballt, und sie verfluchen zum Höllenrost; das wäre ihr lieber, als vor Gott und dem Papste lügnerisch einzubehalten, daß sie heimlich alles gewußt und ihre Seele sich bei der Entdeckung nur angestellt habe.

Sie schwieg. Es gab ein Schweigen. Sie sagte noch:

»Ihr habt meine Stimme lange gehört, Papst Gregorius. Nun werde ich gleich auch die Euere wieder hören.«

Sie hörte sie wieder, wenn auch nicht vollen Tones, denn er sprach gedämpft wie der Priester im Beichtstuhl:

»Groß und extrem ist Euere Sünde, Frau, und bis zum Grunde habt Ihr sie dem Papste gestanden. Diese Gründlichkeit im Extrem ist größere Buße, als wenn Ihr nach Eures Sündengatten Verfügung den Bettlern die Füße wuschet. Ihr seid gewärtig, daß ich die Arme hebe und Euch verfluche. Hat Euch nie jemand gesagt, der Gott studiert hatte, daß Er wahre Reue als Buße annimmt für alle Sünden, und daß ein Mensch, sei seine Seele auch noch so krank, – wenn sein Auge nur eine Stunde naß wird von Herzensreue, so ist er gerettet?«

»Doch, ich hörte es schon«, antwortete sie, »und es ist überwältigend, es vom Papste wiederzuhören. Aber nicht alleine will und kann ich gerettet sein, sondern nur zusammen mit ihm, meinem Gattenkinde. Geruht! Wie steht es mit ihm?«

»Vorderhand«, sagte er, »frag ich das Euch. Ihr habt nie gehört seit damaliger Zeit, was aus ihm geworden, ob er lebend ist oder tot?«

»Nie, Herr, hab ich von ihm gehört. Ob er aber lebend ist oder tot, davon halte ich sehr, daß er tot. Denn aus Männlichkeit hat er bestimmt so gewaltige Buße auf sich genommen, daß er sich übernommen hat. Meinte er doch, seine Sünde überträfe die meine, was ich nicht zugeben kann. Denn wenn auch all sein Fleisch und Bein aus Sünde bestand – aus seiner Eltern Sünde –, so hat er doch damit nur insofern gesündigt, als er unwissentlich bei seiner Mutter ruhte. Ich aber habe mir mit dem Bruder den Gatten gezeugt.«

»Das Maß der Sündhaftigkeit«, versetzte er, »ist strittig vor Gott, um so mehr, als dein Kind dort, wo die Seele keine Faxen macht, ebenfalls recht gut wußte, daß es seine Mutter war, die er liebte.«

»Vater der Kristenheit, wie schwer beschuldigt Ihr ihn!«

»Nicht zu schwer. Der Papst wird mit dem Fant nicht schonender umgehen, als Ihr mit Euch umgegangen seid. Ein Jüngling, der auszieht, seine Mutter zu suchen, und sich ein Weib erkämpft, das, sei es noch so schön, seine Mutter sein könnte, muß damit rechnen, daß es seine Mutter ist, die er heiratet. Soviel von seinem Verstande. Seinem Blute aber war die Einerleiheit von Weib und Mutter vertraut, lange bevor er die Wahrheit erfuhr und sich gar komödiantisch darüber entsetzte.«

»Es spricht der Papst. Und doch kann ich's nicht glauben.«

»Frau, er hat es Uns selbst gesagt.«

»Wie, wie? So habt Ihr ihn gesehen vor seinem Tode?«

»Er ist durchaus am Leben.«

»Ich faß es nicht! Wo, wo ist er?«

»Nicht weit von hier. Würdet Ihr Euch getrauen, ihn zu erkennen, wenn Gott ihn Euch zeigte?«

»Heiligkeit, auf den ersten Blick!«

»Und laßt mich weiter fragen: Wär es Euch wohl sehr peinlich, ihn wiederzusehen, oder überwöge die Freude?«

»Sie überwöge nicht nur, sondern selig wäre sie ganz allein auf dem Plan. Gnade, Herr! Laßt mich ihn sehen!«

»So seht erst dies.«

Und er zog unter den Papieren des Tisches ein Ding hervor, das reichte er ihr: aus Helfenbein, gerahmt und zum Brief beschrieben, die Tafel. Sie hielt sie in ihren Händen.

»Wie wird mir?« sprach sie. »Das Stück ist dies, wovon ich Euch sagte, und das ich dem Kinde mitgab ins Fäßlein vor siebzehn und siebzehn Jahren und dreien und fünfen. Gott, du mein Gott, ich halte es wieder – zum dritten Mal. Als ich es beschrieb mit des Kindes Bewandtnissen, da hielt ich's, und wieder dann in der gräßlichen Stunde, als ich's nach Weisung der schlimmen Magd aus dem Schube nahm in meines Gatten Gemach. Welche Not hatte die sündige Seele da, zu erraten, wie er zu dem Stück gekommen sein mochte! Das Kind und der Gatte – die Seele wollte sie weit auseinander haben und nicht ihre Einerleiheit begreifen. Dem Gatten, so wollte sie lange, habe das Kind diese Tafel gegeben. Euch gab sie mein Gatte, Herr, liebster Papst?«

»Sie ist mein von je. Ich landete mit ihr, auf einer Insel des Meeres erst, dann in dem Land Eurer Väter und meiner. Eine neue Aufgabe habe ich, Teuerste, deiner Seele zu stellen, doch eine gnadenvolle: die Drei-Einheit zu fassen von Kind, Gatte und Papst.«

»Mir schwindelt.«

»Begreift es, Sibylla, Wir sind Euer Sohn.«

Sie beugte sich lächelnd über ihr Handkissen, indes ihr die Tränen über die von Alter und Buße abgezehrten Wangen rannen. Und sprach unter Lächeln und Tränen:

»Das weiß ich längst.«

»Wie?« sagte er. »So habt Ihr mich erkannt in der Papstkappe, nach so vielen Jahren?«

»Heiligkeit, auf den ersten Blick. Ich erkenne Euch immer.«

»Und habt, lose Frau, nur Euer Spiel mit Uns getrieben?«

»Da Ihr Euer Spiel mit mir treiben wolltet –«

»Wir gedachten, Gott eine Unterhaltung damit zu bieten.«

»Dabei ging ich Euch gern zur Hand. Und doch war es kein Spiel. Denn sind Dreie auch Eins, so ist doch weit der Papst vom Kinde und Gatten. Dem Erwählten des Herrn hab ich innigst gebeichtet.«

»Mutter!« rief er.

»Vater!« rief sie. »Vater meiner Kinder, ewig geliebtes Kind!« Und sie umhalsten einander und weinten zusammen.

»Grigorß, du Ärmster!« sagte sie, indem sie sein Haupt an das ihre drückte. »Wie schonungslos mußt du gebüßt haben, daß Gott dich so über uns Sünder alle erhöhte.«

»Davon nichts weiter«, erwiderte er. »Meine Stätte war freilich die kahlste, des Himmels Gestirne aber und Wind und Wetter boten viel Abwechslung, und zudem hatte Gott mich tief herabgesetzt, zum Murmeltier, da merkt man es nicht so sehr. Aber, lieb-liebste Mutter – du – warst du denn gar nicht erstaunt, im Papste den Sohn zu finden?«

»Ach, Grigorß«, entgegnete sie, »diese Geschichte ist so extrem, daß darin das Erstaunlichste einen nicht mehr erstaunt. Aber wie hoch müssen wir Gottes Weisheit preisen, daß Er dich, befriedigt von deiner Herabsetzung, zum Papst erhob! Denn nun steht es bei deiner Macht, den Graus zu löschen, der immer noch fortwährt, und unsere Ehe zu scheiden. Bedenke, daß wir bis auf diesen Tag kristlich vermählt sind!«

»Ehrwürdigste«, sagte er, »wir wollen das Gott anheimgeben und es ihm überlassen, ob Er einem Teufelswerk wie unserer Ehe Gültigkeit beimessen will oder nicht. Mir stände es wenig an, den Scheidungsspruch zu sprechen und unser Verhältnis auf das von Mutter und Sohn zurückzuführen. Denn auch Euer Sohn wäre ich, alles recht erwogen, ja besser nicht.«

»Was aber, Kind, können wir denn einander sein?«

»Bruder und Schwester«, antwortete er, »in Liebe und Leid und Buße und in der Gnade.«

Sie sann:

»Bruder und Schwester. Und wo ist Wiligis' Seele?«

»Meines Vaters Seele? Frau, habt Ihr nie gehört, daß Wir es fertigbrachten, einen Heidenkaiser los aus der Hölle zu beten? Nun denn, kein Bangen um meinen teueren Ohm, den ich so gern im Leben noch angetroffen hätte, den wir einst aber antreffen werden im Paradiese.«

»Heil, Kind, deiner Schlüsselgewalt! Du warst so jung, als du von mir gingst und unserer zweiten Tochter die Taufe verweigertest. Wirst du sie ihr jetzt, in deiner päpstlichen Reife, gewähren?«

»Unsere Töchter!« rief er. »Wo sind sie?«

»Es war mir etwas empfindlich«, erwiderte sie, »daß du noch nicht nach ihnen fragtest. Sie sind im Geheimen Vorzimmer.«

»So weit von hier? Man soll sie vor Uns bringen, sogleich!«

Das geschah. Stultitia und Humilitas kamen zu ihnen herein ins Innerste und durften auch nur den Ring, nicht den Pantoffel küssen.

»Liebe Nichten«, sagte Gregorius, »so nennen Wir euch, da euere Mutter im Papste einen Seitenverwandten erfunden hat. Wir freuen Uns lebhaften Herzens, euch kennenzulernen in eurer verschiedenartigen Lieblichkeit.«

Zu Sibyllen aber sagte er:

»Da siehst du, ehrfürchtig Geliebte, und Gott sei dafür gepriesen, daß Satanas nicht allmächtig ist und es nicht so ins Extreme zu treiben vermochte, daß ich irrtümlich auch noch mit diesen in ein Verhältnis geriet und etwa gar Kinder von ihnen hatte, wodurch die Verwandtschaft ein völliger Abgrund geworden wäre. Alles hat seine Grenzen. Die Welt ist endlich. «

Noch vieles sprachen sie miteinander, und wie einst, nur unter so viel glücklicheren Umständen, traf Gregorius seine Verfügungen, da er der Mann war und obendrein Papst. Vorderhand noch sollte Sibylla nebst den Nichten im Kloster Sergius und Bacchus verweilen, bald aber wollte er ihr ein eigenes Kloster bauen, darin sie walten sollte als Fürstin-Äbtissin in großen Würden. Wörtlich geschah es so, und Stultitia blieb bei ihrer Mutter als Vice-Äbtissin, Humilitas aber, nachdem sie die kristliche Taufe empfangen, vermählte sich mit Penkhart, dem Figurierer, da sie beide schon längst einander geneigt gewesen. Sehr weit brachte es Penkhart in der Handfertigkeit, hielt in Rom einen hohen Stand und durfte viele Wände bemalen, teils seiner Gaben wegen, teils weil er eine Nichte des Papstes zur Frau hatte. Dies nennt man Nepotismus, gegen den aber nichts zu sagen ist, wenn Verdienste ihn rechtfertigen.

So lebten sie alle in gemeinsamer Freude, und jeder starb mit der Zeit seinen Tod, je wie er angetreten und nach der Reihenfolge. Sibylla starb zuerst mit achtzig Jahren: älter wurde sie nicht, da viel früher Kummer und die harten Jahre der Buße ihr doch wohl das Leben verkürzt hatten. Ihr Brudersohn, der Papst, überlebte sie fast um ein Menschenalter: er wurde neunzig und wuchs als Völkerhirt immer noch in die Höhe; bis zum Schluß erregte er das Staunen des orbis als Apostolisches Orakel und Doctor mellifluus. Die anderen blieben ein wenig noch hier, am längsten die Kinder Penkharts und der Humilitas, fröhliche Leute, die vorwärts gezeugt waren in rechter Richtung und so auch lebten. Wie lange aber, so gilbten auch sie, wie das Laub eines Sommers, und düngten den Boden, darauf neue Sterbliche wandelten, grünten und gilbten. Die Welt ist endlich und ewig nur Gottes Ruhm.

Clemens, der so die Mär ans Ziel gebracht, dankt euch für euere Aufmerksamkeit und nimmt gern eueren Dank entgegen für die Mühe, die er ans Werk gewendet. Es möge nur keiner, der sich die Geschichte behagen ließ, falsche Moral daraus ziehen und denken, es sei zuletzt mit der Sünde ein leichtes Ding. Er hüte sich, zu sich zu sprechen: »Nun sei du ein lustiger Frevler! Wenn es so fein hinausging mit diesen, wie solltest da du verloren sein?« Das ist des Teufels Geflüster. Bringt erst einmal siebzehn Jahre auf einem Steine hin, herabgesetzt zum Murmeltier, und badet die Siechen mehr als zwanzig Jahre lang, so werdet ihr sehen, ob es ein Spaß ist! Aber klug ist es freilich, im Sünder den Erwählten zu ahnen, und klug ist das auch für den Sünder selbst. Denn würdigen mag ihn die Ahnung seiner Erwähltheit und ihm die Sündhaftigkeit fruchtbar machen, so daß sie ihn zu hohen Flügen trägt.

Zum Lohn für Warnung und Rat bitte ich euch um die Gefälligkeit, mich einzuschließen in euer Gebet, daß wir alle uns einst mit ihnen, von denen ich sagte, im Paradiese wiedersehen.

Valete

Diese Erzählung gründet sich in den Hauptzügen auf das Versepos »Gregorjus« des mittelhochdeutschen Dichters Hartmann von Aue, der seine »Geschichte vom guten Sünder« aus dem Französischen (»Vie de Saint-Grégoire«) übernahm.